KB139203

민
씨 낭
자
전

민씨 낭자전 1

초판 1쇄 펴낸 날 | 2018년 8월 2일

지은이 | 몰도비아
펴낸이 | 서경석

편집책임 | 조윤희   **편집** | 이은주, 이예진   **디자인** | 디자인그룹 헌드레드
마케팅 | 서기원   **경영지원** | 서지혜, 이문영

임프린트 | (MUSE)
주소 | 경기도 부천시 부일로 483번길 40 서경B/D 3F (우) 14640
전화 | 032-656-4452 **팩스** | 032-656-4453
이메일 | roramce@naver.com **블로그** | bolg.naver.com/roramce
홈페이지 | http://www.chungeoram.com

발 행 처 | 도서출판 청어람
출판등록 | 1999년 5월 31일 제387-1999-000006호
어람번호 | 제11-0089호

ⓒ 몰도비아, 2018

ISBN 979-11-04-91782-0 04810
ISBN 979-11-04-91381-3 (SET)

도서출판 청어람은 언제나 여러분의 소중한 작품 투고와 도서 출간 기획 등 다양한 제안
을 기다리고 있습니다. chungeorambook@daum.net

민씨낭자전 1

몰도비아 장편소설

MUSE

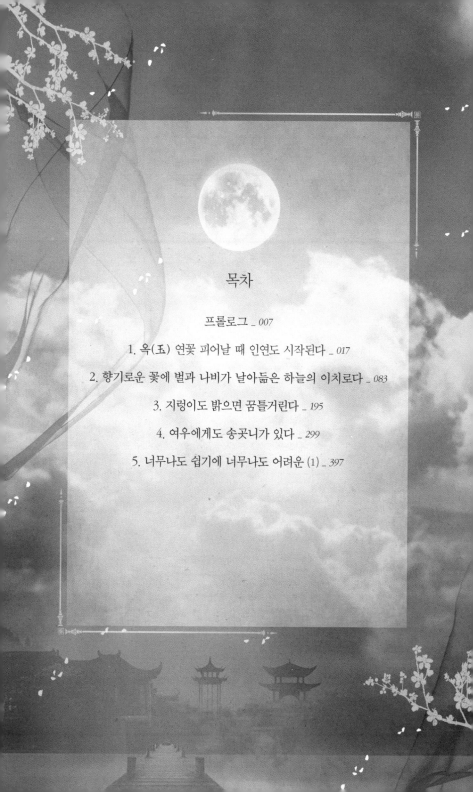

목차

프롤로그

시원하게 펼쳐진 너른 들판 한가운데 자리 잡은 작은 마을.

거대한 화톳불이 이글거리고 짐승 가죽을 두른 주민들이 연신 제사장을 향해 머리를 조아렸다. 맹수의 송곳니로 엮은 목걸이를 잔뜩 걸친 제사장이 움직일 때마다 잘그락 잘그락 소리가 났다.

"왕의 피를 마시는 자, 영생을 얻으리라!"

제사장에게 화답하듯 머리를 조아리던 사람들이 괴상한 소리를 내질렀다.

"왕의 피를 마시는 자, 그 어디서도 대적할 자를 찾을 수 없으리니!"

또 한 번 지저분한 몰골의 사람들이 기묘한 환호성을 터뜨렸다. 제사장이 뭐라고 하는지 알아듣기 어려운 소리를 읊기 시작했다. 춤을 추는 건지 경기를 일으키는 건지 모를 기묘한 행동거지와 함께였다. 한참을 부르르 떨던 그가 행동을 딱 멈췄다. 차가운 눈동자가 매섭게 빛을 발하자 일순 사방이 고요해졌다. 모두의 시선을 사로잡은 제사장은 고요를 깨고 벼락같이 외쳤다.

"자! 왕의 피니라!"

동시에 제사장은 자신이 들고 있던 투박하고 커다란 나무 잔에 담긴 것을 뿌렸다. 휙, 붉고 끈적한 액체가 사방에 뿌려졌다. 머리를 조아리며 간절히 기원하던 주민들이 일시에 뛰어올랐다. 광기 어린 눈을 한 그들은 한 방울의 피라도 더 받아보고자 애를 썼다.

검은 돌 제단 위에는 그들의 왕이 창백한 얼굴로 누워 있었다. 누구도 그 피를 흘린 그들의 왕에게 신경 쓰지 않았다. 왕의 옆구리에서 흘러내린 피가 길게 늘어져 바닥에 흩어진 그의 은발을 붉게 물들였다. 붉게 변해 버린 흙바닥엔 짐승 뼈를 깎아 만든 투박한 칼 하나가 무심하게 툭, 꽂혀 있었다.

"이제 우리는 영생을 얻으리라!"

광기 어린 눈으로 또 한 번 외친 제사장이 나무 잔을 휘둘러 남아 있는 피를 마저 뿌렸다. 무릎 꿇고 기이한 소리를 내고 있던 사람들도 또 한 번 미친 듯이 양팔을 들고 입을 벌렸더. 제사장은 흐뭇한 표정으로 그들을 지켜보았다.

「청천!」

번쩍, 하늘에서 새하얀 빛줄기가 내려와 화톳불에 내리꽂혔다. 잉걸불이 사방으로 흩뿌려졌다. 한 방울의 피라도 얻어보고자 몸부림치던 자들이 펄쩍 사방으로 흩어졌다. 자신이 뿌린 피로 붉게 물든 제사장은 석상처럼 굳은 채 중얼거렸다.

"설마……."

두려움이 가득한 목소리였다.

번쩍, 한 번 더 새하얀 빛줄기가 내리꽂혔다. 먼저보다 훨씬 더 큰 빛줄기는 땅에 닿은 순간 사방으로 갈라졌다. 지지직 지지직 뿌려지는 빛줄기를 피하기 위해 사람들은 뿔뿔이 흩어져 몸을 감췄다. 제단과 다 꺼진 화톳불 그리고 피투성이인 두 남자만이 어두운 밤 속에 남겨졌다.

그때 홀연히 한 여인이 나타났다.

은빛 머리칼이 찰랑거렸다. 느껴질 듯 말 듯, 희미한 밤바람에 한 올 한 올 부드럽게 물결치는 고운 머리칼이었다. 새하얀 피부는 스스로 빛을 발하기라도 하듯 광채가 느껴졌다. 여인의 목, 그러나 대체 정확히 어디에서부터 시작되었는지 알 수 없을 푸른 물줄기가 그녀의 어깨를 지나쳐 가슴을, 허리를, 둔부를, 다리를 감싸고 흘러내리더니 땅속으로 스며들었다. 반짝반짝 은하수를 수놓은 듯 빛나는 아름다운 그것이 그녀의 옷이었다.

짙은 그림자를 드리운 풍성한 속눈썹 아래 까만 눈동자가 검은 돌 제단 위의 사내에게 향했다.

"청천……."

여인이 숨을 멈췄다. 도저히 이 상황이 믿어지지 않는 눈치였다. 그녀가 다시 숨을 내쉬었을 때 보석 같은 눈물이 데구르르 굴러 떨어졌다.

'빌어먹을……'

그 모습을 지켜보던 제사장이 입술을 깨물었다.

한 발 한 발, 여인이 다가갔다. 그녀의 걸음걸이마다 푸른 물줄기가 길에 이어졌다가 이내 사라졌다. 천천히 걷던 여인이 툭, 무언가에 부딪쳤다. 잘그락, 소리가 났다. 어쩔 줄 몰라 굳어버렸던 제사장이 흠칫 몸을 떨자 또 한 번 잘그락, 소리가 났다. 여인은 그제야 또 다른 인간의 존재를 알아챘다.

고개를 돌렸다.

눈이 마주쳤다.

"너는……."

고개를 갸우뚱하던 여인의 영롱한 검은 눈동자가 매섭게 빛을 뿜어냈다.

"려사?"

제사장은 움찔 놀라더니 뒤로 물러났다. 다시금 눈을 마주친 여인의 표정이 일그러졌다.

"려사! 모두 너의 짓이로구나!"

포악하게 소리친 여인이 팔을 뻗었다. 제사장은 다급하게 도망치려 했으나 소용없었다. 여인의 가녀린 팔이 제사장의 목덜미를 거칠게 잡아 뜯었다. 제사장이 바닥에 쓰러졌다. 그런데 여인의 손엔 여전히 한 사내가 잡혀 있었다. 휘날리는 은발, 뾰족한 턱, 가느다란 눈, 황금색 눈동자 속 가느다랗게 세워진 검은 동공. 선택받은 뱀, 려사였다.

"네가 감히……."

여인은 분노했다. 위기를 느낀 려사가 몸부림쳤다. 그러나 가녀린 손아귀에서 빠져나오기란 불가능했다. 투명한 눈물을 끊임없이 쏟아내며 여인이 한 번 더 소리쳤다.

"네가 감히!"

동시에 피의 비가 뿌려졌다. 려사는 그렇게 흔적도 없이 세상에서 사라져 버렸다.

여전히 피 한 방울 묻지 않은 아름다운 여인은 주변을 둘러보았다. 바닥에 굴러다니는 나무 잔, 그리고 려사의 몸에서 뿜어진 붉은 피가 덧씌워졌음에도 똑똑히 알아볼 수 있는 특별한 한 사람만의 피……

한순간에 모든 것을 알게 된 여인의 붉은 입술이 벌어졌다.

"그의 피와 살로 너희는 힘을 얻으리라……"

천천히, 힘없이 저주를 시작한 여인의 검은 눈망울에 죽어버린 제단 위의 사내가 담겼다. 그녀가 입술을 깨물더니 온 힘을 다해 소리쳤다.

"허나, 영생은 얻지 못하리니! 산 채로 고통스러운 죽음을 맞게 되리라!"

저주를 끝낸 여인은 생명을 뿜어내듯 길게 비명을 내질렀다. 여인의 비명에 화답하듯 제단 위의 남자가 입술을 달싹였다. 그러나 그 소리는 여인에게 닿지 못했다. 결국, 길게 이어지는 비통 속에서 여인은 가루처럼 부서졌다. 반짝반짝 금빛 가루가 사방으로 흩어졌다.

"유화……"

가까스로 눈을 뜬 제단 위의 남자가 흩어지는 빛을 보며 눈물 흘렸다.

"으으……"

바닥에 쓰러져 있던 제사장이 비틀거리며 몸을 바로 하고는 눈앞에 펼쳐진 상황에 아연실색했다. 이내 정신을 차린 그는 허겁지겁 넘어질 듯 말 듯 제단으로 달려가 자신의 왕을 어루만졌다.

"왕이시여! 이게 어찌……."

눈이 마주친 청천이 희미하게 미소 짓더니 입을 열었다. 무어라 말을 하는 듯했지만 워낙에 작은 소리인지라 들리지 않았다. 제 사장이 귀를 가까이 가져다 댔다.

"……용서를 구하라, 그리하면 얻으리니. 진심을 다하라."

말을 마친 왕은 눈을 감았다.

1.

옥(玉) 연꽃 피어날 때
인연도 시작된다

다해가 으앙, 울음을 터뜨리며 잠에서 깨어났다.

"쉬이, 우리 아가, 악몽을 꾸었니?"

다정한 엄마의 목소리에 다섯 살의 어린 다해가 어미의 품으로 파고들었다. 흔들흔들 규칙적인 가마의 움직임이 더해지자 다해는 금방 마음을 가라앉혔다.

"어머니, 저 원해입니다."

밖에서 소년의 목소리가 들렸다. 다해의 모친이 가마의 작은 창문을 열었다. 앳되지만 사뭇 진중한 얼굴이 나타났다.

"무슨 일 있으십니까? 다해의 울음소리가 들렸습니다."

열한 살의 어린 나이이나 장남이라는 무거운 짐에 잔뜩 긴장한 모습이 역력한 큰아들 원해였다.

모친이 부드럽게 웃었다.

"아니다. 자다가 악몽을 꾼 모양이다."

"예, 혹 불편하시면 바로 말씀해 주세요."

열한 살답지 않은 의젓함이 담뿍 밴 태도였다. 모친은 흐뭇한 얼굴을 했다.

"오냐. 그러마."

꾸벅 고개 숙여 예를 취한 아들이 멀어지자 모친은 다시 가마의 창을 닫았다. 어미와 막냇동생의 상태를 확인한 장남은 나귀의 고삐를 잡고 있던 집사에게 명해 그 뒤를 따르는 또 다른 가마로 다가갔다. 이번엔 안에서 열어주기를 기다리지 않은 소년이 거침없이 창문을 열어젖혔다.

"형! 언제 도착해?"

"형님! 다리 저려 죽겠습니다!"

두 소년의 목소리가 앞다퉈 들려왔다. 원해가 짐짓 엄한 얼굴로 근엄하게 말했다.

"다 큰 사내 녀석들이 엄살이 심하구나. 거의 다 왔으니 대장부답게 조금만 더 참거라."

원해는 소년들을 꾸짖곤 탁, 소리 나게 가마의 창문을 닫았다. 다시 집사의 손에 이끌린 원해는 일행의 선두에 자리 잡았다. 새하얀 눈이 펑펑 쏟아지고 있었지만 소년은 추운 내색을 하지 않았다.

아들들의 대화를 들으며 빙그레 미소 지은 어미의 품에서 다해가 발딱 고개를 들었다.

"왜? 소피가 마려운 게냐?"

다해가 고개를 흔들었다.

"달님이 따라와요."

"달님? 지금은 한낮이니라. 달님이 뜨려면 멀었는데?"

"아뇨! 진짜 달님이 따라와요!"

어미가 빙그레 웃더니 가마의 창문을 열어주었다.

"보렴. 아직 환하지 않니?"

다해가 불쑥, 창밖을 내다보았다. 다해 덕분에 무게가 쏠려 끙, 하는 가마꾼의 소리가 들렸다.

"달님이 있는지 확인하려면 하늘을 봐야지."

모친이 하늘을 가리켰다. 하지만 다해가 손짓한 것은 하늘이 아니었다.

"저기 보세요, 저기 어여쁜 달님이 우리를 쫓아오고 있잖아요!"

다해가 팔을 뻗었다. 다해의 목소리를 들은 일행들이 일제히 고개를 돌렸다. 그곳에 유달리 큰 키를 온통 짙은 회색빛 망토로 휘감은 조금 수상한 사내가 있었다. 보이는 것이라곤 쓰개 아래 드러난 갸름한 턱선뿐.

중년의 집사는 바짝 긴장을 했다. 공식적으로 이 행렬의 우두 머리는 큰 도련님이었으나 실질적인 우두머리는 바로 집사였다. 만약 주인어른의 가족에게 무슨 변고라도 생긴다면 목숨으로도 그 죄를 씻을 수 없을 터. 집사는 마른침을 삼켰다.

위무연이란 이름을 사용하는 수상한 사내는 일시에 대기가 긴 장한 것을 느끼고 한숨을 쉬었다.

'진짜 적은 내가 아니거늘…….'

무연의 생각대로 그들이 경계해야 할 것은 그가 아니었다. 아 까부터 숲속에서 기묘한 기척들이 느껴지고 있었다. 한눈에 봐도 부유해 보이는 저 행렬을 노리고 있는 게 분명했다. 그냥 지나칠 수 없는 일이었다. 하여 기습이 시작되면 도울 요량으로 바짝 따라붙은 참이었다. 그런데 거꾸로 의심을 받게 되고 보니 헛웃음이 나오려 했다.

"창문 닫거라."

엄한 어미의 목소리가 들렸다.

"저기 보시라니까요? 저기 달님이……."

다해는 한 번 더 손을 뻗었다. 그러나 그 손끝이 가리키는 것은 여전히 수상한 사내, 무연이었다. 어미가 눈살을 찌푸렸다.

"낯모르는 이에게 그리 무례하게 손가락질하는 것이 아니다."

어미는 단호히 말하고 창문을 닫았다. 다해는 시무룩한 얼굴로 주저앉았다. 의도치 않게 그 모습을 보게 된 무연은 슬그머니 미소를 머금었다. 어린아이는 어느 세상에서든 흐뭇한 존재였다. 그러나 지금은 마냥 흐뭇해하고만 있을 수 없는 상황이었다.

몸을 감추고 따르던 자들이 분주해졌다. 무연이 그것을 느끼자마자 우르르 산적들이 모습을 드러냈다.

"도, 도적이다!"

누군가 외쳤다. 나귀에 탄 어린 수년을 따르던 머슴들이 일제히 몽둥이를 빼들었다. 여자들은 비명을 지르며 사방으로 흩어졌다. 원해가 나귀에서 내려 후다닥 달려와 모친이 탄 가마의 문을 열었다.

"도적입니다. 몸을 피하세요."

"여수가 코앞인데……."

잔뜩 구겨진 얼굴로 한마디 내뱉은 모친은 냉큼 어린 딸을 밀어냈다. 원해는 다해를 가마 밖으로 내려주었다. 모친이 그 뒤를 따라 몸을 일으키려는 찰나, 산적 하나가 홱, 다해와 원해를 낚아 챘다. 모름지기 양반의 행렬에서 가장 귀한 것은 그 집 자식인 법 이었다.

"다해야! 원해야!"

모친의 처절한 비명이 울려 퍼졌다.

산적들과 대치 중이던 무연이 그 소리를 듣고 잽싸게 허공으로 몸을 날렸다. 평생 장남이란 이름 아래 살아온 터라 다소 일찍 철이 든 원해는 울지 않았다. 어린 터라 잠시 당황은 했을지언정, 어느덧 정신을 차린 원해는 온 힘을 다해 제 몸을 감싼 팔뚝을 깨물었다. 반대편 팔로 다해를 안고 있는 터라 속수무책 당할 수 밖에 없던 털북숭이 사내는 욕설과 함께 원해를 팽개쳤다. 원해 는 데구르르 바닥을 구르더니 발딱 몸을 일으켰다.

"다해야!"

원해는 열심히 여동생을 뒤따랐다. 다해는 악악 울부짖으며 오 라버니를 향해 팔을 뻗었다. 슉, 찬바람이 원해를 스쳐 지나갔다. 짙은 회색 그림자 같은 것을 목격한 원해가 사방을 두리번거렸다.

"웨…… 웬 놈……!"

말이 채 끝나기도 전에 앞서가던 산적이 푹 고꾸라졌다. 그 바 람에 땅바닥의 차디찬 눈이 왈칵 달려드는 것을 본 다해는 두 눈 을 질끈 감았다. 그러나 다가온 것은 흰 눈의 냉기가 아닌 영롱한 꽃향기였다. 한겨울에 날 리 없는 냄새를 맡은 다해가 슬그머니 눈을 떠보니, 낯선 사내 품에 안겨 있었다. 바로, 무연의 품이었 다.

다해의 눈에 무연이 목에 걸고 있는 옥 장식이 들어왔다. 향기는 바로 거기서 풍기고 있었다. 다해는 뭔가에 홀린 것처럼 뚫어져라 그 장식만 바라보았다. 무연은 어린 소녀를 힐끔 쳐다본 후, 어리둥절한 얼굴로 서 있던 원해도 냉큼 집어 품에 안고 모친이 있는 곳으로 돌아갔다.

"원해야!"

무연의 품에 안긴 자식들을 발견한 모친은 눈물범벅이 된 얼굴로 아들을 끌어안았다. 뒤이어 막내도 안으려는 찰나, 다해가 홱, 무연의 옥 장식을 낚아챘다.

"다해야!"

어미가 당황하여 다해와 낯선 사내를 연달아 바라보았다. 옥 장식이 매달려 있던 튼튼한 가죽 끈이 팽팽하게 당겨졌다.

"다해야, 예의를 지키거라."

어미가 엄하게 타일렀지만 다해는 여전히 눈만 초롱초롱 빛낼 뿐이었다. 어미는 재차 다해를 타일러 보려 했다. 그러나 갑자기 거친 이목구비의 퉁퉁한 사내 셋이 한꺼번에 달려드는 통에 아무것도 할 수 없었다.

"뭐 하는 녀석인진 모르겠지만! 오늘이 바로 네놈의 제삿날이다!"

악바리처럼 소리치며 무지막지하게 큰 칼들을 빼들고 달려드는 기세가 무시무시했다. 무연은 다해를 안은 채로 슬쩍 몸을 뺀 후, 다른 손으로 칼을 뽑았다. 여전히 초롱초롱 눈을 빛내며 손안의 장식에 정신이 팔려 있는 아이를 한번 쳐다본 무연은 칼을 뒤집어 들었다. 가만히 호흡을 가다듬은 그는 일격에 한꺼번에 달려들던 세 놈을 밀쳐 냈다.

"이, 이, 이…… 이 새끼가!"

칼등에 얻어맞은 산적들이 잔뜩 열받은 얼굴로 다시 덤볐다. 무연은 조금 더 힘을 싣고 칼을 휘둘렀다.

"으헥!"

얻어맞은 산적이 괴상한 소리를 내며 바닥에 널브러졌다. 기세 좋게 달려오던 나머지 두 놈이 주춤거렸다. 무연은 그중 한 놈에게 잽싸게 다가가 오른발을 날렸다. 휙 하고 떠오른 그놈은 그대로 나무 등걸에 쿵 부딪치더니 축 늘어졌다. 그것을 지켜본 마지막 한 명도 두 눈이 동그래져서는 그대로 줄행랑쳤다. 무연은 잽싸게 쫓아가 그 도적의 머리를 박차고 허공으로 몸을 날렸다. 마지막 사내는 그렇게 땅바닥에 쓰러져 다시는 일어나지 못했다.

무연이 없는 길에선 노략질이 벌어지고 있었다. 너무나도 쉬운 이 노략질에 긴장 풀린 산적들은 낄낄거려 가며 그들을 놀리는 한편 가마 안 귀중품을 털기에 여념이 없었다. 그러나 무연이 등장하자 상황은 반전됐다. 한 놈, 두 놈, 나자빠지기 시작하더니 이내 상황이 종료되어 버렸다.

"마님!"

바람처럼 빠른 무연의 몸놀림에 멍하니 서 있던 집사가 퍼뜩 정신을 차린 듯 소리쳤다.

"나 여기 있네."

집사는 저 아래에서 엉거주춤 올라오고 있는 마님에게 뛰어갔다. 그녀의 곁엔 어린 세 아들이 옹기종기 따르고 있었다.

"감사합니다."

다해의 모친이 정중히 허리를 숙였다. 무연은 꾸벅 고개를 숙여 화답했다. 여전히 다해는 무연의 품에 안겨 있었다. 옥 장식을 꼬옥 움켜쥔 채였다.

"다해야, 이리 오거라."

모친이 엄중한 목소리로 다해를 불렀다. 그러나 다해는 들은 척도 하지 않았다. 다해의 관심은 여전히 손아귀에 쥔 옥 장식에 꽂혀 있었다. 꽃봉오리 모양의 평범한 옥 장식이건만 무엇이 딸아이의 정신을 빼앗았는지 배 아파 낳은 어미도 도통 모를 일이었다.

"다해야."

모친이 한 번 더 근엄하게 아이를 불렀다. 그제야 정신 차린 아이가 어미를 돌아보며 생긋 웃었다.

"어머니, 달님이에요."

갑자기 짙은 꽃향기가 풍겼다.

다해는 손바닥이 간질간질한 것을 느꼈다. 점점 강해지는 느낌에 더는 장식을 쥐고 있을 수 없었다. 무연의 가슴팍에 툭, 하고 떨어진 꽃봉오리가 그 순간 활짝 피어났다. 눈앞에서 벌어진 믿기지 않는 현실에 모두가 숨을 멈췄다. 무연이 눈을 빛냈다.

'찾았다!'

무연은 고국을 떠나 멀고 먼 조선까지 와서 찾아 헤매던 사람이 바로 다해임을 확신했다. 그러나 감동은 얼마 가지 않았다. 세상에, 이렇게나 어릴 줄이야……. 당황도 잠시, 무연은 얼른 아이를 모친에게 넘겼다. 주위의 모두가 신기한 옥 연꽃을 보고 있었다.

"집안의 가보입니다."

무연이 정중히 모두를 일깨웠다. 실제로 가보는 아니나 조선말에 서툰 그로서는 최대한 비슷하게 말한 것이었다. 다해의 모친은 아이를 받아 안으며 비로소 정신을 차렸다.

"구해주셔서 감사합니다."

무연은 머리를 숙이는 부인을 따라 자신도 머리를 숙이며 생각했다. 절대로 놓칠 수 없는 아이였다. 복잡한 상황을 자세히 설명하고 아이의 모친을 설득해야 했다. 그러나 아직 간단한 대화밖에 할 수 없는 조선말 실력으론 어림도 없었다.

그래서 무연이 할 수 있는 말은 하나였다.

"동행하겠습니다."

다해의 모친은 무슨 말인지 이해하지 못한 얼굴이었다. 무연은 슬쩍 주위를 둘러보더니 한쪽을 가리켰다. 도망친 산적 중 한 놈이 고개를 내밀고 있다가 화들짝 놀라 줄행랑쳤다. 그것을 목격한 다해의 모친은 몸을 떨었다.

"동행해 주신다면 제가 더 감사하지요."

깊게 허리를 숙이는 폼이 정말로 감사한 모양이었다. 무연은 따라 허리를 숙이며 몰래 한숨을 내쉬었다. 일단 동행하게 된 것은 다행한 일이나 아이를 어찌 달라 해야 할지 난감한 노릇이었다.

여수 관아의 내아(內衙).

"부인!"

가족의 흙투성이 몰골에 사색이 된 남편이 달려왔다.

"이게 무슨 일입니까?"

"산길에서 산적을 만났습니다만, 귀인을 만나 무사합니다."

부인은 몸을 돌려 무연을 바라보고 미소 지었다. 무연이 성큼 앞으로 다가갔다. 연꽃향이 사방에 흩뿌려지자, 다해가 반짝 눈을 빛내며 옥 장식에 몰두했다.

"몸놀림이 예사롭지 않은 자입니다요."

집사가 얼른 다가와 귀엣말을 건넸다. 그러나 굳이 부연 설명이 없었더라도 무연의 걸음걸이는 범상치 않았다. 겨우 한 걸음뿐이 건만, 무인이라면 누구나 탐낼 만한 몸놀림이었다. 만약 이런 자를 수하로 둘 수 있다면 천하가 부럽지 않으리라.

"가족들을 구해주어 고맙소이다. 나는 여수 현령 민형식이라 하오."

"홍연천랑 위무연이라 합니다."

무연이 그대로 머리쓰개를 걷었다. 그러자 곱슬거리는 청록색 머리칼이 아름다운 자태를 드러냈다. 고국에선 그 누구라도 감탄을 터뜨릴 아름답고도 고귀한 빛깔이건만 순간 정적이 사방을 휘감았다.

어눌한 말투에도 동요하지 않던 다해의 모친이 휘둥그레진 눈으로 중얼거렸다.

"사람의 머리칼이 어찌 푸른색을……."

형식이 황급히 부인을 만류하자, 그녀가 날카롭게 남편을 쏘아보았다. 그러나 형식은 작게 고개를 흔드는 것으로 대답을 대신했다. 내내 은인이라며 살갑게 굴던 부인은 그대로 무연을 외면했다.

형식이라고 청록색 곱슬머리가 당황스럽지 않은 것은 아니었다. 색목인을 본 적 있으나 연둣빛이 섞인 청색 머리칼의 이질감은 그에 비할 바가 못 되었다. 그러나 머리칼과 꼭 같은 색을 가진 눈을 마주한 순간 청아한 기백을 발견할 수 있었다. 동시에 형식은 미소를 되찾았다.

"날이 추운데 우선 안으로 드시지요."

형식은 무연을 사랑채로 이끌었다. 부인은 집사에게 아이들을 안채로 데려가라 명한 후 뒤를 따랐다.

"내 가족들을 구해주어 고맙소이다. 은인께 보답을 하고 싶은데 어찌하면 좋을지 모르겠구려."

따뜻한 차를 한잔 내밀며 형식이 말했다. 무연은 번쩍, 지금이 기회임을 알았다.

"따님을 주십시오."

"이보십시오!"

부인이 버럭 소리를 내질렀다. 얼굴까지 붉힌 채였다. 그러나 이내 체통을 잃은 것을 깨달은 듯 다시 다소곳한 자세를 취했다. 무연은 잠시 자신이 무슨 잘못을 한 것인지 고민했다. 그러나 알 수 없어 답답하기만 했다.

무연의 어리둥절한 얼굴을 확인한 형식이 다시 입을 열었다.

"우리 딸은 아직 어립니다."

무연은 한참 동안 생각했다. 드디어 무연은 자신이 무슨 실수를 한 것인지 알게 되었다.

"그런 의미가 아닙니다."

무연이 얼굴을 붉히며 해명했다. 형식은 차분하게 기다렸다. 무연은 한참을 이리저리 생각했다. 그러나 아무리 생각해도 조선말로 무어라 설명해야 할지 알 수가 없었다.

결국, 힘없이 고개 숙인 무연이 말했다.

"어렵습니다."

"무엇이 어렵단 말입니까?"

"복잡합니다. 조선말, 어렵습니다."

형식은 잠시 생각에 잠겼다.

대충 들어보아도 어눌한 것이 조선말에 익숙하지 않은 건 분명했다. 뭔가 복잡한 사정이 있는데 그 상황을 설명하기엔 아무래도 실력이 모자란 모양이라는 걸 짐작하긴 어렵지 않았다. 그렇다면…….

형식이 빙그레 미소 지었다.

"그럼 말을 배워 제대로 설명할 수 있게 되기까지 머무는 건 어떻습니까? 이후에 그 이유를 듣고 딸을 내어줄지 말지를 결정하겠습니다."

"여보!"

부인이 소리쳤으나 형식은 다시 차분하게 부인을 다독였다.

"생명의 은인이 아닙니까? 또한 딸은 어차피 혼기가 차면 남의 집에 보내야 합니다. 이유가 타당하고 흠 잡을 데 없는 상대라면 충분히 보낼 수도 있지 않겠습니까?"

그렇게 시간을 두고 수하로 삼을 요량임은 비밀이었다. 부인은 입을 다물었다. 손이 있는 자리에서 남편과 다투는 것은 아녀자의 도리가 아니었다.

무연을 돌아보며 형식이 물었다.

"내 말, 이해하셨습니까?"

무연이 빙그레 웃으며 대답했다.

"예. 이해했습니다."

"그럼 동의하십니까?"

"동의합니다."

"좋습니다. 그럼 오늘부터 방 한 칸을 내어드리지요."

형식이 바깥에 대고 목소리를 높였다. 이내 머슴 하나가 문을 열고 들어왔다. 형식은 머슴에게 무연을 뫼시라 명했다. 무연은 정중히 인사를 하고 방을 나섰다.

무연과 머슴의 기척이 사라지자마자 형식이 환히 웃으며 부인을 보았다.

"먼 길 여행하느라 고생한 우리 부인, 고단하진 않으시었소? 얼마나 보고 싶었는지 하루가 백년 같았다오."

사랑 가득한 눈빛으로 말을 건넨 형식은 부인을 꼭 안아주었다. 무연이 나가자마자 한소리 하려고 작정했던 부인은 남편의 따뜻한 품 안에서 그만 모든 불만을 잊어버렸다.

무연을 수하로 두고 싶었던 형식은 그에게 사람 하나를 붙였다.

"오늘은 무엇을 하던가?"

"수하로 짐작되어지는 무사들과 함께였습니다."

"무엇을 하는 것 같던가?"

"난생처음 듣는 말을 하는지라 알아들을 수가 없었습니다요."

무연이 조선 사람이 아닌 것은 이미 형식도 잘 알고 있는 사실이었다.

"한데 신기했습니다요."

"무엇이 말인가?"

"무사들 중에 계집이 제법 있더라구요."

"여인이?"

여성 무사란 흔한 존재가 아니다. 어쩌다 한 명이 있을 수는 있다 하나 제법 존재한다는 것은 조선에선 가능한 일이 아니었다.

"그만 물러가게."

포졸이 고개를 꾸벅 숙이며 물러났다.

무연은 어느 나라 사람일까? 제법 발이 넓다 자부하고 있었거늘, 형식은 고심했다. 바깥의 인기척이 그 깊은 고민을 깨뜨렸다.

"무슨 일이냐?"

"도적이 들어 잡았사옵니다."

형식은 믿을 수 없었다. 이곳은 관아이다. 감히 어느 간 큰 자가 이리 환한 대낮에 관아에 침입한단 말인가? 형식이 잔뜩 찌푸린 낯으로 방을 나섰다.

"왜구인가?"

여수의 가장 큰 골치는 왜구였다. 당연히 이번에도 그럴 줄 알았다.

"그것은 아니오고……"

수하가 민망해하는 사이, 포졸들이 무사 하나를 포박해 끌고 왔다. 마치 스스로 잡힌 듯 당당한 태도의 무사가 형식을 보더니 머리를 숙이고 무언가 알아들을 수 없는 말을 했다. 옆에 서 있던 포졸이 얼른 달려와 형식에게 귀엣말을 건넸다.

"뒤를 밟으라 명하셨던 그자가 썼던 말입니다. 아무래도 동향인가 봅니다."

그 말이 끝나기 무섭게 검은 그림자가 마당으로 훅 날아들었다. 무연이었다.

무연이 고개를 숙였다.

"죄송합니다. 제 수하입니다."

"자네 수하라고?"

"예. 조선말을 모릅니다."

뭔가 한마디 더 붙이려던 무연은 곤혹스러운 표정을 지었다. 그 말을 형식이 대신 이어주었다.

"설마 그래서 대문을 열어달라 청하지 못하고 담을 넘었단 소리인가?"

비로소 무연의 표정이 밝아졌다. 형식은 시험을 해보고 싶어졌다.

"그러나 이곳은 관아일세. 관아의 담을 넘고도 무사할 순 없지. 여봐라. 당장 저자를 가두어라!"

형식이 엄하게 소리쳤다. 포졸들이 달려들었다. 수하를 포박하는 동안 무연은 아무 반응도 보여주지 않았다. 그의 수하도 저항 같은 건 하지 않았다.

무연의 수하가 무어라 말했다. 사죄하는 모양이었다. 무연은 조용히 고개를 가로젓더니 나지막하게 대꾸했다. 수하는 고개를 끄덕이더니 한마디를 더 남기곤 순순히 포졸을 따랐다.

"수하에게 무어라 하였는가?"

"이곳은 조선입니다. 조선의 법도를 지켜야 합니다."

말하는 무연은 조금 답답해 보였다. 형식은 웃음이 나려는 것을 참으며 근엄한 얼굴을 했다.

"그것을 어겼으니 벌을 받는 게 당연하단 소리를 하고 싶은 것인가?"

무연은 자세를 바로 하더니 꾸벅 고개를 숙였다. 또 한 번 절로 웃음이 나려 했다.

형식은 관아의 책임자였다. 이 고을에서는 한양에서 내려온 어떤 칙명이 있는 게 아니라면 그가 곧 법이었다. 이 정도 일쯤, 없던 걸로 해줄 수도 있었다. 무연은 과연 그것을 모르는 것일까?

"난 수령일세. 자네가 요청한다면 이런 일쯤은 없던 걸로 해줄 수도 있네."

무연은 비록 시간은 오래 걸렸으나 그 말이 무슨 의미인지 이해했다.

무연이 고개를 숙였다.

"법도는 지엄합니다."

형식은 얼굴에 떠오른 미소를 감추지 못했다. 무연은 형식의 미소를 의아하게 보았으나 이내 의문을 지워냈다. 그리고 다시 입을 열었다.

"배를 보았습니다."

"배?"

"조선 배 아닙니다. 수하가 말했습니다."

그 말을 단박에 이해한 형식은 분주히 이것저것 명령을 내린 후 말을 탔다.

여수의 가장 큰 골치는 왜구였다. 바다 건너 왜나라의 연이은 가뭄으로 인한 흉년은 조선에도 큰 골치가 되었다. 배고픈 왜구들은 툭하면 배를 타고 건너와 노략질을 일삼았기 때문이었다. 아무리 열심히 방비를 해본들 작은 고깃배 한두 척이 몰래 접근하는 것까지 막는 것은 무리였다.

저 멀리 작은 마을이 화염에 휩싸여 있었다. 형식은 칼을 빼들었다. 요란한 함성을 내지르며 주민들을 도륙하는 왜구들을 향해 달려들었다. 피 튀기는 전투가 이어졌다. 단지 배가 고파 그랬을 뿐인 왜구에 대한 측은지심도 있었지만 그들의 잔인함이 측은지심을 지워냈다.

왜구의 반격은 생각보다 거셌다. 비록 원래 어부였으나 목숨을 위협한 배고픔에 배를 타고 넘어온 자들이었다. 이래 죽으나 저래 죽으나 매한가지인 그들은 도깨비 같은 얼굴로 악바리처럼 덤벼들었다. 형식은 측은지심을 가슴깊이 묻어버렸다.

상황은 금방 종료되었다. 작은 바닷가 마을은 피투성이가 되었다. 왜구는 모두 몰살되었지만 그들에 의해 도륙당한 백성들도 다수였다. 형식은 뒤늦게 도착한 병졸들에게 모두 백성들을 도와 뒤처리를 할 것을 명했다.

그 틈에 무연이 있었다. 눈에 띄는 머리칼은 꼭 가리고 다녔지만 조선 사람들보다 체구가 건장한 터라 몰라볼 수가 없었다. 웬 아이를 하나 안고 있던 무연이 아이를 내려놓았다. 아이의 모친으로 보이는 여인이 울면서 달려와 무연에게 연신 머리를 조아렸다. 무연은 깊이 허리를 숙이는 것으로 답을 대신했다. 형식이 알지 못하는 사이 따라와 사람들을 구한 모양이었다.

무연이 들고 있던 칼의 핏물을 닦아내고 칼집에 넣었다. 그러곤 뚜벅뚜벅 한쪽에 쓰레기처럼 치워둔 왜구의 시신을 수습하기 시작했다.

"무엇 하는가?"

형식이 물었다. 정중히 허리 숙여 예를 차린 무연이 답했다.

"사람은 귀합니다."

말을 마친 그는 계속해서 시신들을 반듯하게 눕히고 눈을 감겨주었다. 아무렇게나 수습해 수레에 던져 넣던 병사들이 그것을 보더니 구시렁거렸다.

"죄 없는 사람들 잡아 죽인 놈들한테 뭐 하러……."

무연이 말없이 그 병사를 쳐다보았다. 조선말을 모른다 하더라도 말투와 행동거지로 무슨 말인지 모를 수가 없었다. 눈이 마주친 병사가 주춤주춤 뒤로 물러났다. 병사의 입을 다물게 한 무연은 계속해서 시신 수습을 해나갔다. 왜인 조선인의 구분이 없었다.

그렇게 한참 수습해 나가던 무연이 고개를 들었다. 형식은 그가 왜 그런 행동을 하는지 이해할 수 없었다. 그러나 두 눈을 감고 가만히 귀 기울이던 무연이 훌쩍 허공으로 치솟았다. 범상치 않은 몸놀림에 형식은 두 눈을 크게 떴다.

'대단한 실력이로다!'

놀란 것은 형식의 휘하 부하들도 마찬가지였다. 뒤이어 무엇이 무연의 관심을 사로잡은 것인지도 의아했다.

"당장 그가 어디에 있는지 찾아내라!"

명령을 받은 수하들이 흩어지기 무섭게 포졸 하나가 헐레벌떡 달려왔다.

"아기가……. 아기가……."

포졸은 말을 잇지 못하고 있었다. 답답해진 형식은 그를 앞세웠다. 그리고 그곳에서 무연을 목격했다.

불에 타서 반쯤 무너져 내린 집이었다. 가장 먼저 왜구를 맞닥뜨린 모양이었다. 어찌나 불길이 거센지 겨우 기세를 잠재운 것에 불과했거늘 어느 순간 안에서 아기의 울음소리가 들리기 시작한 것이다. 불길은 어느 정도 잡혔지만 바람 한번 잘못 불면 아이를 구하러 갔던 사람도 그리고 아이도 깔려 죽을 위기였다.

사람들은 누구 하나 용기를 내지 못하고 발을 동동 구르고 있었다. 그런데 무연이 나타났다.

홀연히 나타난 무연은 물동이를 들어 물을 뒤집어쓰더니 뚜벅뚜벅 걸어 들어갔다. 무연이 들어간 순간 집이 무너져 내렸다. 비명소리들이 요란했다. 모두가 무연이 죽은 줄 알았다. 그런데 잠시 후, 여전히 미약하나마 불길이 남아 있는 무너진 잔해 속에서 무연이 모습을 드러냈다. 그 품에 물에 젖은 광주리 하나가 있었다.

형식을 발견한 무연이 예를 취하더니 광주리를 건넸다. 그 속에 젖은 강보에 싸인 아기가 있었다. 광주리도 아직까지 축축하게 젖어 있었다.

"어머니는 죽었습니다."

어미가 아이를 살린 모양이었다. 아이를 받아든 형식이 무연을 살폈다. 놀랍게도 얼굴의 상처가 아물어가고 있었다.

"자네……."

형식의 놀란 눈을 확인한 무연이 민망한 얼굴을 했다.

"설명이 어렵습니다."

불에 타 찢어진 옷깃 사이로도 이제 막 아물기 시작한 화상 상처들을 볼 수 있었다. 놀라운 일이었다.

"아이고, 개똥아!"

아이의 친척으로 짐작되는 늙은 여인이 울면서 달려왔다. 형식은 노파에게 아이를 넘기고 무연을 보았다.

"가세. 치료를 해야겠네."

"괜찮습니다."

말을 마친 무연이 소매를 걷어 상처를 보여주었다. 이미 거의 다 아물어가고 있었다. 형식은 말을 잃었다.

"그럼 가보겠습니다."

꾸벅 머리 숙여 예를 취한 무연은 홀로 관아로 향했다. 그를 갖고 싶은 형식의 마음이 더욱 커졌다. 바쁘게 모든 일을 처리하고 집으로 향한 형식은 무연을 찾았다.

"내 밑으로 들어오지 않겠는가?"

가만히 생각하던 무연이 고개를 저었다.

"하늘은 하나입니다."

그 말이 무슨 의미인지 이해 못 할 형식이 아니었다. 그래서 더욱 갖고 싶었다. 형식은 무연을 유심히 지켜보았다.

무연은 빈말 한 번 하는 일이 없었다. 약속은 하늘이 두 쪽 나도 꼭 지켰다. 사람을 구하는 일엔 물불을 가리지 않고 뛰어들었다. 그러나 꼭 필요한 경우가 아니면 칼을 뽑지 않았다. 간혹 수하들을 만나 긴밀한 이야기를 나누는 것을 보노라면 으레 나타나기 마련인 권위적인 모습도 찾아볼 수 없었다. 상대가 누구인지 상관없이 그의 행동은 늘 예의발랐다. 신출귀몰하다고밖에 표현

할 수 없을 뛰어난 무예 실력은 이제 그리 큰 이유가 아닐 지경이었다.

그러나 무연은 한결같았다.

"한 번에 두 하늘을 섬길 수는 없습니다."

해가 갈수록 조선말이 유창해지니 그 거절은 점점 더 명확해질 뿐이었다. 아까웠다. 너무나 아까운 인재였다.

그런데 세월이 흘러 어느 날 형식은 엉뚱한 이유로 무연을 수하로 들이는 것을 포기해 버렸다.

왜구의 침입은 해가 갈수록 심해졌다. 가뭄이 끝나니 이젠 전쟁이 문제였다. 전쟁으로 피폐해진 왜인들은 주린 배를 움켜쥐고 조선 땅을 침범했다. 대책을 마련해야 한다는 소리들이 높아 하루 종일 골머리를 앓던 형식은 평소보다 훨씬 늦은 시각에 귀가해야 했다.

"피곤하시겠습니다."

"아닙니다. 매일 하는 일인 것을요."

미소 띤 부인의 마중에 형식도 환한 웃음으로 응답했다. 아들들은 어디 갔는지 보이질 않고 세 며느리와 부인 그리고 막내딸 다해가 함께였다.

"산달이 얼마 남지 않아 많이 힘들겠구나."

가장 먼저 배부른 첫째 며느리를 살핀 형식은 둘째, 셋째에게도 일일이 안부를 묻고는 다해를 보았다. 흐드러지게 핀 작약이 저러할까……. 분명 어제도 보고 그제도 본 딸아이건만 어쩐지 오늘은 훨씬 더 성숙해 보였다. 순간 형식은 아차 싶었다.

다해는 영민한 아이였다. 오라비들이 천자문을 배울 때, 아비의 무릎에 앉아 재롱이나 떨다가 세 살에 천자문을 뗐다. 형식은 안타까웠다. 다해는 계집아이였다. 조선에서 계집아이가 할 수 있는 것은 없었다.

"계절은 왜 바뀌는 건가요?"

"그것이 자연의 이치이니라."

"자연의 이치란 어떻게 만들어지는 건가요?"

다해의 질문을 대할 때마다 형식은 난감하기 짝이 없었다. 꽃은 왜 피는지, 꽃의 색깔은 어떻게 결정되는지, 병아리는 어떻게 닭이 되는지, 별님은 낮에는 어디에 있는지, 달님은 왜 자꾸 모양이 변하는지…….

오래도록 고심하던 형식은 질문에 대한 답을 아이가 스스로 찾게 하기로 했다. 온갖 종류의 책들을 구해다 준 것이었다. 놀랍게도 어린 다해는 책을 보고 뛸 듯이 기뻐했다.

부인은 못마땅해했다.

"계집아이는 계집아이답게 키워야 하는 겁니다."

형식은 안타까웠다. 자신이 아는 한 여인이 다해와 같은 재능을 꽃피울 수 있는 나라는 없었다. 그것을 고민하느라 한 해 두 해 보내다가 다해가 열두 살인가 세 살인가 됐을 즈음 어느 해 봄이었다. 평소보다 조금 일찍 일을 마치고 돌아왔는데 대문을 넘기 무섭게 성난 부인의 목소리가 가장 먼저 들려왔다.

"다시는 서책을 보아선 안 된다!"

그날은 근방의 부인네들과 형식의 아내가 함께 모여 수를 놓는 날이었다. 형식의 아내는 바느질 솜씨가 좋기로 유명했다. 한데 그 자리에서 다해의 자수 솜씨가 형편없음이 그만 드러나고 말았다. 그것이 그녀의 심기를 크게 건든 모양이었다.

"책 읽는 것의 반만큼만 연습을 해도 훨씬 나아질 것이다!"

안방 툇마루에 수북이 쌓여 있던 책들, 그것으로도 모자라 별채에서부터 이어지는 머슴들의 행렬, 그 손에 쥐어진 서책들…….

어지간해선 부모의 명에 좋다 싫다 내색하는 법이 없던 다해가 눈물을 뚝뚝 흘리며 별채로 돌아갔다. 형식은 상심하고 있을 딸아이를 달래주기 위해 별채로 향했다. 그러나 그럴 필요가 없었다.

"저자 구경을 가시겠습니까?"

툇마루에 걸터앉은 무연이 이불을 뒤집어쓴 다해를 달래려 노력하고 있었다. 다해는 아무 대답이 없었다.

"토끼를 잡아다 드릴까요?"

다해는 여전히 아무 대답이 없었다.

"호랑이를 보러 가시겠습니까?"

소리 없이 흐느끼던 다해가 벌떡 몸을 일으켰다. 뒤집어쓰고 있던 이불이 주룩 흘러내렸다.

"어째서 계집아이는 책을 읽으면 안 되는 것입니까?"

차분한 목소리였으나 그간의 억울함과 서러움이 모두 담겨 있었다. 잠시 침묵을 지키던 무연이 입을 열었다.

"너무 과해서 좋을 것은 아무것도 없습니다."

"오라비는 날밤을 새고 읽어도 아무도 뭐라 하지 않더이다."

무연은 대꾸할 말을 찾지 못한 듯 보였다. 다해가 또 입을 열었다.

"어째서 계집아이는 집 밖도 마음대로 나갈 수 없는 겁니까?"

"아씨에게는 제가 있지 않습니까? 담을 넘으면 그만입니다."

다해가 슬프게 미소 지었다.

"사내대장부가 월담을 하는 경우는 명예롭지 못한 일을 할 때뿐이지요. 그렇다면 제가 집 밖을 나가는 건 명예롭지 못한 일인 겁니까?"

무연은 또 입을 다물었다. 무연과 다해 사이에 한참 동안 침묵이 켜켜이 내려앉았다. 지켜보던 형식도 마음이 답답했다. 오랜 시간이 흐른 후에야 다해가 다시 입을 열었다.

"어째서 계집아이는 아무것도 할 수 없는 겁니까? 조선은 참으로 이상한 나라입니다!"

성정에 어울리지 않게 바락 소리를 내지른 어린 다해는 다시 이불을 뒤집어썼다. 흑흑흑, 작은 울음소리가 새어 나왔다. 조그만 이불 무더기가 가늘게 들썩였다. 슬픈 눈으로 한참을 바라보던 무연은 몸을 돌려 푸른 하늘을 한번 올려다보더니 긴 한숨을 내쉬며 말했다.

"저도 조선을 이해할 수가 없습니다. 어째서 여인은 아무것도 할 수 없게 하는 걸까요?"

울음을 멈춘 다해가 슬쩍 이불을 들추고 물었다.

"무연님의 고향은 조선과 많이 다른가요?"

부드러운 미소를 지으며 다해에게로 시선을 돌린 무연이 고개를 끄덕였다.

"예. 오직 능력만을 보기에 다른 조건은 다 소용이 없습니다."

퉁퉁 부은 눈의 다해가 머뭇머뭇하더니 입을 열었다.

"……그래서 성별도 상관이 없는 건가요?"

무연이 힘차게 고개를 끄덕이며 대답했다. 활짝 피어난 미소는 덤이었다.

"예. 현 황제폐하께서도 여성입니다."

형식은 크게 놀라고 말았다. 무연의 수하 중에도 여자들이 있다는 것은 알고 있었다. 그 사실만으로도 크게 놀랐거늘, 황제가 여자라니?

놀란 것은 다해도 마찬가지인 모양이었다. 다해가 불쑥 몸을 일으켜 이불 속에서 빠져나왔다.

"황제가 여자라고요?"

도저히 믿어지지 않는다는 얼굴이었다. 무연이 빙그레 미소 지었다.

"예. 벌써 이백오십 년을 다스려 오신 성군이시랍니다."

"이백오십 년이요?"

환상이라도 보는 듯 다해가 멍한 얼굴이 되었다. 다시 정신을 차린 다해가 물었다.

"그럼 그곳에선 여자도 입신양명할 수 있는 건가요?"

"예."

"집에만 갇혀 지내지 않아도 되는 건가요?"

"능력이 되신다면 아씨도 황제나 장군이 될 수 있습니다."

다해의 눈이 동그래졌다.

"전 조선 사람인데요?"

무연이 크게 고개를 끄덕였다.

"우리는 그런 것에 크게 개의치 않습니다."

그 말을 들은 순간 감동한 것은 다해만이 아니었다. 가만히 지켜보고 있던 형식 또한 감동받긴 매한가지였다. 만약 무연의 고국이라면, 만약 다해가 무연의 나라에 간다면…….

그 즈음부터였다. 형식이 더는 무연을 수하로 들이는 데 관심이 없어진 것은.

남녀칠세부동석이라 다해와 무연을 만나지 못하게 해야 했음에도 무연이 다해의 곁에 얼쩡거리는 것을 묵인하는 것도 마찬가지였다.

"외간사내가 다 큰 계집아이의 별당에 들락거리는 것을 무시하시다니요! 여흥 민씨 집안의 법도가 언제 이리 무너졌단 말입니까!"

호랑이 같은 부인이 하루가 멀다 하고 바가지를 긁었으나 형식은 꿋꿋하게 못 들은 척했다. 조선의 아비인 형식이 생각할 수 있는 다해를 무연의 나라에 보내는 방법은 단 하나, 무연과의 혼사였다. 때문에 그는 귀한 댁에서 들어온 혼담도 과감하게 물리쳤다.

그러나 아내를 설득할 방법이 요원했다. 다행히 다해는 아직 어렸다. 하여 차일피일 미루던 거였거늘, 형식은 그만 다해가 열여덟이 되어버린 것을 새삼 깨닫고 말았다. 이러다 다해가 정말로 혼기를 놓치면 어쩌나, 갑자기 걱정이 밀려들었다.

방긋 웃는 딸아이의 인사를 받은 형식이 고개를 들었다. 늘 그렇듯 무연은 몇 발자국 뒤에서 다해의 그림자라도 된 양 서 있었다. 이제 더는 뒤로 미룰 수 없었다.

"자네, 밥 먹고 나 좀 봄세."

무연은 정중히 고개 숙여 예를 표했다. 다해의 어미가 눈살을 찌푸렸다. 드디어 남편이 잊고 있던 문제에 대한 결정을 내린 것을 직감한 탓이었다. 다해의 모친이 그러하듯 무연도 오늘이 자신의 요청에 확답을 받는 날임을 직감했다. 그래서 잔뜩 긴장했다. 그간 속으로 수없이 연습해 두었던 말을 몇 번이고 되뇌었다. 자신의 처소에 따로 마련되었던 식사가 입으로 들어가는지 코로 들어가는지 도통 알 수 없을 지경이었다.

그렇게 식사를 마치고 무연은 사랑채로 향했다. 형식은 이미 불을 밝히고 기다리고 있는 참이었다.

"어서 오게. 차 한잔하세."

형식은 손수 차를 따랐다. 무연은 조용히 그 잔을 받았다.

"이제 조선말이 익숙하신가?"

"예."

"그럼 이제 다해를 왜 달라 했었는지 그 이유를 설명해 줄 수 있겠는가?"

이미 각오했음에도 무연은 침을 삼켰다. 잘해야 했다. 자신의 말 한마디에 진의 안위가 그리고 모든 천룡의 미래가 걸려 있었다. 무연은 이미 형식이 다해를 그에게 주기로 결정했음을 알지 못했다.

"갈구병이라는 병이 있습니다."

"갈구병?"

"예. 천룡의 후예들에게만 발병하는 병인데 차라리 죽음을 갈구한다 하여 갈구병이라고 합니다."

"대체 얼마나 고통스러운 병이기에 죽음을 갈구한단 말인가?"

"고통스러워서가 아닙니다. 살아 있으되 살아 있지 않은 상태라 죽음을 갈구한다는 겁니다."

"그게 무슨 의미인가? 살아 있으되 살아 있지 않은 상태?"

무연은 가만히 마음을 가다듬었다. 당장 그의 아비도 그 병에 걸려 운신을 못하는 상태였다. 자칫하면 크게 동요하여 일을 그르칠 수 있었다. 몇 번 차분하게 숨을 내쉰 무연이 말을 이었다.

"살아 있으나 운신할 수 없습니다. 겉보기엔 멀쩡한데 꼼짝도 할 수 없지요. 누군가가 도우면 눕거나 앉거나 할 수 있지만 그렇지 않으면 아무것도 못합니다."

"저런……."

"밥을 먹지 않아도 죽지 않습니다. 심지어 호흡도 없는데 죽지 않습니다. 상처도 생기지 않습니다. 분명 칼로 베어 그 날이 살속에 들어갔다 나왔어도 말입니다. 마치 어떤 신비한 힘이라도 있는 것처럼 그저 그대로 존재밖에 할 수 없지요."

형식은 추임새도 잊었다. 찻잔을 들고 있었으나 그것을 마시는 것 또한 잊고 있었다. 무연은 고개 숙인 채 묵묵히 설명을 이어나갔다.

"한데 오감은 모두 살아 있지요. 추위도 느끼고 더위도 느끼고 소리도 듣고 다 하는데 반응은 하지 않습니다. 심지어 고통도 느끼지요."

드디어 형식이 끼어들었다.

"아무것도 반응하지 않는다 하지 않았는가? 고통을 느낀다는 건 어찌 아는 것인가?"

"그들의 영이 소리를 지릅니다."

"영이 소리를 질러? 그걸 들을 수 있단 말인가?"

"듣는 게 아니라 느끼는 거지요. 천룡의 후예들이 지닌 재주 중 하나입니다."

형식은 무연의 상처가 믿을 수 없는 속도로 치료되었던 것을 떠올렸다. 그런 능력이 있다면 아마 영의 소리를 듣는 것도 가능하리라. 형식은 손짓으로 말을 계속해 보라 재촉했다. 무연은 그 말에 따랐다.

"살아 있으나 살아 있지 못한 상태, 따로 고통받는 일이 없다 하더라도 그 자체로 충분히 고통스러운 일이지요. 하여 수많은 의원들이 백방으로 치료법을 수소문해 보았습니다. 하지만 치료법은 찾지 못하고 엉뚱한 걸 찾았습니다."

"그게 무언가?"

무연이 다시 고개를 들었다. 눈빛이 슬퍼 보였다.

"저주였습니다."

"저주? 누가 내린 저주란 말인가?"

"신이 내린 저주였습니다."

형식은 입을 다물었다. 무연이 처음보다 훨씬 낮아진 목소리로 말을 이어나갔다.

"만백성이 신당에 빌었습니다. 어찌해야 저주를 풀 수 있을지 오래도록 그 방법을 찾았습니다. 그리고 우리는 그때야 우리가 살고 있는 세상 이외에 또 다른 세상이 있다는 걸 알게 되었습니다. 그곳에 있는 누군가가 우리의 저주를 풀어줄 수 있다는 것도 알게 되었습니다. 하여 저는 달빛을 넘어 이곳에 왔습니다."

"달빛을 넘었다고? 무슨 비유적인 표현인가?"

형식은 정말로 무슨 소린지 이해하지 못한 얼굴이었다. 눈이 마주친 무연이 작게 미소 지었다.

"아마 이해하기 어려우실 겁니다. 그냥 아주 멀고 먼 나라에서 왔다고 생각하십시오."

형식은 갑자기 마주한 이해 못할 사실에 묵묵히 차만 마셨다. 그렇게 한참을 침묵하던 형식이 다시 입을 열었다.

"그럼 그 저주를 풀어줄 이가 내 딸 다해인 건가?"

"예."

무연의 대답은 짧고 간단했다. 형식은 다시 고민에 빠져들었다. 사실, 조선에서 사위감을 골라 시집을 보낸다 한들 얼굴 보기 어려운 것은 마찬가지였다. 출가외인이라고 하지 않던가? 조선에서 딸자식이란 그런 존재였다. 그렇다면 멀고 먼 타국으로 보내는 게 무슨 대수일까? 그간 보아온 무연이라면 사위감으로 차고 넘쳤다.

형식이 침묵을 깼다.

"그럼 그곳에 가면 정말 아녀자도 하고자 하는 일을 모두 이룰 수 있는가?"

무연은 그제야 형식이 다해를 보내는 일에 호감을 갖게 된 연유를 알았다. 무연이 보기에도 다해는 조선에서 썩기엔 아까운 면이 분명 있었다.

무연이 힘차게 고개를 끄덕이며 대답했다.

"예. 진에선 성별, 신분, 재력 등 그 어느 것도 따지지 않습니다. 황제 또한 혈통이 아닌 능력에 따라 선출됩니다."

"황제가 능력에 따라 선출된다고?"

형식으로선 믿을 수 없는 일이었다.

"그렇게 되면 나라가 혼란해지지 않겠는가?"

무연이 고개를 흔들었다.

"아닙니다. 황제를 포함하여 신료들도 능력에 따라 선출되다 보니 태반이 천룡의 후예이지요. 그들은 수명이 다른 이들에 비해 다소 길기 때문에 평균 이삼백 년씩 나라를 다스립니다. 그러다 보니 황권이 공고하여 그 누구도 감히 다른 뜻을 품기가 어렵지요."

"그럼 천룡의 후예가 아니면 천대받겠군."

형식은 마치 어떻게 해서든 꼬투리를 잡으려는 사람처럼 집요하게 캐물었다. 무연은 성실하게 그의 질문에 답했다.

"그 또한 아닙니다. 천룡의 후예라는 것은 혈통이나 기타 다른 어떤 조건에 따라 이어지는 힘이 아닙니다. 그 누구도 힘이 발현되는 조건을 알지 못합니다. 그냥 어느 날 아무에게서나 불쑥 나타나지요. 그저 그들이 가진 재능이 뛰어나다 보니 관료의 태반이 천룡의 후예가 된 것뿐 다른 어떤 조건에 의미를 둔 게 아닙니다."

어느덧 무연의 말이 점점 길어지고 있었다. 나라에 대한 자부심이, 황제에 대한 충성심이, 천룡의 후예라는 긍지가 대단한 듯 보였다.

비록 믿을 수 없는 내용이 태반이었으나 그간 보아온 무연의 행실로 보자면 틀림없는 사실이리라. 그렇다면 형식이 보기에 무연의 고국은 다해가 행복하게 살기에 전혀 모자람이 없는 완벽한 나라였다. 그런 곳에서 살게 된다면 다해는 분명 큰일을 해내리라.

하지만 형식은 조선의 아비였다. 비록 무연은 사위감으로 손색이 없다 한들 그의 배경 또한 무시할 수는 없는 문제였다.

"자네, 혼인은 하였는가?"

무연은 고개를 갸웃했다. 왜 묻는지 알 수 없었다. 그러나 답하지 않을 수도 없었다.

"아직입니다."

흡족한 형식이 질문을 이어갔다.

"그럼 자네는 고국에서 어떤 위치에 있는가?"

무연은 또 머뭇거렸다. 형식이 무엇을 궁금해하는 건지 이해하지 못한 탓이었다. 형식이 빙그레 웃으며 다시 입을 열었다.

"자네는 황명을 받들고 있다고 했네. 그럼 무슨 직책을 맡고 있을 것이 아닌가?"

무연은 그제야 형식의 질문을 이해했다. 무연이 다시 긴장을 풀고 답을 이어나갔다.

"저는 서방칠사 주우의 장군입니다. 조선에서 어떤 직책과 견주어야 할지는 잘 모르겠으나 그냥 대장군이라고 보시면 됩니다."

"대장군씩이나 되는 사람이 이렇게 직접 돌아다닌단 말인가?"

"보통은 아닙니다. 다만, 그만큼 천손을 찾는 일이 중요한 것이겠지요."

"그렇군……."

형식이 차를 들어 마시곤 다시 물었다.

"그럼 자네 가문은 어떠한가?"

무연은 잠시 의아한 표정을 했다. 왜 가문까지 묻는지는 이해하기 어려웠다. 그래서 되물었다.

"어찌 그런 것까지 물으십니까?"

형식은 빙그레 웃음 지었다. 역시나, 무연은 자신의 의도를 모르는 게 확실했다. 그래서 형식은 다른 질문을 던졌다.

"만약 저주가 풀린다면, 그 후에 다해는 어찌 되는가? 혹 토사구팽을 당하지는 않겠는가?"

무연이 정색했다.

"절대로 그럴 일은 없습니다. 제가 제 이름을 걸고 한평생 행복하게 살 수 있도록, 원하는 일을 모두 할 수 있도록 보필할 것입니다. 만약 고향을 그리워한다면 다시 돌아올 수 있도록 할 것입니다. 이것은 황명이기도 합니다."

역시나 생각한 대로였다. 형식이 만족한 미소를 지었다.

"자네가 책임지겠다, 이 말이지?"

"예."

무연은 힘차게 고개를 숙여 예를 취했다. 그는 여전히 이 대화가 무엇을 의미하는지 모르는 듯했다.

형식은 다해도 이미 무연에게 정이 들어 있음을 알고 있었다. 아비의 의도였는지 본인의 의지였는지는 중요치 않았다. 비록 천방지축이나 삼강오륜에 철저한 아이가 외간사내인 무연의 별당 출입을 내버려 두는 것이 그 증거였다. 상황이 이러하니 무연과 다해를 짝지어 주고픈 것은 아비인 형식의 본능이나 다름없었다.

그러나 무연의 고국과 조선의 풍습은 무척이나 달라 보였다. 당장 황제가 여자라고 하지 않던가? 조선에선 있을 수 없는 일이었다. 때문에 약혼을 요구한다면 무연이 어찌 받아들일지 불분명했다. 하여 형식은 무연을 다해에게 묶어둘 수 있는 약조에 만족하기로 했다. 그간 보아온 바, 무연은 절대로 약조를 어기는 사람이 아니었다.

"좋네. 그럼 날을 잡게."

"날이요?"

무연이 되물었다. 형식이 미소 지으며 말했다.

"다해와 자네가 자네의 나라로 떠나는 날 말일세."

멍하니 앉아 있던 무연이 큰절을 올렸다.

"진의 만백성을 대신하여 그리고 황제폐하를 대신하여 감사 인사 올립니다."

허허, 웃은 형식이 무연에게 일어나라 손짓했다.

"민망하게 무슨 짓인가. 어차피 혼기가 찬 아이라 이별은 예정되어 있던 일. 제 뜻을 펼칠 수 있는 곳으로 갈 수 있다면 그보다 더 좋은 일이 어디 있겠는가?"

"어르신의 뜻, 분명히 이해했습니다. 아씨의 능력, 크게 펼칠 수 있도록 제가 보필하겠습니다."

"그럼 자네만 믿겠네."

그 후 두 남자는 훈훈한 분위기 속에서 담소를 나누며 차를 마셨다.

그날 밤, 안채에서는 안방마님의 성난 목소리가 새나왔다. 다행히 더 큰일은 벌어지지 않았다. 모두 형식의 공이었다.

며칠 후.

무연은 주막으로 향했다.

"여기 막걸리 한 병 주십시오."

주문을 마친 무연은 툇마루의 가장 구석진 곳에 자리 잡았다. 여기저기 흘깃거리는 시선들이 느껴졌지만 모른 체했다. 무연으로서는 이미 익숙해진 일이었다. 그렇게 술 한 병을 다 비워가도록 수하들은 나타나지 않았다. 틀림없이 소식을 전해두었다. 일이 잘 풀려 모두가 천손과 함께 고국으로 돌아갈 것이니 돌아오란 내용이었다.

술잔을 내려놓으며 무연은 하늘을 한 번 올려다보았다. 이미 해는 다 지고 별이 총총 떠오르고 있었다. 이상한 일이었다. 무연은 좀 더 기다려 보기로 하곤 사발에 막걸리를 따랐다. 뽀얀 술이 쏟아졌다. 슬쩍 입술을 축여보았다. 고향 술이 간절했다. 고향을 떠올리자 아비에 대한 염려가 그 뒤를 따랐다.

아버지 또한 천룡의 후예였다. 천룡의 후예들은 시신을 남기지 않는다. 만약 자리를 비운 사이 돌아가신다면 무연은 과연 아비의 죽음을 실감할 수 있을까? 스스로 답을 내리기도 전에 무연은 눈을 빛내며 칼을 뽑아들었다.

무연의 행동을 뒤늦게야 확인한 주막 안 사람들이 비명을 지르며 흩어졌다. 초가지붕 위에서 우르르 검은 복면의 괴한들이 쏟아졌다. 그들은 무연을 노리고 있었다. 무연은 날렵하게 몸을 날려 주막을 빠져나왔다. 그리고 지붕에서 지붕을 넘나들며 외곽으로 달렸다.

무연의 뒤를 괴한들이 쫓았다. 무연은 열심히 달리면서도 뒤를 흘깃거렸다. 복면을 한 괴한들의 몸 곳곳에서 작게 반짝이는 것들이 있었다. 무연은 피식 웃었다. 려(嬶)의 자객이 틀림없었다.

려나라 사람들은 하나같이 화려한 것을 좋아했다. 오죽하면 무인들조차도 장신구를 포기하지 않았다. 신비술이란 신묘한 힘을 부리는 자들이 있어서 살갗에도 온갖 종류의 그림을 그려댔다. 무연으로선 이해할 수 없는 행동이지만 덕분에 이렇게 자객들조차도 자신의 국적을 화려하게 드러내니 그저 고마울 뿐이었다.

려에서 왜 자신을 노리는지는 빤했다. 아마도 저주가 풀리는 것이 달갑지 않으리라. 무연은 다해의 위치를 노출시키고 싶지 않았다. 하여 여수로부터 가급적 멀리 도망을 쳤다. 무연의 속셈을 아는지 모르는지 자객들은 끊임없이 따라왔다. 무연은 여유롭게 나뭇가지를 넘나들며 그들을 유인했다. 불행히도 무연은 그들이 이미 다해의 존재에 대해 알고 있음을 몰랐다.

같은 시각.

형식은 오늘은 기필코, 무연과 짝지어줬음을 딸에게도 알리기로 했다. 막내와의 이별이 아쉬워 하루 이틀 자신도 모르게 미루고 있었으나 더는 그럴 수는 없었다. 사내대장부끼리의 약속이 아니던가? 물론 한쪽은 이것이 혼례를 의미함을 모른다지만 말이다.

다해의 처소는 다행히 아직 불이 켜 있었다. 형식이 헛기침을 했다. 장지문 너머로 그림자가 어른거리더니 이내 문이 열렸다.

"어서 들어오셔요."

다해가 다소곳이 옆으로 물러섰다. 형식은 마루에 올라 성큼 다해의 방 안으로 들었다. 다해는 자수를 놓고 있던 것처럼 보였다. 그러나 병풍의 끝부분 한 폭이 조금 과하게 접혀 있었다. 그 뒤로 서책의 끄트머리가 슬쩍 고개를 내밀고 있었다. 아비의 시선을 따라가 본 다해가 얼른 난처한 얼굴로 병풍을 바로 폈다.

"책을 읽고 있었던 게냐?"

"예."

자리에 앉은 형식은 바로 앞에 놓여 있는 자수틀을 바라보았다. 쿡쿡 웃음이 터져 나왔다. 그리 영특하건만 자수 솜씨만큼은 도통 나아질 기미가 없는 모양이었다.

"이게 무엇인고?"

다해가 시치미를 뗐다.

"수탉입니다."

당연히 수탉일 리 없었다. 그것은 봉황이었다.

"수탉?"

"예."

형식이 크게 웃음을 터뜨렸다.

"하하하, 우리 막내의 자수 솜씨가 일취월장한 모양이로구나. 어찌 이리 진짜 수탉 같을꼬? 조만간 크게 홰를 치며 날아오르겠구나."

다해가 눈을 흘겼다.

"놀리지 마시어요."

"놀리다니? 나는 정녕 칭찬을 한……."

형식의 얼굴이 굳었다. 다해는 영문을 모르는 얼굴로 형식을 바라보았다. 아비가 나지막하게 입을 열었다.

"무연은 어디에 갔느냐?"

"출타 중입니다만……."

"하필이면……."

형식이 훅, 입바람으로 등불을 껐다. 삽시간에 방 안이 어두워졌다. 다해는 두 눈이 동그래져서는 조용히 숨을 죽였다. 형식이 살금살금 문으로 다가갔다. 바로 그 순간 장지문을 뚫고 기다란 칼 하나가 쑥 밀려 들어왔다. 형식은 잽싸게 몸을 날렸다. 와장창 문이 부서지며 괴한들이 들이닥쳤다. 다해는 깜짝 놀라 구석으로 도망갔다. 형식은 가장 먼저 달려든 이를 제압히곤 칼을 빼앗아 들었다. 그리고 한꺼번에 달려드는 자객들을 빈틈없이 상대했다.

방구석에서 놀란 가슴을 다스리며 상황을 지켜보던 다해는 무연이 늘 자신의 곁을 맴돌던 데에는 다 이유가 있었음을 한순간에 깨달았다. 아비 또한 그것을 깨달은 게 분명했다. 시퍼런 칼날들이 사방에서 들이닥치는데 목숨을 이미 내놓은 듯 움직였다. 다해는 칼날이 아비의 몸을 꿰뚫을 때마다 저절로 비명이 터지려는 걸 억지로 눌러 막았다. 대신에 다해는 아비를 어찌 도울 수 있을지 생각하고 또 생각했다.

이리저리 방황하던 다해의 시야 속으로 흐릿하게 비쳐 드는 달빛 아래 불 꺼진 등잔이 들어왔다. 순간 퍼뜩 떠오르는 것이 있었다. 다해는 낮게 기다시피 움직여 병풍 뒤로 돌아갔다. 벽장에서 부싯돌을 꺼낸 다해는 거침없이 서책더미에 불을 질렀다. 어미 몰래 아비와 오라비의 도움으로 다시 모은 귀한 책이란 사실은 안중에도 없었다.

불길은 삽시간에 사방으로 번져 나갔다.

"불이야!"

다해가 크게 소리쳤다. 거센 불길에 무사들도 놀란 듯 모두 방 밖으로 빠져나갔다. 다해와 아비도 얼른 밖으로 몸을 피했다. 불길은 삽시간에 별당 전체로 번져 나갔다.

"불이야!"

다해가 한 번 더 소리쳤다. 깊은 밤, 커다란 불길이 캄캄한 어둠을 날름거리며 삼켜갔다. 누군가 짧게 소리쳐 후퇴를 명했다. 덤벼들던 무사들이 일시에 뒤로 빠지더니 방향을 틀었다. 형식은 포효하는 범처럼 그중 하나에게 달려들었다. 복면의 사내는 사방을 붉게 물들이며 털썩, 바닥에 쓰러졌다. 동시에 형식 또한 무너져 내렸다.

형식의 상처는 생각보다 깊었다. 야밤에 의원을 불러오느라 세 아들들이 분주히 뛰어 다녔다. 가까스로 찾아온 의원은 신음했다. 상처가 워낙 깊고 많아 다들 고개를 절레절레 흔들었다. 다해의 모친은 오열했다.

"아이고, 여보! 이게 대체 무슨 일이랍니까!"

"그러다 어머니께서 먼저 쓰러지시겠습니다. 뒷일은 저희에게 맡기고 가시지요."

원해가 어미를 살뜰히 챙겨 안채로 데려가고 두 아들이 자리에 남아 병상을 지켰다. 다해도 함께였다.

"다해야……."

가까스로 정신을 차린 아비가 다해를 불렀다.

"네, 아버지."

형식은 아무래도 눈이 잘 보이지 않는 모양이었다. 다해가 부드럽게 아비의 손을 잡았다.

"너를 무연에게 맡겼느니라."

그 누구도 형식의 말에 놀라는 기색이 없었다. 온 여수가 이미 그렇게 될 것임을 알고 있었다. 그것은 다해도 마찬가지였다.

"원해야……."

아비가 불렀다. 둘째가 얼른 나섰다.

"저 도해입니다. 형님은 어머니를 모시고 있습니다."

형식이 힘겹게 긴 숨을 내뱉었다.

"도해와 정해는 내 말을 꼭 원해에게 전하거라……."

"예, 아버지."

이후로 형식은 힘겹게 간단한 당부의 말을 더했다. 죽음을 예견이라도 한 듯, 차분하게 말을 마친 그는 조용히 숨을 거두었다. 세 오누이는 숨죽여 눈물지었다. 문밖을 지키던 가솔들도 형식이 숨을 거둔 것을 알고는 일제히 통곡했다. 뒤늦게 소식을 들은 원해가 달려와서는 아비의 두루마기를 들고 지붕에 올랐다.

모두가 울음을 멈추고 숨을 죽인 채 원해를 지켜보았다. 북쪽 지붕에 자리 잡은 원해는 두루마기를 크게 흔들며 아비의 이름을 불렀다. 제발 돌아오시라고, 혹시나 하는 한줄기 희망을 붙들고 그렇게 외쳤으나 너무나 당연하게도 아비는 돌아올 수 없는 강을 건넌 지 이미 오래였다.

※

상복을 입은 다해를 바라보는 무연의 심정은 복잡하기 짝이 없었다. 마당 한구석에서 묵묵히 서 있는 무연을 발견한 다해가 자리에서 일어섰다. 다해가 짚신을 신고 마당에 내려서 근처에 다가가기까지 그는 자신만의 생각에 빠져 그녀가 근접한 것을 알지 못했다.

"어찌 그러십니까?"

무연이 얼른 고개를 들었다.

"제가 그들의 계략에 당하지만 않았어도 어쩌면 어르신은 살 수 있었을지도 모릅니다."

자객들을 가뿐하게 따돌리고 돌아온 무연은 자신이 도리어 그들에게 당한 것을 깨달았다. 그 순간 무연을 찾아온 것은 죄책감이었다.

"'그들'이 누구입니까?"

그러나 다해의 관심은 다른 쪽에 있었다. 다해가 다른 가족들보다 조금 더 일찍 슬픔에서 빠져나올 수 있었던 것은 바로 그 때문이었다.

무연은 잠시 다해의 낯빛을 살폈다. 다해는 정녕 무연을 원망하는 눈빛이 아니었다. 다해의 모친은 어찌 낭군을 지키지 못했느냐며 무연에게 패악질에 가까운 원망을 쏟아내었거늘…….

무연은 다해가 고마웠다.

"려의 자객입니다."

"려요?"

"진의 적입니다. 현재 제 고향 땅에는 진과 려가 대륙을 크게 양분하고 있는 모양이지요. 당연히 려에선 진을 견제할 수밖에 없습니다."

무연은 뒤이어 자신의 수하들이 나타나지 않은 일과 아마도 그들이 모두 제거됐을 거란 이야기까지 남김없이 해주었다.

차분하게 모든 이야기를 들은 다해가 입을 열었다.

"무연님께서 저를 데려가려 하시는 것과 관련이 있는 겁니까?"

이미 그 사실은 비밀이 아닌 지 오래였다. 때문에 다해도 물론 알고 있었다.

"예."

다해는 아직 진의 저주에 대해 잘 모르는 탓에 무연은 짧은 대답밖에 해줄 수가 없었다. 다해가 고개를 돌려 아비가 누워 있는 방을 보았다. 저절로 슬픈 표정이 지어졌다. 그 곁에 나란히 앉아 있는 세 오라비들도 보았다. 뒤이어 고개를 들어 안방이 있는 쪽을 보았다. 몸져누운 어머니가 계신 곳이었다.

다시 무연을 바라본 다해가 말했다.

"제가 한시바삐 사라져야겠네요."

무연이 눈을 크게 떴다.

"그게 무슨 소리입니까?"

"이런 일이 한 번만 있을 것 같지 않아 드리는 말씀입니다."

무연은 아무 말도 하지 않았다. 도저히 다해의 말에 반박할 수가 없었다. 다시금 오라비들을 쳐다본 다해가 한숨을 쉬었다.

"오라비들은 상관이 없으나 어머니를 설득하기가 쉽지 않겠네요."

무연은 뭐라 말하고 싶었으나 대체 무슨 이야기를 꺼내야 할지 난감하기만 했다. 어쨌든 이 모든 일이 자신 때문이었으니 스스로는 입이 열 개라도 할 말이 없는 처지였다. 무연의 표정이 변한 것을 눈치챈 다해가 생긋 웃었다. 당장 아비를 잃은 이라고는 여겨지지 않는 밝은 미소였다.

"쇠뿔도 단김에 빼랬다고 지금 다녀올게요."

"나중에 가시지요. 어머니께서는 지금……."

"아뇨. 그자들이 언제 또 올지 모르는 마당에 앉아서 기다릴 수는 없어요."

부드러운 표정이었으나 단호한 말투였다. 단단히 결심한 모양이었다.

안채에 도착한 다해는 홀로 안방에 들었다. 잠시 조곤조곤 대화하는가 싶더니 기어코 큰 소리가 터져 나왔다.

"아비 하나 지켜주지 못한 도깨비를 기어코 따라가겠단 말이냐!"

무연은 두 눈을 감았다. 심장을 찔린 기분이었다. 뒤이어 조곤조곤 다해의 말소리가 들려왔다. 무어라 말하는지는 알아들을 수 없었다. 무연은 굳이 귀를 기울이진 않았다.

한 번 더 마님의 목소리가 터져 나왔다.

"내 눈에 흙이 들어가기 전에는 절대로……!"

뒤이어 다급한 다해의 외침이 들려왔다. 아무래도 성질을 부리던 마님이 결국엔 또 혼절한 모양이었다. 한참이나 부산을 떠는 소리가 들리고 몸종 하나가 뛰쳐나오더니 이내 집 한쪽에서 대기하고 있던 의원과 함께 돌아왔다. 의원이 드는 것을 확인한 다해는 조용히 방을 나섰다.

"무어라 하셨습니까?"

이미 결과를 다 알면서도 무연은 조용히 물어보았다. 다해가 고개를 저었다.

"어째서 저리도 무연님을 싫어하시는지 모르겠습니다."

무연의 고개가 저절로 떨어졌다. 조선말을 잘 알지 못하던 때, 자신이 꺼낸 첫마디가 떠올랐다.

"따님을 주십시오."

조선말을 제법 하게 된 지금 생각해 보자면 참으로 어이없는 대답이다. 첫인상이 중요하다고 하시 않던가? 귀한 딸아이를, 그것도 다 큰 사내가 다섯 살배기 어린 여자아이를 달라 했으니 그 어미의 심정이 오죽했을까?

"모두가 제 탓입니다."

다해의 부친이 죽은 것도, 그녀의 모친이 자신을 싫어하는 것도 모두 포함한 말이었다.

다해가 부드럽게 무연을 올려다보았다.

"너무 자책하지 마세요. 아버님은 무연님 때문에 돌아가신 게 아닙니다. 저 때문에 돌아가신 거지요."

"그것을 어찌 아씨의 탓이라 하십니까?"

"그렇다면 무연님의 탓도 아닙니다. 아버지께서는 하늘의 명운에 따르셨을 뿐입니다."

무연은 눈시울이 뜨거워지는 것을 느꼈다. 그대로 두었다간 금방이라도 눈물이 떨어질 거 같아서 그는 얼른 억지웃음을 지었다. 다해도 마치 그런 무연을 달래듯 부드럽게 미소 지었다.

"요즘 누가 삼년상을 치른다고……."

어느덧 남편을 잃은 슬픔을 이겨낸 듯 보이는 다해의 모친은 이제 막 외출하려는 둘째 아들을 붙들었다.

"어찌 죽 하나 덜렁 들고 가느냐?"

둘째 아들 도해의 손에는 죽이 담긴 작은 단지 하나가 전부였다. 도해가 작게 웃었다.

"어머니, 형님은 제대로 하실 생각이십니다. 진수성찬을 챙겨 가져가도 안 먹을 겁니다."

"아니, 건장한 사내가 죽만 먹고 어찌 사느냐? 아가, 가서 아침에 내가 만든 밑반찬하고……."

다해의 모친은 분주히 며느리를 닦달해 기어코 아들의 손에 찬합을 쥐어주었다. 멀어지는 둘째 아들을 쳐다보며 모친이 한숨을 쉬었다.

"요즘 누가 삼년상을 치른다고……."

하늘에 있는 남편이 들으면 서운할지도 모른단 생각은 눈곱만큼도 없는 눈치였다. 그러나 둘째 아들을 보낸 후 방에 돌아온 마님은 하염없이 앉아만 있었다. 그리 금슬이 좋았으니 남편을 잃은 슬픔이 쉬이 가실 리 없었다. 허공을 훑는 눈빛에는 깊이 모를 슬픔만이 가득했다.

하지만 아들들이 돌아올 저녁 시간이 다가오자 마님의 머리엔 슬그머니 자식들에 대한 걱정이 되살아났다. 자리를 박차고 일어난 다해의 모친은 안방을 떠나 대문 앞을 서성였다.

"어머님, 식사 준비는 어찌할까요?"

어머님이 나와 있는 것을 확인한 며느리들이 다가와 물었다. 갑작스러운 상에 놀라 몸을 푼 첫째를 제외한 둘째와 셋째 며느리였다.

"도해와 정해가 돌아오거든 같이 먹자꾸나."

"예."

두 며느리는 공손히 허리를 숙이곤 다시 부엌으로 향했다.

잠시 후, 대문이 요란한 소리를 내며 열렸다. 셋째 아들 정해였다.

"기다리고 계셨습니까?"

갓 스무 살의 아들이 환히 웃었다. 싱복을 입고 있어도 어찌이리 잘생겼는지, 어미는 흐뭇한 미소를 머금었다.

"그래. 나갔던 일은 잘 되었고?"

"집을 구하기가 쉽지는 않네요."

정해가 난감한 표정을 지었다.

현령인 아비가 죽은 탓에 내아를 비워주어야 했다. 평생을 청렴하게 산 터라 부자라 할 수 없었으니 집을 구하기가 쉬운 일은 아니었다.

"작아두 상관없단다."

"하오나 이제는 식구가 많지 않습니까?"

"노비는 모두 정리하여 한양에서부터 따라온 이들만 거두면 되고 식객들은⋯⋯."

모친이 얼굴을 구겼다. 남편이 죽은 후 머물던 식객들은 모두 떠나고 남은 것은 무연 하나였다.

"어머니, 이제 날이 제법 쌀쌀합니다. 그만 드시지요."

정해는 눈치가 빨랐다. 정해는 어미를 안채로 떠다밀었다. 아비를 가장 많이 닮은 아들인 터라 모친은 마음이 약해진 듯 보였다.

"하지만 네 형이…….."

"에이, 저도 그렇지만 형님도 이제 애가 아닙니다. 우리 삼형제 모두 이제는 아비입니다."

모친이 눈을 흘겼다.

"그래도 너희는 내 눈에 모두 어린아이처럼 보일 뿐이니라."

"예에, 압니다. 그러니 어서 들어가세요. 그러다 고뿔이라도 걸리시면 삼형제는 죽습니다."

"능구렁이 같은 녀석. 어찌 그리 제 아비를 쏙 빼 닮았누…….."

"아버님의 아들이니 당연한 거 아니겠습니까?"

막내의 넉살에 다해의 모친은 따뜻한 미소를 지었다.

그렇게 두 사람이 몸을 돌려 걷기 시작하는데 누군가 대문을 부서져라 두들겼다. 마님과 막내 도련님을 지켜보고 있던 행랑아범이 황급히 대문을 열어보았다.

관아의 나이 어린 포졸이었다.

"크, 큰일 났습니다요!"

"무슨 일이기에 이리 호들갑인가?"

어미를 대할 때는 봄바람 같았던 막내아들 정해가 근엄한 얼굴로 물었다.

나이 어린 포졸은 무언가 말하려다가 안방마님의 눈치를 살폈다.

"왜? 내가 들으면 안 되는 이야기더냐?"

마님이 부드럽게 물었다.

"아니, 그것이……."

포졸은 이리저리 몸을 꼬았다. 정해가 그런 포졸을 나무랐다.

"어차피 난 마님께 감추는 것이 없다. 그러니 어서 말해보거라."

어린 포졸은 그 말을 듣고도 몇 번이나 마님의 눈치를 살폈다.

"어허, 이놈이! 도련님께서 어서 말하라지 않느냐!"

행랑아범이 채근하자 그제야 포졸이 입을 열었다.

"도, 도해 도련님께서 돌아가셨습니다."

싸아, 찬 기운이 사방으로 피져 나갔다. 행랑아범과 막내 노련님 그리고 마님의 눈치를 살피던 포졸은 안절부절못하는 듯하더니 쌩하니 도망가 버렸다.

셋 중 그 누구도 그런 그를 잡을 생각조차 하지 못했다.

"방금…… 저자가 무어라 했느냐?"

안방마님의 얼굴은 이미 사색이었다. 정해는 당장 쓰러질 것처럼 보이는 어미를 부축하며 물음에 답했다.

"형님께서……."

그러나 어미는 그 대답을 다 듣기도 전에 혼절해 버렸다.

다해의 집에서 그날 밤 편하게 잔 사람은 아무도 없었다. 다해 또한 밤새도록 어미의 곁을 지키다가 해가 중천에 뜨고 나서야 겨우 처소로 돌아왔다. 그 뒤를 묵묵히 따르던 무연이 물었다.

"어찌 된 일입니까?"

옷고름으로 눈물을 정리한 다해가 긴 한숨을 내쉬며 대답했다.

"타살이라더군요."

"강도의 짓입니까?"

다해가 고개를 저었다.

"잃은 것은 오직 목숨뿐이랍니다."

"관아에서 조사를 시작하겠군요."

"이미 조사를 시작했는데 이상한 점이 있다고 했습니다."

"혹 제가 그것을 알아도 되겠습니까?"

다해가 걸음을 멈추고는 뒤를 돌아보았다.

"반짝거리는 무언가로 뱀 사 자가 새겨져 있었다고 합니다. 오라버니의 얼굴에 말입니다."

무연이 신음했다. 차마 다해의 눈을 마주 보지 못했다. 다해는 그런 무연을 뚫어져라 바라보며 물었다.

"아버지께 목숨을 잃었던 그 자객 말입니다. 그자의 눈 밑에도 점이 있었지요. 방향에 따라서 붉게도 보이고 푸르게도 보이던 그 특이한 점 말입니다. 그것과 같은 종류라 했습니다. 혹, 제가 생각하는 것이 맞을까요?"

다해의 물음에 무연은 조용히 고개만 끄덕였다. 다해가 다시 물었다.

"그럼 뱀 사 자가 의미하는 것은 무엇인가요?"

무연은 차마 떨어지지 않는 입을 억지로 떼어 대답했다.

"려의 시초는 축복받은 뱀이었다고 합니다."

"뱀이라……."

"예. 달빛 너머 제 고국엔 본디 열두 개의 나라가 있었다고 전해집니다."

똑똑한 다해는 무연이 지금 무슨 말을 하려는 것인지 바로 이해했다.

"십이지로군요."

"예. 축복받은 각각의 십이지가 시초가 되어 나라를 세웠다고 하지요."

"그런데 굳이 자신이 저지른 짓임을 밝혔다는 것은……."

무연이 심각한 얼굴이 되었다.

"저에게 보여주기 위함이겠지요."

"아니면 저에게 보여주기 위함이거나요."

무연의 눈이 살짝 커졌다. 다해는 고개를 숙이고 이미 생각에 빠져든 후였다. 한참이 지나 다해가 다시 고개를 들었다.

"혹 진은 약소국입니까?"

"아닙니다. 대륙 최강이라고 자부합니다."

다해가 물끄러미 무연을 바라보았다. 민망해진 무연이 얼른 덧붙였다.

"제 고국이라 그런 것이 아닙니다."

다해가 살며시 고개를 흔들었다.

"그래서 그런 것이 아닙니다. 만약 무연님 말씀대로 진이 강대국이라면 왜 저를 굳이 진으로 보내려 하는 걸까요?"

"진으로 보내려 하다니요?"

다해가 다시 몸을 돌려 걷기 시작했다. 무연도 그 뒤를 따라 걸었다. 앞서가던 다해가 조용조용 입을 열었다.

"제 아버님께서 려의 자객들에 의해 돌아가셨습니다. 그리고 이제 그들은 제 둘째 오라버니도 살해했지요. 그리고 분명하게 자신들의 짓임을 저에게 혹은 무연님께 알렸습니다. 무언가를 하지 않으면 계속해서 죽이겠다, 고 말하고 있는 거란 생각이 들었습니다. 그 무언가가 무얼까, 생각해 보았습니다."

다해는 잠시 말을 멈추었다. 다해와 무연의 발소리만이 자박자박 사방을 채워 나갔다. 처소에 도착한 다해가 걸음을 멈추고 다시 몸을 돌렸다.

"아마도 저더러 직접 찾아오라는……."

"절대로 용납할 수 없습니다."

무연이 단호하게 다해의 말을 잘랐다. 다해가 생긋 웃었다.

"그러니까요. 무연님이 용납할 리 없다는 걸 그들도 알지 않겠습니까? 그렇다면 남은 것은 단 하나. 저나 무연님을 고립시키려는 의도가 아닐까, 하는 생각을 해보았습니다. 그리되면 진나라로 돌아갈 테니까요. 하지만 우리가 진나라로 가버리는 게 그들에게 무슨 이득이 있는 걸까요?"

무연이 깊은 생각에 빠져들었다. 그러나 대체 그들의 속셈이 무엇인지 알 수가 없었다. 단순히 저주 풀기를 훼방 놓으려는 거라면 굳이 이런 식으로 하지 않아도 충분했다. 그냥 다해를 죽여 버리면 그만이니까.

'내가 지금 무슨 생각을…….'

무연이 얼른 생각을 털어냈다. 다해가 살해되는 상황은 상상도 하기 싫었다. 그런 무연을 일깨운 것은 다해의 목소리였다.

"어쨌든 내일, 어머니께서 일어나시면 다시 한 번 말씀드려야겠어요. 진나라가 강대국이라면 어서 빨리 가서 보호를 받는게 나을 테니까요."

무연이 걱정 가득한 목소리로 대꾸했다.

"여전히 허락하지 않으실 겁니다."

"그래도 해야죠. 이대로 있으면……."

다해의 표정이 어두워졌다. 무연이 서둘러 그런 다해를 위로했다.

"걱정하지 마십시오. 걱정하시는 일은 일어나지 않을 겁니다. 제가 지켜 드릴 겁니다."

다해가 무연을 올려다보았다. 살짝 미소가 얹힌 얼굴이었다.

"예. 무연님만 믿겠습니다."

려의 자객으로부터 그 누구도 지키지 못했고 더불어 그들의 계획조차 간파하지 못하여 대장군이라는 직책이 민망해질 위기에 처해 있었거늘, 다해의 미소 하나로 무연은 이유 모를 자신감을 얻을 수 있었다. 그러나 그것은 다해의 모친과는 전혀 상관없는 일이었다.

※

"너는 집이 이 사달이 났는데도 끝까지 그런 소리를 하는 것이냐?"

모친의 목소리엔 울음이 한가득 섞여 있었다. 다해는 아픈 마음을 추스르며 조심스레 어머니를 다시 설득하려 해보았다.

"저 때문이라 말씀드리지 않았습니까? 뱀 사 자는 진의 적국을 의미하는……."

"그것이 무연의 짓이면 어쩌겠느냐?"

다해는 대꾸하지 않았다. 대꾸할 가치도 없는 말이었다. 모친은 그런 다해가 원망스럽다는 듯 말을 뱉어냈다.

"너를 데려가기 위한 무연의 술수일 수도 있지 않으냐?"

"어머니, 그건 말도 안 됩니다."

"어째서 말이 안 되느냐? 그보다 더 아귀가 맞아 떨어지는 게 어딨어? 도통 허락해 줄 기미가 보이지 않으니 참다 참다 다 죽여 버리는 게 아니고 뭐냔 말이다!"

"어머니, 대체 그럴 필요가 뭐가 있단 말입니까? 정녕 그럴 의도였다면 그저 저 하나 보쌈해 가면 그만인 것을요."

어미의 귀에는 그 말이 들리지 않은 모양이었다.

"다해야. 너는 무연이 올해 몇 살인지 아느냐?"

다해는 잠시 입을 다물었다. 뜬금없는 질문이었다. 다해의 모친이 얼굴을 찌푸리며 말했다.

"무연은 처음 만났을 때와 한 치도 다름이 없다. 주름 하나, 흰머리 하나 생기지 않았어. 세상에 그런 사람이 어디 있느냐?"

"어머니, 천룡의 후예라 하여 무연님의 고국에서는……."

"그게 무엇을 의미하는 것이겠느냐? 세상에 그런 존재는 도깨비나 귀신밖에 없다. 네가 가려는 그곳이 저승일지도 모른단 말이다!"

다해는 긴 한숨을 내쉬었다.

"어머니. 귀신이나 도깨비 같은 것은 존재하지 않습니다."

"없긴 왜 없어! 당장 눈앞에 있지 않느냐!"

"무연님은 귀신이 아닙니다."

"그걸 어찌 믿느냐? 어찌 그리 확신하느냐!"

다해의 모친은 물러설 기미가 보이지 않았다. 다해는 자신이 무어라 설명해 본들 들어줄 리 없다는 걸 깨달았다. 그래서 방법을 바꾸어보기로 했다.

"하지만 아버지께서……."

"상처가 깊어 헛소리를 하신 게다. 그만 나가보거라."

아버지의 유언이란 말조차 먹히지 않을 줄은 몰랐다. 다해는 입술을 깨물며 안방을 나와야만 했다. 마당에서 기다리던 무연은 어찌 되었는지 묻지 않았다. 다해의 모친은 내내 소리를 지르다시피 말하고 있었으니 물을 필요가 없었다.

무연은 형식의 죽음이 안타까웠다. 그가 살아 있었다면 마님은 아무 문제가 될 수 없었거늘, 이제 그녀의 고집을 꺾어줄 이는 세상에 존재하지 않았다. 참으로 안타까운 일이 아닐 수 없었다.

그런데 그러한 마님의 고집은 결국 꺾이고 말았다.

막내아들 정해의 주검 앞에서 안방마님은 금방이라도 따라 죽을 것 같은 몰골을 하고 있었다. 다해는 그 곁에서 조용히 눈물지었다. 막내 오라비의 뺨에도 은빛 글자가 새겨져 있었다. 둘째 오라비 때와 마찬가지로 뱀 사였다. 어미는 둘째 때와 같이 울부짖지 않았다. 연달아 세 번의 죽음을 맞고 보니 더는 울 기력도 남아 있지 않은 모양이었다.

그 누구도 참담한 마님을 막내아들과 떼어놓을 수가 없었다. 충실한 집사는 서둘러 사람을 보내 큰 도련님을 모셔오게 했다.

"가거라……."

모친이 입을 열었다. 곁에서 눈물짓던 다해가 고개를 들고 반문했다.

"예?"

"무연을 따라가란 말이다."

"어머니……."

지금껏 모친을 설득하기 위해 애써왔으면서도 갑자기 가라는 말을 듣고 보니 다해는 섭섭한 마음이 드는 자신이 당황스러웠다. 모친이 홱 고개를 돌렸다. 잔뜩 일그러진 얼굴이었다.

"도해에 이어 정해이다. 이제 남은 것은 원해뿐이지. 집안의 대를 끊을 수는 없다."

다해가 말을 않자 마님이 고개를 들고 무연을 찾았다.

"이제 다해를 데려가시게. 아주 멀리 데려가시게."

그 한마디를 남기곤 마님은 자리에서 일어나 안방으로 사라져 버렸다.

다해의 눈에서 눈물이 주룩 흘러내렸다. 스스로 떠나겠다고 결심을 굳힌 지 오래였으나 막상 닥친 상황은 다해를 슬프게 했다. 무연은 그런 그녀가 안타까웠다.

"바닥이 찹니다."

어미의 곁에서 내내 무릎 꿇고 있었던 다해를 무연이 부축해 일으켰다. 몸종이 얼른 달려와 다해의 치맛자락을 털어주었다. 다해는 힘없이 몸종을 물리고 처소로 향했다. 가는 내내 한마디도 하지 않았다. 무연도 그저 묵묵히 따를 뿐이었다.

처소의 대청마루에 마치 쓰러지듯 주저앉은 다해가 고개를 들어 무연을 보았다.

"언제 출발하면 되나요?"

그 눈빛이 어찌나 슬픈지 무연은 차마 대답을 해줄 수가 없었다. 그러나 다해는 무연을 재촉했다. 무연은 고개 숙인 채 대답했다.

"아무 때나 상관없습니다. 아씨께서 정하시면 됩니다."

다해가 고개를 숙였다. 여전히 흙이 묻어 있는 치마가 눈에 들어왔다.

"그럼 오늘이 좋겠네요."

무연이 고개를 들고 다해를 보았다.

"그것은 너무 빠르지 않겠습니까? 제대로 된 작별을……."

다해가 고개를 흔들었다.

"아닙니다. 제가 하루라도 빨리 떠나야 어머님 마음이 편하시겠지요. 괜히 질질 끌다가 큰 오라버니마저 돌아가시면 전……."

다해는 말을 잇지 못했다. 주룩 눈물이 또 한 번 흘러내렸다. 무연은 자신도 모르게 손을 뻗어 다해의 눈물을 닦아주었다. 다해는 무연의 손길을 쳐 내지도 밀어내지도 않고 그저 가만히 받아들였다. 덕분에 당황한 것은 도리어 무연이었다.

무연이 황급히 제 손을 떼어내며 사죄했다.

"죄송합니다."

다해가 가만히 고개를 저었다. 뒤이어 눈을 뜨고 미소 짓더니 남은 눈물을 스스로 닦아내며 물었다.

"여행에 뭐가 필요할까요?"

"필요한 것은 없습니다."

"그래도 기왕지사 첫선을 뵈는 것이니 고운 모습이 좋겠지요? 잠시만 기다려 주세요. 옷을 갈아입고 오겠습니다."

무연이 고개를 끄덕이자 다해는 자신의 방으로 들어가 문을 굳게 닫아걸었다. 뒤이어 들린 것은 숨죽인 울음소리였다.

　어둑어둑해져 가는 저물녘. 다해의 집 대문에 큰 오라비와 가솔들이 모여들었다.

　"이리 해질녘에 출발할 양이면 내일 아침에 가지 않고……."

　원해가 말했다. 아비의 장례도 중요하지만 풍비박산이 나버린 집을 다스리는 것도 중요했기에 그는 결국, 삼년상을 접고 내려와야만 했다. 그간 죽만 먹고 연명한지라 얼굴은 반쪽이 되어 있었다.

　무연이 정중히 대답했다.

　"먼 길이 아니니 상관이 없습니다."

　"먼 길이 아니라고?"

　원해는 의아한 얼굴이었다. 무연은 빙그레 미소 지었다.

　"이해시켜 드릴 수 없어 난감합니다만, 달이 뜨면 바로 진에 도착할 수 있습니다."

　무슨 뜻인지 알 수 없는 통에 그 누구도 그 말에 반문할 수 없었다. 원해와 무연이 대화를 나누는 사이, 다해는 식구들을 둘러보았다. 충격으로 몸을 푼 지 얼마 안 된 큰 올케도 서방을 잃고 몸져누운 둘째, 셋째 올케도 나와 있지 않았다. 올케들이 나오지 않은 것은 이해할 수 있었다. 그러나…….

　"마님께서는 몸이 불편하시다며 나오지 않겠다 하셨어요."

　여종 하나가 조심스레 일러주었다. 다해는 쓰게 웃는 것이 고작이었다.

　"그리고 이거……."

다해의 반응을 걱정스럽게 지켜보던 여종이 보따리 하나를 내밀었다.

"길지 않은 여행이라 하였다. 노자는 필요가 없느니라."

여종이 가볍게 웃음 지었다.

"그런 것이 아닙니다. 혼례복이어요."

"혼례복?"

여종이 고개를 끄덕였다.

"마님께서 두해 전부터 직접 지으신 녹의홍상과 활옷이에요. 아가씨 가실 때 입혀 드릴 거라고 며느님들은 물론이거니와 아랫것들도 일체 손대지 못하게 하시고 직접 수까지 다 놓아 지으신 거예요."

다해는 뭔가에 홀리듯 보따리를 받아들었다. 큼직한 보따리에서 바스락, 고운 비단 스치는 소리와 더불어 묵직함도 느껴졌다. 여종이 말을 이었다.

"혼례복 외에 장신구까지 일일이 직접 고르셨답니다."

다해는 눈물을 흘릴까 싶어 입술을 꼭 깨물었다. 원해가 가만히 다해의 등을 쓸어주었다.

"어머니께서는 정말로 몸이 불편하여 나오지 못한 것이니 너무 서운해하지 말거라."

다해는 가만히 고개를 끄덕였다. 품 안에 안겨 있는 보따리에서 모친의 체취가 느껴졌다. 사르륵 응어리가 녹아내리는 기분이었다.

"자, 그럼 어서 가거라. 시간을 더 끌면 어두워질 게 아니겠느냐?"

무연이 정중히 허리를 숙였다.

"그동안 감사했습니다."

원해는 빙그레 웃으며 손짓했다.

"되었네. 다해를 행복하게 해주겠다는 약조나 지키시게."

"이 목숨 다 바쳐서라도 그것만큼은 꼭 지키겠습니다."

"원 사람도, 무슨 목숨까지 바치나? 되었네. 얼른 가보시게."

무연은 다시 한 번 고개를 숙이고 대문을 넘었다. 다해도 천천히 허리 숙여 인사를 했다.

"안녕히 계세요."

"그래, 잘 가거라."

"어머니 잘 부탁드려요."

"걱정 마라, 내 어머니시기도 하다."

다해가 미소 지었다. 가슴 한편이 싸하게 아려오는 미소였다.

다해는 연신 뒤를 돌아보았다. 끝끝내 모친은 나와보지 않았다. 기어코 다해는 모친의 얼굴을 보지 못한 채 대문을 넘고 말았다. 원해는 다해와 무연이 보이지 않을 때까지 대문을 활짝 열고 그 자리에 서 있었다.

한참을 걸어 여수를 빠져나온 두 사람은 인적 드문 숲길에 다다랐다. 종종 나무꾼이나 사냥꾼이 지나다니는 길이기도 하지만 해 저문 어둠을 헤치고 다니는 이는 아무도 없었다.

한참 진나라에 대해, 저주에 대해, 다해가 할 일에 대해 조곤조곤 알려주던 무연이 드디어 발을 멈추었다. 다해도 어리둥절한 얼굴로 따라 멈추었다.

"이만하면 사람들의 이목을 걱정하지 않아도 될 듯합니다."

무연의 말에 다해가 고개를 갸웃했다.

"여기서 가는 겁니까?"

"예. 그러합니다."

다해는 도통 이해할 수 없는 얼굴이었다. 빙그레 웃은 무연이 품에서 옥 연꽃을 꺼내들었다. 짙은 꽃향기가 사방으로 뿜어졌다.

다해가 옛일을 떠올렸다.

"그 상식이 성발보 남이 났었죠."

"기억납니다. 어린 아가씨가 어찌나 꽉 움켜쥐고 있던지 떼어낼 수가 없어 애를 먹었었지요."

다해가 민망한 듯 고개 숙였다.

"제가 원래 그리 남의 물건을 탐내고 그러는 아이가 아니었는데……"

무연은 부드럽게 미소 지으며 가죽 끈에서 장식을 빼냈다. 다해는 호기심이 가득한 얼굴로 무연의 행동을 가만히 지켜보았다.

하늘을 이리저리 살펴 나뭇가지 틈으로 달빛이 비추는 곳을 찾아낸 무연이 손을 들어 올렸다. 하늘에서 내리꽂히던 달빛은 그대로 무연의 손아귀에 놓인 옥 장식에 떨어졌다.

무연이 눈을 감았다. 이윽고 그는 다해가 알아듣지 못하는 고국의 언어를 읊기 시작했다. 다해는 멍한 얼굴로 아름다운 이국의 언어에 폭 빠져들었다.

무연이 내뱉는 생소한 언어는 물 흐르듯 부드러웠다. 높낮이가 없어 단조롭게 느껴지는 동시에 마음 깊이 편안함이 찾아들었다.

꼭 자장가 같은 그 언어의 생경함에 취해가는 사이 어디선가 낯선 여인의 목소리가 끼어들었다는 것을 깨달았다.

다해가 사방을 둘러보았다.

저 멀리 한 무리의 사람들이 있었다. 무연이 눈살을 찌푸렸다. 려의 자객들이었다.

그 무리의 선두에 선 여인이 낭랑한 소리를 읊고 있었다. 신기하게도 붉은 머리칼을 하고 있었다. 그녀가 내뱉는 언어는 무연이 읊는 것과는 또 완전히 다른 이국의 언어였다. 그 소리는 무연의 목소리와 전혀 어울리지 않는 불협화음을 만들어냈다. 그래도 무연은 포기하지 않았다. 무연은 목소리를 높여 주문을 마저 외웠다.

무연의 주문이 끝을 맺었음에도 원했던 현상은 벌어지지 않았다. 무연이 눈살을 찌푸렸다. 상대의 주문은 계속되고 있었다. 옥연꽃이 괴로운 듯 파르르 떨었다. 무연이 입술을 깨물었다. 장식이 파삭, 깨져 버렸다. 동시에 상대의 주문도 끝을 맺었다.

달빛이 놀랍도록 환하게 빛을 뿜어냈다. 나뭇잎 틈으로 가늘게 비추던 달빛이 확 밝아지며 넓게 공터를 감쌌다. 무연이 다해의 어깨를 바짝 끌어안고 나지막하게 속삭였다.

"어지러우실 겁니다."

다해는 붉어진 얼굴을 들키지 않으려 고개를 숙였다.

"저 사람들은……."

"당장은 신경 쓰지 마시고 몸에 집중하세요."

다해는 두 눈을 꼭 감고 무연의 말에 따랐다. 무연은 려의 무사들을 똑바로 노려보았다. 스릉, 허리춤의 칼도 뽑아들었다. 그러나 그들은 모두 바라보기만 할 뿐 뭔가를 할 생각은 없어 보였다. 무연은 피가 나도록 입술을 깨물었다.

'젠장……'

무연은 속으로 욕설을 뱉어냈다. 순간 눈앞이 하얗게 변했다. 무연은 크게 심호흡하며 토할 것 같은 몸을 다스렸다.

잠시 후, 닫힌 눈꺼풀을 뚫고 들어오던 하얀빛이 사라졌다. 무연은 황급히 눈을 떴다.

"빌어먹을……"

육성으로 욕이 뿜어졌다. 여전히 무연의 품에 안겨 있던 다해도 눈을 뜨고 사방을 둘러보았다.

믿을 수 없는 광경이 펼쳐져 있었다.

2.

향기로운 꽃에
벌과 나비가 날아듦은
하늘의 이치로다

려는 신비술의 나라였다. 하여 려나라는 마치 그것을 과시하듯 신비술을 이용한 온갖 물건들을 만들어 사용해 왔다.

'관문'은 그중 하나였다. 다해와 무연 두 사람이 서 있는 신기한 문양이 바로 관문이었다.

눈을 뜬 다해는 황망함을 감출 수 없었다. 분명 어둠이 내려앉은 깊은 숲속이었다. 한데 눈 한번 감았다 떴을 뿐이건만 엉뚱한 곳에 서 있다니…….

그러나 정신을 차려야 했다. 두 사람의 주위엔 창칼을 든 무사들과 하나같이 화려하게 치장한 사람들이 빼곡했다.

번쩍 하얀빛이 뿜어졌다. 넘어오기 직전 보았던 조선 옷을 입은 려나라의 무사들이 나타났다. 그들 중 하나가 앞으로 나섰다.

"나는 려나라의 용영대장 칼바람이다. 당장 무기를 버려라."

무연이 그 말을 들을 리 없었다. 그러자 칼바람이 칼을 빼들고 무연을 거누었다.

"제아무리 천룡의 후예라 한들, 황궁 한복판에서 살아 나가기는 어려울 것이다. 그러니 좋은 말로 할 때 무기를 버려!"

무연이 려나라 말을 모를 거라 여긴 그는 조선말을 하고 있었다. 그럼에도 무연은 답하지 않았다. 무연이 이 상황을 타개하기 위해 머리를 굴린다는 것을 눈치챈 칼바람이 한 번 더 말했다.

"섣불리 덤비면 천손이 다친다."

그제야 무연이 당당하게 소리쳤다.

"이유는 모르나 이리 황궁 깊숙한 곳까지 친히 불러들였다면 너희에게도 천손이 중요한 인물이란 소리, 그런 너희가 과연 천손을 다치게 할 수 있을까?"

유창한 려의 언어였다. 모여 있던 모든 귀족들이 웅성거렸다. 칼바람이 눈살을 찌푸렸다.

"천손을 다치게 할 수는 없어도 너를 벨 수는 있지. 설마 네가 천손을 방패로 삼을 리는 없을 테니까!"

려의 언어로 말을 마친 칼바람이 칼을 빼들고 무연을 향해 달려들었다. 무연도 칼을 다잡으며 자세를 낮추었다.

어리둥절한 얼굴로 두 사람을 번갈아 살피던 다해가 갑자기 양팔을 활짝 펼친 채 두 눈을 질끈 감고 두 사람 사이에 끼어들었다.

"멈추어라!"

다해가 알아들을 수 없는 언어로 누군가 소리쳤다.

허공에 붕 떠올랐던 칼바람은 잽싸게 몸을 돌려 착지했다. 갑작스럽게 끼어든 다해 때문에 놀랐던 무연도 황급히 칼을 갈무리

했다.

일곱 개의 계단 꼭대기에서 내도록 아래를 보고 있던 한 중년 남자가 천천히 걸어 내려왔다. 젊어 보이기 위해 화려하게 치장을 했고 제법 관리한 티가 났으나 켜켜이 내려앉은 세월의 흔적을 완전히 지우지 못한 그는 려의 황제 그리매였다.

그리매가 엄중한 얼굴로 입을 열었다.

"천손의 머리털 하나라도 다치는 날엔 네 녀석들 모두 죽음을 면치 못할 것이다."

나지막한 그리매의 말 한마디에 모두가 고개 숙여 예를 취했다.

사방을 훑어본 무연은 상대가 누구인지 궁금했다. 무연이 아는한, 이만한 일로 려나라의 황제가 직접 움직일 리는 없었다. 려나라의 귀족들은 아랫사람을 부려 해결할 수 있는 일에 직접 나서는 걸 상당히 수치스럽게 여긴다는 보고를 받은 바 있었다. 그렇다면 황명을 받은 고위급 관료라고 보는 게 타당했다. 무연은 간자들이 보고했던 모든 인물들을 차례로 떠올려 보았다. 불행히도 들어맞는 자가 없었다.

다해는 무연과는 다른 생각에 빠져 있었다. 가만히 이리저리 짜맞춘 결과 이 상황이 무엇을 의미하는지 깨달았다. 알아들은 것은 칼바람이 뱉었던 세 번의 조선말이 다였지만 상관없었다.

상황을 파악한 다해는 노리개에 매달려 있던 은장도를 뽑아들었다.

"무연님의 털끝 하나라도 다친다면 이 자리에서 바로 자결하겠습니다."

조선말이었지만 날카로운 작은 칼을 목에 들이대는 행위가 무엇인지 이해 못할 사람은 아무도 없었다.

불행히도 그 상황에서 가장 당황한 것은 무연이었다. 등 뒤의 무연이 크게 놀랄 것임을 짐작하기 어렵지 않았으나 다해는 돌아보지 않았다. 당장은 이 살벌한 분위기를 잠재우는 것이 다해의 목적이었다.

계단을 다 내려온 그리매가 한숨을 폭 내쉬더니 말했다.

"가녀린 여인의 손에서 그깟 장난감 같은 칼 하나 빼앗는 건 일도 아닙니다."

말을 마친 그리매가 고갯짓하자 칼바람이 얼른 조선말로 바꾸어 말해주었다.

그 말을 들은 다해는 은장도를 다시 칼집에 넣었다. 다해가 자신의 말에 순순히 따라준 것이 기쁜 듯 그리매가 흐뭇한 미소를 지었다. 그러나 다해는 단단히 각오를 다진 표정으로 다시 입을 열었다.

"뭔지는 모르나 당신들이 내게 원하는 게 있는 것은 분명합니다."

말을 마친 다해가 작은 소리로 무연에게 말했다.

"저들의 말로 바꾸어주세요."

"무엇을 하시려는 겁니까?"

"어쨌든 이 상황은 벗어나야 하지 않겠습니까?"

"정황상 이곳은 려나라의 황궁일 것입니다. 무슨 수가 먹히겠습니까?"

"사실이라면 무력으로 이곳을 무사히 빠져나갈 방법은 확실히 없겠군요. 그렇다면 기회를 기다리는 수밖에 없지 않겠습니까?"

소곤소곤, 작은 소리인지라 칼바람이나 조선말을 아는 다른 무사들조차 두 사람이 무슨 이야기를 나누는지 알 길이 없었다. 다정해 보이는 다해와 무연의 모습에 그리매의 눈매가 날카로워졌다.

차분히 사방을 살핀 무연이 속삭이듯 물었다.

"수가 있으십니까?"

다해가 작게 고개를 흔들었다.

"아직은 없습니다. 하지만 기회란 살아 있는 자에게만 오는 법입니다."

낯선 곳에 갑작스레 떨어져 칼부림이 날 것 같은 상황에 맞닥뜨리고도 의연하기 짝이 없는 다해의 모습과 시퍼런 칼날이 맞부딪칠 절체절명의 순간을 목숨 걸고 막아낸 용기에 감동한 무연은 그녀의 말을 따르기로 결정했다.

무연이 저들의 언어로 소리 높여 외쳤다. 다해가 그 뒤를 따라 다시 말을 이었다.

"한데 나는 가진 게 없습니다. 혈혈단신의 몸으로 이곳에 왔지요. 내가 필요하게 됨으로써 내 생명 또한 당신들에겐 겁박의 도구가 될 수 없습니다. 그런 제게 남은 것은 무연님뿐입니다."

열심히 말을 바꾸어 전하던 무연이 잠시 멈칫했다. 마지막 말이 묘하게 가슴을 울려 계속해서 이어나갈 수가 없었다.

눈이 마주친 다해는 그런 그의 심정을 아는지 모르는지 계속 말을 전해달라 재차 청했다. 무연은 얼른 마음을 가다듬고 다시 말을 전했다.

"잃을 게 없는 사람은 두려울 것도 없는 법입니다. 하니 만약 무연님을 죽인다면 그것은 저 또한 함께 잃는 일이 될 것입니다."

겉보기엔 담담히 다해의 말을 전하는 것처럼 보였으나 무연의 심장은 크게 요동치고 있었다. 자그마한 체구의 가녀린 이 여인은 지금 자신을 지키려 하고 있었다. 어떤 면으론 어이없을 일이었다. 그는 일국의 대장군이었으며 천룡의 후예였다. 솔직히 살인에 거리낌이 없는 성정이었다면 이미 피바람을 불러 일으켜 탈출하고도 남았을 실력자였다.

그러나 다해가 뱉어낸 마지막 말이 묘하게 무연의 심금을 울렸다. 감동이었다. 이 가녀린 여인은 저들의 날카로운 창검으로부터 무연을 보호하려 하고 있었다. 여전히 다섯 살의 어린아이처럼 여겨왔거늘, 무연은 새삼 다해가 다 큰 어른이 된 것이 뿌듯했다.

무연이 전하는 다해의 의견을 똑똑히 들은 려의 귀족들 사이에 웅성거림이 번져 갔다. 칼바람의 호위를 받으며 다해와 마주서 있던 그리매도 눈살을 찌푸리더니 깊은 생각에 빠져들었다. 그런 그를 지켜보며 다해가 무연에게 속삭였다.

"효과가 있을까요?"

"아마 있을 겁니다. 흠 잡을 데 없는 논리였으니까요."

"혹 제가 잘못 판단한 것은 아니겠죠?"

다해는 진심으로 걱정스러운 눈치였다. 조금 전까지의 당당함은 어디 갔는지…….

무연은 그 당당함을 지켜주고 싶었다.

"걱정하지 않으셔도 됩니다. 이리 요란하게 일을 벌였으니 필시, 진의 간자들에게도 소식이 전해질 겁니다. 그렇다면 진의 황궁에 우리의 소식이 전해지는 것은 시간문제, 살아 있다면 분명 기회가 생길 겁니다.”

다해의 얼굴에서 걱정이 지워지고 살그머니 미소가 떠올랐다. 무연은 그 얼굴에서 걱정을 지워낸 자신의 행동이 뿌듯했다.

두 사람이 속살거리는 것을 내내 지켜보던 그리매의 얼굴이 보기 흉하게 일그러졌다. 마치 질투라도 하는 듯한 모습이었다. 끝내 그는 버럭 소리를 내질렀다.

“천손의 말이 맞습니다. 두 분의 목숨, 제가 보증하지요!”

다해가 말할 때보다 더 큰 웅성거림이 사방으로 번져 갔다. 개중에는 잔뜩 불쾌한 표정을 짓는 자들도 있었다. 그러나 그리매가 매서운 얼굴로 사방을 둘러보자 모든 소란은 일시에 가라앉았다.

무연을 통해 그리매의 말을 전해들은 다해가 정중히 허리를 숙였다.

“약조해 주시니 감사할 따름입니다.”

비록 려의 예법에 맞는 감사 표현은 아니었으나 한없이 정중한 다해의 태도에 자신도 모르게 몇몇 귀족들이 따라 허리를 숙이다 이내 민망한 듯 헛기침들을 해댔다.

“하면, 처소로 안내해 드릴 테니 따르시지요.”

그리매도 정중해진 다해의 태도가 만족스러운 듯 슬쩍 옆으로 비켜섰다.

“감사히 따르겠습니다.”

다해는 다시금 미소 띤 얼굴로 정중히 예를 취하곤 계단에 발을 디뎠다. 내내 말을 전하던 무연도 당연하다는 듯 다해의 뒤를 따르려 했다. 그러나 칼바람과 그 수하들이 끼어들어 막았다.

뒤를 돌아본 다해가 눈살을 찌푸리며 말했다.

"약조가 다르지 않습니까?"

자신을 당당히 쏘아보는 다해의 기세에도 그리매는 미소를 잃지 않고 칼바람을 불러 통역을 명했다. 다해의 말을 전해들은 그리매는 그녀를 내려다보며 부드럽게 말했다.

"현재 진과 려는 적입니다. 따라서 저자는 손님이 아닌 적이지요. 당연히 그에 맞는 대우를 해야 하지 않겠습니까?"

칼바람으로부터 그리매의 말을 전해 듣고도 다해는 또랑또랑한 목소리로 반박했다.

"이런 식으로 갈라놓으면 무연님에게 해코지를 하는지 아닌지 제가 어찌 알 수 있단 말입니까? 무연님을 제 눈 안에 둘 것을 요청하는 바입니다."

그리매는 그런 다해를 흐뭇한 눈빛으로 내려다보았다. 무어라 말하는지 알아들을 수는 없어도, 또박또박 할 말을 다 하는 다해가 귀여워 죽겠는 눈치였다.

무사들에 둘러싸인 채로 지켜보던 무연이 눈살을 찌푸릴 마큼, 만약 다해의 부친이나 원해가 있었더라면 당장에 칼을 뽑았을 적나라한 눈빛이었다. 다해 또한 그것을 느꼈지만 물러날 곳이 없었다.

칼바람으로부터 다해의 말을 전해들은 그리매가 부드럽게 말했다.

"저는 이미 약조를 했습니다. 천손의 호위무사는 적국의 포로에 걸맞은 대우를 받을 것이나 해를 입는 일은 절대 없을 겁니다."

"그걸 어찌 믿는단 말입니까?"

칼바람의 전달이 채 끝나기도 전에 다해가 쏘아붙였다. 그리매는 빙그레 웃는 낯으로 다해의 눈을 똑바로 쳐다보며 대꾸했다.

"똑똑하고 대범하나 아직 어린 티를 내는군."

그 소리를 들은 무연이 눈살을 찌푸렸다. 칼바람은 잠시 그 말을 전해야 하는지 말아야 하는지 고민했다. 그리매가 칼바람을 향해 고개를 젓는 것으로 전하지 말라는 명을 대신했다. 칼바람은 고개 숙여 그에 복종했다.

그리매가 다시 입을 열었다.

"그는 포로이니 노역장에 보내 포로에 맞는 대우를 해야 합니다. 대신, 천손께서 원하시면 언제라도 그의 상태를 직접 확인할 수 있도록 하겠습니다. 이만하면 어떻습니까?"

말을 전해들은 다해는 잠시 고민했다. 그러나 노역장이 어떤 곳인지 알 수 없었다. 다해는 무연이 고생하는 것이 싫었다.

"싫습니다. 저는 무연님과 함께……."

칼바람이 다해의 말을 전하지 않았으나 표정과 말투로 거절임을 이해한 그리매는 그녀의 말을 잘랐다.

"제가 한발 양보했으니 천손께서도 한발 물러서시는 게 어떻겠습니까? 거래란 그런 식으로 하는 것입니다."

칼바람이 전한 말을 듣고 다해는 얼굴을 붉혔다. 무연을 곁에 두고 싶다는 욕심에 그만 어린아이처럼 생떼를 쓰고 있었음을 깨닫고 만 것이다. 그런 다해의 심정을 이해한 무연이 대뜸 끼어들었다.

"저는 괜찮습니다."

다해가 고개를 들어 무연을 보았다.

"하지만……."

생떼였음을 깨닫고도 다해는 정말로 무연과 떨어지기 싫은 눈치였다. 맨몸으로 집을 나선 지금, 다해가 의지할 사람은 무연뿐이었다. 무사들의 시퍼런 칼날이 자신을 노리고 있는 와중에도 무연은 그런 다해를 위로하고자 부드럽게 미소를 지어 보였다.

"저는 정말로 괜찮습니다. 노역장쯤, 아무것도 아닙니다."

다해는 여전히 그 말을 믿기 싫은 눈치였다. 어떻게 해서든 이 상황을 벗어나야겠다며 단호히 적을 설득하던 모습은 온데간데없었다. 무연은 뽑아들었던 칼을 도로 칼집에 집어넣곤 허리에서 풀어 바로 곁에 있던 무사에게 내밀었다. 얼결에 무연이 내민 칼을 받아야 할 처지가 된 무사가 이러지도 저러지도 못한 채 칼바람을 보았다. 무연의 행동에 눈살을 찌푸린 칼바람이 그리매에게 정중히 물었다.

"어찌할까요?"

"그가 원하는 대로 해주어라."

칼바람은 한 번 더 정중히 허리 숙여 예를 취한 후, 모두 무기를 거두라 명했다. 그리고 무연에게 다가가 그가 내민 칼을 직접 받았다.

"배짱이 좋군. 천룡의 후예라 이건가?"

무연은 피식 웃을 뿐 칼바람과 말을 섞지는 않았다. 칼바람이 다시 돌아오자 그리매가 다해를 향해 말했다.

"보셨지요? 그가 저항하지 않는다면 우리 또한 그에게 해를 입힐 이유가 없습니다."

그러나 다해는 여전히 무연만 바라보고 있었다. 무연은 평온하게 미소 지은 얼굴로 어서 가보라 손짓했다. 다해는 더는 그의 말을 따르지 않을 도리가 없었다.

"꼭 무사하셔야 합니다."

무연은 자신만만한 미소를 지었다. 다해는 차마 발길이 떨어지지 않는 듯 계단 두어 개를 오를 때마다 뒤를 돌아보았다. 그때마다 무연은 어서 가보라고 손짓했다.

그런 두 사람의 모습을 보며 앞서가던 그리매는 참으로 불편한 표정을 짓고 있었다.

관문정(關門亭)을 나서자 눈이 부셨다. 하늘에서 새하얀 눈이 펑펑 쏟아지고 있었다. 수많은 기왓장들이 하얀 눈을 담뿍 품어 온 세상이 은빛으로 빛을 뿜어내고 있었다. 그 틈에서 저 멀리 높다란 탑 꼭대기 커다란 뱀 조각의 붉은 눈이 반짝, 영롱함을 뿜냈다.

"려의 황궁은 아름답기로 유명하지요."

어차피 다해가 알아듣지 못할 것을 알면서도 그리매는 자랑스럽게 팔을 펼쳐 보였다.

"어떻습니까?"

그리매의 말은 사실이었다. 다해가 보기에도 충분히 아름다웠다. 하지만 인정하기 싫었다. 다해가 정중히 답했다.

"아름답습니다. 하지만 그 아름다움이 너무 과해 조화롭지 못한 것이 흠입니다. 고운 눈이 무색할 지경이네요."

칼바람이 머뭇거렸다. 그리매가 재촉하자 그는 그대로 전했다.

칼바람의 말을 들은 그의 이맛살이 찌푸려졌다. 그러나 이내 활짝 웃으며 정중히 말했다.

"천손의 취향, 존중해 드리겠습니다."

전해들은 다해는 상대가 누구인지는 모르나 참으로 넉살이 좋은 사람이라는 생각을 했다. 뭐 하는 위인인지 궁금할 지경이었다.

그리매에게는 안타깝게도 다해는 황제라는 자리엔 막중한 책임감이 뒤따른다는 걸 잘 알고 있었다. 하여 그녀는 이리 경박한 자가 황제일 거란 생각은 애초에 가질 수가 없었다. 덕분에 다해는 따르는 이들의 태도를 통해 그리매가 상당히 지체 높은 이일 거라 추측하는 게 다였다.

"그럼 가보실까요?"

그리매는 친히 다해를 안내했다. 이미 약조한 이상 따르지 않을 수 없는 다해는 얌전히 그리매를 따라 회랑으로 들어섰다.

그저 회랑이었다. 흰 눈이 펑펑 쏟아지고 있건만, 벽도 창문도 문도 아무것도 없는 기다란 회랑은 눈 한 점 보이지 않는 깨끗함을 유지하고 있었다. 게다가 춥지도 않았다. 다해는 뒤늦게야 관문정을 나선 이후, 계속해서 추위를 느끼지 못하고 있음을 알았다.

다해는 이 자연의 법칙을 위배한 현실을 믿을 수가 없었다. 앞서가며 다해의 눈치를 슬쩍 살핀 그리매는 그녀의 놀란 표정을 발견하곤 슬그머니 미소를 지었다.

다해는 당장 회랑의 처마 밖으로 손을 내밀어보고 싶었다. 만약 무연이 곁에 있었다면 정말로 그리했을 것이다. 그러나 그럴 수 없었다. 적진 한복판이었다. 다해는 치밀어 오르는 호기심을 억누른 채 얌전히 그리매를 따랐다. 그렇게 한참이나 걸은 후에야 드디어 다해가 머물게 될 처소, 휘월당(輝月堂)이 모습을 드러냈다.

"그럼 오늘은 편히 쉬세요."

전각의 입구까지 안내한 그리매는 정중히 예를 취하고 물러났다. 다해는 칼바람도 같이 가버릴 거라 생각했지만 불행히도 그는 처소의 입구에 장승처럼 단단히 자리를 잡았다.

간단히 처소를 둘러보고 있노라니 시녀들이 들어왔다. 다해는 그들의 도움을 받아 욕실로 인도되었다. 시녀들은 다해의 옷을 벗기고 목욕시중을 들려 했다. 하지만 다해는 한사코 거부하며 그들을 몰아냈다.

따끈한 물에 들어오고 보니 기분이 좋았다. 그러나 마냥 좋아할 수만은 없었다. 이곳은 적진이었다. 가만히 그 사실을 되새기다가 문득, 아비와 오라비를 죽인 것 또한 이들일 거라는 데 생각이 미쳤다. 다해는 갑자기 화가 치밀어 견디기 힘들었다. 하지만 할 수 있는 게 없었다.

"스스로 해결할 수 없는 문제를 오래 생각해 봤자 감정만 격해지는 법이다. 그냥 훌훌 털고 하늘에 맡기거라."

이제는 이 세상에 없는 아비의 가르침이 떠올랐다. 다해는 눈을 감았다. 그러곤 쑥, 잠수해 버렸다. 다시 수면 위로 올라온 다해는 어느덧 평온한 얼굴이었다.

목욕을 마치고 나오니 졸음이 몰려왔다. 바깥은 환했지만 조선에서의 시간에 따르면 이미 한밤중일 게 틀림없었다. 바깥을 살펴보았다. 다행히 이곳도 어둑어둑 어둠이 내려앉고 있었다. 다해는 활짝 열린 창문을 하나하나 닫기 시작했다. 문 앞에서 장승처럼 서 있던 칼바람이 고개를 돌리더니 그녀를 위아래로 살폈다.

"시녀들이 새 옷을 가져다주지 않던가?"

"아뇨, 가져다주었습니다. 그저 제가 다시 조선의 옷을 입었을 뿐입니다."

"어째서?"

순간 다해는 심술이 났다. 마음을 다스리기로 결심하긴 했으나 어쨌든 칼바람은 아비와 오라비들을 살해하는 데 어떤 식으로든 가담했을 게 틀림없는 자였다. 그래서 심통을 부렸다.

"알려 드리지 않을 것입니다."

흥, 새침하게 고개까지 돌린 다해는 칼바람을 외면하며 나머지 창문도 분주히 닫기 시작했다. 전혀 예상치 못한 곳에서 허를 찔린 칼바람은 잠시 당황한 얼굴로 서 있다가 이내 정신을 차렸다.

"밖에서 지키는 이가 있을 것이니 허튼수작은 마라."

평소 다소곳하던 반가의 규수는 어디로 사라진 걸까? 칼바람이 무연을 떼어놓는 일에까지 일조했다는 데 생각이 미친 다해는 날름 혀를 내밀고는 이제 유일하게 열려 있던 출입문을 쾅 소리나게 닫아버렸다.

칼바람이 어이없는 얼굴로 헛웃음을 지었다.

"참으로 알 수 없는 계집이로고……."

고개를 절레절레 흔든 칼바람은 이내 다시 자리를 잡았다. 밖에서 그러거나 말거나 다해는 침상의 휘장까지 내리곤 곧 잠에 빠져들었다.

평생을 규칙적으로 살아온 습관의 힘이었다.

다해는 아침 일찍 깨어났다. 마치 기다렸다는 듯 등장하는 시녀들의 도움을 받아 세수를 하고 식사를 마치자 그리매와 칼바람이 한 여인을 대동하고 나타났다. 조선을 떠나기 직전 보았던 붉은 머리의 여자였다. 다해의 매무새를 살핀 그리매가 불편한 얼굴을 했다.

"보내 드린 옷은 어찌하셨습니까?"

려나라 말이었으나 무슨 의미인지 짐작하기는 어렵지 않았다. 그럼에도 다해는 알아듣지 못한 척 미소만 지었다. 그리매는 굳이 통역을 명하지 않고 뒤에 서 있던 여인을 불렀다.

"아름달."

명을 받은 그녀가 팔찌 하나를 품에서 꺼내 내밀었다. 칼바람이 성큼 다가와 팔찌를 받아들더니 다해에게 향했다. 그 행동에서는 어떤 위협도 느껴지지 않았기에 다해는 가만히 있다가 손목을 잡혔다. 다해가 당황하는 사이 칼바람이 거칠게 다해의 손목에 팔찌를 끼워주었다. 동시에 아름달이 무슨 노래를 불렀다. 그러자 놀랍게도 팔찌는 가느다란 뱀이 되더니 소매 속을 파고들었다.

기겁한 다해가 몸부림을 쳤다. 칼바람은 다해의 손을 잡고 놔주지 않았다.

"이게 무슨 짓입니까!"

향기로운 꽃에 벌과 나비가 날아듦은 하늘의 이치로다   99

다해는 버럭 소리를 내지르며 한 번 더 거칠게 팔을 흔들었다. 그 바람에 놓친 것인지 스스로 놔준 것인지는 알 수 없으나 다해의 손은 자유로워졌다. 자유로워지기 무섭게 다해는 팔을 문질렀다. 놀랍게도 더는 뱀이 느껴지지 않았다. 의아한 생각이 들어 다해는 낯선 이들이 있다는 것도 잊고 소매를 걷어보았다.

다해의 가느다란 팔뚝에는 작은 뱀 한 마리가 팔을 감고 오르는 모양의 검은 문신이 새겨져 있었다.

"이게 대체 무슨 짓입니까! 사대부 아녀자의 몸에 문신이라니요!"

다해의 목소리가 높아져 있었다. 그만큼 화가 많이 났음을 의미했다. 그러나 그리매는 능글맞게 웃으며 대꾸했다.

"어차피 이곳은 조선이 아니니 상관없지요."

말을 맺은 그리매가 자신의 얼굴을 가리켰다. 그의 뺨에서 영롱한 오색 빛깔의 나비가 파르르 떨고 있었다. 장식이라 여겼거늘, 문신인 모양이었다.

"아무리 그렇다 한들……."

계속해서 반박하려던 다해가 말을 멈추었다. 잠시 그리매의 입을 바라보던 다해의 눈이 토끼 눈이 되었다. 그리매가 활짝 웃는 낯으로 붉은 머리의 아름달을 가리켰다.

"신비술사 아름달입니다. 려나라에서 신비술로는 따를 자가 없지요."

뒤이어 다해의 팔을 가리켰다.

"신비술과 별똥별을 이용해 만든 팔찌입니다. 방금 깨달으셨다시피 이제 천손은 세상에 존재하는 모든 언어를 듣고 이해하고 말할 수 있습니다. 참으로 놀랍지 않습니까?"

다해는 믿을 수 없었다. 귀로 들리는 말소리는 여전히 낯설건 만 희한하게도 그 내용을 모두 이해할 수 있었다. 어찌 이런 일이 가능하단 말인가?

"려나라가 참으로 멋지단 생각이 들기 시작하신 거 같군요."

그리매는 기분이 좋은 듯 경쾌하게 말을 맺곤 의자에 앉았다. 얼른 정신을 수습한 다해 또한 맞은편에 자리를 잡으며 맞받아쳤다.

"글쎄요, 그것은 좀 더 지켜봐야 할 거 같습니다."

"이상하군요. 신비술은 이 대륙에서도 오직 려에만 존재합니다. 하여 다들 놀라워하는데 혹, 조선에 비슷한 것이 있습니까?"

다해는 그리매가 왜 이런 기술이 려나라에만 있다고 하는 건지 이해하기 어려웠다. 그녀는 이미 진나라에도 비슷한 것이 있다는 것을 무연에게 들어 알고 있었다. 얼핏 스치듯 들은 터라 정확히 기억하지는 못했다. 그러나 그 사실을 굳이 더 캐고 싶지 않았다. 당장 그녀가 걱정하는 것은 따로 있었다.

다해는 마치 질문을 듣지 못한 것처럼 말을 돌렸다.

"무연님은 어디에 계십니까?"

그리매는 더운 날씨도 아닌데 괜히 들고 있던 깃털 부채를 팔 락이며 딴청을 부렸다.

"귀한 분께서 가보실 만한 곳이 못 됩니다. 준비가 될 때까지 오늘은 이곳에서 황궁 구경이나 하시지요."

다해는 능구렁이 같은 그를 상대해 줄 생각이 없었다.

"약조를 지키지 않으려는 속셈이십니까?"

정색하고는 짧고 단호하게 뱉어내는 다해의 말투에 상대는 민망한 듯 헛기침을 해댔다.

"아니, 제가 언제 또 약조를 어긴다 하였습니까? 그저 워낙에 험한 곳인지라 귀한 분께서 보고 충격을 받으실까……."

"그런 것쯤 개의치 않습니다. 지금 당장 가보게 해주십시오."

그리매는 다해가 자신의 말을 끊은 것에 상당히 당황한 눈치였다. 마치 한 번도 그런 사람이 없었다는 듯한 그의 행동에 다해는 어지간히도 높은 자리에 있는 사람인가 보다, 싶어 쓴웃음이 나왔다.

동시에 궁금했다. 대체 자신이 무엇이기에, 진의 저주가 얼마나 강력하기에, 대체 그것을 어찌 이용할 생각이기에 적국의 고위관료가 이렇게 직접 자신을 상대하는 것일까?

의문스러운 것은 그것 말고도 또 있었다. 어째선지 아무 이유 없이 그가 싫었다. 능구렁이같이 군다거나 아비와 오라비의 원수라거나 하는 이유 때문이 아니었다. 스스로도 도통 이해할 수 없는 일이지만 눈앞에 앉은 저 중년의 사내는 밑도 끝도 없이 그냥 싫었다. 평소의 예의발랐던 다해로서는 도저히 이해할 수 없는 일이었다.

당황을 수습한 그리매가 다시 원래의 모습으로 돌아와 말문을 열었다.

"그리 완강하시니 어쩔 수 없지요. 당장 가보시겠습니까?"

"예."

말을 마치기 무섭게 다해는 자리에서 일어났다. 한시도 지체할 수 없음을 행동으로 보여준 것이었다. 다해의 그런 행동이 못마땅한 듯 살짝 찌푸린 얼굴로 그리매가 입을 열었다.

"칼바람, 먼저 가서 채비를 하라."

칼바람은 꾸벅 고개를 숙이곤 잽싸게 사라졌다. 그리매가 부드러운 미소로 다해에게 말했다.

"그럼 마차가 준비되는 동안 잠깐 산책하시겠습니까? 그 정도쯤 흔쾌히 허락해 주시겠지요?"

다해는 살며시 고개를 숙이며 그러겠노라, 응답했다. 그리매는 단지 그 잠깐의 산책에 마치 큰 선물을 받은 어린아이처럼 기쁜 표정을 지었다.

"아름달."

그리매가 부르자 아름달은 들고 있던 모피를 그리매에게 건넸다. 그리매가 그것을 활짝 펼쳤다. 모피로 만든 망토였다.

"황궁이야 곳곳에 신비술로 찬 기운을 막았다고는 하나 바깥은 그렇지 않답니다."

훅, 품에 안듯 다가들어 망토를 걸치는 그리매의 행동에 다해는 숨을 멈추고 두 눈을 감았다. 마음 같아서야 확 밀쳐 내고 싶었다. 하지만 아무리 생각해도 그의 심기를 지나치게 자극해서 좋을건 없어보였다. 그래서 그가 선만 넘지 않는다면 다해는 꾹 참기로 했다.

사방 어디 한군데 막힌 곳 없이 뻥 뚫린 너른 평야를 가로지르는 넓은 강가에 횡 찬바람이 불어왔다. 다해는 마차에서 내리기 무섭게 민망해서 망토를 벗어버리고 싶었다.

꽁꽁 언 강 위에서 하나같이 비루하고 처참한 몰골을 한 사람들이 얼음을 잘라 연신 강가로 밀어내고 있었다. 그들이 입고 있는 옷은 도무지 겨울옷이라 여겨지지 않았다. 옷이라기보다는 찬 바람이 불 때마다 요란하게 펄럭이는 누더기였다.

얼음 위를 연신 오가는 그들 중 제대로 된 신을 신은 이 또한 하나도 없었다. 그들은 뼈가 시리도록 차가운 얼음과 눈 위를, 더러운 천으로 대충 둘둘 만 발로 돌아다니고 있었다.

"얼음 창고를 미리미리 채워두지 않으면 한여름에 쓸 수가 없답니다."

그리매는 이 처참함을 직접 보고 있으면서도 아무것도 느끼지 못하는 듯 태연한 모습이었다.

"신비술이 필요한 곳은 황궁이 아니라 노역장 같습니다."

마차를 타고 나온 이후 처음으로 다해가 그리매의 말에 제대로 답했다. 차갑게 굳은 표정이었다. 그리매는 그런 다해의 심정을 전혀 이해하지 못한 모양이었다.

"신비술사는 그 수가 아주 적습니다. 황궁을 위해 쓰기에도 벅차지요."

여전히 태연하기 짝이 없는 그리매의 말에 다해가 따져 묻듯 반박했다.

"그러니 그 적은 숫자의 신비술사를 이곳에 보내 저들이 좀 더 나은 환경에서 일할 수 있도록 해주어야지요."

"이해할 수 없군요. 어째서 저들을 위해 우리가 편리함을 포기해야 한다는 건지 저는 도통 모르겠습니다."

슬쩍 그리매를 바라본 다해는 그에게 실망할 수 있다는 사실이 놀라웠다. 그는 정말로 다해의 말을 이해하지 못한 얼굴을 하고 있었다.

설마 이곳의 귀족이란 자들은 모두 저러한가 싶어 다해는 칼바람과 아름달도 살펴보았다. 다행스럽게도 두 사람은 그리매와 달리 애써 노역장의 인부들을 외면하고 있었다.

"저들은 죄인입니다. 죄를 짓고 벌을 받는 저들에게 신비술을 낭비할 수는 없지 않겠습니까?"

그리매는 나지막하게 자신의 의견을 피력해 보았다. 그러나 그 또한 다해를 설득하지는 못했다.

"죄인이라구요?"

도리어 다해는 반문했다.

"예. 저들 중 태반은 죄인이지요. 세금을 내지 않은 자, 부역을 하지 않은 자, 명령에 불복한 자 등 그 죄상이야 말로 다 할 수 없을 만큼 다양합니다."

다해가 눈살을 찌푸렸다.

"지금 무연님을 죄인들과 같은 곳에 두었다는 겁니까? 무연님의 죄목이 대체 무엇이란 말입니까?"

이번에도 그리매는 순진한 얼굴로 되물었다.

"죄인과 포로는 뭐가 다른 겁니까?"

눈앞에 서 있는 사내의 사고방식이 자신과는 천지차이임을 깨달은 다해는 그를 이해하기를, 혹은 그를 이해시키기를 포기했다.

"그래서 무연님은 지금 어디에 계십니까?"

그리매가 몸을 돌려 노역장을 훑었다.

"글쎄요, 저기 어디 있을 것인데……."

말끝을 흐리며 한참 두리번거리던 그가 이내 활짝 웃으며 어딘가를 가리켰다.

"저기 저자 같군요."

그리매가 가리키는 곳을 바라본 다해는 충격으로 부들거리는 몸을 스스로 껴안아 간신히 진정시켰다. 그 또한 다른 노역자들과 다름없이 시리도록 찬 얼음 위에 서 있었다.

다른 사람들과 달리 입성은 제법 멀쩡했으나 조선에서 입고 온 옷은 겨울옷이 아니었기에 어차피 고통스러울 터. 그 사실은 둘째치더라도 무연이 서 있는 자리가 너무 위태로워 보였다. 그가 서 있는 곳은 얼음의 가장자리였다. 서다라 얼음이 깨져 물속에 빠지기라도 한다면…….

다해는 눈물이 흐를 것만 같았다. 차라리 전날, 무연이 하려는 대로 칼부림을 벌여서라도 탈출했어야 했다. 그랬다면 저리 고생하지는 않았을 텐데…….

아까부터 연신 다해 쪽을 곁눈질하고 있던 무연이 드디어 다해가 자신을 본 것을 알고 정중히 예를 취했다. 다해는 흐르려는 눈물을 꾹 참으며 따라 허리를 숙였다. 그러나 이내 비명을 내질러야 했다. 날카로운 채찍이 무연을 후려쳤기 때문이다. 그 소리가 먼 곳까지 너무나도 또렷하게 들려왔다. 다해는 감정을 추스르지 못한 채 소리를 내질렀다.

"대체 저게 무슨 짓이란 말입니까!"

그리매가 능글거리며 대답했다.

"이곳에도 나름의 규칙이 있답니다. 당연히 그것을 어기면 매를 맞게 되어 있지요."

"죄인도 포로도 모두 사람입니다. 노역으로 죄를 반성하는 것은 이해하지만……."

한참 말을 이어가던 다해는 도로 다물었다. 그리매는 여전히 다해의 말을 진심으로 이해할 수 없다는 얼굴을 하고 있었다. 다해는 그 어떤 말로도 그를 이해시킬 수 없다는 걸 다시 한 번 되새기며 방법을 바꾸기로 했다.

"지금 당장 그에게 인간적인 대우를 해줄 것을 요청하는 바입니다."

"맨입으로요?"

순간 다해는 자신이 무엇을 들었는지 믿어지지 않았다. 그리매는 개구쟁이 같은 표정으로 빙글빙글 웃고 있었다.

"지금 무어라 하셨습니까?"

다해는 자신의 귀를 믿지 못해 다시 한 번 물어보았다. 그리매는 천연덕스럽게 답했다.

"제가 그것을 들어드리면 천손께서는 제게 무엇을 해주시겠습니까?"

다해가 눈살을 찌푸렸다.

"거래를 하잔 말씀이십니까?"

"천손께서도 거래를 좋아하시는 줄 알았는데 아닙니까?"

다해는 할 말을 잃었다. 어제의 그 상황을 빠져나오기 위해 어영부영 먼저 거래를 제안한 사람은 그리매가 아닌 다해 자신이었다.

"하면, 무엇을 들어드리면 됩니까?"

"자세한 것은 돌아가서 말씀드리지요."

그리매가 팔을 뻗었다. 당장에 강제로 마차에 태우겠다는 걸로 오해한 다해가 뒤로 물러나며 거부했다.

"아뇨. 저는 지금 직접 무연님을 만나야겠습니다."

"그 또한 맨입으로는 아니 될 말이지요."

다해의 낯빛이 또 한 번 붉어졌다. 창피해서나 수치스러워서가 아니었다.

"그럼 가실까요?"

그리매가 느물거렸다.

다해는 차마 떨어지지 않는 발길을 억지로 돌려 마차에 탔다. 그러면서 연거푸 무연을 돌아보았다. 그리매는 그런 다해와 무연을 못마땅한 눈으로 보고 있었다.

그렇게 다해의 일행은 다시 마차를 타고 떠나 버렸다. 무연은 자신도 모르게 멍하니 선 채로 마차가 떠나는 것을 지켜보았다. 이 상황에서 아무것도 하지 않은 것이 과연 잘한 일인지 확신이 없었다.

관문정에서야 이목이 집중되어 있으니 어쩔 수 없었다 해도 이제는 어느 정도 관심이 덜해졌을 터, 하고자 한다면 몰래 빼내 도망치는 것도 불가능하지는 않았다. 그런데 자꾸만 기묘한 걱정이 무연의 발목을 잡았다.

려나라의 수도인 청진은 대륙의 동쪽 끝이었다. 진나라의 수도인 가람은 그 반대인 대륙의 서쪽 끝이었다. 려나라의 추적을 피하며 대륙을 횡단하는 일이 만만치는 않을 터, 가뜩이나 지금은 한겨울이니 다해가 겪을 고생은 말로 다 할 수 없으리라.

무연은 자신을 이해할 수 없었다. 다해의 성정에 그녀 또한 분명 괜찮다고 할 터, 그럼에도 스스로 저어되는 이유를 알 수가 없었다. 자꾸만 끼어드는 고민에 무연은 자신도 모르는 새 진나라의 소식을 기다리는 걸로 결정을 내리고 있었다. 황제폐하의 도움을 받는 것이 다해에게 덜 고생스러울 것은 굳이 말하지 않아도 당연한 일이었으니까.

깊은 생각에 빠진 무연이 아무것도 하지 않자 관리자가 또 다가와 채찍을 휘둘렀다. 그러나 이번엔 아까와 달랐다. 다해를 인질로 잡은 자가 없으니 심기를 거스를까 걱정해야 할 이유가 없었다. 무연은 아무렇지 않게 허공을 날아오는 채찍을 붙들었다. 관리자는 크게 당황한 얼굴로 아무것도 못하다가 이내 노발대발 욕설을 뱉어내며 채찍을 거둬들였다. 그러나 단지 그뿐, 한 걸음도 더는 무연에게 다가가지 않았다.

휘잉 불어오는 찬바람에 무연의 청록색 머리칼이 나부꼈다. 사방에서 그 머리칼을 구경하다가 채찍에 얻어맞는 자들이 속출했다.

그리매는 여전했다. 황궁으로 돌아오는 내내 어떻게 해서든 다해에게 자랑스러운 수도 청진을 보여주고파서 안달이 나 있었다. 그러나 다해는 굳은 얼굴로 석상처럼 앉아 있기만 할 뿐, 그 어떤 반응도 보여주지 않았다.

"아까 못다 한 황궁 구경을 마저 하지 않으시겠습니까? 흰 눈이 소복하게 쌓인 려의 황궁 정원은 대륙 제일이랍니다."

그리매의 의중은 참으로 알다가도 모를 일이었다. 구애를 하고 있는 건 아닌가 하는 착각이 들 정도였다.

"처소로 가겠습니다. 안내해 주시지요."

다해는 그리매를 무시하고 칼바람에게 말했다. 칼바람은 그리매의 얼굴을 살폈다.

자신을 대놓고 무시하는 다해의 행동에 화가 날 법도 하건만, 그리매는 귀여운 어린아이의 투정을 보기라도 한 것처럼 피식 웃더니 그리하라 일렀다.

칼바람이 앞장서고 다해가 뒤를 따랐다. 그 곁엔 마치 그림자처럼 그리매와 아름달이 따라붙었다. 휘월당까지 가는 내내, 다해는 한마디도 하지 않았다.

처소에 도착하기 무섭게 다해가 먼저 의자에 앉았다.

"앉으세요."

그러곤 처소의 주인답게 그리매에게 앉을 것을 청했다. 역시나 귀여운 어린아이의 투정이라도 본 것처럼 피식 웃은 그리매가 맞은편 의자에 앉았다.

다해는 그리매의 그런 반응이 참으로 마음에 들지 않았다. 그의 나이가 더 많은 것은 사실이나 다해 또한 아이가 아니건만, 자꾸만 어린 취급을 받는 느낌이 들었다. 아니, 더 정확히 말하자면 뭔가 그의 소유가 된 듯한 불쾌한 느낌이었다.

"아직 때가 이르지만 함께 식사라도 하고……."

"아뇨. 이야기부터 마저 해야겠습니다."

다해가 또 그리매의 말을 끊었다. 칼바람과 아름달이 서둘러 그리매의 눈치를 살폈다. 다행히 그리매는 눈 하나 깜짝하지 않았다. 예의 어린아이 재롱 보는 듯한 표정을 지을 뿐이었다.

"무슨 이야기를 하고 싶으신지요?"

"무연님에게 인간적인 대우를 요구하려면 제가 무엇을 들어드리면 됩니까?"

그리매는 느긋한 태도로 입을 열었다.

"려는 말입니다. 다른 나라들에 비해 상당히 높은 수준의 문화를 갖고 있지요. 그게 다 신비술의 힘입니다. 보셨다시피 신비술은 무척 편리합니다. 어디 편리하다뿐입니까? 신비술은 삶을 풍요롭게 해줍니다. 세상 그 어디에 가도 이만한 나라는 찾을 수가 없을 겁니다."

그 뒤로도 긴 자랑이 이어졌다. 대부분 신비술에 대한 칭송이었다.

그리매의 이야기를 말없이 듣고만 있던 다해는 조금 흥미로운 사실을 발견했다. 함께 이야기를 듣는 아름달의 반응이 묘했다. 신비술에 대한 칭송에 반감을 가진 듯하다는 게 느껴질 정도였다. 정작 아름달을 등지고 있던 그리매는 그것을 보지 못했다. 그러나 칼바람은 달랐다. 아름달의 표정이 변한 것을 발견한 칼바람이 슬쩍 아름달에게 눈짓을 했다. 그 의미를 깨달은 아름달이 얼른 표정을 가다듬었다.

다해는 두 사람의 행동을 똑똑히 기억해 두기로 하고 다시 관심을 그리매에게 돌렸다.

"그래서 대체 원하는 것이 무엇이란 말입니까? 서두는 끊고 본론을 말씀해 주세요."

내버려 두었다간 하루 종일이라도 떠들 것 같았던 그리매가 크게 미소 지으며 당당히 어깨를 폈다.

"저와 혼인해 주시지요."

다해는 당혹스러웠다.

"무어라…… 말씀하셨습니까?"

"제 부인이 되어달라 말씀드렸습니다."

다해는 얼굴이 구겨지는 것을 막지 못했다.

"지금 딸뻘인 저를 첩으로 삼겠다 이 말씀이십니까?"

그리매가 얼른 손사래를 쳤다.

"첩이라니요, 당치도 않습니다. 제게 처가 있긴 하나 천손께서 제 아내가 되어주시겠다면 당장 내칠 용의가 있습니다."

이글이글 불타오르는 그리매의 눈빛에는 정말로 그리하겠다는 의지가 강하게 담겨 있었다. 다해는 참으로 믿을 수 없었다. 설마 구애를 하는 건가 싶었는데 사실이었다니…….

다해는 황급히 아름달과 칼바람의 눈치를 살폈다. 두 사람도 놀라기는 매한가지인 모양이었다. 덕분에 다해는 그리매가 하는 이 요구가 이쪽 세상에서도 어처구니가 없는 것임을 알았다.

차분함을 되찾은 다해가 빙그레 웃음 지었다.

"거래엔 응당 가치라는 걸 따지기 마련이지요."

그리매는 더 말해보라는 양, 고개를 끄덕였다. 다해가 고개를 돌려 활짝 열린 문밖 정원을 가리켰다.

"땅바닥에 굴러다니는 돌 하나를 얻기 위해 금은보화를 내놓는 이는 없습니다."

그리매가 큰 소리로 웃음을 터뜨렸다. 정말로 시원하게 사방으로 쭉 퍼져 나가는 웃음소리였다.

"지금 겨우 그깟 일에 혼사라는 금은보화를 내놓으라는 거냐고 저를 나무라시는 겁니까?"

여전히 웃음기가 가득 남은 얼굴이었다.

"이해하셔서 다행이군요."

다해 또한 부드럽게 미소 지었다. 그리매는 또 한 번 호탕하게 웃음을 터뜨렸다. 다해에게는 불행하게도, 그 웃음은 깊은 속내를 감추기 위한 위장이었다.

다해에게 아직 어리고 충동적인 면이 있는 점을 이용하여 단번에 원하는 바를 쟁취하려 했던 그리매는 그녀가 생각보다 쉬운 상대가 아님을 깨닫고 차근차근 접근하기로 했다.

"흠, 그럼 돌 값으로 뭐가 좋을까요?"

답을 구한 질문이 아닌 듯, 그리매는 사방을 가만히 훑어보았다. 이리저리 훑어보던 그리매의 시선이 다해에게서 딱 멈추었다.

그리매가 바라보는 것은 다해가 아닌 그녀의 옷이었다.

"결정했습니다. 천손께서 앞으로 려의 옷을 입어주시는 겁니다."

"좋습니다."

다해는 즉각 대답했다. 그리매는 의외라는 표정을 살짝 짓더니 좋은 게 좋은 거라는 듯 쾌활하게 말을 이었다.

"그럼 앞으로 그 호위무사에게는 채찍질을 하지 말라 명하겠습니다."

"제가 원하는 것은 그게 아닙니다."

"그게 아니라고요? 분명 그에게 인간적인 대우를 해달라고 하시지 않았던가요?"

그리매가 눈을 크게 뜨고 물었다. 다해가 천천히 고개를 흔들었다.

"그래봤자 노역장의 다른 이들에게 원한만 쌓일 뿐입니다. 하여 제가 원하는 것은 노역장에서 모든 종류의 폭력을 금해주시는 겁니다."

침묵이 쏟아졌다. 그리매도 칼바람도 그리고 내내 고개 숙인 채 투명인간이라도 된 것처럼 서 있던 아름달도 번쩍 고개를 들고 다해를 쳐다보았다.

잠시 후 정신을 차린 그리매가 웃으며 말했다.

"이런, 이런, 그리되면 제가 너무 밑지는 장사가 아닙니까?"

"과연 그럴까요? 제가 려의 옷을 입고 려의 황궁에서 려의 여인처럼 지낸다는 걸 진나라에선 어떻게 받아들일까요?"

다해의 추측은 맞아떨어진 모양이었다. 그리매가 또 크게 소리 내어 웃었다.

"제가 졌습니다. 천손의 안목이 보통이 아니십니다. 예! 좋습니다. 노역장에서 모든 종류의 폭력을 금하도록 하겠습니다."

"그럼 거래가 성사된 것으로 알겠습니다. 오늘 당장 의복을 바꿔 입을 터이니 보내주세요."

"려나라 옷을 입은 천손의 모습이 얼마나 아름다울지 기대하고 있겠습니다."

그리매는 그 와중에도 느끼한 말을 툭 뱉어냈다. 다해는 아무렇지 않은 얼굴로 그에게 화답했다.

"과찬이십니다."

"하면……."

그리매가 자리에서 일어났다. 다해도 따라 일어났다.

"제가 일이 바쁘지 않았더라면 하루 종일 함께해 드릴 텐데 불행히도 그럴 수가 없군요."

"지금까지로도 충분합니다."

이것은 진심이었다.

"그럼 가보겠습니다."

"살펴가세요."

그리매는 아쉬운 듯 몇 번이나 뒤를 보더니 결국엔 모퉁이를 돌았다. 그러나 다해의 시야에서 자신이 사라진 것을 확신한 순간, 그리매의 표정이 바뀌었다.

"생각보다 상대하기 까다롭겠구나."

전각의 입구까지 배웅을 위해 따라 나왔던 칼바람이 머리를 조아렸다.

"생각보다 배짱이 두둑합니다. 세월이 흘러 잘 다듬는다면 큰 인재가 될 터이나 아무래도 여인이라……."

그리매가 콧방귀를 뀌었다.

"그런 것은 다 무의미한 일이다. 어차피 새장 속의 새가 될 테니."

그리매는 다해의 앞에선 절대 보여주지 않던 차디찬 미소를 짓고 입술을 핥았다.

"내 앞에서 굴복하는 날까지 애타서 어찌 기다리누……."

말끝에 긴 한숨이 묻어 있었다. 아름달의 표정이 심하게 일그러졌다. 때마침 뒤를 돌아본 그리매가 킬킬거렸다.

"설마 질투라도 하는 것이냐?"

"그럴 리가 있겠습니까?"

어느새 표정을 가다듬은 아름달의 목소리는 무척이나 평온했다.

어느덧 휘월당의 대문에 도달했다. 그리매는 아름달과 칼바람에게 물러가라 손짓하다가 문득 생각난 듯 아름달에게 명했다.

"아름달 너는 당장 최고로 좋은 옷을 준비해서 가져다 드리도록 해라. 흰 피부에 잘 어울리는 황금색이 좋겠구나."

아름달은 허리를 숙이며 명령에 복종할 것임을 알렸다.

그리매가 사라지자 칼바람 또한 서둘러 자신의 자리로 돌아갔다. 그제야 그때까지도 허리를 숙이고 있던 아름달이 몸을 들었다. 그 얼굴은 잔뜩 일그러져 있었다.

"흰 피부에 어울리는 황금색이라······."

큭큭, 아름달이 조소를 흘렸다.

"흰 피부에도 어울리는 황금색, 검은 피부에도 어울리는 황금색······."

잠시 말을 끊은 아름달은 자신의 옷차림을 내려다보았다. 황금색과 검은색이 어우러져 있으나 황금색이 먼저 눈에 띄었다.

"······붉은 머리에도 어울리는 황금색. 대체 황금색이 어울리지 않는 것은 무엇이란 말이냐?"

아름달은 피식피식 실소를 터뜨리며 실성이라도 한 것처럼 몸을 들썩이며 구불구불 회랑의 미로로 자취를 감추었다.

나무판자로 대충 지어놓은 창고 같은 건물, 마찬가지로 허름하기 짝이 없는 탁자와 의자밖에 없는 공간에 화려하게 치장한 다해가 있었다.

의자에 앉은 다해는 연신 자신의 매무새를 살피고 또 살폈다. 모름지기 혼례 전의 처녀란 댕기 머리를 해야 하건만, 구름처럼 틀어 올린 머리가 여간 신경 쓰이는 게 아녔다.

그보다 더 신경이 쓰이는 것은 훤하게 드러난 목 언저리였다. 려나라의 여인들이 입는 옷이란 아름달이 그러하듯 목부터 조신하게 싸맨 것이라 생각하고 있었거늘…….

다해가 입고 있는 것은 어깨가 훤히 드러나는 참으로 민망한 옷이었다. 조선에서 나고 자란 다해로서는 마치 발가벗은 것만 같을 수밖에 없었다.

달칵, 문이 열렸다. 다해는 깜짝 놀라 얼른 자리에서 일어났다. 우당탕 의자가 넘어지자 다해는 더더욱 어쩔 줄 몰라 했다.

"어찌 그리 당황하십니까?"

무연이 물었다. 다해는 잔뜩 빨개진 얼굴로 안절부절못하고 있었다. 연신 목 언저리에서 어쩔 줄 몰라 하는 다해의 손을 발견한 무연은 금방 무엇이 문제인지 눈치챘다.

"참으로 고우십니다. 려나라의 옷이 잘 어울리시니 진나라의 옷도 무척 잘 어울리시겠군요."

번쩍, 다해가 고개를 들었다.

"지, 진나라에서도 이런 옷을 입습니까?"

참으로 난감한 얼굴을 하고 있었다. 무연은 쿡, 웃더니 말했다.

"다행히 똑같지는 않으니 안심하셔도 됩니다."

무연의 반응에 다해는 더더욱 얼굴을 붉혔다. 차라리 대놓고 아무렇지 않은 척을 했어야 했거늘…….

"앉으세요."

무연이 다가와 의자를 일으켜 세워주었다. 다해는 얌전히 그가 내밀어준 의자에 앉았다. 새하얀 목덜미에서 살랑거리는 검은 머리카락이 참으로 유혹적이었다.

무연은 조금 당황스러웠다. 겨우 십삼 년에 불과한 세월이건만, 언제 이리 여인이 되었단 말인가? 무연은 짐짓 모른 척했다.

무연이 반대편 의자에 앉았다. 그는 허술하기 짝이 없으나 따끈한 차를 마실 수 있게 준비되어 있는 것을 발견하곤 천천히 한 잔씩 따라 다해와 자신 앞에 두었다.

무연을 물끄러미 바라보던 다해가 말했다.

"얼굴이 많이 상하셨습니다."

다해는 어느덧 무연에 대한 걱정에 자신의 옷차림에 관해선 잊은 얼굴이었다.

"찬바람이 좀 강하여 겉보기엔 그럴지 모르나 멀쩡합니다."

"하지만 이 상황이 길어지면 건강도 상할 것입니다."

진심으로 걱정이 가득한 얼굴이었다. 무연은 몇 번이나 괜찮다고 말하곤 다해의 근황을 물었다. 다해가 한숨을 폭 내쉬더니 투덜거렸다.

"참으로 기이한 사내를 만났습니다."

"관문정에서의 그자를 말씀하시는 겁니까?"

"예. 참으로 난감하게도 그 사람이 제게 청혼을 해왔습니다."

"청혼…… 이요?"

차를 마시던 무연의 손이 멈추었다. 그 반응을 본 다해는 자신도 모르게 살포시 미소를 지었다.

한참 고민하던 무연이 심각한 얼굴로 물었다.

"상당히 지체가 높아 보였습니다. 누군지 혹시 아십니까?"

다해는 난처한 얼굴을 했다.

"아직 통성명도 하지 않았습니다."

"아직도요?"

무연은 의외인 모양이었다. 예의 바른 다해가 누군가와의 첫 만남에서 그러기란 어려운 일이었다.

"그게, 어쩌다 보니⋯⋯. 참 상대하기 난감한 사람입니다."

그리매를 떠올린 다해가 눈살을 찌푸렸다. 늙은 구렁이를 수십 마리라도 삶아 먹었나 싶은 행동거지를 생각하자 저절로 부르르 몸이 떨렸다.

무연이 얼른 다해의 빈 잔에 다시 따끈한 차를 따라주었다. 덕분에 기분이 좋아진 다해가 조잘조잘 그리매와 있었던 일들을 이야기했다. 마치 고자질이라도 하는 듯했다. 그렇게 한참 어려움에 대해 토로하던 다해에게 무연이 잔뜩 굳은 얼굴로 고개를 숙였다.

"죄송합니다, 아씨. 아버님께 아씨를 지켜 드리기로 약조를 했는데⋯⋯."

"아닙니다. 기껏해야 려의 옷을 입어달라 장터 구경을 한번 가달라 하는 정도입니다. 그 정도 한다고 해서 무슨 일이 생기는 건 아니잖습니까?"

"청혼을 거절한 후에도 그렇습니까?"

"예. 아마 그 사람은 제 환심을 얻으면 번복할 거라 여긴 모양이지만 애초에 글렀습니다."

"그렇게 마음에 안 드십니까? 나이가 많아서요?"

"아뇨, 나이 때문에 그런 게 아닙니다. 사람만 괜찮다면 나이가 무슨 관계가 있겠습니까? 다만 그자는⋯⋯."

"괜찮습니다. 이제 고작 열여덟이 아닙니까. 당연히 나이 든 사내가 싫을 수밖에요……."

무연은 짐짓 슬픈 표정을 꾸며내곤 힘없이 찻잔을 들었다. 이미 무연의 나이가 조선에서의 기준으로는 도저히 따질 수 없을 만큼 많다는 것을 알고 있는 다해는 얼른 손사래를 쳤다.

"그런 게 아닙니다. 대체 왜……."

뭔가를 열성적으로 변명하려던 다해는 무연이 미소 짓고 있는 것을 발견했다. 잔뜩 불퉁한 얼굴로 그를 뚫어져라 바라보던 다해가 팔짱을 끼고 허리를 꼿꼿이 세웠다.

"저를 놀리신 겁니까?"

무연은 여전히 미소 띤 얼굴로 답했다.

"어차피 진에서 살아가시려면 그깟 숫자에 연연하지 않으시는 게 좋습니다. 멋진 사내를 만나 점찍었는데 그 사내가 백 살이 넘었을 수도 있거든요."

"그때까지 혼례를 올리지 않은 경우가 있을 수 있는 건가요?"

"천룡의 후예들은 혼인을 하기보다 혼자 살기를 선택하는 경우가 더 많답니다."

"어째서죠?"

어쩐지 그 순간 무연의 미소가 조금 슬퍼 보였다.

"이유야 많지요. 수명이 길다 보니 사랑하는 배우자를 먼저 보낸 후, 남은 시간을 고통 속에서 사는 게 두렵기도 하고……."

다해가 고개를 갸웃했다. 무연이 말을 끊은 것이다. 그러나 무연은 도통 다시 입을 열 생각이 없어 보였다. 뭔가 깊은 고민에 빠져든 눈치였다. 그를 다시 현실로 끌어 오기 위해 다해가 경쾌한 목소리로 물었다.

"그럼 무연님은요? 무연님은 기혼이십니까, 미혼이십니까?"

다해가 아비에게 무연을 따르란 이야기를 들은 후로 가장 궁금했던 것은 그것이었다.

다해는 그간 무연으로부터 천룡의 후예에 대해 들어온 것이 있기에 그의 나이가 상당하다는 건 대충 짐작하고 있었다. 그런데 그 나이가 되도록 짝이 없다는 게 말이 되는 것일까?

무연이라면 첩이어도 상관은 없지만 아무래도 신경은 쓰였다. 아비가 그런 것도 모르고 보냈을 리는 없으련만, 다해는 직접 확인하고 싶었다. 어찌나 궁금한지 대놓고 물어보고 싶을 지경이었지만 무연이 과연 아비와의 약조를 제대로 이해한 것인지 확신할 수가 없었다. 이렇듯 달빛을 넘어 려에 오고 보니 너무나 다른 세상인지라 만약 다르게 이해했다면 그때의 민망함을 도저히 감당할 자신이 없었다.

그래서 지금 이 순간 다해는 돌려 돌려 무연이 과연 그 약조를 제대로 파악하고 있는 것인지 확인하고 싶었다.

"저도 아직입니다만……."

말끝을 흐리며 무연이 슬쩍 시선을 돌렸다. 다해는 그것이 대체 무슨 의미인지 이해할 수 없어 답답해 차를 마시곤 재차 물었다.

"그럼 제가 누군가를 점찍었다고 하면 이후엔 어찌하실 겁니까?"

무연이 다시 고개를 돌려 다해를 바라보더니 아주 단호한 어조로 말했다.

"돌아가신 아버님과 약조했다시피 아씨의 행복을 위해 성심을 다할 것입니다."

"아……."

다해는 허탈했다. 역시나. 무연은 그 약조의 의미를 정확히 이해하지 못하고 있었다. 하지만 한편 아버지가 그 약조에 대해 무연에게 제대로 설명하지 않은 연유도 이해했다.

다해의 얼굴에 저절로 흐뭇한 미소가 떠올랐다.

"이제 안심하셨습니까?"

무연이 묻자 다해가 고개를 끄덕였다.

"예. 저는 앞으로 무연님만 믿을 것입니다."

무연은 약조를 어기는 사람이 아니었다. 다해는 그거면 충분했다.

"하면, 다음에 오실 때 청혼했던 이가 누구인지 제게 알려주실 수 있겠습니까?"

"하늘이 두 쪽이 난대도 수락할 생각은 없습니다. 다행히 강제로 뭘 해볼 생각도 없는 것 같더군요. 하니 상관없는 일 아닐까요? 혹 신경이 쓰이십니까?"

다해가 눈을 빛냈다. 그러나 무연은 잠깐 멈칫하더니 이내 웃음을 지었다.

"그런 의미가 아닙니다. 려의 어떤 사내가 청혼을 했는지 알아야 우리를 왜 려로 데려온 것인지 파악할 수 있을까 싶어 드린 말씀입니다."

다해의 얼굴이 빨개졌다. 하도 민망하여 귀는 물론이거니와 목까지 빨개져 버렸다.

"너무 민망해하지 마십시오. 어차피 대화의 흐름이 충분히 오해할 만하지 않았습니까?"

무연은 다해의 민망함을 풀어주기 위함이었거늘 그녀는 더더욱 쥐구멍을 찾고만 싶어졌다. 다해는 어서 이 쥐구멍에서 벗어나고 싶었다. 그래서 서둘러 생각나는 대로 청혼한 자에 대해 말해보았다.

"그, 그 사람은 상당히 지체가 높아 보였습니다. 아직까지 그 사람이 누군가에게 허리 숙이는 걸 못 봤거든요."

"그날 제가 보기에도 그랬습니다. 고위급 관료이거나 아니면 상당한 지위를 가진 가문에 소속되어 있을 겁니다. 려나라에서 가장 중요한 건 가문이니까요."

"대체 그런 사람이 제게 왜 관심을 가지는 걸까요?"

무연은 아무 말도 하지 않았다. 그 또한 딱히 짐작 가는 바가 없었다. 무연은 심각한 얼굴로 찻잔을 들었다. 다해도 따라 찻잔을 들다가 이내 내려놓고 물었다.

"객관적으로 대답해 주세요. 저는 진에 얼마나 중요한 인물입니까?"

찻잔을 내려놓은 무연이 답했다.

"천룡의 후예들은 모두가 진나라의 요직을 맡고 있습니다. 때문에 그들이 모두 병에 걸린다는 것은 곧 진이 병든단 소리이지요. 당연히 무척 중요한 분이십니다."

"천룡의 후예가 가지는 위상은 어느 정도입니까?"

"일당백이지요. 개개인의 능력에 따라서는 한 사람이 작은 군대에 버금갈 정도입니다."

"하면 진과 려의 관계는 어떠합니까?"

"천하를 양분하여 힘겨루기를 하고 있는 중이지요."

다해는 가만히 찻잔을 들었다. 머리가 복잡했다. 힘겨루기에 이용되는 장기 말이 되었다는 것은 확실히 알 수 있었다. 아마 자신을 이용해 진나라의 저주를 빌미로 좌지우지하려는 게 틀림없었다. 그렇다면 대체 구애는 왜 하는 것일까?

한참 고민하는 다해를 물끄러미 바라보던 무연이 입을 열었다.

"아무것도 하지 않으셔도 됩니다."

다해가 깜빡 생각에서 깨어났다. 무연이 말을 이었다.

"아무 걱정 마시고 그저 몸 건강히 잘 계시기만 하십시오. 하면 나머지는 제가 다 알아서 하겠습니다."

다해는 가만히 무연의 눈을 쳐다보았다. 무연은 진심이었다. 그래서 다해는 굳이 이 노역장에서 무엇을 어찌할 수 있겠느냐는 말은 하지 않았다. 그저 건넨 것은 싱그러운 미소가 담긴 따스한 말 한마디였다.

"예. 저는 그저 황궁에서 잘 먹고 잘 자고 마음 편히 무연님께서 구해주시기만을 기다리겠습니다."

"예, 제발 말썽 부리지 마시고 꼭 그리해 주십시오."

무연이 농을 건넸다. 자칫 또 심각해진 분위기를 돌리기 위함이었다. 상당히 효과적인 발언이었다. 다해가 또 깔깔깔 웃음을 터뜨렸다.

"제가 아직도 나이 어린 꼬마인 줄 아십니까?"

"제 눈엔 여전히 꼬마아이십니다. 그 꼬마아이의 투정을 들어주느라 제가 지난 세월 얼마나 힘들었는지 아십니까?"

"그러게 말도 안 되는 약조들은 왜 하신 겁니까? 애초에 약조를 안 하면 되는 것 아니겠습니까?"

다해가 새침하게 받아쳤다.

이후론 화기애애한 분위기였다. 두 사람은 함께 안방마님을 기함하게 했던 일들에 대해 언급하면서 즐겁게 대화를 나누었다. 그것은 기다리다 지친 칼바람이 귀환을 재촉할 때까지 계속되었다.

"그럼 내일 다시 오겠습니다."

"거리가 멀고 길이 험합니다. 그리 자주 오지 않으셔도 상관없습니다."

"제가 이리 자주 오기라도 해야 그 험한 일을 조금이라도 덜 하시지 않을 것 아닙니까?"

다해의 눈길은 그새 무척이나 거칠어진 무연의 손을 향해 있었다. 무연은 얼른 주먹을 쥐어 손을 감추곤 웃음 지었다.

"그럼 조심히 가십시오."

"예. 무연님도 조심하세요."

두 사람은 참으로 헤어지기 싫은 얼굴이었다. 곁에서 지켜보던 칼바람이 눈살을 찌푸릴 정도였다.

그러나 아쉬워도 이별은 예정된 일이었다.

마차가 보이지 않을 때까지 쳐다보고 있던 무연이 걱정스러운 얼굴로 긴 한숨을 내쉬었다.

진나라에도 려나라의 간자들이 있다는걸 잘 알고 있었다. 갈구병의 원인이 된 신의 저주를 푸는 것은 비밀이 아니었다. 당연히 려나라에서도 모든 것을 다 알고 있을 터, 한데 어찌하여 다해에게 집착하는지 도저히 그 이유를 알 수가 없었다.

"어찌 아씨에게 이런 시련을 주시나이까?"

무연은 하늘을 올려다보며 긴 탄식을 내뱉었다.

다해는 바로 처소로 돌아왔다. 문이 열리자마자 그리매가 보였다. 다해의 얼굴이 저절로 굳어졌다. 당연히 튀어나간 목소리 또한 썩 좋지 못했다.

"어찌 오셨습니까?"

그리매는 예의 능글거리는, 무인힘이라곤 전혀 모르는 얼굴로 환히 웃으며 답했다.

"제대로 된 곳에서 사람답게 만나 대화할 수 있게 해주는 대가로 사흘에 한번 저와 함께 나들이를 가기로 하시지 않았습니까?"

오늘 무연과 허름하나마 오두막에서 따끈한 차라도 마실 수 있게 된 것은 결코 공짜가 아니었다.

"하지만 날씨가 춥습니다. 이런 날에 무슨 나들이를 한단 말입니까?"

"우리에겐 신비술이 있지 않습니까?"

어떻게 해서든 좀 미뤄보려던 다해의 노력은 씨알도 먹히지 않았다. 그리매는 벌떡 일어나 방정을 떨며 다해에게 다가왔다.

"설마 약조를 어길 생각이신 건 아니겠지요?"

다해는 얼른 미소를 꾸며냈다.

"그럴 리가 있겠습니까? 하면, 나들이는 어디로 가실 참입니까?"

그리매는 선물을 받은 어린아이처럼 기뻐했다.

"마차를 준비해 두었습니다."

"황궁 내에서 하는 것이 아니었습니까?"

다해의 얼굴엔 싫은 티가 역력했다. 좁은 공간에 그리매와 나란히 앉아 있을 생각은 눈곱만큼도 없었다.

"청진에 오늘 볼만한 경매가 이루어진다는 소식이 들어왔습니다. 하여 천손께 선물 하나를 드릴까 하는데 제 안목과 천손의 안목에 차이가 있으면 어쩌나 걱정이 되더군요."

그리매는 다해의 등허리에 손을 얹고 이끌려 했다. 다해는 노골적으로 싫은 티를 내며 몸을 뺐다. 그리매는 민망할 법도 하건만 아무 일 없었다는 듯 태연했다.

"자, 그럼 가실까요?"

가기 싫었지만 거래는 거래인지라 다해는 떨어지지 않는 발걸음을 억지로 뗐다.

노역장에 갈 때와 달리 좀 더 작고 더 화려한 마차가 대기하고 있었다. 심지어 끌고 있는 말도 범상치 않았다. 다해는 자신이 아름다운 백마의 갈기가 진줏빛인 것에 매우 놀랐음을 깨달은 순간 얼른 표정을 지워냈다.

"신비술의 힘이지요. 아름답지 않습니까?"

하지만 그보다 그리매가 더 빨랐다. 다해는 대놓고 싫은 티를 냈다. 역시나 그리매는 아무렇지 않은 얼굴로 다해를 마차 입구로 안내했다.

다해의 예상은 들어맞았다. 그리매는 당연하다는 듯 그리고 다해와 아주 친밀하다는 듯 바로 옆자리에 딱 붙어 앉았다.

다해는 작게 한숨을 쉬었다. 이번에도 자리를 옮겨 앉을 수 없었다. 칼바람과 아름달이 맞은편 의자에 앉자 빈자리가 아예 없었기 때문이다.

그리매는 여전히 수다스러웠다. 그는 마차의 창문까지 열고 청진 자랑에 여념이 없었다. 하지만 다해는 마차가 흔들릴 때마다 실수인지 고의인지 알 수 없는 그와의 접촉에 신경 쓰느라 아무것도 들을 수가 없었다.

기회가 올 때마다 그리매는 다해와 몸을 밀착시키려 노력했다. 약이 오를 지경이었다. 다해는 이를 악물고 버텨냈다.

드디어 고난과도 같은 마차 이동이 끝났다. 짧은 시간이 천년처럼 느껴졌던 다해는 안도의 한숨을 내쉬며 마차에서 내렸다.

"귀족들 사이에 무척 유명한 찻집이랍니다."

그리매가 계단을 오르며 말했다. 다해는 공식 행사에 나설 때 모친이 짓곤 하던 근엄한 표정을 하고 그를 따라 계단을 올랐다.

활짝 열려 있는 대문을 넘자 일제히 수군거리는 소리가 들리는가 싶더니 가게 주인이 냉큼 달려 나왔다.

"아이고 이리 직접……."

주인이 허리를 굽히며 무어라 말을 하려는데 그리매가 불쾌한 얼굴로 부채를 휘둘렀다. 주인은 장사를 하며 먹어온 눈칫밥이 제법인지 황급히 다시 물러났다. 그것을 본 가게 안의 손님들도 얼른 시선을 돌리고 차를 마시는 척했다.

다해 일행은 2층으로 올랐다. 그리매를 호위하기 위해 따르던 무사들도 함께였다.

2층엔 먼저 온 손님들이 있었다. 흘깃 올라오는 사람들을 쳐다본 2층에 있던 손님들이 모두 화들짝 놀라는 얼굴을 했다. 그중

난간 옆 가장 좋은 자리에 앉아 있던 사람들은 앉은 자리가 가시
방석이라도 된 것처럼 안절부절못하더니 이내 벌떡 일어났다. 그
리매는 그들이 물러나자 당연하다는 듯 그 자리에 가서 앉았다.

"앉으시지요."

그리매는 태연했다. 일상인 모양이었다. 다해는 더는 놀랍지도
않은 듯 칼바람이 빼준 의자에 앉았다. 아름달이 서둘러 탁자 위
를 정리하는 사이 2층을 둘러본 칼바람이 수하들에게 고갯짓을
했다. 따라 올랐던 무사들이 모든 탁자를 돌아다니며 무서운 얼
굴로 나지막하게 속삭였다.

단지 그것만으로 모두가 황급히 꼬리를 말고 사라졌다. 그렇게
비게 된 자리들은 마치 자신들이 원래 있던 손님인 양 무사들이
차지했다. 넉살 좋게 탁자 위에 놓인 차를 들어 마시는 이도 있었
다. 어이없는 얼굴로 지켜보던 다해가 물었다.

"늘 이렇습니까?"

"제가 워낙에 사람이 많은 곳을 좋아하지 않습니다. 주문은 제
가 해도 될까요? 제가 좋아하는 차가 있어서 말입니다."

그리매는 천연덕스럽게 대꾸하고는 칼바람을 쳐다봤다. 칼바람
이 앉아 있는 무사들 중 누군가를 쳐다보며 눈짓했다. 무사는 잽
싸게 일어나 아래층으로 내려갔다가 잠시 후 종업원과 함께 올라
왔다.

나이 어린 종업원은 달달달 떨고 있었다. 예쁘장하게 생긴 계
집아이였다. 그녀는 찻잔과 찻주전자 그리고 간단한 간식이 담긴
쟁반을 들고 여기저기 눈치를 보며 천천히 다가왔다.

"이름이 무엇이냐?"

탁자 위에 쟁반을 내려놓으려는 계집아이를 향해 그리매가 물었다. 계단에서 아이가 모습을 드러낸 이후로 내내 흐뭇한 얼굴로 바라보고 있던 차였다. 그 미소가 어찌나 노골적인지 다해는 소름이 끼쳤다. 그것은 아이도 마찬가지인 모양이었다.

잔뜩 긴장하고 있던 계집아이는 그리매의 물음에 깜짝 놀라 쟁반을 떨어뜨렸다. 다행히 탁자 바로 위였던지라 뭘 쏟거나 하진 않고 요란한 소리만 났다. 그저 찻주전자의 주둥이에서 튀어나온 찻물 몇 방울이 다해의 얼굴로 튄 게 전부였다. 그러나 무심하게 옷소매로 뺨을 닦아내는 다해를 본 그리매가 버럭 소리를 내질렀다.

"네 이년! 감히 천손께 무례를 저지르다니! 칼바람! 당장 저년의 목을 베라!"

칼바람이 칼을 뽑으려 했다. 다해가 황당한 얼굴로 벌떡 일어나 칼바람과 계집아이 사이를 가로막았다. 칼바람은 자신이 칼을 뽑으면 다해가 다칠 것임을 알았기에 이도저도 못하고 그리매를 바라보았다. 어찌 해야 할지 묻는 눈빛이었으나 나선 것은 다해였다.

"어찌 이러십니까? 대체 이 아이가 무슨 짓을 했기에 목을 베라 하십니까?"

"천손께 찻물이 튀지 않았습니까? 혹 화상이라도 입으신 것은 아닌지 걱정스럽습니다."

그리매는 정말로 걱정하는 얼굴이었다. 다해는 깊은 한숨을 내쉬었다.

"겨우 한 방울입니다. 날아오는 사이 식어 뜨겁지도 않았습니다. 겨우 그깟 일로 이 아이를 죽이라 하신 겁니까?"

"겨우 그깟 일이었기에 당장 목을 베라 한 것입니다. 아니었다면 능지처참을 명했겠지요."

그리매는 여전히 잔뜩 못마땅한 얼굴로 계집아이를 쳐다보고 있었다. 계집아이는 당장에라도 울음을 터뜨릴 것처럼 보였다.

"되었다. 어서 내려가 보거라."

아이는 다해를 올려다보기만 했다. 정말 그래도 되느냐고 묻는 얼굴이었다. 다해는 부드럽게 아이의 머리를 쓰다듬어 주었다.

"괜찮단다. 나는 아무렇지 않은걸? 그러니 어서 가보렴. 어르신도 더는 나무라지 않으실 게다."

그리매가 끼어들려 했으나 다해는 그를 무시한 채 계집아이의 손을 잡고 계단까지 데려다주더니 어서 내려가 보라며 등을 떠다밀었다.

그리매는 그 모두를 지켜보는 내내 불퉁한 얼굴을 하고 있었다.

"대체 무슨 일을 하신 겁니까? 아랫것들은 채찍으로 다스려야 하는 법입니다."

다해가 돌아와 의자에 앉자 그리매가 투덜거렸다.

"겨우 이만한 일로 엄벌을 내린다면 그 누가 웃전을 따르겠습니까?"

"법도란 지엄해야 하는 법이지요."

"비록 왕후장상이 따로 있다 한들 사람은 사람이란 이유 하나만으로도 충분히 대우받을 가치가 있는 것입니다."

"저것들이 어찌 사람이란 말입니까?"

벽을 보고 하는 대화에 답답해진 다해가 2층을 둘러보았다. 아름달을 제외한 모두가 그리매의 의견에 동조하고 있었다. 다해는 어찌 이럴 수가 있는지 속이 답답하기만 했다.

그리매는 끝끝내 아이를 그냥 보낸 것이 마음에 들지 않는 듯 자신의 잔에만 차를 따라 홀짝였다. 가만히 바라보던 다해는 대체 뭐 하는 사람이기에 저리 오만할 수 있는지 궁금해졌다.

의자에 앉아 있던 다해가 다시 천천히 일어났다. 마시던 찻잔 너머로 그리매가 다해를 흘깃거렸다. 다해는 빙그레 웃음 지었다.

"며칠이나 지났는데 아직까지 통성명을 하지 않았네요. 소녀, 본관 여주, 여흥 민씨 가문의 막내딸, 민다해라 하옵니다."

말을 마친 다해가 정중히 허리를 숙였다. 그리매는 갑자기 정중해진 다해의 태도에 잠시 당황한 눈치였지만 이내 따라 일어나서는 허리를 굽혔다.

"나는 황부의 그리매라 합니다."

허리를 세운 다해가 되물었다.

"황부요?"

그리매가 다해에게 의자에 앉을 것을 권하며 자신도 다시 자리에 앉더니 대답했다.

"예. 려나라는 크게 동서남북부와 황부 다섯 개의 지역으로 나뉩니다. 지리적으로 황부가 가장 동쪽에 위치해 있긴 합니다만, 황제가 기거하는 청진이 나라의 중심이라 황부라 하지요."

"그럼 이곳 청진에서 태어나셨단 의미입니까?"

"예."

"이름은 그저 그리매라는 것 하나뿐인가요? 지위나 뭐 그런 건

없나요?"

무연의 당부이기도 했지만 다해는 정말로 상대가 누구인지 궁금했다. 하늘 무서운 줄 모르는 저 콧대가 대체 어디서 기인한 것인지 궁금한 탓이었다.

그리매가 씩 웃었다.

"저와 더욱 친밀해지시면 그때 자세히 말씀드리겠습니다."

그리매가 말을 마치곤 찻잔을 들었다. 다해를 바라보는 눈빛이 의미심장했다. 다해는 그리매가 더는 대답해 주지 않을 것임을 알았다. 그가 말하는 친밀함이 어떤 것을 의미하는지는 아예 생각하고 싶지도 않았다. 갑자기 더는 대화를 이어나가고 싶지 않았다. 다행히 때마침 바깥이 소란스러워졌다. 그리매가 창밖으로 눈을 돌리더니 화색을 띠었다.

"이제 시작되는가 봅니다."

그리매의 목소리가 살짝 들떠 있어서 다해도 호기심이 생겼다.

2층에서 한눈에 내려다보이는 1층 앞마당에는 여전히 가느다란 눈발이 흩날리고 있었다. 그러나 삼삼오오 모여 있는 비단옷을 입은 사람들은 그 눈을 피할 생각조차 하지 않고 있었다.

마당 한편에는 나무단상이 있었다. 한 남자가 단상 위에 올랐다.

"이렇게 궂은 날씨임에도 불구하고! 우리 가게를 찾아주신 여러분들께 감사 인사 올립니다."

남자는 한껏 과장된 행동으로 팔을 벌렸다가 정중히 허리를 숙였다.

"특히나 오늘은 귀한 분께서 와계시니 더욱 장사할 맛이 나는군요!"

남자가 2층의 그리매를 가리키며 다시 한 번 정중히 예를 취했다. 일제히 2층을 올려다본 귀족들도 그리매를 알아본 듯 모두 정중히 예를 취했다.

그리매는 흐뭇한 얼굴로 고개를 끄덕끄덕하더니 이내 팔을 휘둘러 모두 일어서라 명했다. 그 명에 따른 자들은 다시금 단상 위의 사내에게 집중했다.

"그럼 오늘의 첫 경매를 시작해 보겠습니다! 가볍게 어린것부터!"

남자가 크게 외치자 누군가 한쪽 구석에서 모습을 드러냈다. 험상궂게 생긴 털북숭이였다. 그의 손엔 어린 소년 하나가 잡혀 있었다. 땟국에 절은 옅은 갈색 머리를 가진 소년이었다.

호기심에 힐끗 쳐다봤던 다해는 소년을 보고 경악을 금치 못했다. 말끔한 옷을 입고 있었으나 어찌나 말랐는지 걸치고 있는 옷이 찬바람에 펄럭였다. 그 바람에 드러난 몸피는 앙상하기 그지없었다. 그저 보기 좋으라 입혀놓은 게 틀림없는 듯 한겨울 추위를 막아줄 능력 따위 전혀 없어 보였다.

무엇보다도 더욱더 다해를 경악하게 한 것은 잔뜩 겁에 질려 있는 아이의 눈동자와 그런 아이를 연신 윽박지르는 털북숭이 사내의 행동이었다. 다해는 단박에 이게 무슨 자리인지 깨달았다.

"대체 지금 이게 다 무어란 말입니까?"

다해가 떨리는 목소리로 물었다. 아래층을 흥미진진한 눈빛으로 내려다보느라 다해에겐 눈길조차 주지 않으며 그리매가 말했다.

"뭐긴요. 노예 경매지요. 이 찻집은 차 맛으로도 유명하지만 노예의 질이 좋기로 아주 유명하답니다."

"사람을 돈을 주고 거래한단 말입니까?"

다해의 목소리는 격앙되어 있었다. 드디어 그리매가 다해에게 관심을 돌렸다. 그러나 그는 마치 은밀한 대화라도 나누는 것처럼 한껏 탁자 위로 자세를 낮추었다.

"혹 마음에 드는 사내가 있다면 말씀해 주세요. 귀부인이라면 응당 밤 동무 하나쯤은 있어야 하는 법이 아닙니까? 제가 선물해 드리도록 하겠습니다."

"밤 동무요?"

다해는 그리매가 무슨 소리를 하는지 이해할 수 없었다. 어리둥절해하는 다해의 표정을 살핀 그리매가 뒤늦게 무엇이 문제인지 깨닫고 칼바람에게 물었다.

"조선에는 노예가 없는가?"

"조선도 신분제가 철저했습니다."

그리매의 시선이 다시 다해에게 돌아왔다.

"그렇다면 노예가 분명 있을 것인데 어찌 그리 놀라시는지 모르겠군요."

다해는 할 말을 잃었다. 언젠가 어릴 적 안방에서 호기심에 열어보았던 함이 생각났다.

그 안에는 함께 살고 있는 가노들의 이름과 생김새, 나이, 특징 등이 어떤 날짜와 함께 쓰여 있었다. 한 명도 빠지지 않은 모두의 명단이었다. 그게 무엇이냐고 아비에게 물었는데 아비는 그저 씁쓸하게 웃을 뿐 아무 대답도 해주지 않았다. 뒤늦게 그것이 노비 문서임을 알았으나 다해가 할 수 있는 것은 아무것도 없었다.

정곡을 찔린 다해가 눈살을 찌푸렸다. 하지만 그때와 지금은 다르다. 그때는 비록 어려 아무것도 몰라서 그랬다고 하지만 지금은 분명히 자신의 의견을 피력할 수 있지 않은가?

다해가 자세를 바로 하더니 그리매를 똑바로 바라보고 말했다.

"사람은 가축이 아니니 돈을 주고 거래를 해선 안 됩니다."

그리매도 다해를 똑바로 바라보며 말했다.

"소나 밀은 경매를 해서 구입합니다. 한데 어찌 노예는 안 된다 하십니까?"

다해는 숨이 턱 막히는 것을 느꼈다. 시원한 냉수 한 사발이 그리웠다. 터질 것 같은 속을 달래기 위해 연신 차를 마시는 다해를 보며 아름달이 묘한 표정을 짓고 있었다. 그런 아름달을 보고 칼바람이 주의를 주었다. 아름달은 얼른 표정을 지워냈다.

다해의 굳은 표정을 이상하단 얼굴로 바라보던 그리매는 다시 아래층으로 관심을 돌렸다. 예쁘장한 여인이 단상 위로 올라왔다. 그리매가 큰 소리로 경매에 참여했다.

"밤 동무로 아주 제격인 것처럼 보이지 않느냐?"

잔뜩 미소 지은 그리매가 칼바람과 아름달에게 물었다. 두 사람은 정중히 고개를 숙이며 호응했다. 다해는 밤 동무가 무엇인지 비로소 깨달았다.

참으로 어이가 없었다. 비록 구애를 거절하긴 했으나 여전히 제 마음을 얻어보려 애쓰고 있는 사내가 자신의 앞에서 밤 동무로 삼겠노라 젊은 여인의 경매에 열정적으로 참여하고 있는 모습을 어찌 해석해야 하는 걸까?

그것을 아는지 모르는지 그리매는 눈에 불을 켜고 경매에 참여해서는 기어코 그 여인을 자신의 것으로 만들었다. 그리매가 어찌나 좋아하던지 다해는 아예 신경을 끄기로 했다.

노예 경매는 한참을 계속되었다. 그리매는 몇 번인가 더 경매에 참여하는 것 같았다. 그러나 다해는 눈과 귀를 막고 조용히 자리만 지켰다.

"하아……. 정말 상대하기 힘들어……."

다해는 길게 한숨을 내쉬며 의자에 털썩 주저앉았다. 만사 다 제치고 잠부터 자고 싶었다. 그런데 욕실과 연결된 작은 문에서 시녀 하나가 모습을 드러냈다.

"목욕 준비를 마쳤나이다."

다해는 자신도 모르게 한숨을 폭 내쉬었다. 목욕이란 때로는 너무 거추장스러웠다. 그런 다해의 심정을 눈치챈 듯 시녀는 다시 정중히 머리를 조아리며 아뢰었다.

"오늘은 특별히 신경을 쓰란 분부가 있었습니다."

"특별히?"

하루 종일 끌고 다닌 것이 미안했나 보다. 다해는, 그 정도 호의라면 아무 대가도 없이 받아도 상관없겠구나 싶었다.

욕실에는 정말로 특별한 준비가 되어 있었다. 평소와 다른 좀더 상쾌한 꽃향기가 가득했다. 욕조엔 꽃잎으로 수면이 빼곡했다. 조선에선 꿈도 꿀 수 없었던 호사였다. 다해는 시녀들이 나간 것을 확인하고는 훌훌 옷을 벗어 던졌다.

뜨겁고 향기로운 욕조에 몸을 담근 순간 하루 종일 그리매에게 시달렸던 피로가 사르르 녹는 기분이었다. 덕분에 목욕은 평소보다 오래 걸렸다. 다해는 물이 다 식을 때까지 마음껏 목욕을 즐겼다. 절로 콧노래까지 나올 지경이었다.

그렇게 목욕을 마친 다해는 시녀들이 미리 준비해 두었던 자리옷으로 갈아입으려다 멈칫했다.

"뭐야……."

옷을 들어본 다해는 얼굴을 붉혔다. 분명 겉옷이었다. 근데 훤히 비치다 못해 투명했다. 속에 입을 옷 또한 평소와 달랐다. 평소에는 속바지와 가슴가리개 위에 폭 넓은 바지와 엉덩이를 덮을 만큼 긴 저고리를 입고 그 위에 두루마기를 닮은 낙낙한 겉옷을 걸쳐 왔었다.

그런데 오늘은 기다란 치마 하나와 투명한 겉옷뿐이었다. 옷을 보고 나니 속옷이 놓여 있는 게 참으로 다행스럽게 여겨질 정도였다.

속옷을 챙겨 입은 다해는 치마를 들어 크게 펄럭여 보았다. 조선에서와 비슷하게 겨드랑이에서 칭칭 동여매어 입는 치마였다. 하여 별 어려움 없이 입을 수 있었다. 뒤이어 투명한 겉옷을 들어 팔을 꿰면서 대체 아무 기능도 없는 이런 옷을 왜 만들었는지 정녕 의아해했다. 하지만 아예 벗고 있기에는 심리적인 문제가 있는 탓에 그냥 입었다.

목욕을 하는 사이 시녀들은 침상을 말끔하게 정리해 두었다. 피곤했던 다해는 이불을 걷었다. 그때 문밖에서 인기척이 느껴졌다.

무사들이 지키고 있는 정문이 열리는 소리를 듣지 못했으니 아마도 시녀가 자리끼를 가져다주러 온 것이려니 하여 다해는 그대로 침상에 올랐다. 그렇게 막 누우려는데, 사라락 침실과 응접실을 구분해주는 휘장이 걷히는 소리가 들렸다. 다해는 깜짝 놀라 몸을 일으켰다.

　"더는 필요한 것이 없습니다. 이제 그만 가서 쉬세요."

　그러나 상대는 아무 말도 하지 않았다. 도리어 저벅저벅 바닥의 융단을 밟는 부드러운 발소리가 가까워졌다. 다해는 자신도 모르게 이불을 목까지 끌어당겼다. 거의 동시에 침실의 두툼한 휘장이 걷혔다.

　부드러운 금발머리를 흩날리며 한 사내가 들어왔다. 푸른 눈동자를 가진 사내였다. 옅은 미소를 머금은 남자는 부드럽게 다해의 침상에 앉았다.

　조선이었다면 어림도 없을 일이었다. 그러나 다해는 사내의 묘한 기운에 압도당하고 있었다. 사내는 당당했다. 그리고 자신감이 넘쳐흘렀다. 행동에 거침도 없었다. 그는 그대로 다해에게 팔을 뻗었다. 그러곤 다해의 어깨를 어루만지더니 이내 겉옷자락을 잡고 끌어내렸다.

　"뭐 하는 짓입니까!"

　그제야 다해는 정신을 차리고 사내의 뺨을 후려쳤다. 사내는 잠시 어리둥절한 얼굴이었지만 이내 다시 미소를 머금었다. 다해로선 도통 이해할 수 없는 반응이었다.

　사내는 다시 하던 일을 마저 하려 했다. 이제 양손으로 다해의 어깨를 잡은 그는 눈을 감고 천천히 다가왔다.

사내의 붉고 탐스러운 입술이 유난히도 시야에 가득 차올랐다. 앵두 같다는 말이 잘 어울리는 입술이었다. 그러나 다해에게 그 입술은 공포였다. 하얗게 질려 버린 다해는 자신도 모르게 비명을 내지르기 시작했다.

벌컥, 정문이 열리는 소리가 들렸다. 거의 동시에 침실의 휘장과 침상의 휘장이 들춰지는가 싶더니 칼바람이 달려들어 사내를 바닥에 내동댕이쳤다.

다해는 사색이 되어 있었다. 바닥에 쓰러진 사내를 확인한 칼바람이 그에게 물었다.

"야란, 네가 왜 여기에 와 있지?"

칼바람에게 얻어맞은 자리를 문지르며 우아하게 몸을 일으킨 사내가 깊이 허리를 숙이더니 답했다.

"명을 받았습니다."

"명?"

"예. 천손을 즐겁게 해드리란 명이옵니다."

칼바람은 누가 보낸 것인지 단박에 깨달았다. 그러셔 봤자 역효과만 날 테니 자제하시라 청을 드렸건만 기어이…….

칼바람이 한숨을 내쉬며 다해를 향해 말했다.

"폐…… 아니, 그리매님께서 보내신 선물이다."

버릇처럼 폐하라 말하려던 칼바람은 다급하게 실수를 막았다. 황명이었다. 전형적인 려나라의 사내인 황제는 황제라는 이름 없이 순수한 본인의 매력만으로 그녀를 유혹하고자 했다.

"사람을 선물하다니요?"

"밤 동무를 선물했단 의미이다."

"밤…… 밤…… 밤 동무요?"

다해의 얼굴이 경악으로 물들었다. 자신이 거의 헐벗은 상태인 것조차 의식하지 못한 듯 몸을 가리던 이불을 떨구고 두 손으로 얼굴을 감쌌다.

"세상에……. 세상에……. 나를 대체 어찌 봤기에 이런……."

다해는 분노에 사무쳐 파르르 떨고 있었다. 칼바람이 목소리를 높였다.

"조선에선 어떤지 모르나 려나라에선 흔한 일이다."

"이게 흔한 일이란 말입니까?"

다해는 이제 아예 혐오스러워하고 있었다. 칼바람은 다해를 설득하기가 어렵다는 걸 깨달았다.

"진정하고 자라. 내일 이야기하자. 야란, 너도 그만 돌아가. 천손께서는 밤 동무를 원하지 않으신다."

야란이라 불린 금발의 사내는 다시금 정중히 허리를 숙이더니 조심스레 물러났다. 칼바람은 떠나가는 그를 보며 작게 한숨 쉬었다.

나긋나긋한 움직임이 마치 계집 같았다. 저 계집 같은 사내를 한번 취한 귀부인들은 이후로 정신을 차리지 못하고 야란만 찾는다 했다. 그 때문에 낮에 있었던 경매에서 마음에 드는 자를 찾지 못했던 그리매는 야란을 선택했다. 대체 저리도 낭창한 사내에게 무슨 매력이 있는 것인지 칼바람은 도무지 이해할 수 없었다.

"대체 이러면 혼례란 무슨 의미란 말입니까?"

다해가 쏘아붙였다.

"혼례와 정사는 완전히 구분된다."

"저, 저, 정⋯⋯."

다해는 얼굴을 붉히며 차마 입 밖으로 말조차 꺼내지 못했다. 칼바람은 깊은 한숨을 내뱉더니 물었다.

"나야말로 묻자. 어떻게 혼례와 정사를 하나로 볼 수 있는 거지? 부부간에도 예의를 지켜야 한다던데 그럼 성적인 욕망은 어떻게 푸느냐?"

다해는 이제 아예 터지기 직전의 폭탄 같은 얼굴이 되어 소리쳤다.

"나가주세요! 피곤하니 자야겠습니다!"

다해는 말을 마치곤 침상의 휘장을 거칠게 내려 버렸다. 더는 대화하고 싶지 않다는 강력한 의지의 표출이었다. 칼바람은 그에 따르지 않을 도리가 없었다.

분노에 잠을 이루지 못한 다해는 꼭두새벽부터 벌떡 몸을 일으켰다. 가만히 앉아 아무리 생각을 해봐도 도저히 믿어지지 않았다. 이 나라는 대체 어디서부터 뭐가 어떻게 이상한 것일까?

입술을 잘근잘근 씹어가며 생각하다 보니 시녀들이 들어왔다. 그녀들 또한 간밤의 일을 이미 전해들은 터라 평소보다 더욱더 조심스러운 태도로 다해를 대했다. 다해는 그것도 모른 채 성난 기운을 감추지 못했다.

세수를 하고 옷을 입고 채비를 거의 다 마쳐 가는데 그리매가 들이닥쳤다. 평소보다 훨씬 더 이른 시간이었다.

"간밤에 야란을 내치셨다고 들었습니다. 그가 마음에 들지 않았습니까?"

그리매가 정녕 걱정스러운 얼굴로 물어왔다. 다해는 하던 일을 멈추고 쏘아붙였다.

"다시는 그런 선물 보내지 마십시오!"

그리매는 화살에라도 맞은 듯 움찔거렸다.

"대체 그의 어디가 그렇게 마음에 들지 않으셨습니까? 그는 청진에서 가장 잘나가는 밤 동무인데……."

"이제 그만하세요!"

다해가 목소리를 높였지만 그리매는 물러서지 않았다.

"혹시 취향에 맞지 않아 그러신 거라면 말씀하세요. 취향에 맞는 사내를 찾아보겠습니다. 려나라에 없다면 계나라나 토나라를 넘어 진나라까지 뒤져서라도……."

다해가 홱 몸을 돌리며 소리쳤다.

"저는 이미 혼약자가 있습니다! 밤 동무 따위 필요 없단 말입니다!"

"혼약자가 있는 것과 밤 동무가 무슨 관계가 있단 말입니까? 밤 동무는 그저 몸이 동할 때 욕구를 풀어주는 존재에 불과한 것을요?"

몸이 동하다니, 다해가 얼굴을 붉혔다. 그런 이야기를 이리 아무렇지 않게 하는 사람들이 존재한단 사실을 믿고 싶지 않았다. 서로를 이해하지 못해 빤히 바라보고만 있는 다해와 그리매를 지켜보던 칼바람이 슬그머니 끼어들었다.

"조선에서는 혼례와 정사를 동일하게 취급한다고 합니다."

그리매가 깜짝 놀라며 고개를 돌려 칼바람을 쳐다보았다.

"혼례 상대와 정사 상대를 동일하게 여긴다고? 대체 왜? 정사 없이 평생을 살 수도 있단 것이냐?"

"그것까지는 소인도 잘 모르겠습니다."

칼바람이 정중히 허리를 숙였다. 그리매가 고개를 돌려 다해에게 물었다.

"혼인이란 무릇 계약관계입니다. 정치적이든 경제적이든 혹은 다른 어떤 이유가 있든 연합을 증명하는 가장 손쉬운 방법이지요. 그런데 그런 혼인에 정사가 끼어들다니요? 그럼 대체 그 욕망을 어디서 푼단 말입니까? 설마 조선에는 전부 수도승만 살고 있는 것입니까?"

또 한 번 얼굴을 붉혀야 했던 다해는 용기 내어 물었다.

"그럼 저도 한번 여쭙겠습니다. 정사와 혼인관계가 분리되어 있다면 대체 후사는 어찌 얻는단 말입니까?"

"그것 또한 계약관계에 포함된 조건이라면 응당 정사를 치러 후사를 갖지요. 만약 그 조건이 포함되어 있지 않다면 서로의 피가 섞인 아이 그 누구라도 후계자가 될 수 있습니다."

"그리되면 가문의 혈통은 어찌 지킨단 말입니까?"

"가문에 중요한 것은 정신이지 혈통이 아닙니다."

다해는 입을 다물었다. 어이없고 난잡한 남녀 관계에 갑자기 철학적인 문제가 끼어들었다. 게다가 그 말은 상당히 가슴을 울렸다.

덕분에 다해는 할 말을 찾을 수 없었다. 그러나 아무리 그렇다 한들 난잡한 관계에 대해 용납하고 싶지는 않았다.

"더는 할 말이 없습니다. 저는 이제 무연님을 뵈러 가봐야겠습니다."

"대체 그자가 무엇이기에 이리 이른 시간부터 가시겠단 겁니까?"

"려나라에선 어떤지 모르나 조선에선 지어미가 지아비를 챙기는 것은 당연한 일입니다. 지어미 된 몸으로 지아비의 고생을 모른 척할 수 없으니 이런 식으로나마 위로를 해드려야겠지요."

그리매가 차갑게 굳었다. 다해가 쓰게 웃었다. 설마 지금 질투하는 것인가? 어이없었다.

"왜요? 혼인관계와 정사 관계를 따로 구분하신다면서요? 그럼 제가 누구를 지아비로 섬기든 상관없는 거 아니지 않습니까?"

그 말에 그리매는 마법이라도 풀린 듯 얼른 미소를 지었다.

"그렇…… 겠지요."

억지 미소를 지으며 긍정했으나 목소리가 떨리고 있었다. 다해는 그런 그리매를 모른 척했다.

"무연님을 뵈러 갈 것이니 채비해 주시지요!"

빠르게 말을 뱉어낸 다해는 기세 좋게 다시 휙 몸을 돌리곤 바람을 휘날리며 걸어가 버렸다.

이미 다해가 사라져 버린 문밖을 쳐다보며 그리매가 이를 갈았다.

"지아비라……."

칼바람과 아름달이 얼른 머리를 조아렸다. 당장 그리매와 눈이라도 마주치면 죽게 될지도 모른단 태도였다.

"천손이 이미 가버렸는데 너희는 여기서 뭣들 하는 게야!"

화풀이할 곳이 필요했던 그리매가 버럭 성질을 부렸다.

"송구하옵니다. 당장 가보겠습니다."

칼바람이 얼른 머리를 한 번 더 조아리더니 휙 날듯이 처소를 떠나 버렸다.

"너도 어서 가버려! 가서 두 연놈이 무슨 이야기를 주고받는지 앞으로 매일같이 보고하도록 하고!"

"명심하겠나이다."

정중히 허리 숙여 예를 취한 아름달도 종종걸음으로 다해의 처소를 빠져나갔다.

"어쨌든 지아비란 말이지?"

그리매가 손에 쥐고 있던 부채를 우그러뜨렸다. 두 웃전의 말다툼에 이러지도 저러지도 못하고 있던 시녀 둘과 입구를 지키던 무사 하나가 황급히 바닥에 꿇어 엎드렸다.

평소보다 너무 이른 시간에 도착한 다해 때문에 마부는 잔뜩 당황하여 실수를 연발했다. 다해의 뒤를 바로 쫓아온 칼바람이 그런 마부를 매서운 눈으로 지켜보고 있었다. 뒤늦게 도착한 아름달은 다해의 뒤에 슬그머니 다가가 자리를 잡고는 물끄러미 다해를 바라보았다.

태어나 이런 사람은 본 적이 없었다. 황제임을 모른다고는 하나 지위가 높은 것이 틀림없어 보이는 사람의 관심을 독차지하고 있으니 다소 콧대가 높아질 만하다 생각하건만, 그럼에도 그만한 지위를 가지고 있는 그리매와 더군다나 적진에 잡혀 있는 몸으로 사사건건 반목하는 것이 특이했다. 더불어 그만큼이나 신기한 것은 또 있었다. 그것은 바로 다해의 사고방식이었다.

몇 년간 머문 조선은 려나라와 풍습이 다르긴 했으나 사람들의 사고는 비슷했다.

높은 자리에 있는 사람들은 낮은 자리에 있는 이들을 업신여겼다. 사내는 계집을 가벼이 여겼다. 자신보다 못하다 여겨진 사람을 함부로 대하는 것은 려나라나 조선이나 크게 다르지 않았거늘, 천손이라 불리는 이 여인은 둘 중 그 어느 나라에도 속하지 않은 듯 보였다.

그래서 아름달은 다해가 앞으로 잘 되길 빌었다. 절대로 그리매에게 넘어가지 않았으면 좋겠다는 생각도 들었다. 아름달은 가만히 조금 전 그리매의 반응을 떠올렸다. 아름달은 그리매의 성정을 너무나 잘 알고 있었다. 어쩐지 돕고 싶었다.

아름달이 다해의 뒤에 바짝 다가가서는 나지막하게 속삭였다.

"위 장군께 조심하라 전해주십시오. 조만간 일이 있을 것입니다."

그러곤 잽싸게 한발 물러서 원래 있던 자리로 돌아갔다. 다해가 깜짝 놀라 휙 뒤를 돌아보았다. 아름달에게선 아무 낌새도 느낄 수 없었다. 다해는 순간 자신이 뭔가 착각한 건가 싶었다. 그러나 그것은 분명 아름달의 목소리였다.

"지금 제게 무어라……."

눈이 마주친 아름달이 칼바람을 눈짓했다. 고개를 돌려 칼바람을 살핀 다해는 얼른 입을 다물고 몸을 돌렸다. 칼바람이 다가오고 있었다.

"준비가 다 되었다. 그리고 아침을 걸렀으니 이것을 전하란 명이 있었다는구나."

칼바람이 커다란 찬합을 내밀었다. 고소한 음식 냄새가 솔솔 풍겨나고 있었다. 여전히 화가 풀리지 않았던지라 그리매가 준 것은 그 무엇도 받고 싶지 않아 내치려던 다해는 얼른 마음을 고쳐먹고 얌전히 찬합을 받아 들었다.

텅 빈 오두막에서 다해는 얌전히 앉아 무연을 기다렸다. 잠시 후, 무연은 다기를 들고 들어왔다.

"오늘은 굉장히 일찍 오셨군요."

"그럴 만한 일이 있었습니다."

자리에 앉은 무연은 차를 내리려다가 탁자 위에 놓인 찬합을 보았다.

"이게 무엇인가요?"

"그냥 가져와 보았습니다."

다해는 서둘러 일어나 찬합을 열었다. 황궁에서나 볼 수 있을 진수성찬이 정성스럽고 깔끔하게 담겨 있었다.

무연이 빙그레 웃었다.

"이곳에서의 식사도 그다지 나쁘지 않습니다."

하얀 거짓말이었다.

"아무리 좋다 한들 황궁보다 좋겠습니까? 좋은 음식 혼자 먹으려니 도무지 무연님 생각에 마음이 편치 않아 챙겨왔습니다."

다해가 얼굴을 붉혔다. 원래 그녀는 거짓말에 소질이 없었다. 자세한 사정을 알 리 없는 무연이 정중히 고개를 숙였다.

"이리 신경 써주시니 그럼 감사히 먹겠습니다."

무연이 젓가락을 들었다. 뒤이어 노역장의 식사도 충분하다고 말했음을 잊었는지 무연은 정말 맛있게 식사를 했다.

다해는 흡족한 얼굴로 지켜보다가 쟁반을 끌어와 손수 차를 따라 마셨다.

"안 드십니까?"

무연이 물었다. 다해는 고개를 저었다.

"아뇨. 전 이미 황궁에서 자주 먹고 있습니다. 음식은 너무 과해도 좋지 않은 법이라 했는데 려나라에선 너무 과해서 탈이랍니다."

무연은 빙긋 웃더니 찬합의 또 다른 접시를 하나 꺼내 다해의 앞에 놓았다.

"혼자 먹는 밥만큼 재미없는 것이 없지요."

무연의 권유를 거절할 수 없었던 다해는 생긋 웃으며 젓가락을 들었다. 음식은 과해도 좋을 것 없단 말을 한 것이 누구였는지, 무안하게도 음식은 너무 맛이 있었다. 그래봤자 무연이 먹는 것에 비하면 새발의 피였다.

찬합은 어느새 텅 비어버렸다. 다해는 속으로 무연의 '위대'함에 새삼 감탄을 터뜨렸다. 조선에서도 그의 대식은 모친의 사소한 골칫거리 중 하나였었다.

만족스러워 보이는 무연에게 찻잔을 내밀며 다해가 목소리를 낮추었다.

"저와 늘 동행하던 여자분이 이런 말을 전해달라 하시더군요."

무연이 날카로운 눈으로 다해를 쳐다보았다. 다해는 잠시 문밖의 동태를 살피는가 싶더니 더더욱 목소리를 낮추었다.

"조만간 일이 벌어질 것이니 조심하라고요."

대체 뭐 얼마나 중요한 일이냐며 잔뜩 긴장하고 있던 무연이 금세 풀어진 얼굴로 미소 지었다.

"지금쯤이면 제가 누군지 알았을 테니 그럴 만하지요. 제가 천손을 찾으러 간 것은 비밀이 아니었으니까요."

아름달이 들었다면 난감해했겠지만 그리매의 성정을 잘 모르는 무연이 추론할 수 있는 최고의 답이었다.

다해가 의아한 얼굴로 물었다.

"상대는 무척이나 진지한 목소리였습니다."

"그랬겠지요."

"중요한 이야기가 아닌가요?"

"언젠가는 밝혀질 일이었지요. 려나라에서도 진나라에 간자를 보내놓았을 테니까요."

무연은 여전히 미소 띤 얼굴이었다. 한참 바라보던 다해가 차를 마시며 물었다.

"무연님이 그리 유명하십니까?"

무연이 민망한 듯 콧등을 긁으며 말했다.

"그리 물으시니 난감하군요. 우선 저는 적국인 진나라의 대장군입니다. 그것만으로도 충분히 위협적일 텐데 과거 대전쟁 때의 소문이 여기저기 많이 퍼져 있다는 게 문제이지요. 물론 그게 어느 정도 부풀려진 면이 있긴 합니다만……."

"부풀려지다니요?"

"천룡의 후예는 평범한 인간이 아닙니다. 일당백이라 말씀드리지 않았습니까? 게다가 전쟁은 이미 오래전에 멈추었지요. 덕분에 백여 년간 이야기가 떠돌며 과장된 면이 좀 있습니다."

"백 년 전의 전쟁에서 많은 공을 세우셨나 봅니다."

다해의 물음에 무연은 더욱 난처한 얼굴로 고개를 숙였다.

"수많은 생명을 취한 것이 무에 그리 큰 공이겠습니까만, 전쟁에 도움이 된 것은 사실이니……."

무연의 얼굴엔 난처함과 함께 슬픔이 서려 있었다. 다해는 얼른 손을 뻗어 무연의 손을 잡았다. 무연이 깜짝 놀라 고개를 들더니 다해를 바라보았다.

"전쟁 중이었습니다. 전쟁터에서 최고의 덕목은 자신의 목숨을 지키는 것입니다. 그러자면 적을 베는 것은 어쩔 수 없는 일이지요."

다해는 정말로 진지했다. 물끄러미 바라보던 무연이 이내 활짝 웃었다.

"의외로군요. 꽃 한 송이만 잘못 꺾어도 밤새 우시던 때가 엊그제였는데……."

다해가 얼른 제 손을 거두어 도로 찻잔을 쥐더니 얼굴을 붉혔다.

"그야 세상물정 모를 어린 아이일 적의 일이지요. 인간사가 그리 간단하지 않다는 것을 이제 저도 잘 압니다."

"참으로 바르게 잘 크셨습니다."

"스승이 훌륭한 덕이지요."

"예. 아씨의 아버님은 정말 최고의 스승이셨습니다. 그런 분이 그리……."

무연의 표정이 어두워지려는데 다해가 눈을 빛냈다.

"제게 그런 것을 가르쳐 주신 것은 무연님이십니다."

"저요?"

"늘 행동으로 보여주지 않으셨습니까? 냉정하게 적을 벤 후에는 늘 홀로 조용히 밤하늘을 보며 기도하곤 하셨잖습니까."

"그, 그걸 다 보고 계셨습니까?"

무연이 낯을 붉혔다. 다해가 개구쟁이 같은 얼굴로 무연을 놀렸다.

"그리 대놓고 지붕 위에 앉아 하고 계신 걸 어찌 못 볼 수 있단 말입니까?"

"그, 그래서 청혼자의 신상은 어찌 되셨습니까?"

무연이 황급히 화제를 돌렸다. 효과는 있었지만 다해의 표정이 차갑게 굳는 부작용을 얻어야 했다.

"어찌 그러십니까?"

무연이 걱정스레 묻자 다해가 퉁명스럽게 대꾸했다.

"황부의 그리매라 하더군요. 그 이상은 더욱 친밀해지기 전엔 가르쳐 주지 않겠다고……."

다해는 말을 하다 말았다. 무연이 심각한 얼굴로 신음했다.

"어찌…… 그러십니까?"

"황부의 그리매라 한 것이 확실합니까?"

"예, 확실히 그리 들었습니다."

무연이 또 한 번 얼굴을 찌푸리며 신음하더니 말을 이었다.

"그자는 려나라의 황제입니다."

잠깐 무표정하게 앉아 있던 다해가 작게 한숨을 내쉬었다.

"역시나……. 그래서 그랬군요……."

"무엇이 말입니까?"

다해가 살짝 눈살을 찌푸렸다.

"어찌나 남 사정 봐주지 않고 자기 좋을 대로만 하던지, 도저히 어떤 사람인지 가늠할 수가 없어 힘들었습니다."

"그건 의외군요. 려나라의 현 황제는 밑바닥부터 황제라는 자리까지 치열하게 살아온 인물인데요."

다해가 눈을 동그랗게 떴다.

"그럴 리가 없습니다. 그런 안하무인은 황제의 적장자로 태어나 오냐오냐 한 사람이 아니고서야 있을 수 없을 겁니다."

"그래서 드리는 말씀입니다. 그는 한미한 가문의 야심 많은 사내였다고 알고 있습니다. 우연인지 필연인지 한 귀부인의 눈에 들어 혼인을 하게 되었고 이후로 백성들의 신망을 얻어 승승장구하다가 급기야 황제의 자리에까지 올랐죠."

"도저히 믿을 수가 없습니다. 그런 사람이 백성들의 신망을 얻다니요. 노예를 소나 말과 다름이 없다고 여기고 있던데요?"

"려나라 사람이라면 당연한 사실입니다. 일반 백성들조차도 노예는 사람 취급을 하지 않지요. 그들에게 그 점은 전혀 고려 대상이 아니었을 겁니다."

"그래도 여전히 이해할 수 없네요. 제가 본 그는 한량이나 다름이 없었습니다. 제가 알기로 황제라는 자리는 그리 여유로운 자리가 아닙니다."

무연이 부드럽게 미소 지었다.

"제가 조선에 가기 전까지의 이야기입니다. 이후에 그에게 어떤 변화가 생겼을 수도 있습니다. 이십 년이면 강산이 두 번이나 바뀔 만한 시간이 아닙니까?"

다해가 살며시 미소 지었다.

"그런 말도 아시고, 조선 사람이 다 되셨네요."

무연이 어깨를 으쓱했다.

"이십 년이나 조선에서 살고 보니 별수 없습니다만……."

경쾌하게 말문을 연 것과 달리 무연은 심각한 얼굴로 끝을 흐렸다. 다해 또한 그가 무슨 생각을 하고 있는지 눈치채고 따라 심각한 표정을 지었다.

"어째서 려나라의 황제가 아씨를 원하는지는 알다가도 모를 일이군요."

"저도 그것이 의문입니다. 저는 아직 진나라의 저주에 대해 정확히 아는 바가 없어 추측키가 어렵습니다."

"그것을 알고 있는 저 또한 딱히 짐작되는 바가 없습니다. 그나마 가능성이 있는 것은 아씨를 자신의 사람으로 만들어 진나라에 영향력을 행사하려 하는 것인가, 싶지만 그것은……."

무연은 잔뜩 굳은 얼굴로 다해를 바라보았다. 다해는 말없이 그의 뒷말을 기다렸다. 그러나 무연은 고개를 돌렸다. 다해가 고개를 갸웃했다.

"왜 말씀을 하다 마십니까?"

"아닙니다."

무연은 단호하게 말을 끊었다. 다해는 그가 더 말해주지 않을 것임을 알았다. 아마도 황명과 관계된 것이 아닐까, 싶었다. 그래서 다해는 더 캐묻지 않기로 하며 화제를 돌렸다.

"그가 정말 려나라의 황제라면 심중에 어떤 뜻을 갖고 있는지 모르는 지금, 제가 그에게 너무 많은 것을 내어준 게 아닐지 걱정

됩니다."

그러나 다해가 들은 것은 터져 나온 무연의 웃음소리였다.

"어찌 웃으십니까?"

"지금 생각하고 보니 그가 황제여서 참으로 다행이다 싶어져서 말입니다."

"다행이요?"

"예. 려나라의 남녀 관계는 상당히 자유분방합니다. 그들은 매력적인 이성과 잠자리를 갖는 것에 전혀 거리낌이 없습니다. 오늘은 이 사람 내일은 저 사람 하루하루 갈아치우는 것도 예사지요. 때문에 새로운 사람이 등장한다면 그들이 가장 먼저 하는 생각은 잠자리입니다."

다해의 얼굴이 폭발할 듯 빨개졌다.

"처, 처음 보는 이성에게 가장 먼저 갖는 생각이 그, 그런 거란 말씀이십니까?"

"예. 때문에 만약, 황제가 먼저 눈독 들이고 있는 상황이 아니었다면 아씨께서 상당히 곤란해지지 않으셨을까 하는 상상이 되는군요."

정말로 그 상황을 상상해 버린 듯 무연은 웃음을 짓지 않기 위해 무척이나 애쓰고 있었다. 무연의 말이 기폭제가 되어 다해 또한 저절로 그런 자신을 상상해 보았다.

불행하게도 두 사람의 상상엔 큰 차이가 있었다.

"세상에! 그건 생지옥일 겁니다! 그 사람들이 모두 제 마음을 얻어보겠다고 밤 동무를 보내온다면 저는 당장에 혼자 황궁을 탈출해서 도망가 버렸을 겁니다!"

그저 구애하는 사내들에 둘러싸여 난처해하는 다해를 상상했을 뿐이었던 무연의 얼굴이 창백해졌다.

"밤…… 동무요? 설마 그가 벌써 밤 동무까지 보내온 겁니까? 그래서 어찌되셨습니까? 설마…….”

무연의 진나라 사내의 정상적인 반응을 보여주었다. 진나라에서는 남녀를 구분하지 않고 상대의 정절을 최고의 가치로 내세웠다.

무연의 표정을 보게 된 다해는 조선의 규수가 할 수 있는 지극히 징상직인 반응을 보여주었다.

"그, 그럴 리가 있겠습니까! 저는 여흥 민씨 가문의 여식입니다. 제가 가문을 욕보일 만한 짓을 했을 리가 없지 않습니까?”

얼굴이 새빨개진 채였다. 무연과 이러한 대화를 주고받는다는 게 정말 민망해서 땅속으로 꺼지고 싶은 얼굴이었다. 무연이 안도와 동시에 찾아온 무안함에 슬쩍 다해의 눈을 피하며 말했다.

"려나라의 밤 동무는 아무래도 이성을 유혹하는 데 최고라 합니다. 한번 말을 섞거나 눈을 마주치면 빠져나오기 어렵다는 소문이 자자하여 혹시라두…….”

다해가 끼어들어 무연의 말을 끊었다.

"그, 그저 노예라 했습니다. 단지 모, 모…….”

다해는 두 눈을 질끈 감았다. 변명을 하자면 그 말을 꼭 꺼내야만 했다.

"몸이 동할 때 회포를 푸는 노예라 하였습니다! 그런 게 아니란 말입니다! 설령 제아무리 잘난 사내라 하여도 저는 일…….”

일편단심이란 말을 입에 올리려던 다해는 황급히 정신을 차리고 얼른 입을 닫았다. 다행히 무연은 아무것도 눈치채지 못한 듯했다.

무연이 자리에서 일어나 정중히 고개를 숙였다.

"죄송합니다. 저도 그저 들어서 알고 있을 뿐, 실제로 려나라에 직접 방문한 것은 이번이 처음이지요. 때문에 모르는 것이 많습니다. 하여 그런 것이니 너그럽게 용서해 주세요. 아씨께서 그러셨을 리가 없는데, 정말 죄송합니다."

다해도 무연을 따라 벌떡 자리에서 일어나 그처럼 정중히 허리를 숙이더니 화답했다.

"아닙니다. 제가 설명이 너무 짧았나봅니다."

주거니 받거니 계속해서 서로 사과하던 두 사람은 이내 풋, 웃음을 터뜨렸다.

"대체 지금 뭐 하는 건지 모르겠군요."

"그러게요. 우리가 왜 이리 되었는지 참 알다가도 모를 일입니다."

두 사람은 서로를 마주 보고 미소 지었다. 다해는 몰래 안도했다.

분명 내용만 보자면 정혼한 두 남녀의 대화였다. 그러나 이곳은 조선이 아니었다. 려나라에서도 하루하루 놀라움의 연속인데 진나라는 또 어떠할까?

다해는 조급해지는 마음을 끝끝내 눌러 담았다. 그러나 다해의 무의식이 그만 입방정을 떨었다.

"이곳에서 제가 어머님께서 만들어주신 혼례복을 입을 일이 있기나 할까요?"

뒤늦게 그것을 깨달았지만 이미 말은 뱉어진 후였다.

"왜 없겠습니까? 진의 저주 풀기도 중요하지만 아씨께서 행복을 찾는 것도 그만큼 중요합니다. 그것을 잊지 마셨으면 합니다."

마치 속마음을 들킨 것만 같아 다해는 얼른 하하하, 억지웃음을 지었다.

"그럼요. 이곳도 다 사람 사는 세상인 것을요!"

그 말투가 너무나 어색했다. 그러나 무연은 아무것도 눈치채지 못한 모양이었다.

"예. 무사히 진니리로 돌이기면 원히는 분괴 맺어질 수 있도록 제가 최선을 다해 돕겠습니다."

어색함을 무마해 볼 요량으로 차를 마시던 다해가 눈을 빛내며 물었다.

"정말이신가요?"

무연이 활짝 웃었다.

"물론입니다. 제가 언제 약조를 어기는 것 보셨습니까?"

다해가 생긋 웃었다.

"압니다. 그럼 저는 앞으로 무연님만 믿고 있겠습니다."

무연이 자신만만하게 탕탕, 자신의 가슴을 쳤다.

"홍연천랑 위무연입니다. 제게 맡겨만 주시지요."

그 행동이 다소 우스꽝스럽게 과장된지라 다해는 깔깔깔 웃음을 터뜨리고 말았다.

"그만 가자!"

밖에서 칼바람의 외침이 들려왔다. 오늘도 시간 가는 줄 모르고 떠든 터라 어느덧 해가 뉘엿뉘엿 저물고 있다는 사실도 망각해 버리고 말았다. 다해와 무연은 아쉬움을 뒤로 하고 자리에서 일어나 밖으로 나왔다.

마차 곁에서 칼바람이 매서운 얼굴로 쏘아보고 있었다. 그러거나 말거나 다해와 무연은 또 하염없이 아쉬움을 토로했다.

"가자고!"

칼바람이 또 한 번 버럭 소리를 내지르고 나서야 두 사람은 마차 곁으로 다가왔다.

발길이 떨어지지 않는 듯 마차에 탈 생각조차 하지 않고 있는 다해에게 무연이 말했다.

"다음에 오실 때는 필기구를 좀 챙겨 오십시오."

"필기구요?"

"예. 앞으로 이쪽 세상에서 계속 살아가시려면 글공부를 해두시는 게 낫지 않겠습니까?"

다해의 눈이 반짝반짝했다.

"그렇군요. 저는 왜 그 생각을 못 했을까요? 이곳에도 흥미로운 책이 많겠지요?"

너무나도 밝고 쾌활한 목소리였다. 달빛을 넘어 완전히 낯선 세계에 떨어지고도 그 성정은 어디 가지 않는 모양이었다.

무연이 큭큭, 웃으며 대꾸했다.

"물론이지요. 조선엔 존재하지 않는 학문도 많아 아씨의 호기심을 충족하기에 모자라지 않을 것입니다."

"조선에 존재하지 않는 학문이요?"

"예. 진나라를 예로 들자면 비전술도 있고……."

그렇게 두 사람은 또 마차 앞에 선 채로 대화를 나누었다. 무연은 다해가 난생처음 들어보는 각종 학문에 대해 언급하며 간단히 어떤 종류의 것인지 설명해 주었다. 마차의 문 옆에서 한참을 쳐다보던 칼바람이 성큼성큼 다가왔다.

"거 매일 보면서 할 말이 어지간히도 많구나. 가자!"

무연이 칼바람을 쏘아보았다.

"천손께 너무 무례하시오."

"너의 천손이지 나의 천손은 아닌데?"

"그대의 황제가 귀히 여기는 분이라 알고 있는데?"

길바림이 콧빙귀를 뀌었다.

"나는 려나라의 용영대장이다. 그런 내가 황족 이외 그 누구에게 예의를 차려야 할까?"

무연과 칼바람 사이에 불꽃이 튀었다. 무인들 사이에 벌어지는 기 싸움이었다. 이기거나 지거나 둘 중 하나뿐인 승부였으나 아무것도 모르는 다해가 두 사람 사이에 얼른 끼어들었다.

칼바람을 모른 척 밀어낸 다해가 무연의 앞에 서서는 정중히 허리를 숙였다.

"그럼 내일 또 찾아뵙겠습니다."

무연도 정중히 허리를 숙였다.

"몸 조심히 가십시오."

인사를 마친 다해는 무연에게 미소를 지어주고는 몸을 돌렸다. 그러나 칼바람을 대할 땐 찬바람이 휘날렸다.

칼바람이 그런 냉대 따위 관심없다는 듯 가볍게 콧방귀를 뀌었다. 자존심 상한 다해가 흥, 고개를 돌리더니 마차에 올랐다.

그 모습을 지켜보던 무연은 눈살을 찌푸렸다. 그의 눈엔 칼바람에 대한 적의가 가득했다. 칼바람은 마치 그것을 즐기는 듯한 얼굴이었다.

그렇게 또 마차는 떠나갔다.

평온한 나날이 조용히 흘러갔다. 오늘도 다해는 노역장에서 무연과 함께 글공부를 한 후 점심까지 먹고 한참을 더 머물다가 돌아왔다. 그리고 언제나처럼 처소에 앉아 차를 기다렸다. 어느덧 다해도 려나라의 차를 즐기게 된지라 이는 고정된 일과 중 하나였다.

다해가 오늘 배운 글자를 가만히 되새기며 앉아 있는데 문밖에서 칼바람의 목소리가 들렸다.

"오늘은 어째서 혼자인 것이냐?"

시녀가 정중히 아뢰었다.

"배탈이 난 모양입니다. 기다리기엔 천손의 기다림이 길어지실까 걱정되어 먼저 왔습니다."

쟁반을 흘깃거린 칼바람은 들어가 보라고 고갯짓을 했다. 시녀는 정중히 고개 숙여 예를 취하곤 문을 넘었다.

다해의 앞에 쟁반을 내려놓은 시녀가 조심스럽게 찻주전자에 손을 얹었다.

"차가 많이 뜨거우니 조심하십시오."

다해가 고개를 들어 시녀를 바라보았다. 평소엔 하지 않던 말이었다. 이곳에선 마치 웃전에게 말을 거는 것을 하극상처럼 취급하는지 먼저 명하기 전엔 그 누구도 말을 붙이는 법이 없었다. 그것을 증명하듯 문밖의 칼바람이 시녀를 노려보았다.

다행히 시녀는 칼바람을 등지고 있는 중이었다. 다해는 그녀가 야단이라도 맞을까 걱정되어 얼른 웃으며 대꾸했다.

"걱정해 줘서 고마워요."

눈이 마주친 순간 시녀가 빠르게 찻주전자를 향해 눈짓했다. 다해는 반사적으로 고개를 숙였다. 시녀가 찻주전자를 들었다.

다해는 놀란 가슴을 다스려야 했다. 문밖의 칼바람을 슬쩍 살핀 다해는 얼른 주전자 아래 놓여 있던 작은 쪽지를 집어 소매 속에 감추었다. 시녀는 빙그레 웃더니 아무 일 없었던 듯 차를 따라주고는 평소처럼 조용한 뒷걸음으로 다해의 처소를 떠났다.

다해의 등줄기에 식은땀이 흘렀다. 대체 무슨 쪽지일까? 다해는 연신 바깥을 살피며 쪽지를 펼쳐 보았다.

"아……."

다해는 작게 탄식했다. 진의 글자였다. 그러나 불행히도 다해는 전문을 이해할 수가 없었다. 드문드문 아는 글자가 있긴 했으나 그저 파편에 불과했다. 실망이 찾아오는 것을 막을 수가 없었다. 휘유, 한숨을 내쉰 다해는 쪽지를 다시 소매 속에 잘 감추었다.

그날, 이후의 일과는 어찌 지나갔는지 도저히 기억할 수 없었다. 평범해 보이기 위해 무던히도 노력하며 정원을 산책하고 저녁을 먹고 글공부 복습에 목욕까지 마친 다해는 잠자리에 누웠다.

잠 또한 쉬이 오지 않았다. 그렇게 뜬눈으로 밤을 지새운 다해는 어찌 시간이 갔는지도 모르게 노역장에 도착했다.

평소처럼 웃으며 다해를 맞이했던 무연은 그러나 쪽지를 받아

들고 심각한 표정을 지었다.

"무슨 내용입니까?"

덩달아 심각해진 다해가 물었다. 무연은 아무런 대꾸 없이 쪽지를 그대로 불에 태워 없애 버렸다.

"적을 속이려면 아군도 속여야 한다 했습니다. 모르시는 게 좋겠습니다."

"그렇군요……."

다해의 말끝이 묘하게 흔들렸다. 호기심 가득한 얼굴로 잔뜩 몸을 앞으로 내밀고 있던 다해는 이내 허리를 꼿꼿이 세웠다. 무연이 부드러운 눈길을 보내며 물었다.

"서운하십니까?"

"서운하지 않다면 거짓말이겠지요. 하지만 괜찮습니다."

마치 그것을 증명해 보이겠다는 듯 다해가 활짝 웃으며 말을 이었다.

"무연님이 제게 해가 될 일을 하지는 않으실 테니까요."

"믿어주셔서 감사합니다."

무연이 빙그레 웃으며 화답하곤 마치 아무 일도 없었던 것처럼 필기구를 꺼내 들었다. 두 사람은 나란히 앉아 글공부에 매진했다. 쪽지를 전한 다해는 홀가분해진 얼굴로 공부에 임했다.

그로부터 며칠 후.

다해는 아침부터 청천벽력 같은 소식을 들어야만 했다.

"방금 뭐라고 말씀하셨습니까?"

의자에 앉은 채로 망연자실, 다해가 물었다. 그리매는 슬픈 얼굴로 말을 전했다.

"간밤에 노역장에서 대규모 탈옥이 벌어졌답니다. 그 틈에 그 만 그가 사망했다는군요."

그리매는 왼손에 들고 있던 부채를 연신 휘두르며 입가를 가리 느라 바빴다. 자신도 모르게 자꾸만 지어지는 미소를 감추기 위 해서였다.

"그, 그럴 리가 없습니다. 무연님이 그리 쉽게……."

다해가 벌떡 자리에서 일어나며 소리를 내질렀다.

"그리 쉽게 돌아가실 리가 없습니다!"

그리매는 다해의 외침에 깜짝 놀란 얼굴이었다. 다해는 그간 가볍게 화가 난 얼굴을 보인 적은 있으나 이리 온 감정을 담아 소 리를 내지른 적은 한 번도 없었다.

"당장 가서 직접 확인해 보아야겠습니다."

다해는 한쪽에 얌전히 걸려 있던 모피 망토를 챙겨들었다.

"보초들이 이미 다 확인한 후 보고를 한 것이니 가본들 할 수 있는 게 없을 겁니다. 장례는 성대하게 치러 드릴 터이니 이곳에 서 그 준비나 하시는 게 어떻겠습니까?"

"지금 그걸 말이라고 하십니까!"

다해가 분노를 터뜨렸다. 칼바람이 매섭게 노려보았다. 아름달 은 깜짝 놀란 눈치였다. 그러나 그리매는 여전히 능글맞은 얼굴을 하고 있었다.

"가서 시신을 보시면 더욱 마음만 상할 겁니다. 전 그걸 방지하 고자 하는……."

"제 눈으로 직접 보기 전까지는 그 누구의 말도 믿지 않을 겁니다!"

그리매의 말을 단칼에 자른 다해는 망토를 걸치고 휙 처소를 나가 버렸다.

"폐하, 너무 안하무인이지 않습니까."

칼바람이 나지막하게 조언했다. 그러나 그리매는 빙글빙글 웃기만 했다.

"그래서 더 재미있지 않으냐? 어디 가서 내게 저리 대하는 여인을 구할꼬?"

"하오나 도가 지나칩니다."

"지나쳐 봤자 제깟 게 무얼 하겠느냐. 내버려 두어라."

쌀쌀한 한겨울임에도 느긋하게 부채질을 하던 그리매가 갑자기 생각난 듯 움직임을 멈추었다.

"그래, 시신을 보고 오열하는 모습을 구경하는 것도 나쁘지 않겠구나!"

그가 휙 몸을 돌렸다.

"둘 다 여기서 무얼 하는 게야? 어서 가서 채비하지 않고?"

칼바람과 아름달이 황급히 머리를 숙였다.

그러나 노역장에서 그리매를 맞이한 것은 즐거움이 아니었다.

마차가 멈추자마자 다해는 벌떡 일어나 스스로 문을 박차고 훌쩍 뛰어내렸다.

"무연님은 어디에 계십니까?"

가장 먼저 다가온 관리인에게 다해가 물었다. 그는 다해의 뒤를 따르는 그리매를 보고 황급히 바닥에 꿇어 엎드렸다.

“됐다, 됐어. 천손께서 묻질 않느냐? 어서 답이나 하거라.”

그러나 관리인은 꽁꽁 언 찬 바닥에 닿은 이마를 들 생각이 없어 보였다.

“송구합니다. 정말로 송구합니다. 간밤에…….”

작게 한숨을 내쉰 그리매가 팔을 뻗어 방정맞게 부채를 흔들어대며 재촉했다.

“아니, 되었다니까? 어서 일어나 천손의 물음에 답이나 하거라.”

“그것이…….”

황명이니 일어나지 않을 수 없었던 관리인이 천천히 몸을 바로 하며 눈치를 살폈다.

다해는 이미 먼 곳을 바라보고 있었다. 그곳엔 거적에 덮인 시신들이 줄지어 누워 있었다. 하나같이 꽁꽁 언 맨발이 밖으로 드러난 상태였다.

다해는 후들거리는 다리를 간신히 부여잡았다. 아름달이 황급히 그녀를 부축했다.

다헤가 비틀비틀 걸었다. 흔들흔들, 시신이 다가왔다. 차마 거적을 들춰볼 수 없었다. 눈물을 줄줄 흘리며 손을 뻗으려다 거두고 잠시 후 다시 내뻗기를 반복할 뿐이었다.

“뭐라고!”

등 뒤에서 분노하는 그리매의 목소리가 들려왔다. 그러나 혼자만의 세상에 빠져 버린 다해는 그 소리를 듣지 못했다.

“어찌 그럴 수가 있어! 어째서! 왜!”

뒤이어 그리매는 앞에 서 있던 관리인에게 무차별적인 폭행을 가했다.

"폐하, 진정하시옵소서."

"내가 지금 진정하게 생겼어? 응? 내가 이 일 때문에 희생한 게……."

"폐하!"

무엄하게도 칼바람이 끼어들었다. 그러나 황급히 입을 다문 그리매는 의미심장한 눈빛을 보냈을 뿐 칼바람에게 아무 말도 하지 않았다. 그리매가 진정된 듯 보이자 칼바람은 눈앞의 피 떡이 된 관리인에게 물러나라 명했다.

그리매가 다해를 보며 이를 갈았다.

"대체 어찌 된 일일꼬?"

"소식이 미리 전해진 듯합니다."

"황궁 안에 첩자라니! 대체 그간 뭘 하고 있었던 게야!"

그리매가 퉤, 바닥에 침을 뱉더니 크게 심호흡을 했다. 마음을 진정시키기가 쉽지 않은 모양이었다. 연신 찬바람을 깊숙이 들이마시며 분통을 가라앉힌 그는 언제 그랬냐는 듯 활짝 웃으며 다해를 향해 뛰어갔다.

"천손! 기쁜 소식입니다."

다해는 요지부동이었다. 차마 발을 만질 수도 없고, 거적을 들출 수도 없더니 이제는 아예 서 있을 수조차 없어 아름달에게 거의 안겨 있는 중이었다.

"우리 천손, 어찌 이리 비통해하십니까? 바람이 불면 날아가겠습니다. 하지만 걱정하지 마세요. 그는 살아 있다고 합니다."

다해가 천천히 고개를 돌렸다. 그리매의 말을 듣긴 한 건지 도

무지 알 수 없는 표정이었다.

그리매는 잠깐 굳은 표정을 지었다. 다해의 상태가 자신이 생각했던 것보다 훨씬 더 심각한 모양이라 놀란 듯했다. 그러나 이내 얼굴을 가다듬고는 활기차게 말했다.

"기운 내세요. 위 장군이 살아 있다고 합니다."

"위…… 장군……."

다해가 중얼거렸다. 그리매가 크게 고개를 끄덕였다.

"예. 위 장군 말입니다. 그가 살아 있다고 합니다. 보세요. 저기 오고 있군요!"

그리매가 부채를 든 손을 길게 뻗었다. 다해는 뻣뻣하게 굳어버린 인형처럼 천천히 고개를 돌렸다.

저 멀리서 청록색 긴 머리를 휘날리며 무연이 걸어오고 있었다.

"저기 무연님의 귀신인 건가요?"

다해가 두 눈을 깜빡거렸다. 아름달이 조심스레 다해에게 속삭였다.

"진짜 위 장군이십니다."

다해가 천천히 몸을 일으켰다. 그러더니 갑자기 앞으로 튀어나갔다.

"무연님!"

당장 돌에 걸려 넘어지기라도 할 듯 위태위태했다. 갑작스러운 움직임에 다해의 어깨에 걸쳐 있던 모피 망토가 털썩 바닥에 떨어졌다.

천천히 걸어오고 있던 무연도 점점 빠른 걸음으로 걷기 시작하더니 이내 훌쩍 달려와 다해의 앞에 섰다.

"무사하셨군요!"

다해는 왈칵 울음을 터뜨리며 무연에게 안겨들었다. 무연은 당혹스러운 얼굴이었지만 이내 부드러운 미소를 머금고 다해의 등을 토닥여 주었다.

"걱정하셨습니까?"

"황궁에서…… 무연님이 죽었다고…… 그 사람이…… 아주……아주…… 신이 나서는……."

꺽꺽 울음 사이사이로 뭔가 말을 이어나가려던 다해는 그러나 말을 잇지 못하고 그저 엉엉 울 따름이었다.

뒤늦게 다가온 아름달이 바닥에서 주워온 모피 망토를 내밀었다. 그것을 받아든 무연은 조심스럽게 다해의 어깨에 걸쳐 주었다.

"그러다 눈물이 얼면 얼굴이 못나지실 겁니다."

농을 건네 보았으나 다해는 여전히 무연의 가슴팍에 머리를 묻고 울기만 했다.

실로 다해에겐 하늘이 무너지는 소식이 아닐 수 없었다. 아비에게 약조에 대해 들은 그 순간부터 무연은 다해의 지아비였다. 죽을 때까지 지아비로 섬기기로 작정한 터였다. 그런 지아비가 죽었다는데 어찌 제정신일 수 있을까?

무연은 점점 난처한 얼굴을 했다. 이런 경우는 처음이었다.

어쩔 줄 몰라 난감해하는 무연을 물끄러미 바라보던 아름달이 품에서 손수건 하나를 꺼내 내밀었다. 무연은 어영부영 그 수건을 받아들곤 고맙다는 듯 살짝 고개를 숙였다.

멀리서 지켜보던 그리매가 포악한 표정을 지었다. 곁에서 그를 살피고 있던 칼바람이 눈치 빠르게 곁에 있던 다른 관리인에게 매섭게 명했다.

"저 두 사람을 당장 폐하의 눈앞에서 치워라."

칼바람의 명을 들은 관리인은 발 빠르게 무연과 다해에게 달려와 머리를 조아리며 아뢰었다.

"날이 춥습니다. 이제 그만 안으로 드시지요."

관리인은 연신 굽실거리며 오두막을 가리켰다.

무연 또한 날이 차니 어서 들자고 다해를 설득했다. 다해는 순순히 무연이 이끄는 오두막으로 향했다.

저 멀리, 지위가 높아 보이는 관리 하나가 나타나서는 그리매와 칼바람 또한 어딘가로 인도했다.

아름달을 흘깃거린 칼바람이 고갯짓으로 무연과 다해를 가리켰다. 아름달은 천천히 고개를 숙여 복종을 표하곤 마차 옆 자신의 자리로 찾아들었다.

그대로 눈을 감은 아름달이 조용히 주문을 읊조렸다. 기나긴 주문이 끝을 맺자 아름달의 귓가에 들릴 리 없는 먼 곳의 대화가 들리기 시작했다.

그런데 엿듣는 대상은 다해와 무연이 아니었다.

"대체 이게 어찌 된 일이지?"

그리매가 상급 관리인을 닦달하고 있었다.

"모르겠습니다."

"지금 그걸 말이라고 해!"

성난 그리매가 관리인의 어깨를 발로 찼다. 바닥에 내동댕이쳐진 그는 서둘러 몸을 일으켜서는 다시 제자리로 돌아왔다.

"분명 계획대로 다 시행했습니다. 한데 어찌된 일인지 위 장군은 꼼짝도 하지 않았다고 합니다. 심지어 위 장군과 같은 옥사에 있던 자들도 마찬가지였습니다."

"어째서?"

그리매의 눈치를 살피며 그가 계속 말을 이었다.

"같은 옥사에 있던 자들을 추궁해 보니 위 장군이 함정이라 그랬답니다."

"젠장!"

그리매가 크게 욕설을 하며 발을 굴렀다. 주변에 도열해 있던 병사들이 황급히 바닥에 엎드렸다.

"제길! 어떻게 안 거지? 정말 내부첩자의 짓이라고 생각하는가?"

그리매가 휙 고개를 돌려 칼바람을 응시했다. 칼바람이 절도 있게 고개를 숙이더니 답했다.

"소인, 곧 조사에 착수하여 진상을 알아내겠나이다."

"당연하지! 꼭 찾아내야지! 녀석만 죽어 사라지면 그년이 내 것이 되는데!"

머리를 조아린 칼바람이 살짝 한숨을 쉬었다. 다행히 그리매는 알지 못했다. 아름달은 그가 왜 그런 반응을 보이는지 알았다.

모두가 이번 계획을 상대가 위 장군임을 알게 되어 벌인 것으로 알고 있었다. 간자로부터 천손과 함께하고 있는 이가 위 장군이란 소식을 들은 직후에 그것을 명분으로 내세워 꾸민 일이기 때문이었다. 그리매의 본심이 따로 있다는 사실은 오직 칼바람과 아름달만이 알고 있었다.

아름달이 쓰게 웃으며 눈을 떴다.

괴벽은 있을지언정 그래도 황권강화 한번 해보겠다고 기민하게 움직였던 황제였다. 비록 다소 기이한 잠자리 취향을 갖고 있었으나 그것은 어디까지나 아름달의 문제. 다른 사람들에게 그리매는 위대한 황제였다. 지금 모두를 공포에 떨게 하는 저 잔인함이 그때엔 큰 힘이 되어주었거늘…….

진의 저주와 천손에 대해 들은 그날, 그날이 시작이었다. 그날 밤, 악몽을 꾼 황제는 기이하게도 천손이라는 존재에 집착하기 시작했다. 잔인하기보다는 단호해 보였던 성정도 이제는 잔인함에 더 가깝게 바뀌어 버렸다. 그 이유를 아는 이는 아무도 없었다.

아름달이 다시 호흡을 고르며 눈을 감고 아까와 같은 주문을 외웠다. 이번 주문의 대상은 그리매가 아닌 다해였다.

"이제 좀 진정이 되셨습니까?"

다해는 여태 운 모양이었다. 훌쩍거리던 다해는 무연이 내민 손수건으로 연신 눈물을 찍어냈다.

"소식을 듣고 제 심정이 어땠는지 모르실 겁니다."

무연이 빙그레 미소 지었다.

"제가 그리 쉽게 죽을 리가 없지 않습니까?"

"제가 그걸 어찌 압니까!"

다해는 버럭 소리를 내질러 놓곤 민망한 듯 고개를 숙였다.

"죄송해요."

무연은 대답 없이 쿡쿡, 웃기만 했다. 한참을 고개 숙인 채 얼

굴을 가다듬은 다해가 고개를 들었다. 퉁퉁 부어 엉망인 얼굴이
었다.

"한데 함정인 줄은 어찌 아셨습니까?"

무연은 조곤조곤 말을 이어나갔다.

다해가 돌아가고 남은 시간, 늘 그랬듯 무연은 얼음을 날랐다.
고된 노동이었지만 다행스러운 사실은 힘겨운 노역장에도 밤이
찾아온단 거였다.

그날 밤, 순찰자가 들락거릴 때를 제외하면 좀처럼 열릴 일 없
는 옥사의 문이 열렸다.

무거운 문이 묵직한 소리를 내며 여닫힌 후 보초 둘에게 각각
팔 하나씩을 꿰인 사내가 끌려 들어왔다. 뚜벅 뚜벅 다가온 세 사
람은 무연이 갇혀 있는 옥사의 문을 열고 새 사내를 냅다 밀어 넣
었다. 비틀거리다 지푸라기 위에 쓰러진 사내는 얌전히 몸을 일으
켰다. 보초들은 옥사의 문을 굳게 걸어 잠그고 다시 나가 버렸다.

한가운데 앉아 있던 사내가 주위를 둘러보았다. 무연은 최대한
구석에 앉아 기척을 죽이고 있었지만 이내 그의 눈에 들고 말았
다. 그와 눈이 마주친 무연은 살짝 놀랐다. 익히 잘 아는 자였다.

무릎걸음으로 잽싸게 다가온 사내가 무연의 앞에 넙죽 엎드렸
다.

"소인 법형, 위 장군께 인사 올립니다."

"어쩌다 이런 곳까지 흘러 들어왔는가? 자네는 청진에 있어야
할 텐데?"

"그것이……"

잔뜩 머리를 수그린 법형은 이내 한숨을 푹 내쉬었다.

"들키고 말았습니다."

"어쩌다가?"

"위 장군께서 이곳에 계신 걸 알고 나니 가만히 있을 수 없었습니다. 하여 홀로 애를 쓰다가 그만……"

"상부의 명령을 기다리지 않고 혼자 움직였단 말인가?"

무연의 목소리는 차가웠다.

"위 장군이 아니었으면 저는 이미 오래전에 죽을 목숨이었습니다. 그런 은혜를 입고 제가 어찌 위 장군의 위기를 모른 척하겠습니까?"

"그 심정 모르는 바는 아니나 자네는 내 명을 어긴 것이나 마찬가지일세."

그러나 무연의 타박에도 법형의 기세는 등등했다.

"하오나 저는 일부러 들킨 것입니다."

"일부러?"

무연의 눈에 힘이 들어갔다. 그 눈엔 법형에 대한 알 수 없는 감정이 가득 차 있었다. 한 번 더 사방을 둘러본 법형은 무릎걸음으로 더더욱 다가와서는 무연의 귀에 속삭였다.

"오늘 밤, 저와 미리 내통한 간수 하나가 옥문을 모두 개방할 것입니다. 죄수들이 요란하게 탈옥하는 틈에 섞여 탈출하십시오."

무연은 지나치게 바짝 붙은 법형이 불편하기라도 한 듯 짐짓 몸을 뒤로 빼더니 입을 열었다.

"천손을 남겨두고 홀로 탈출하란 말인가? 그것이 진에서 내려온 명령인가?"

"진에서 내려온 명령은 아닙니다. 하지만 진에서 뭔가 수를 쓸 만한 정세가 아니지 않습니까?"

무연은 할 말이 없었다. 그것을 그 누구보다 잘 아는 이는 바로 무연이었다. 법형은 무연이 갈등하는 것처럼 보이자 비장한 얼굴로 읍소했다.

"천손, 예! 천손도 중합니다. 하지만 진짜일지 가짜일지도 모르는 천손 때문에 이런 고생을 자처하시는 거, 저는 이해할 수가 없습니다."

무연이 매섭게 법형을 쏘아보았다.

"그분은 천손이 확실하시다."

나지막한 음성이었지만 무연의 목소리엔 힘이 있었다. 법형이 고개를 끄덕였다.

"예. 위 장군의 안목이 어찌 그리 허술하시겠습니까? 하지만 의식을 치르기 전까진 모르는 법 아닙니까?"

"다시 한 번 말하지만 그분은 천손이 확실하시다."

무연은 옥 연꽃이 활짝 피던 순간의 감동을 한순간도 잊은 적이 없었다.

그간 몇 명의 천손 후보자를 만나왔다. 그중 그 누구도 옥 연꽃이 그런 식으로 반응한 사람은 없었다. 기껏해야 웅웅거리거나 향기가 좀 짙어지는 정도에 불과했던 것이다.

하지만 법형 또한 흔들림이 없었다. 무연의 기세가 매서웠음에도 그는 또박또박 말을 이어나갔다.

"그분이 진짜 천손이라 한들, 위 장군께서 이런 고생을 하실 필요는 없는 겁니다. 어찌 진나라의 대장군께서 이런 곳에서 노역이나 하고 계신단 말입니까? 천손의 일은 다른 이에게 맡기시고 고국으로 돌아가시는 게 바르다 사료되옵니다."

무연은 입을 다물고 아예 등을 돌려 버렸다. 자신만 철석같이 믿고 있는 다해를 외면하고 진나라로 돌아갈 생각은 눈곱만큼도 없었다.

"위 장군!"

법형이 큰소리로 다시금 읍소했다. 그러나 무연은 여전히 꿈쩍도 하지 않았다. 법형은 끈질겼다. 연신 밖을 살피며 끊임없이 무연을 설득했다. 그러나 무연은 석상이 되기라도 한 듯 꿈쩍도 하지 않았다.

법형은 점점 초조해지는 듯했다. 시간은 자꾸만 흘러갔다. 법형이 말한 시간이 되자 순찰 시간이 오지도 않았는데 덜커덩, 바깥의 철문이 열리는 소리가 들렸다.

뒤이어 보초병 하나가 들어오더니 주위를 휘 둘러보다 법형과 눈을 맞췄다. 법형이 눈을 빛내며 고개를 끄덕였다. 혓바닥으로 입술을 한번 훑은 보초병은 이내 잘그락거리며 열쇠꾸러미를 꺼내더니 가장 안쪽부터 차례대로 모든 문을 열고는 후다닥 바깥으로 빠져나가 버렸다.

여기저기 웅성웅성하는 소리가 들렸다. 다들 갑자기 닥쳐온 이 행운이 어리둥절한 모양이었다. 하지만 그것은 잠시였다. 이내 벌떡 몸을 일으킨 누군가가 후다닥 옥문으로 뛰쳐나갔다. 누군가한 명이 물꼬를 트자 이후는 쉬웠다. 여기저기서 우르르 뛰쳐나가는 사람들이 생겨났다.

"장군! 정녕 가지 않으실 겁니까!"

무연은 침묵했다. 안절부절못하던 법형이 벌떡 일어났다.

"제가 사람들을 선동해 시선을 끌 테니 그 틈에 탈출하십시오!"

비장한 한마디를 남긴 법형은 잽싸게 옥 밖으로 달려 나갔다. 밖에서 와— 하는 소리가 터져 나왔다.

같은 옥사인지라 내내 무연과 법형의 대화를 지켜보던 누군가가 물었다.

"나가지 않으십니까?"

조심스럽게 묻는 진나라 말투가 상당히 어리숙했다. 무연이 슬쩍 고개를 돌렸다.

"함정일 것이네. 살고 싶거든 나가지 마시게."

"함정이라굽쇼?"

무연이 고개를 끄덕였다. 물은 자가 사색이 되어 반문했다.

"하, 하면 이미 나간 자들은 어찌 되는 겁니까?"

무연은 침통한 얼굴로 그저 고개를 흔들 뿐이었다.

잠시 후, 요란한 창검 소리가 들렸다. 무연과 같은 옥사에 있던 자들은 그새 사정을 전해 들었는지 아이고, 아이고, 안타까운 표정을 지으며 안절부절못했다. 무연은 부러 귀 닫고 눈감고 모른 척했다.

이렇게 안타깝게 사라져 갈 죄 없는 목숨들이 안쓰러웠지만 그가 해줄 수 있는 건 아무것도 없었다.

이야기를 듣는 동안 가까스로 정신이 돌아온 다해는 그제야 정신없던 와중에 벌어졌던 일들이 한꺼번에 와 닿았다.

그리매가 한 행동들은 틀림없이 이번 대규모 탈옥에 그가 관여 됐음을 알려주고 있었다. 소식을 전하며 침통한 표정을 지으려 애쓰고 있었으나 자꾸만 터져 나왔던 미소, 그것이 가장 확실한 증거였다.

무연이 부드럽게 말문을 열었다.

"며칠 전 제게 전해주신 쪽지 기억하십니까?"

다해가 고개를 끄덕이자 무연이 말을 이었다.

"그 쪽지의 내용이 그것이었습니다. 가까운 시일 내로 이중 간자를 이용하여 일을 벌일 것이니 휘말리지 말라고. 법형이 이중 간자일 줄은 꿈에도 몰랐으니 쪽지가 아니었다면 전 아마 크게 휘말렸을 겁니다."

다해가 사색이 되었다.

"그 쪽지가 가짜였을 수도 있지 않습니까?"

"굳이 이런 일을 꾸미는 데 그런 어설픔을 끼워 넣는 자는 없는 법이지요."

"만약 옥사에 남아 있는 것을 유도하기 위한 계획이었다면……."

무연은 빙그레 웃기만 했다. 다해는 민망함에 고개를 숙였다. 그리 남아 있게 해서 얻을 게 아무것도 없었다.

다해의 민망함을 걷어내기 위함인지 무연은 평소보다 더 다정해진 목소리로 화제를 돌렸다.

"려나라의 정부가 생각보다 유능한 모양입니다. 덕분에 진나라에서 왜 소식이 오지 않는지 알 수 있게 되었습니다."

"소식을 기다리고 계셨습니까?"

"예. 저 혼자서 아씨를 모시고 가람까지 가는 건 어려운 일이니까요."

무연은 다해의 고생을 염두에 둔 말이었으나 천룡의 후예에 대해 잘 몰라 그저 좀 뛰어난 무사 정도로 알고 있는 그녀로서는 그 일 자체의 힘겨움으로 이해했다. 여수를 벗어나 본 적 없는 다해는 감히 그 어려움이 어느 정도일지 상상할 수 없었다.

"그 쪽지를 누구에게서 받으셨습니까?"

무연은, 려나라 내부에서 도움을 받으면 좀 수월하지 않을까 싶은 생각에 질문을 던졌다. 진나라에서 전해질 소식이 철저하게 막혀 있다면 슬슬 움직여야 하지 않을까 싶었다.

"모르겠습니다. 찻주전자 아래 깔려 있었고 시녀가 일러주었습니다만 시녀가 준 것 같지는 않습니다."

"하면 지난번에 제게 조심하라고 전하라 했던 이는 누구입니까?"

"늘 함께 다니는 아름달……. 아!"

"아름달이라면 혹 함께 다니는 신비술사 말씀입니까?"

"기묘한 술법을 할 줄 아는 것 같았습니다. 그것을 신비술이라 합니까?"

"예. 또한 려나라에서 붉은 머리에 붉은 눈동자를 가진 이는 신비술사뿐이지요. 가련한 여인들입니다."

"어째서 가련하다 하십니까?"

"천민 중의 천민입니다. 그들이 가진 능력이 워낙 뛰어나다 보니 통제하기 위해 더더욱 탄압하는 형국이지요. 그들의 힘은 딸에서 딸로 이어지는데 그 숫자가 대단히 적어 엄격히 관리됩니다. 항간에 들기론 임신과 출산까지 강제로 이루어진다고 합니다."

다해의 얼굴이 하얗게 질려 버렸다.

"설마…… 아니겠지요?"

무연이 잔뜩 침통한 얼굴로 답했다.

"아마 맞을 겁니다."

다해의 미간에 깊은 주름이 새겨졌다.

"어찌 인간에게 그런 짓을 할 수 있단 말입니까?"

"옛날엔 그 정도는 아니었던 걸로 기억합니다. 지금의 상황은 어떤 의미에선 진나라도 책임이 있다 할 수 있지요."

"진나라가요?"

"예. 과거 진나라와의 대전쟁 중 신비술사에 대한 탄압이 심해진 것으로 압니다. 전쟁에서 이겨야 한다는 명분이 있었기에 마소교배하듯 행해지는 그 잔인한 폭력이 묵인되었으니까요. 하지만……"

"패배한 거군요."

무연이 고개를 끄덕였다.

"다시금 진나라와의 전쟁을 일으켜 승기를 잡기 위한단 명분이 여전히 남아버린 거죠."

"아무리 그래도 너무합니다."

"맞습니다. 너무 안타까운 일이지요."

무연의 말은 진심이었다. 려나라가 이리 풍요로워진 데에는 신비술이 한몫 단단히 했다. 심지어 그리매가 황위에 오르는 것도 신비술사들의 희생이 있었기에 가능했다. 무연은 진심으로 가진 능력에 비해 너무 천대받고 있는 그들을 안타까워했다.

그러나 덕분에 아름달이 왜 자신을 돕고 있는지 무연은 이해할 수 있었다.

"하면 그분이 우리가 탈출하는 데 큰 도움이 되겠군요? 제가 한번 알아보겠습니다."

무연은 고개를 저었다.

"그냥 기다리십시오."

"어째서요?"

"태어나길 노예로 태어난 사람들은 뼛속까지 각인된 주인에 대한 공포를 쉽게 벗어던지지 못하지요. 이리 허술하게 행동한 것을 보면 분명 충동적이었을 겁니다. 하여 지금쯤 후회하고 있을지도 모릅니다. 만약 자극하면 꽁꽁 숨어버리거나 역으로 주인에게 스스로 자신의 죄상을 고할 수도 있습니다."

깜짝 놀란 아름달은 얼른 귀를 닫아버렸다. 절로 마른침이 넘어갔다.

위 장군은 자신의 모든 것을 꿰뚫고 있었다. 조심해야 했다. 그가 꿰뚫었다면 그리매나 칼바람 또한 알아챘을 수 있었다. 그들 또한 날카로운 눈과 귀를 갖고 있었다.

그 순간 인기척이 느껴졌다. 아름달은 얼른 마음을 다스려 표정을 지우고 천천히 몸을 돌렸다.

"둘이 무슨 이야기를 하더냐?"

아름달은 얼른 아무 감정 없는 표정으로 천천히 몸을 돌렸다. 어느덧 그리매가 다가와 있었다.

"그저 서로의 안부를 묻고 있었나이다."

"누가 작전을 미리 알려주었는지에 대한 이야기는 없고?"

"천손께서 워낙 크게 놀라신 터라 그것을 달래느라 애쓸 뿐 다른 이야기는 없었습니다."

아름달은 심장이 쿵쿵거리는 걸 들킬까 갖은 애를 써야만 했다. 그리매는 아무것도 눈치채지 못하고 흥, 콧방귀를 뀌었다.

"이제 돌아갈 것이니 천손을 모셔 와라."

"예."

아름달은 천천히 예를 취한 후 오두막으로 향했다.

"태어나길 노예로 태어난 사람들은 뼛속까지 각인된 주인에 대한 공포를 쉽게 벗어던지지 못하지요."

무연의 말을 떠올린 아름달은 눈살을 찌푸렸다. 인정하고 싶지 않았다. 하지만 인정해야 했다. 들키지 않은 것이 분명하건만 등 뒤에서 바라보는 그리매의 시선이 마치 칼날이라도 된 것처럼 고통스러웠다. 식은땀이 그 증거였다.

돌아오는 내내 다해는 그리매에게 눈길조차 주지 않았다. 그러나 평소와 달리 그리매 또한 그다지 다해에게 관심이 없어 보였다. 그 또한 심각한 고민에 빠져 있는 눈치였다.

황궁에 도착한 직후, 다해는 가볍게 고개를 까딱이는 것으로 인사를 대신하고 자신의 처소로 돌아갔다. 이제는 처소에 가는 길쯤은 훤했다.

그리매는 그런 다해를 물끄러미 바라보다가 칼바람과 아름달을 이끌고 자신의 집무실로 향했다.

아침나절, 계획에 없는 외출을 하게 된 탓에 그리매의 집무실에선 대소신료들이 모여 웅성거리고 있었다.

"황제폐하 드십니다!"

입구를 지키고 서 있던 내관이 크게 외쳤다. 삼삼오오 모여 불만을 토로하기 바쁘던 신료들이 일제히 줄을 맞춰 서더니 허리를 숙여 예를 취했다.

"내 잠시 일이 있었소이다. 미안하게 됐소."

그리매가 사과했다. 양심은 있는 모양이었다. 성큼성큼 다가와 의자에 앉은 그가 다시 입을 열었다.

"자, 어디 한번 오늘의 안건을 들어봅시다."

나란히 도열해 있던 신료들 중 하나가 입을 열었다.

"최근 계나라와 토나라의 동태가 심상치 않습니다."

"계나라부터 합시다."

"예. 계나라의 왕은 최근 사병을 육성하는 데 큰돈을 들이고 있다고 합니다."

"군대의 창설을 금지했을 텐데?"

계나라는 려나라에 사대를 시작한 후에도 끊임없이 독립국가임을 주장했다. 스스로 황제라 호칭하려는 시도도 몇 번인가 있었다. 그러나 그리매는 그것을 용납하지 않았다. 그때마다 대군을 보내 짓밟았다. 그럼에도 포기하지 않은 탓에 최근 그들의 군대를 모두 해산하라 명하고 려의 군대를 주둔시킨 참이었다. 명분은 진나라로부터 계나라를 지키는 것이었으나 실상은 계나라를 견제하는 것이 목적이었다.

"계왕은 려나라의 풍습을 예로 들더니 려나라의 군대에 왕실 여인들의 호위를 맡기는 것은 못내 불안하다며 그들을 위한 무사들을 키운다고 공표했답니다."

"하지만 실상은 군대라 이 말이지?"

그 말과 동시에 몇몇 신료들이 칼바람을 힐끔거렸다.

칼바람이 이끄는 용영단 또한 공식적으로 황제의 호위부대였으나 실상은 황제의 사병으로 막강한 권력을 자랑했다.

신료들의 행동에 그리매는 나지막하게 킬킬거리더니 다시 위엄 있는 황제의 모습이 되었다.

"그래서 군대의 규모는 어느 정도라던가?"

"아직은 소규모라 합니다만, 새로 개발한 비밀병기가 위협적이라 하옵니다."

"비밀병기?"

"예. 화차라고 한 번에 백여 발의 화살을 쏠 수 있는 마차이옵니다."

그리매가 흥미로운 얼굴을 하더니 고개를 숙이고 잠시 생각했다. 이윽고 그가 다시 고개를 들고 명했다.

"계나라에 주둔 중인 장군에게 전하라. 당장은 건들지 말고 지켜보기만 하되, 화차 제조 기술자를 찾아 청진으로 보내라고."

"명 받들겠나이다."

"자, 그럼 우리 토나라에 대해선 내가 한번 맞춰볼까?"

여기저기 작게 쿡쿡거리는 소리가 들려왔다. 그리매가 눈을 감고 손가락을 이마에 가져다 댔다.

"온다― 온다― 느낌이 온다―."

피식 웃은 그리매가 눈을 번쩍 뜨곤 외쳤다.

"우리 토나라는 여전히 오매불망 진나라를 찾는군!"

와하하, 사방에서 웃음이 터져 나왔다. 칼바람도 쿡, 작게 웃음을 터뜨리곤 이내 민망한 듯 혼자 흠흠, 헛기침을 했다. 웃지 않은 것은 황좌의 뒤에 드리워진 휘장 속 아름달뿐이었다.

그리매가 만족한 미소를 지으며 다시 입을 열었다.

"그래, 그것은 하루 이틀 일이 아니니 중요한 사안이 아닐 테고, 뭐가 문제지?"

웃음을 다스린 신료 하나가 앞으로 나섰다.

"친진파의 수장이나 다름없는 막내 왕자가 현재 청진에 몰래 잠입해 있다는 첩보이옵니다."

"토나라의 막내 왕자라면 세상 공부를 해야 한답시고 상단을 꾸려 천하를 유람한다던 그자를 말함인가? 그가 청진에는 왜 와 있다는 거지?"

"친려파에서 잘 알지도 못하면서 무조건 진나라만을 숭상하려 한다는 공격을 받고는 직접 경험해 보겠다며 왔다고 합니다."

그리매가 씩 웃었다.

"그렇다면 그간 청진에 들어온 낯선 상단이 있겠군?"

"물론입니다."

"간단하군. 자! 토나라의 간자들을 이용해 그 왕자가 청진에 온 날짜를 정확히 추려낸 후 그 시기에 청진에 들어온 상단 목록을 만들고 당분간 황실에 필요한 모든 물품을 해당 상단들에서 구입하도록 하지. 더불어……."

그리매가 크게 미소 지었다.

"여러분들께서도 좋은 인상을 남겨주길 바라는 바이오."

"여부가 있겠나이까."

신료들이 일제히 허리 숙여 복종했다. 그리매는 흐뭇한 미소로 그들을 둘러보았다.

그런데 인사를 마친 신료들이 서로 간에 열심히 눈짓을 해댔다. 그리매는 그들이 뭔가 할 말이 있지만 어려워 나서지 못한다 여기고 인자한 미소를 머금었다.

"자, 다음 안건이 무엇이기에 이리 뜸을 들일꼬?"

그리매는 정말로 인자해 보였다. 그 미소에 한 젊은 신료가 용감하게 나섰다. 아니, 사실 나섰다기보다는 등을 떠밀렸다는 게 더 맞는 표현이었다.

"휘월당과 함께 외출하셨다 들었습니다."

휘월당, 그것은 다해가 머무는 전각의 이름이면서 동시에 공식적으로 아무 신분이 없는 다해를 우회적으로 이르는 이름이었다.

그리매가 눈썹을 치켜세웠다. 신료들이 다해를 거론하는 것은 썩 달가운 일이 아니었다. 늘 언짢은 소리들만 해대는 탓이었다. 그러나 그리매의 안색이 변한 것을 보고도 젊은 신료는 패기 넘치게 말을 이었다.

"어찌 그리 휘월당에 집착하십니까? 여인이라면 사방에 널려 있지 않습니까?"

"내 말하지 않았던가? 천손을 취하여 진나라를 손아귀에 움켜쥐겠다고?"

"예, 들었습니다. 천룡의 후예들에게 내려진 저주를 풀 열쇠인 천손을 손아귀에 넣음으로써 진나라를 발아래 두고자 하심이라는 것을요. 하지만 간자에 의하면 진짜인지 가짜인지조차 확실하지 않다고 하지 않습니까? 만약 휘월당이 가짜라면 그때는 어찌

하실 생각이십니까?"

그리매가 피식 웃었다.

"그녀는 진짜요."

여기저기서 웅성웅성하는 소리가 들렸다.

"어찌 그리 확신하십니까?"

"똑같이 생겼거든."

"대체 뉘와 똑같이 생겼단 말씀이십니까?"

그리매가 킬킬거리며 웃기 시작했다. 신료들의 웅성거림이 더욱 크게 번져 나갔다.

집무실의 분위기를 한번 훑은 칼바람은 허리춤에 매달린 칼을 바투 쥐었다. 그리매는 신료들이 조금만 더 선을 넘으면 당장 칼바람의 칼을 뽑아들고 휘두를 수도 있는 상태였다. 그러나 아무도 그것을 파악하지 못하고 있었다. 칼바람은 눈살을 찌푸렸다. 그는 집무실이 피에 물드는 것을 원하지 않았다. 그리매가 갑자기 웃음을 뚝 멈추었다. 일순 집무실엔 긴장감이 감돌았다.

"자, 그래서 하고 싶은 말이 무얼까? 아마도 아까운 이중 간자를 그리 허망하게 보내 버린 것을 두고 나를 탓하려 함이겠지?"

젊은 신료가 움찔 몸을 움츠렸다. 그러나 물러서지는 않았다.

"예. 그리 확실하지도 않은 일 때문에 오랜 세월 공들여 키워 온 이중 간자를 그런 식으로 허비해 버리시다니요."

"그래서 어쩌라고?"

그리매의 반응은 점점 더 차가워져 갔다. 뭔가를 눈치챈 칼바람과 아름달만이 두 눈을 감았다.

젊은 신료가 그리매의 눈치를 살살 보며 조심스레 입을 열었다.

"일의 경중을 헤아려 주시는 것이……."

"대체 이 일이 중요하지 않으면 어떤 것이 중요하단 것인가!"

그리매가 크게 소리쳤다. 뱃속 깊은 곳에서부터 터져 나온 분노였다.

"진나라와 려나라 사이의 해묵은 악연이 되짚기 어려울 만큼 오래된 것임을 다 알 것이다. 한데 그 악연의 고리를 끊고 우리 려나라가 우위를 점할 수 있는 기회가 왔는데 어찌 그리 한가한 소리들을 하고 있는가!"

"소, 소신은 그런 이야기를 하고 있는 게 아니라……."

"당장 저자를 끌어내라!"

칼바람은 목을 베라는 명이 아닌 것에 안도하며 용영대원들에게 눈짓했다.

용영대원들은 허리 숙여 예를 취하곤 젊은 신료의 양팔을 잡고 끌어냈다. 우습게도 끌려 나가는 젊은 신료는 드디어 평화를 찾은 눈치였다. 그러나 늙은 신료들은 달랐다.

"폐하! 정무 중에 이리 신료를 내쫓으시다니요! 정녕 폭군이 되려 하심입니까!"

"칼바람! 저자도 내치라!"

또 다른 신료가 소리쳤다.

"폐하! 이것은……!"

"저자도 내치라!"

연달아 네 명의 용영대원이 내려와 두 늙은 대신을 끌어냈다.

"자, 또 더 말하고픈 자가 있는가?"

그리매가 매서운 눈빛으로 사방을 훑어보았다. 그러나 더는 그 누구도 앞으로 나서지 않았다. 모두들 안도하고 있었다. 지켜보는 내내 조마조마했던 것은 칼바람과 아름달뿐이 아니었다.

"그럼 다음 안건에 대해 짐이 말해볼까?"

그리매의 목소리가 심상치 않았다. 이제 그에게 거스른다는 것은 곧 죽음뿐임을 모두가 똑똑히 알 수 있었다.

"천손이 도저히 넘어오지 않는군. 려나라의 귀부인들에게 통하는 방법들이 전혀 듣질 않아! 대체 어쩌면 좋을지 다들 좋은 의견 한마디씩 주시겠소?"

그러나 신료들은 꿀 먹은 벙어리였다. 두루 둘러본 그리매가 눈살을 찌푸렸다.

"조금 전까지 시끄럽게 떠들던 사람들은 다 어디로 사라진 거지?"

사방은 여전히 고요했다.

"그리 입들 다물고 있으면 좋은 생각이 나기라도 하나!"

그리매가 버럭 소리를 내질렀다. 그 서슬에 놀란 신료 하나가 어버버 입을 열었다.

"푸, 풍습이 달라 그런 것은 아닐는지요."

"풍습이 다르다?"

"예. 이 대륙에서조차 모든 나라의 남녀 관계에 대한 풍습이 다 다릅니다. 하물며 이쪽 세상에서조차 그럴진대 달빛을 넘어온 천손이야 말해 무엇하겠습니까?"

일단 시작한 말은 술술 잘도 흘러나왔다. 신료의 언변에 넘어간 듯 그리매가 물었다.

"그럼 어찌하면 좋을꼬?"

"휘월당의 모국에 맞는 방법을 사용하심이 어떠하올는지요?"

"천손의 모국이라……."

그리매가 휙 고개를 돌려 칼바람을 바라보았다.

"칼바람, 조선의 상열지사는 어떠하더냐?"

칼바람이 머리를 조아렸다.

"소신, 주로 왜나라에서 머문 터라 잘 알지 못하옵니다."

"왜나라?"

"예. 이쪽 세상에서 나라마다 풍습이 다른 것처럼 저쪽 세상도 나라마다 많이 다르옵니다. 하여 소신은 조선에 대해선 잘 모르옵니다."

"그럼 조선에서 가장 오래 머문 이가 누구지?"

"신비술사 아름달이옵니다."

휘장 뒤에서 인형처럼 서 있던 아름달은 번개라도 맞은 얼굴이 되었다. 국사를 논하는 자리에서 자신의 이름이 거론된다는 건 있을 수 없는 일이었다.

그리매는 그대로 고개조차 돌리지 않고 오직 팔만 들어 손가락을 까딱였다. 아름달은 침을 꼴깍 삼키며 조심스레 휘장을 걷고 그리매에게 다가갔다. 그리매는 한 번 더 손가락을 까딱여 더욱 가까이 오라 일렀다. 아름달은 조심스러운 걸음으로 좀 더 다가갔다.

"그래. 네 생각은?"

"감히 제가 아뢰어도 되는지 모르겠나이다."

아름달은 깊이 머리를 숙이며 아뢰었다. 의견이 있다 한들 신비술사인 자신이 이런 공식적인 자리에서 말해도 되는 건지 그녀는 정녕 알지 못했다.

그리매가 눈살을 찌푸렸다.

"내가 묻고 있지 않느냐. 어서 말해보라니까?"

도열해 있는 신료들이 아름달을 흘깃거렸다. 몇몇은 대놓고 싫은 티까지 내고 있었다. 그 모두를 예민하게 느끼고 있는 아름달이 어려워하는 것은 어찌 보면 당연한 일이었다. 하지만 대답하지 않을 수도 없었다. 황제가 묻고 있었다.

아름달이 힘겹게 말문을 열었다.

"폐하의 방법은 완전히 잘못되었습니다. 왜냐하면……."

말이 채 끝나기도 전에 요란한 따귀소리가 터져 나왔다. 아름달이 바닥에 나뒹굴었다. 입술이 터져 피가 흘렀다. 그리매가 벌떡 일어나 있었다.

"완전히 잘못되었다니! 그게 감히 노예에 불과한 네년이 황제에게 사용할 수 있는 표현이란 말이냐!"

그리매의 성난 음성이 쩌렁쩌렁 울렸다. 고정하라는 읍소가 여기저기서 터져 나왔다.

"폐하! 고정하시옵소서! 천한 신비술사가 무엇을 알겠나이까?"

신료들의 반응이 마음에 들었는지 그리매가 다시 의자에 앉았다. 내관이 얼른 다가와 그리매에게 수건을 건넸다. 그리매는 손등에 묻은 피를 닦아냈다.

아름달은 그대로 잊혀졌다. 칼바람이 슬쩍 시선을 던졌으나 아주 잠시 잠깐이었다. 아름달은 조용히 일어나 휘장 뒤로 물러났다. 피를 닦을 엄두조차 내지 못했다. 그녀는 그대로 다소곳이 고개를 숙이고 얌전히 두 손을 모은 채 그림자를 자처했다.

요란한 대화가 계속해서 이어졌다. 그러나 그것은 그저 그리매가 말하고 신료들이 찬양하는 것에 불과했다. 한참을 더욱 만족스럽게 떠들어댄 그리매는 자신의 방법대로 밀고 나가기로 결정한 후 신료들을 물렸다.

모두 물러난 후, 자리에서 벌떡 일어난 그리매가 성큼성큼 휘장 뒤로 걸어왔다.

"고얀년."

아름달은 송구하다며 머리를 숙이는 것밖에 할 수 있는 게 없었다.

"이딴 몰골로 나를 따라다닐 생각인 건 아니겠지?"

아름달은 무어라 대답할 새도 없었다. 그리매가 그녀의 얼굴을 문질렀다. 상처가 쓸려 아팠지만 아름달은 내색조차 하지 않았다.

아름달의 얼굴에 피 얼룩이 졌다. 그리매는 손에 묻은 피를 아름달의 앞섶에 문질러 닦았다. 그런데 피를 닦아내던 손짓이 느려지는가 싶더니 이내 속으로 파고들었다. 그리매의 입술이 느끼한 미소를 머금었다.

아름달이 크게 휘청거렸다. 그리매의 강한 손힘에 아름달의 하얀 어깨가 고스란히 드러났다. 내관과 칼바람을 포함한 용영대원들이 황급히 고개를 숙이거나 눈을 감았다.

그리매의 눈이 빛났다. 그가 한 번 더 아름달의 옷을 세게 잡아 당겼다. 아름달이 또 한 번 휘청거리자 그녀의 하얀 속살이 세상 부끄러운 줄 모르고 모습을 드러냈다.

그리매의 얼굴에서 조금 전 신료들을 호령하던 군주의 모습이 사라지고 욕정에 물든 짐승 같은 사내만이 남았다. 그는 이글거리는 눈빛으로 아름달의 몸을 훑었다. 아름달은 자신도 모르게 입술을 깨물었다. 그러나 작은 신음은 이미 터져 나온 후였다. 아름달은 예민한 자신의 몸뚱이가 저주스러웠다.

그리매가 아름달을 바로 옆 기둥으로 밀었다.

"풀어."

그 말이 무슨 의미인지 모를 리 없는 아름달은 황제에게 복종했다. 그녀는 그리매에게 다가가 그의 겉옷 속으로 손을 집어넣어 뒤쪽에서 매여진 매듭을 찾았다. 그리매가 협조해 주지 않는 탓에 거의 그를 끌어안다시피 해야 했다.

그렇게 아름달이 달라붙어 허리띠를 푸는 사이 그리매는 그녀의 치마를 난폭하게 들어 올렸다.

놀랍게도 아름달은 속에 아무것도 입고 있지 않았다. 오래전 내려진 이후 단 한 번도 거두어진 적 없는 그리매의 명이었다. 덕분에 매끈한 허벅지가 드러났다. 그리매의 손이 타고 오르자 하얀 둔부도 고스란히 드러났다.

지키던 이들은 이제 아예 등을 돌렸다. 아름달의 손짓에 자유로워진 그리매는 그녀를 돌려세우곤 그대로 침범했다. 아름달은 얌전히 두 눈을 감은 채 세상을 잊고자 노력했다.

3.

지렁이도 밟으면 꿈틀거린다

　다해와 함께 노역장에 갔다 돌아온 아름달은 늘 그랬던 것처럼 그리매의 개인 처소로 향했다. 언감생심 그녀는 호위들이 지키고 있는 정문을 감히 쳐다보지도 못하고 침실과 연결된 작은 쪽문을 이용했다.

　도착해 보니 그리매는 응접실에서 신료 한 명과 이야기 중이었다. 부러 기척을 죽인 적은 없으니 아름달이 도착한 것을 알 법도 한데 그리매는 아는 척도 하지 않았다.

　이야기는 한참을 계속되었다. 계나라가 어쩌구 토나라가 어쩌구 진나라가 어쩌구, 중요한 이야기를 하는 모양이었다. 아름달은 그렇게 휘장 너머에 선 채로 가만히 눈을 감고 자유로웠던 조선을 떠올렸다.

　신비술이 필요할 테니 믿을 만한 신비술사를 붙여주겠다며 그리매는 선심 쓰듯 아름달을 용영대원들과 함께 조선에 보냈었다.

칼바람은 천손이 어디에 있을지 도통 알 수 없었던 탓에 진나라 무사들의 행신지를 파악한 후 인원을 쪼갰다. 아름달은 첫날 도착했던 그곳에 남아 연락책을 맡았다.

오 년이었다. 오 년간 조선에 머물면서 아름달은 비로소 사람답게 사는 게 무언지 알게 되었다.

아름달은 신비술을 이용해 외모를 바꾸고 벙어리 행세를 했다. 별똥별 팔찌 덕분에 상대가 하는 말은 모두 이해할 수 있었다. 그래서 사람들은 그저 생김새가 다소 독특한 가엾은 여인이 이리저리 떠돌다 산중에 정착한 것으로 여겼다.

조선 사람들은 참으로 정이 많았다. 여인 혼자 살기 힘들 거라며 아름달에게 많은 도움들을 주었다. 아름달은 살면서 난생처음 구애란 것도 받아보았다. 수시로 무사들이 드나든다는 것을 감추고 있었던 게 아니라면, 자신이 조선 사람이 아닌 달빛 너머 려나라 사람임을 감추고 있는 게 아니었다면 수락했을 터였다.

아름달은 그때가 그리웠다. 비록 비밀 몇 가지를 안고 있었을지언정 자유로웠다. 려나라의 화폐가 통하지 않는 탓에 조금 고생스럽기야 했지만 그 정도쯤, 려나라에서 당하는 수모에 비하면 새 발의 피였다.

"뭐 하느냐고 묻잖아!"

아름달이 황급히 눈을 떴다. 어느덧 코앞까지 다가온 그리매가 얼굴을 찌푸리고 있었다. 아름달은 얼른 조선에 대해 남은 감정을 털어내고 머리를 조아렸다.

"송구합니다. 간밤에 제대로 잠을 이루지 못하여 그만 졸았나 봅니다."

"네년이 잠 못 이룰 날도 있고 의외로구나."

아름달은 묵묵히 얼굴 가득 미소를 머금고 머리를 조아렸다. 그 행동이 마음에 든 그리매가 드디어 풀어진 얼굴이 되어서는 본론을 끄집어냈다.

"오늘은 어떠하더냐?"

"별일은 없었습니다. 늘 그랬듯 대화를 나누고 글공부를 했습니다."

쯧, 그리매가 혀를 찼다.

"진나라 글을 얼마나 배웠더냐."

"종종 필담을 나누는 것을 보니 거의 다 배운 듯합니다."

그리매가 불쾌한 얼굴로 부채를 집어 던졌다. 엉뚱한 백자가 부채를 맞고 뒤뚱거리다 떨어져 깨져 버렸다. 그 소리에 아름달이 흠칫 어깨를 떨었다. 그리매는 백자에도, 아름달에게도 관심이 없어 보였다.

"해서, 려나라 글자를 가르치는 것은 어찌되었느냐?"

"난감할 따름입니다."

"왜!"

그리매가 버럭 내지르자 아름달이 두 눈을 질끈 감았다. 움찔 놀라는 그 모습에 그리매가 피식 웃었다.

"쫄지 마라. 그래도 내가 널 얼마나 어여뻐하는데?"

아름달은 순간 목구멍까지 치밀어 오른 욕설을 삼켜야 했다.

그리매가 아름달에게 성큼 다가갔다. 아름달은 눈을 감고 숨을 멈췄다. 그리매의 손이 아름달의 뺨을 쓸었다. 전신에서 소름이 돋아나는 것을 아름달은 묵묵히 견디어냈다.

"그래, 천손의 글 선생을 구하는 것이 왜 난감하단 거지?"

그 손은 그대로 목을 타고 내려와서는 단단하게 여민 앞섶에서 이리저리 노닐었다. 아름달은 무표정한 얼굴로 대답했다.

"글 선생들이 하나같이 글공부엔 관심이 없고 천손에게 먼저 관심을 가지는 탓입니다."

그리매가 눈을 부라렸다. 마치 아름달이 천손에게 관심을 가진 양, 어느새 반쯤 풀어 헤쳐진 아름달의 멱살을 움켜쥐고 입을 열었다.

"감히, 천손에게 흥미를 가져? 선을 넘은 놈은 없겠지?"

아름달은 여전히 눈을 감은 채였다. 표정엔 아무 변화가 없었다.

"천손이 어떤 분이십니까? 느끼한 말 한마디만 던져도 노발대발하시니 버텨낸 자가 아무도 없습니다."

드디어 그리매의 표정이 풀어졌다. 아름달의 멱살도 놓아주었다. 그리매의 손아귀 속에서 잔뜩 구겨진 옷자락은 크게 벌어진 채 속살을 훤히 비추고 있었다.

"참으로 신기한 년이란 말이야. 대체 왜 이 재미난 걸 싫어하는 걸까?"

말하면서 아름달의 뒤로 돌아간 그리매는 늘어뜨린 그녀의 머리칼을 헤치고 넓은 허리띠의 매듭을 찾아내 풀어버렸다.

"조선에선 누구나 다 그러합니다. 일평생 한 명만 보고 사는 것이 당연하다 합니다."

아름달은 아무 일 없다는 듯 조곤조곤 대답했다. 아름달의 풀어진 허리띠를 손끝으로 잡고 춤추듯 천천히 한 바퀴 돌아 다시 그녀의 앞에 도착한 그리매는 다 풀려 버린 허리띠를 툭 떨구고 무방비하게 늘어진 옷을 갈랐다. 언제나 그랬듯 그 속에 걸친 것은 아무것도 없었다. 아름달은 무의식중에 팔을 들어 한 겹뿐인 옷이 떨어지는 것을 막았다.

"너도 계집이라 이거냐?"

그리매가 비웃었다. 아름달의 얼굴이 붉어졌지만 그리매는 그저 낄낄거릴 뿐이었다. 그리매가 크게 벌어진 옷 속으로 양손을 집어넣고는 엉덩이를 움켜쥐더니 강하게 끌어올렸다. 아름달은 자신도 모르게 숨을 들이켜며 까치발을 했다. 갑작스러운 공격에 균형을 잃은 그녀는 비틀거렸다. 그런 상황에서도 감히 황제를 잡을 수 없었던 그녀를 그리매는 재미있는 놀잇감이라도 되는 양 밀어버렸다. 그녀는 침상을 무겁게 감싸고 있던 짙은 보랏빛 휘장을 온몸에 감고 침대 위로 쓰러져 버렸다.

후두둑, 휘장이 뜯어져 아름달의 밑에 깔렸다. 그리매가 그 위로 쓰러졌다. 짙은 보랏빛 바다 위에서 새하얀 아름달이 물결쳤다.

아름달은 다른 생각을 하고 싶었다. 행복했던 조선에서의 삶, 그래, 그것을 떠올려야겠다고 작정했다. 그러나 그리매는 아름달을 너무나 잘 알고 있었다. 아름달이 자신을 분리하는 것에 성공할라치면 그리매는 그녀를 자극해 다시 현실로 끌어당겼다. 그런 자신이 싫어서 아름달은 눈물 흘리며 신음했다. 그러면 그리매는 낄낄거리며 더욱 거칠게 파고들었다.

처소 밖에서 인기척이 들렸다. 아름달의 소리가 들릴 테니 바깥이라고 안에서 무슨 일이 벌어지고 있는지 모를 리가 없었다.

그러했기에 아름달은 휘장을 끌어당겨 몸을 감쌌다. 역시나, 그리매가 크게 외쳤다.

"들어와!"

잠시 머뭇거리는 듯한 기척이 느껴졌지만 감히 황명을 어길 배짱이 그들에게는 없었다. 끼이익 조심스레 문이 열리고 잔뜩 고개를 숙인 신료 하나가 종종거리며 다가왔다.

"기다…… 려."

그리매가 얼굴을 찡그리며 명했다. 아름달은 그리매가 머지않았음을 알았다.

이제 아름달을 농락하기보다는 자신의 행위에 집중하던 그리매가 이내 길게 신음하며 몸을 뺐다. 후사 문제를 어렵게 할 생각이 없었던 그는 거친 숨을 몰아쉬며 몸을 빼더니 요란하게 신음하며 아름달의 위에 쏟아냈다.

모든 것을 마무리하듯 짧게 심호흡한 그리매가 침상 위의 휘장으로 대충 몸을 닦고는 옷을 정리했다. 아름달이 엉거주춤 일어나려 하자 피식 웃은 그리매는 반쯤 아름달을 일으켜 그녀의 팔에 엉켜 있는 휘장을 이용해 결박하곤 신료 쪽으로 돌려세웠다.

"그래 무슨 일이지?"

마무리가 다 된 줄 알고 고개를 들었던 신료는 다시 황급히 고개를 숙였다. 팔이 등 뒤로 돌려진 채라 아름달의 벌거벗은 몸이 고스란히 눈 안에 들어왔다. 그리매가 킬킬거리더니 아름달을 밀어 쓰러뜨리곤 응접실로 걸어 나왔다. 아름달은 최대한 소리를 내지 않기 위해 주의하며 엉망으로 흩어진 휘장을 끌어다 몸을 가렸다. 평소 그리매의 행동을 되새겨 볼 때 휘장을 풀어 옷을 입는다고 부스럭거렸다간 불호령이 떨어질 확률이 높았다.

"뭐 해? 급해서 온 거 아냐?"

"그, 그, 그것이⋯⋯."

"왜? 몸이 달아서 그런가? 한번 하고 나서 대답할 텐가?"

그리매가 아름달을 가리켰다. 아름달이 움찔 몸을 떨었다. 다행히 신료는 손사래를 쳤다.

"아이고, 아닙니다. 지엄한 황궁에서 제가 어찌 감히 그런 일을 벌이겠습니까!"

"그럼 어서 말해."

그리매는 태연한 얼굴로 의자에 앉았다. 무릎걸음으로 따라간 신료가 드디어 입을 열었다.

"화정에 진의 군대가 집결하고 있다는 전갈이옵니다."

"진이?"

"예."

"왜? 저주 풀기에 사활을 걸고 있는 거 아녔어? 전쟁을 재개하겠다던가?"

"그것은 아닌 듯합니다."

"어째서?"

"전쟁을 벌이기엔 인원이 적습니다."

"근데 그런 걸 왜 보고하지?"

신료는 숫제 진땀을 흘리고 있었다. 아름달은 그리매가 그것을 즐기고 있음을 알았다.

"그, 그것이 노역장의 위 장군이나 휘월당하고 관계가 있는 게 아닐까 사료되옵니다."

"구출 작전이라도 세우고 있다, 이거로군?"

"천손이 저희에게 있으니 그것은 아닐 거라는 게 우세한 의견입니다."

그리매가 킬킬거렸다.

"그래, 그렇겠지. 수가 틀려 우리가 죽이겠다고 나서면 곤란할 테니까. 됐다. 생각을 좀 더 해볼 테니 물러가라."

"예."

신료는 크게 예를 취하곤 뒷걸음으로 물러 나왔다. 그리매가 벌떡 자리에서 일어나더니 아름달에게 외쳤다.

"당장 꺼져. 엉망인 꼴 보고 싶지 않으니."

황제의 입에서 떨어진 지엄한 명에 아름달은 휘장 속에 엉켜 있는 옷을 찾아 입을 생각도 하지 못했다. 지체했다가 무슨 불호령이 떨어져 내릴지 모를 일이었다. 그래서 그대로 휘장을 둘둘 감고 일어섰다. 평소였다면 욕실로 이어진 쪽문을 이용해 드나들었을 터, 그러나 그리매는 피식 웃으며 정문을 가리키고 있었다. 필시 수많은 사내들이 황제를 시위하기 위해 대기하고 있을 방향이었다.

아름달은 그리매가 원하는 게 뭔지 잘 알고 있었다. 그래서 조용히 그가 시키는 대로 따랐다.

휘장을 잡고 있는 손을 놓치면 그대로 알몸이 드러날 판이었다. 이미 맨발인 다리는 무릎 위까지 걸을 때마다 드러나고 있었다. 여기저기서 느끼한 시선들이 찔러왔다. 개중에는 불쌍한 눈으로 쳐다보는 이도 있었다. 그러나 아름달은 꿋꿋하게 참아냈다.

그 와중에 마주친 귀족 하나가 눈을 부라렸다. 아름달은 그들에게 예를 취하지 않을 도리가 없었다. 그러나 그는 단정치 못한 예라며 뺨을 후려쳤다. 그 충격에 휘청거리다 아름달은 잡고 있던 휘장을 놓쳤다. 그렇게 드러난 맨몸을 귀족사내는 느끼한 눈으로 몇 번 주물렀다.

그나마 다행한 사실은 그리매가 소유욕이 대단하단 거였다. 그는 절대로 자신의 물건에 남이 손대는 것을 용납하지 않았다. 덕분에 아름달은 나름 무사히 자신의 처소에 도착할 수 있었다.

아름달의 처소는 그리매의 처소나 다해의 처소처럼 따로 마련된 전각이 아니었다. 그곳은 노예들이 단체로 기거하는 숙소였다. 그들은 엉망인 몰골로 들어오는 아름달을 외면했다. 차라리 보지 않는 것이 그녀를 위하는 일임을 잘 알고 있는 탓이었다.

종종거리며 걷던 아름달은 저 멀리 야란이 서 있는 것을 보았다.

오래지 않은 얼마 전, 황후에 의해 구입된 야란은 이윽고 황후가 지병이 악화되어 몸져누운 탓에 다른 귀부인들도 탐할 수 있는 존재가 되었다. 일반적인 경우라면 지옥문이 열려야 하거늘, 어째선지 그는 청진의 모든 귀부인들이 보약을 해다 바치며 하루가 멀다 하고 불러들이는 유명인사가 되었다.

모두들 그에게 특별한 잠자리 기술이 있을 거라고들 했다. 그러나 같은 처지에 있는 노예들의 판단은 달랐다. 그들은 야란의 유별난 성격을 그 이유로 꼽았다.

야란은 오늘도 흥얼흥얼 콧노래를 부르고 있었다. 아름달은 눈살을 찌푸렸다. 어찌 늘 저리 한결같이 행복해 보일 수 있을까? 이런 처지에서 대체 어떻게?

아름달은 야란과 마주치기 싫었다. 비교 대상이 되기 싫었다. 발걸음이 빨라졌다.

"어차피 려는 틀렸습니다. 그냥 즐기십시오."

잘못 들은 줄 알았다. 홱 고개를 돌려보았다. 야란은 콧노래를 흥얼거리며 이미 저만치 멀어진 참이었다. 어이없는 얼굴로 서 있던 아름달은 이내 얼굴을 구기고 성큼성큼 처소로 다가갔다.

벌컥 문을 열었다. 그리매나 다해의 처소와 달리 탁자 하나에 의자 두 개, 침상 하나와 작은 수납장 하나가 전부인 소박한 공간이 모습을 드러냈다.

아름달은 도저히 치미는 분노를 참을 수가 없었다.

"대체 뭘 즐기란 말이야!"

쾅 소리가 나게 문을 닫은 아름달은 그대로 바닥에 쓰러져 큰 소리로 울음을 터뜨렸다. 간신히 몸을 가리고 있던 휘장이 와르르 쏟아져 내렸다.

당장 도망가고 싶었다.

려나라를 떠나 진나라로 가고 싶었다.

신분고하 남녀노소를 떠나 모두가 서로에게 예의를 지키는 나라, 능력만 있으면 고관대작은 물론이거니와 황제까지 될 수 있는 나라.

아름달이 울음을 멈추고 몸을 일으켰다.

"그래, 려는 틀렸어."

아름달이 가만히 눈을 감았다. 그리고 한 번 더 중얼거렸다.

"려는 틀렸어."

어느새 미소를 머금은 아름달은 차분하게 단장을 마치고 그리매의 집무실로 향했다. 그리매는 한참 상소를 읽느라 정신이 없어 보였다. 인기척을 느낀 그가 입을 열었다. 쳐다보지도 않는 것을 보니 당연히 아름달이라 여긴 모양이었다. 그럴 수밖에 없었다. 노비가 아니라면 정식으로 고한 후 정문으로 들어왔을 테니까.

"뭐야?"

그리매에게 다가간 아름달이 공손히 머리를 조아렸다.

"제가 천손의 글 선생을 하겠습니다."

이게 무슨 소리인가, 아름달을 쳐다보며 잠시 생각하던 그리매가 갑자기 화색을 띠었다.

"그래! 사내가 안 된다면 계집을 들이면 될 것을 나는 왜 그런 생각을 못 했을꼬? 대단하구나, 아름달!"

"과찬이십니다."

아름달은 정중히 허리 숙여 예를 취했다. 하지만 그 머릿속에 무슨 생각이 들어 있는지 그리매는 전혀 알지 못했다.

※

날씨가 제법 화창해졌다. 그러나 날씨가 화창해질수록 칼바람의 얼굴엔 근심이 쌓여갔다. 내부첩자를 찾기 위해 애를 쓰던 칼바람은 여전히 아무 실마리도 잡지 못하고 있었다. 온 황궁과 청진을 쑤셔보아도 잡히는 게 없었다. 시작할 때만 해도 자신만만했건만 이제는 거의 매일같이 그리매의 성질을 받아내야만 했다.

오늘도 그리매로부터 한바탕 싫은 소리를 들은 칼바람은 잔뜩 굳은 얼굴을 하고는 다해의 처소로 향했다.

계획을 세우고 실행하기까지 노역장을 방문한 사람은 휘월당의 천손, 다해뿐이었다. 그렇다면 천손이 그 소식을 전달했던 것인데……. 대체 그것을 어찌 알았을까? 그 당시엔 다해의 감시를 칼바람 자신이 직접 하고 있었다. 수상한 낌새를 챈 적은 한 번도 없었는데…….

칼바람은 걸음을 멈췄다.

저 멀리 시녀 둘이 있었다. 다해의 처소를 전담하고 있는 시녀들이었다. 순간, 칼바람의 머릿속을 스치는 무언가가 있었다. 칼바람은 얼굴을 구겼다. 뭔가 있는데 깨닫지 못해 답답했다. 그러다 시녀들의 목소리를 들었다.

"너 오늘도 휘월당께 눈도장 찍으려고 열심이더라?"

"내가 뭘 어쨌기에? 난 늘 하던 대로 했을 뿐이야."

"흐응, 그래도 어쩌니? 휘월당께서는 전혀 눈치도 못 채시던걸?"

"무슨 헛소리를 하는 거야? 난 황명대로 공손하게 성심을 다한 것뿐이거든?"

"웃기시네! 나한테 배탈 약까지 먹인 주제에!"

묵묵히 할 일을 하며 무심하게 받아치던 시녀가 발끈하며 몸을 돌렸다.

"너 아직도 그 소리야? 난 그런 적 없어!"

"없긴 뭘 없어? 내가 그날 얼마나 고생했는지 알아? 내가 그날만 생각하면 아직도 이가 갈린다, 이년아."

"이년이 아주 생사람 잡네?"

"생사람? 웃기는 소리 하지 마. 너랑 나랑 먹은 게 같은데 그럼 왜 나만 배탈이 나냐고!"

"네가 나 몰래 혼자 맛난 걸 처먹은 거겠지! 넌 늘 그랬잖아! 이 돼지야!"

"뭐? 돼지? 너 이년……."

"거기!"

두 여자가 막 머리채를 뜯으려는 찰나, 칼바람이 끼어들었다. 서로의 말다툼에 집중하느라 칼바람이 근처까지 다가온 것을 눈치조차 채지 못한 것이 화근이었다. 두 시녀는 언제 그랬냐는 듯 얌전해진 모습으로 머리를 조아렸다.

"소, 송구합니다. 계신 줄 몰랐습니다."

칼바람은 그것에는 관심이 없었다.

"방금 무슨 이야기를 한 건지 한번 말해봐."

"무슨 이야기를 말씀하시는 것인지……."

두 여자는 서로 날카로운 눈빛을 주고받았다. 너 때문이야 이년아, 서로 타박하는 모양이었다.

"너! 배탈이 났다던 그날 이야기를 한번 해봐."

칼바람이 배탈이 났다던 시녀를 가리켰다. 호리호리하고 창백한 안색의 시녀는 잔뜩 난처한 얼굴로 잠시 머뭇거리다가 이내 입을 열었다.

"한참 추울 때였습니다. 휘월당께 차를 내가려는데 갑자기 배가 아팠습니다. 도저히 참을 수가 없어 측간에 갔다 와보니 함께 가기로 되어 있던 분홍이가 혼자 가버렸더라고요."

칼바람이 여전히 머리를 수그리고 있던 분홍이란 시녀를 바라보았다. 칼바람도 기억났다. 늘 둘이 함께 다니던 시녀였는데 분홍이란 시녀가 혼자 왔던 날이 있었다.

"너, 왜 그랬지? 원래 너희는 늘 같이 다니도록 되어 있는 걸로 아는데?"

칼바람의 매서운 질문에 분홍이가 사색이 되어서는 안절부절못했다.

"왜 대답을 안 하지?"

칼바람이 몰아세웠다. 분홍이는 숫제 울음을 터뜨릴 것 같은 얼굴이었다. 곁에서 보고 있던 또 다른 시녀는 방금 전만 해도 머리채를 휘어잡고 싸움을 벌이려 했던 걸 잊었는지 얼른 분홍이의 편을 들었다.

"대답을 안 하는 것이 아니라 못 하는 것입니다요. 이상하게도 분홍이는 그날 일을 전혀 기억하지 못합니다."

칼바람이 다시 고개를 돌렸다.

"기억을 못 한다고?"

"예. 제가 측간에 오락가락하는데 분홍이가 자꾸 뭘 찾기에 뭘 찾느냐고 물었더니 쟁반이 보이질 않는다고 했습니다. 정말 자기 혼자 다녀온 걸 전혀 기억하지 못하더라니까요?"

열정적인 변호였다. 칼바람은 쓱, 허리 숙인 분홍이를 노려보았다. 바들바들 떠는 것이 정말 불쌍해 보였지만 칼바람의 눈에는 그런 것이 보일 리 없었다.

"너, 그날 네가 기억하는 걸 말해봐. 전부 다. 억지로 꾸며낼 생각일랑 말고."

툭, 땅바닥에 분홍이의 눈물이 떨어졌다. 분홍이는 황급히 눈물을 닦고는 고개조차 들지 못한 채 더듬더듬 입을 열었다.

"그, 그러니까 여기 파, 파랑이가 측간에 간 것을 보았습니다. 저, 저는 그냥 기, 기다렸어요. 근데……."

"그런데 뭐?"

분홍이가 엉엉 울음을 터뜨렸다. 고개를 번쩍 쳐든 분홍이가 바닥에 무릎을 꿇더니 두 손을 싹싹 비비며 울부짖었다.

"저는 정말 아무것도 기억 안 납니다요! 그냥 기다리고 있었는데 정신 차려보니 제 방이었습니다! 침상 위에 앉아 있더라고요. 정말 제가 왜 그러고 있었는지 저는 모릅니다. 정말입니다!"

칼바람이 분홍이의 팔을 잡아 일으켰다.

"네 처소로 안내해라."

"주, 죽을죄를 지었습니다! 그치만 전 정말 아무것도 모릅니다!"

분홍이는 눈물 콧물을 죽죽 흘려대며 소리쳤다. 칼바람이 매섭게 노려보더니 입을 열었다.

"당장 죽임당하고 싶지 않으면 입 닥치고 얌전히 처소로 안내나 해."

당장 사람의 심장을 얼려 버릴 목소리였다. 분홍이의 눈물도 순식간에 얼어붙은 모양이었다. 분홍이는 사시나무 떨 듯 몸을 떨며 앞장섰다. 스스로는 몸이 떨리는 것조차 인식하지 못하는 눈치였다.

그렇게 시녀의 처소에 도착했던 칼바람은 몇 번 더 분홍이란 시녀를 윽박질러 그날의 자세한 정황을 물은 후, 벽에 붙어 있던 침상 아래에서 벽과 바닥의 모서리에 끼어 있던 작은 침 하나를 찾아냈다.

마차 앞에 선 아름달이 문설주를 잡고 내리는 다해에게 손을 내밀었다.

"고마워요."

다해가 생긋 웃으며 아름달의 손을 잡고 조심스레 마차에서 내렸다.

"그럼 나중에 뵙겠습니다."

아름달이 정중히 허리를 숙였다. 다해도 생긋 웃으며 허리를 숙여 인사하곤 자신의 처소로 사라졌다.

칼바람도 성큼성큼 걷기 시작했다. 그리매의 집무실쪽이었다. 오늘은 그도 무슨 용무가 있나 보다 하는 생각을 하며 아름달이 뒤를 따랐다.

"그래, 오늘은 무슨 이야기를 나누던가?"

아름달을 보자마자 그리매가 물었다.

"그냥 늘상 하는 이야기였습니다. 서로의 안부를 묻고 날씨가 바뀐 것에 대해 이야기하고 진나라 글공부를 하고 진나라 서책이 있으면 좋겠다는 이야기를 했습니다."

"탈출하는 것에 대한 이야기는 없던가?"

질문을 들은 아름달의 심장이 쿵쿵쿵 세게 뛰었다. '네년이 진나라로 가고 싶다면서?'라고 물은 것만 같았다. 아름달은 점점 가빠지는 호흡을 안간힘을 다해 다스리며 차분히 입을 열었다.

"폐하의 계략이 맞아떨어진 탓에 진나라에서 아무것도 하지 않고 있는 것으로 철석같이 믿고 있는 터라 난감하다는 이야기를 나누긴 했습니다."

얼마 전 그리매는 진나라 사람인 척 무연에게 전갈을 보냈다. 외교적 상황을 고려하지 않을 수 없으니 따로 연락이 있기 전까지 자중하란 내용이었다. 물론 국경에서 두 사람의 소식을 오매불망 기다리고 있는 진나라의 군대가 있단 이야기 또한 절대로 위 장군과 다해의 귀에 들어가지 못하도록 손도 써둔 후였다.

"그래?"

그리매가 눈을 치켜떴다. 아름달은 고개 숙인 채 꿀꺽 침을 삼켰다. 보통은 그리매가 무슨 생각을 하고 있는지 금방 알기 마련이었건만, 가시방석 위에 앉아 있기라도 한 것처럼 못내 불안하여 도저히 침착하게 판단할 수가 없었다.

그리매는 이내 고개를 칼바람에게 돌렸다. 드디어 관심이 거두어진 것이 기뻐 아름달은 몰래 한숨을 내쉬었다.

"너는 왜 왔어? 내부첩자를 찾았단 보고라도 하러 온 건가?"

간신히 가라앉았던 아름달의 심장이 또 덜컹 떨어졌다. 칼바람이 아름달을 흘깃거리더니 머리를 조아렸다.

"실은 실마리를 찾았사옵니다."

"정말?"

그리매가 벌떡 일어났다. 칼바람은 더더욱 머리를 조아리며 그렇다고 아뢰었다.

"당장 말해보아라! 대체 누구더냐?"

그러나 칼바람은 대답하지 않았다. 칼바람의 침묵이 길어질수록 아름달의 식은땀도 점점 늘어만 갔다. 아름달을 흘깃 쳐다보는 칼바람의 행동에 그리매가 고개를 갸웃했다.

"왜? 설마 저년도 눈과 귀가 있다고 생각하는 게야?"

"부디 물려주시지요."

그리매는 피식 웃으며 중얼거렸다. 하여튼 철저한 녀석, 이라고.

"나가봐."

그리매가 아름달에게 명을 내렸다. 칼바람이 무슨 이야기를 하려 함인지 궁금해 미칠 지경이었지만 아름달은 감히 그 명령에 불복할 용기가 없었다.

아름달은 집무실을 빠져나왔다. 그리매의 집무실은 신비술로도 엿들을 수가 없게끔 방비가 되어 있다는 걸 알고 있기에 시도조차 하지 않았다.

"젠장……."

아름달은 손톱을 잘근잘근 깨물었다. 틀림없이 들킨 거였다. 어떻게 들킨 건지는 알 수 없었다. 그러나 칼바람이라면 충분히 찾아냈으리라. 조바심이 났다. 더는 기다릴 수 없었다. 오늘 당장에라도 도망쳐야 했다. 아름달은 황급히 자신의 처소에 들러 다해와의 글공부용 보따리를 챙겨 들곤 가장 가까운 서책보관소로 가서 대충 손에 잡히는 책을 아무거나 집어 나왔다.

신상을 적고, 빌려가는 서책이 무엇인지 확인하는 데 걸리는 시간이 너무나도 길게만 느껴졌다. 서책까지 무사히 챙긴 아름달은 최대한 빨리 휘월당으로 향했다. 칼바람이 오기 전에 어서 가서 다해와 이야기를 나누어보아야 했다.

그러나 저 멀리 활짝 열린 휘월당의 정문을 보고 아름달은 신음했다. 이미 칼바람이 도착해 있었다. 아름달은 들킨 게 틀림없다고 확신했다. 그간 조사를 위해 다해의 호위 및 감시 임무를 다른 용영대원에게 맡기고 휘월당엔 발걸음도 하지 않던 칼바람이었다.

그런데 왜 하필 오늘, 그것도 자신이 다해에게 글을 가르치는 이 시간에 휘월당에 나타난 것인지는 생각해 볼 필요도 없었다. 아름달은 모퉁이에 몸을 감춘 채 열심히 심호흡을 했다. 칼바람의 눈썰미는 매서웠다. 그를 피하자면 보통 노력가지곤 될 리가 없었다. 한참이나 선 채로 마음을 다스린 아름달은 천천히 앞으로 나아갔다.

"얼굴이 빨간데? 어디 아프기라도 한 건가?"

아름달과 마주친 칼바람이 물었다. 아름달의 심장이 또 한 번 요동쳤다. 아름달은 젖 먹던 힘을 다해 마음을 다스렸다.

"살짝 피곤할 뿐입니다."

칼바람이 피식 웃었다. 아름달은 그 미소가 지닌 의미를 파악해 보고자 했으나 평정을 잃어버린 상태라 소용이 없었다.

"들어가 봐."

아름달은 정중히 허리 숙여 예를 취한 후 휘월당의 문을 넘었다.

"어서 오세요."

다해는 언제나처럼 모든 준비를 마치고 얌전히 기다리고 있었다. 다해의 웃는 낯을 본 아름달은 마음이 조금 평온해지는 것을 느꼈다.

"오늘은 무슨 책을 가져오셨나요?"

그렇게 묻는 다해는 벌써 아름달이 내려놓은 책을 펼치고 있었다.

"어……. 려나라 말이 아닌 거 같은데요?"

다해가 난색을 표했다. 이제 어지간한 것은 다 읽을 수 있을 텐데 대체 자신이 무슨 책을 골라왔기에 저러나, 책 표지를 확인한 아름달은 난감했다. 신비술사들만이 읽을 수 있는 암어로 적힌 신비술책이었다. 정신이 없어 아무 책이나 집어 온다는 것이 너무 아무렇게나 집어온 모양이었다.

"죄송합니다. 제가 보던 건데 잘못 가져왔나 봅니다."

등 뒤에서 칼바람의 매서운 시선이 찔러오는 것만 같았다. 아름달은 얼른 자리에 앉더니 새하얀 종이를 펼치고 다해에게 세필 붓 하나를 내밀었다. 역시나 신비술을 가미한 것으로 먹을 찍지 않아도 되는 붓이었다.

"책이 없으니……."

한참 고민하던 아름달은 무연과 다해의 필담을 떠올렸다. 책을 제대로 구할 수 없는 처지인 무연은 다해와 진나라 글자를 이용해 공부 삼아 필담을 나누곤 했었다.

"오늘은 려나라의 글자로 일기를 한번 써보는 게 어떻겠습니까?"

"일기요?"

"일기라고 부담을 갖지는 마시고 작문에 초점을 맞추시면 됩니다."

잔뜩 긴장한 아름달의 이마에 송골송골 땀이 맺혀갔다.

"네. 좋아요."

활짝 웃은 다해가 바로 고개를 숙이곤 하얀 종이를 채워 나갔다. 어린아이처럼 엉성한 문장이었으나 그 필체만큼은 반듯했다. 잠깐 지켜보던 아름달은 칼바람을 살폈다. 그는 묵묵히 바깥쪽을 향해 있었다. 아름달은 다시 열중하는 다해에게로 시선을 돌렸다. 다해는 장문의 일기를 쓰느라 고심하고 있었다. 아름달은 얼른 붓을 들어 짤막한 한 줄을 휘갈기곤 다해를 일깨웠다.

"처음부터 그리 장문을 쓰려 하시면 어렵습니다. 단문으로 한번 시작해 보세요. 제 걸 한번 보시겠습니까?"

아름달은 등 뒤에 상당량의 정신을 할애하며 다해에게 종이를 내밀었다. 무심하게 쳐다보던 다해가 굳은 얼굴로 아름달을 응시했다. 하얀 종이에는 위험한 말이 쓰여 있었다.

-진나라로 가고 싶으십니까?

조심스레 문밖의 두 무사를 살핀 다해는 작게 호흡을 한번 가다듬더니 이내 평이한 목소리로 말했다.

"너무 쉬운데요?"

그러곤 바로 붓을 들어 아름달의 문장 밑에 또 다른 문장 하나를 써 넣었다.

-드디어 결심하셨나 보네요.

아름달의 심장이 요동쳤다. 어찌나 쿵쾅거리는지 등 뒤의 기척을 느끼지 못할 지경이었다. 하지만 상관없었다. 이젠 다해도 바깥을 살피고 있었다.

잽싸게 한 문장 더 휘갈긴 아름달이 말했다.

"그럼 이것도 한번 읽어보시겠어요?"

하얀 종이엔 이렇게 쓰여 있었다.

-당장 오늘 탈출할 수 있습니다.

다해가 빙그레 웃더니 입을 열면서 동시에 글을 쓰기 시작했다.

"제 실력이 그리 미천했나요? 이건 너무하신데요?"

-계획이 있나요?

"죄송해요. 복습이라고 생각하세요."

-단둘이 조용히 나가는 거라면 신비술만으로도 충분합니다.

다해의 눈이 반짝거렸다.

"오늘 제가 가진 모든 실력을 한번 뽐내보도록 하죠."

-황궁을 빠져나가는 건 그렇다 해도 황궁 밖에선 어찌하죠?

"도전을 받아들이겠습니다."

-신비촌으로 가면 됩니다. 그곳에서 촌장이신 제 모친의 도움을 받으면 바

로 계나라나 토나라로 이어진 관문을 열 수 있습니다.

　-관문이요?

　-대륙 끝에서 끝까지 한순간에 이동할 수 있는 문을 말합니다.

다해는 조선에서 려나라로 오던 날을 떠올렸다.

　-조선에서 올 때 사용한 그 문 말인가요?

　-예.

그때 칼바람이 등 뒤를 힐끔거렸다. 필담을 나누느라 조용해진 두 여자를 살피기 위함이었다. 그것을 눈치챈 다해가 생긋 웃더니 아름달에게 말을 걸었다.

"제 실력이 어떤가요?"

눈치 빠른 아름달이 얼른 대답했다.

"대단하세요."

다해가 깔깔깔 웃으며 다시 붓을 들었다.

　-무연님은 어떡하죠?

아름달이 고개를 들어 다해를 바라보았다. 다해는 진지한 눈빛을 하고 있었다. 아름달은 미간을 찌푸리더니 답문을 적었다.

　-위 장군은 맘만 먹는다면 스스로 그곳을 충분히 벗어날 수 있는 분입니다.

다해가 얼굴을 찡그렸다.

-어떤 상황이 되더라도 저는 무연님이 없으면 가지 않을 겁니다.

-답답하십니다. 위 장군은 지금 그곳에 붙잡혀 계신 게 아닙니다. 스스로
머물고 계신 겁니다.

-그렇다면 더욱 잘되었네요. 탈옥을 돕지는 않아도 될 테니까요. 내일
소식을 전할 테니 다른 날을 잡아주세요.

-당장 오늘 나가야 합니다.

아름달은 진심이었다. 당장 오늘 도망가야 했다. 이미 그리매와
칼바람이 뭔가 수를 써두었을지도 모를 일이었다. 아름달이 다급
하게 필기를 이어갔다.

-진나라 국경에 마중을 나온 군사들이 있습니다. 관문만 타면 그들을 만나
는 데까지 걸리는 시간은 길어야 사흘입니다. 계나라는 몰라도 토나라는 진나
라에 우호적이니 분명 도움이 될 테지요. 성공하기만 한다면 위 장군께 소식이
전해지는 것은 시간문제입니다. 그리고 소식이 전해진다면 위 장군께서는 가뿐
하게 그곳을 탈출하실 겁니다.

"그래도 싫습니다."

다해의 말에 순간 아름달의 심장이 나락까지 훅 떨어져 버렸
다.

조용하던 와중에 갑작스레 들린 다해의 목소리에 칼바람이 반
사적으로 고개를 돌렸다. 그 기척을 느낀 아름달의 얼굴이 창백
해졌다. 뒤늦게 자신이 감정이 격해져 하마터면 일을 그르칠 뻔했

음을 깨달은 다해가 황급히 상황을 수습했다.

"쉬운 말인데 생각이 안 나네요. 싫습니다, 는 어떻게 쓰는 거였죠?"

아름달은 목소리를 떨지 않기 위해 애쓰며 말했다.

"어려운 것은 잘하시면서 쉬운 것은 자주 틀리시네요. 자, 보세요. 이렇게 쓰는 겁니다."

당연하게도 아름달이 쓰는 문장은 '싫습니다.'가 아녔다.

—대체 무얼 원하시는 겁니까?

—그리 급하시다면 날짜를 하루만 미뤄주세요. 내일, 무연님께 소식을 전하겠습니다.

그리고 다해는 한 줄을 덧붙였다.

—그렇지 않으면 저는 절대로 가지 않을 겁니다.

다해의 단호한 결심을 드러내듯 반듯하고 강인한 필체에 아름달은 항복했다.

"좋습니다. 잘하시네요."

아름달이 기운 빠진 목소리였다. 다해는 생긋 웃음 지으며 화답했다.

"어때요? 저 많이 늘었죠?"

아름달이 허탈하게 짧은 한숨을 내쉬더니 말했다.

"예. 이제 정말로 무얼 가르쳐야 할지 걱정입니다."

"과찬이세요."

아름달은 다해의 능청이 어이가 없어서 헛웃음을 터뜨렸다. 그러나 다해는 진심으로 기쁜 듯 밝게 웃었다. 서로 마주 보며 웃고 있는 두 여자를 칼바람이 매서운 눈으로 쳐다보았다.

다음 날.

아름달은 하루를 어찌 보냈는지 제대로 기억할 수 없었다. 밤새 잠도 이루지 못했다. 까무룩 살짝 잠이라도 들라치면 여지없이 용영단이 들이닥치는 꿈을 꾸었다. 도둑이 제 발 저린다더니 아름달의 꼴이 딱 그 짝이었다.

아침이 되자 두 여자는 칼바람과 함께 마차를 타고 노역장으로 향했다. 무연은 늘 그랬던 것처럼 먼저 와서 기다리고 있었다. 다해와 무연이 오두막으로 들어갔다. 오두막의 문이 닫히고 자리에 앉기 무섭게 다해가 입을 열었다.

"드디어 때가 온 모양입니다. 오늘 밤입니다."

무연이 한껏 목소리를 낮추고 물었다.

"오늘 밤이라니요?"

다해가 품에서 작은 쪽지 하나를 꺼냈다.

"한번 보세요. 굳이 필요는 없을 것 같지만 혹시 몰라 가져왔습니다."

어제 글공부를 마치기 직전, 다해가 아름달에게 요구해 받아낸 쪽지였다. 쪽지의 내용은 지난번, 무연에게 경고를 해줄 때와 같은 내용이었다.

"필체가 확실히 같군요."

"예. 드디어 무슨 계기가 있었는지 저에게 진나라에 가지 않겠느냐고 물어오더군요."

"함께하는 이가 있다던가요?"

"단둘이 나가자 했습니다."

"그래서 무어라 하셨습니까?"

다해가 살짝 얼굴을 붉혔다.

"그것이…… 어제 가자는 걸 고집부려 하루 미뤘습니다."

혹여 철없는 속마음을 들킬까, 다해는 고개를 숙여 버렸다. 그러나 무연은 빙그레 미소 지었다.

"잘하셨습니다. 여인 둘이서 대륙을 횡단하기란 쉬운 일이 아닙니다."

"그럴 필요는 없을 듯합니다."

"대륙을 횡단할 필요가 없다는 겁니까? 왜요? 설마…… 관문을 이용하자고 했습니까?"

다해가 고개를 끄덕였다. 거의 동시에 무연이 따라두었던 탁자 위의 찻잔이 엎어졌다. 무연과 다해가 깜짝 놀라 일어났다. 손도 대지 않은 찻잔이 왜 넘어진단 말인가? 그러나 그 이유는 곧 밝혀졌다. 아무것도 없는 빈 탁자 위에서 찻물이 살아 있는 것처럼 스르르 움직이기 시작하더니 글자를 만들어냈다. 려나라 글자였다.

-신비술사 아름달입니다.

다해의 눈이 휘둥그레졌다. 무연이 빙그레 미소 짓더니 설명해

주었다.

"신비술입니다. 아무래도 우리를 돕기로 한 그녀는 대단한 실력자인가 봅니다."

무연에게 화답하듯 찻물이 다시 이리저리 흩어졌다. 두 사람은 다시 의자에 앉아 가만히 그것을 지켜봤다.

-과찬이십니다.

무연이 먼저 말문을 열었다.

"하나만 묻겠습니다. 어찌하여 우리를 돕고자 하는 겁니까?"

찻물은 꼬리를 물고 슬금슬금 늘어나더니 간단명료한 문장 하나를 만들어냈다.

-진나라의 백성이 되고 싶습니다.

"그렇군요."

그거면 충분한 모양인지 무연은 고개를 끄덕이더니 수긍했다. 다해는 이해하기 어려운 모양이었다.

"더 안 물어보십니까?"

무연은 빙그레 웃으며 대꾸했다.

"려나라와 달리 진나라엔 신분이나 성별 혹은 출신 지역에 따른 차별이 존재하지 않습니다. 려나라의 최하층민인 신비술사라면 충분히 선망할 만하지요."

그저 찻물 한 방울 튀었다고 목을 베라 외쳤던 그리매를 떠올린 다해는 그대로 고개를 끄덕이며 수긍했다. 무연이 다시 찻물을 바라보고 물었다.

"하면 계획은 무엇입니까? 관문을 이용할 셈입니까?"

아름달은 밤새 구체화한 계획을 말했다.

—신비술을 이용해 조심스레 빠져나간 후 신비촌으로 갈 생각입니다.

찻물의 양이 적었던 듯 달그락 하는 소리가 나더니 이번엔 다해의 찻잔도 엎어졌다. 그리고 두 번째 문장이 완성되었다.

—그곳에서 토나라로 이어진 관문을 탈 생각입니다.

"분명 괜찮은 방법이군요. 하지만 관문의 존재는 비밀이 아닙니다. 탈출이 발각되면 그 즉시 관문부터 의심하지 않겠습니까?"

찻물이 빠르게 움직였다.

—관문은 본래 황제의 명령 없이는 사용할 수 없습니다. 려나라 사람 중 그 누구도 황명 없이 감히 관문을 사용할 거란 생각은 할 수 없을 것입니다.

"세상에……."

다해는 자신도 모르게 탄식했다. 제아무리 상명하복이 당연한 나라라 한들, 이 정도일 줄이야…….

"그 말이 사실이라면 그 생각을 해낸 당신은 대단한 결심을 한 것이겠군요."

-목숨을 건 일입니다. 전 이번 일이 실패하면……

"뭘 그리 집중하고 있는 거냐?"

칼바람의 목소리에 아름달이 번쩍 눈을 떴다. 동시에 오두막 안에서 한참 글씨를 써나가던 찻물이 좌륵 흩어졌다. 이내 평범한 찻물이 그러하듯 주룩 탁자 아래로 흘러내렸다. 무연과 다해는 옷을 적시지 않기 위해 얼른 일어나야 했다.

갑작스러운 칼바람의 질문에 당황한 아름달은 그만 말을 더듬고 말았다.

"펴, 평소처럼 그저 무슨 이야기를 하는지 엿듣고 있었을 따름입니다."

아름달은 스스로 말을 더듬었음을 깨달았지만 그것을 후회할 틈조차 없었다. 칼바람이 또 물어왔다.

"그래서 무슨 이야기를 하는데?"

아름달은 차분해보이기 위해 가빠지는 숨을 꾹꾹 억눌러야 했다.

"그저 평소와 같았습니다."

"어제처럼?"

"예."

칼바람이 흐응, 하는 소리를 내며 아름달을 노려보았다. 아름달은 눈을 내리깔고 복종을 의미하는 다소곳한 자세를 유지했다. 피식 웃은 칼바람이 다시 입을 열었다.

"어제도 오늘도 같은 대화라……. 엿듣기는 매일 해온 일인데 어째서 오늘은 그렇게까지 정신 집중이 필요했던 거지? 어제는 안 그랬잖아?"

아름달의 동공이 확장됐다. 숨이 가빠졌다. 심장이 빨라졌다. 자신도 모르게 연신 치맛자락에 손바닥을 문지르고 있었다. 칼바람은 그 손놀림을 보았지만 모른 척하더니 한마디를 덧붙였다.

"왜? 오늘은 둘이서 뜨겁게 사랑이라도 나누던가? 그래서 눈까지 연 거야?"

말을 마친 그가 킬킬킬 웃음을 터뜨렸다. 이 어이없고 황당한 말에 아름달은 그만 할 말을 잊었다. 평소 그런 일엔 관심도 없어 보여 천상 무사인가 보다 싶었건만, 그도 어쩔 수 없는 려나라 사내인 모양이었다.

칼바람은 멍청한 얼굴을 하고 자신을 바라보는 아름달의 반응에 무안해지기라도 했는지 웃음을 멈추더니 물었다.

"왜, 아냐?"

갑자기 정색하는 칼바람의 태도에 아름달은 퍼뜩 정신을 차리고 다시 고개를 숙였다.

"그저 요즘 필담을 나누는 빈도가 늘었기에 혹 엿듣는 것을 들킨 건가 싶어 확인 차 해본 것입니다."

말을 마치자마자 또 심장이 요란하게 춤을 추었다. 전날 다해와 필담을 나눈 것이 기억난 것이다.

"그래서 둘이 무슨 필담을 나누었는데?"

"필담이 아니라 그저 글공부를 한 것에 불과했습니다. 아시다시피 휘월당께선 공부를 좋아하시어 그 호기심을 충족하기 어려우니 위 장군께서 최대한 기억을 되살려 암기하신 책을 적어내시고 그것을 이용하여……."

"그만해. 어떻게 가르치는지가 궁금한 것은 아니니."

칼바람이 두 팔을 높이 들더니 기지개를 켰다.

"그럼 계속 잘 봐. 난 마차에서 한숨 자야겠어."

"예."

아름달이 정중히 허리를 숙였다. 칼바람은 스스로 마차 문을 열고는 훌쩍 뛰어올랐다.

오두막 안에서 창문에 붙어 바깥의 동태를 숨죽여 살피던 두 사람도 안도의 숨을 내쉬며 탁자로 돌아왔다. 탁자 위에 넘어져 있는 찻잔을 바로 세우고 흘러넘친 찻물을 손으로 쓸어 흙바닥에 털어내며 무연이 말했다.

"다행입니다. 눈치를 채지 못한 거 같네요."

"그러게요, 다행입니다."

그런데 대답하는 다해의 얼굴이 붉어져 있었다. 뜨거운 사랑이라니……. 쥐구멍이라도 찾고 싶었다. 사대부의 규수가 이 무슨 망측한 생각이란 말인가?

빨갛게 얼굴을 붉힌 채 변화무쌍한 표정을 보여주는 다해를 무연은 모른 척했다. 다해는 무연이 아무것도 눈치채지 못했다 여기며 안도했다.

"그나저나 큰일입니다. 무연님의 탈옥을 도울 방법이 없는데 어쩌면 좋습니까?"

"상관없습니다. 저 혼자라면 떠나고자 마음먹은 이상 그리 어려운 일은 아닙니다."

"정말이십니까? 혹여 다치시기라도 하면……."

다해는 진심으로 걱정하는 눈치였다. 무연은 그런 다해를 귀엽다는 양 웃으며 바라보았다.

"저에 대해 너무 과소평가하고 계시는군요. 지난번에도 말씀드리지 않았습니까? 악명은 괜히 생겨나는 게 아닙니다."

"자만심과 자신감은 다릅니다."

"틀림없는 자신감입니다. 오늘 밤, 증명해 보이지요. 언제 어디로 찾아가면 됩니까?"

"오늘 밤 안으로 신비촌의 촌장 집에 도착하기만 하시면 됩니다."

"오늘 밤이라……. 빠르면 빠를수록 좋긴 합니다만 아무래도 그녀에게 무슨 급한 사정이 있는 모양입니다. 이리 즉흥적인 것을 보니."

"그런 거 같아요. 어제 당장 가자는걸 겨우 하루 미루는 데 상당히 애를 먹었으니까요."

"우리로선 다행한 일입니다. 그만한 일이 없었다면 움직이지 않았을 테니까요."

밖에서 엿듣고 있던 아름달이 쓴웃음을 흘렸다. 그녀는 그제야 깨달았다. 자신은 칼바람이 실마리를 잡은 게 아니었다면 절대로 움직이지 않았을 거라는 걸……. 그래서 더더욱 진나라로 가야만 했다. 자신이 사람답게 살 수 있는 나라는 오직 진나라뿐임을 아름달은 뼈에 깊이 새겨 넣었다.

노역장에서 돌아오는 마차가 황궁문을 넘은 순간 아름달의 머릿속은 하얗게 비어버렸다. 그리매의 집무실로 가서 평소와 같은 보고를 마쳤다. 그리매가 뭔가를 물으면 아름달은 기계적으로 뭔가를 대답했다. 그리매가 또 무어라 말했다. 아름달은 이번에도 분명히 답을 던졌다. 그러나 도대체 자신이 무슨 말을 했는지 기억할 수 없었다. 다행스럽게도 그 순간은 아무 문제없이 평화롭게 지나갔다.

아름달은 자신의 처소로 향했다. 초조했다. 간밤에 잠을 설친 것이 생각났다. 오늘 밤도 밤을 새워야 할 확률이 높았다. 글공부 시간까지 아직 좀 남아 있었다. 잠시라도 눈을 붙이는 게 어떨까 싶었다. 아름달은 신을 벗고 침상에 올라 휘장까지 두껍게 쳤다. 빛 한 점 들지 않아 어두침침해졌다. 아름달은 두 눈을 감았다.

홀로 고요히 누워 있자니 온갖 생각들이 스쳐 지나갔다. 그러다 지난밤, 날을 꼴딱 새웠으니 자칫 깊이 잠이 들어 시간을 맞추지 못하면 모든 일을 망칠 수 있을 거란 데까지 생각이 미쳤다.

아름달이 벌떡 몸을 일으키더니 휘장을 휙 걷고 침상에서 내려왔다. 차라리 산책이나 좀 하는 게 낫겠지 싶었다. 종종걸음으로 한참 걷던 아름달 앞에 갑자기 야란이 나타났다. 아름달이 짧게 비명을 내질렀다.

"대체 무슨 생각을 하셨기에 그리 놀라십니까?"

"아무 생각도 하지 않았습니다."

아름달은 놀란 심장을 얼른 다독이며 그냥 지나치려 했다. 그러나 야란이 그런 아름달의 옷소매를 붙들었다.

"그러고 가십니까?"

야란이 슬쩍 아름달의 발을 눈짓했다. 황급히 바닥을 내려다본 아름달의 얼굴이 확 붉어졌다. 맨발이었다.

"아, 이것은……."

"아까 처소에서 나올 때부터 불렀습니다. 신발은 왜 벗고 나오신 겁니까? 옷도 엉망으로 구겨져 있는 건 아십니까? 아름다운 달님인건 알지만 그래도 최소한의……."

아름달은 획 몸을 돌려 다시 처소로 뛰어 들어갔다. 쾅, 문을 닫고 바닥에 주저앉았다.

낭패였다. 이렇게 정신없는 상태라니……. 아름달은 탁자 위 세숫대야에 물을 붓고 세수를 했다. 미지근했다. 신경질이 난 아름달은 주문을 외웠다. 순식간에 미지근했던 세숫물이 한겨울 강에서 바로 퍼온 듯 시린 물이 되었다. 그 물로 세수를 하자 정신이 번쩍 들었다.

"정신 차리자……."

물이 뚝뚝 떨어지는 얼굴을 옷소매로 대충 휘갈겨 닦아낸 아름달은 옷걸이에 걸려 있던 새 옷을 집어 들었다. 무심코 겉옷만 입으려던 아름달은 화색을 지었다. 이제 더는 그럴 필요가 없었다. 사소한 그 사실이 못내 기뻤다.

아름달은 그간 입을 일 없었던 속옷부터 찾아 늘어놓고는 천천히 하나하나 겹겹이 껴입었다. 침상 아래 가지런히 놓여 있던 신발도 찾아 신었다. 한쪽 구석에 놓여 있는 작은 거울을 이용해 매무새를 살핀 후에야 아름달은 수납장 위에 챙겨두었던 다해와의 글공부용 보따리를 챙겨들고 처소를 나섰다.

"무슨 걱정거리가 있으십니까?"

문밖에는 야란이 기다리고 있었다. 아름달은 이 예상치 못한 상황에 눈살을 찌푸렸다.

"뭐 하십니까?"

"동료로서 걱정해 주는 겁니다. 평소의 아름달님 같지 않습니다."

아름달이 황당한 표정을 지었다.

"동료요?"

"예. 우리는 같은 동료가 아닙니까?"

아름달이 크게 웃음을 터뜨렸다.

"노비에게 동료라니요? 지나가던 개가 웃겠습니다."

야란이 슬픈 표정을 지었다.

"어찌 그리 비뚤어지셨습니까?"

아름달이 눈살을 찌푸렸다.

"비뚤어져요?"

"예. 평소의 아름달님께 꼭 해주고 싶었던 말입니다. 어찌 그리 세상을 비뚤게만 보십니까? 진흙탕에 빠졌다한들 진주는 여전히 아름다운 법입니다."

"글쎄요. 흙 묻은 진주를 좋아하는 사람이 있단 말은 들어본 적이 없네요."

"흙 속에 파묻혀 있어도 진주 본연의 아름다움이 퇴색되지는 않는단 말입니다."

"흙 속에서 빠져나올 수가 없다면 한낱 돌멩이와 뭐가 다를까요?"

"그래서 드디어 흙속에서 빠져나오기로 작정하신 겁니까?"

"당연히……."

큰 소리로 대꾸하려던 아름달이 얼른 입을 닫았다.

경솔했다. 순간 기분에 휩쓸려 하마터면 일을 그르칠 뻔했다. 목숨이 걸린 일이었는데 어찌 이리 경솔할 수 있단 말인가!

야란이 빙그레 미소를 지었다.

"역시 그러셨군요."

"뭔가 착각을 하고 있는 거 같군요. 전 이만 가보겠습니다."

꾸벅 고개 숙여 대충 예를 취한 아름달은 휙, 찬바람을 휘날리며 휘월당으로 향했다. 야란은 그런 그녀가 모퉁이로 완전히 사라질 때까지 지켜보다 크게 미소 지었다.

글공부를 마친 다해는 차를 마신 후 산책을 가고자 했다. 오늘은 다행스럽게도 칼바람이 아닌 다른 사람이 호위를 하고 있었다. 다해는 태연하게 늘 그랬던 것처럼 가까운 정원으로 향했다.

봄 날씨가 완연했다. 불어오는 바람은 여전히 쌀쌀했지만 햇살은 따스했다. 푸릇하게 돋아나는 연둣빛 새싹을 구경하는 것도 무척 즐거운 일이었다. 그러나 다해의 마음엔 온통 다른 생각이 가득 차 있었다.

지난 겨우내 노역장을 다니면서 다른 곳은 몰라도 황궁 정문으로 향하는 길만큼은 빠삭했다. 다해는 꽃과 나무 그리고 기이한 형태의 정원석을 구경하는 척 회랑과 회랑 사이를 노닐며 점점 황궁 정문으로 다가갔다. 다해를 호위 겸 감시를 해야 하는 용영단의 무사는 묵묵히 거리를 유지한 채 따르고 있었다.

드디어 아름달과 만나기로 약조한 마당이 보였다. 늘 마차를 타던 곳이었다. 그곳엔 구경할 만한 게 없었다. 그러나 다해는 아름달을 믿고 태연하게 마당으로 걸어갔다. 그제야 뒤따르던 무사가 무언가 이상한 낌새를 챈 듯 말문을 열었다.

"너무 멀리 나오셨습니다. 이제 그만 돌······."

무사가 팔을 뻗어 다해를 잡으려 했다. 다해는 두 눈을 질끈 감았다. 그런데 말을 채 잇지 못한 채 그는 그대로 석상처럼 굳어 버렸다. 마당 반대편, 건물 모퉁이에서 아름달이 손짓했다. 다해는 주위를 둘러보곤 서둘러 아름달에게로 갔다.

"무얼 하신 거예요?"

슬쩍 뒤를 돌아보니 무사는 팔을 뻗던 자세 그대로 굳어 있었다.

"꼭두각시 침입니다. 거울을 이용해 조종한다면 원하는 대로 움직이겠습니다만, 거울은 짐스러워 챙기지 않았습니다."

아름달은 짐이라고 지칭할 만한 그 어떤 것도 들고 있지 않았다. 다해 또한 아름달의 충고에 따라 아무것도 지니지 않은 참이었다. 산책을 가는데 바리바리 싸들고 간다는 건 아무래도 의심받기 좋았으니까.

"어서 가요. 저대로 시간이 지나면 침의 효력이 다해 금방 정신을 차릴 겁니다."

다해는 고개를 끄덕이며 아름달을 따랐다.

아름달은 평생 황궁을 드나들며 익혀온 사람 눈에 잘 띄지 않는 회랑과 회랑 사이의 샛길을 잘 알고 있었다. 노비들은 귀족들의 눈에 띄지 않는 게 신상에 이롭다 보니 아무래도 잘 알 수밖에 없는 노릇이었다. 다만, 종종 역시나 귀족들의 눈을 피하기 위해 샛길을 선택한 노비들을 만나곤 했는데 그들은 다해를 보자마자 황급히 눈을 내리깔고 정중히 길을 비켜선 채 절대로 고개를 들지 않았기에 걱정할 필요가 없었다.

"지금 제 상황에 이런 말하는 게 좀 이상하겠지만 씁쓸한 광경이네요."

다해는 진심이었다. 탈주하는 과정에 만나는 이가 전혀 위험하지 않다니, 참으로 이해할 수 없는 일이었다.

"우리에겐 눈과 귀가 없다고 여기는 이들이 많습니다. 우스운 건 스스로도 그렇게 여기고 있다는 거죠. 시중을 들다 엿듣는 이야기들이 많은데 그 누구도 밖으로 흘려본 적이 없을 겁니다."

"아름달님도 그런가요?"

아름달은 대답하지 않았다. 다해는 더 캐묻지 않았다.

다해는 이대로 황궁 밖까지 이어지는 샛길이 있는 것은 아닐까, 그러면 얼마나 좋을까 싶었다. 그러나 역시 황궁은 황궁, 노비가 출입하는 작은 쪽문엔 두 명의 병사가 보초를 서고 있었다.

아름달은 황급히 껴입고 있던 겉옷 하나를 벗어 다해에게 건넸다. 글공부를 마치고 처소로 돌아간 후 나중을 대비해 하나 더 껴입어두었던 옷이었다.

"입으세요."

려나라 귀부인들이 최고로 치는 유흥거리는 바로 정사, 그에 어울리게 사내를 유혹하기 위한 야한 옷이 아닌 아름달이 입고 있는 것과 같은 모양의 화려하게 수놓아진 붉은 색상의 겉옷이었다.

다해는 얼른 입고 있던 옷의 허리띠를 풀어 겉옷 하나를 냉큼 벗어버린 후 그 위에 아름달이 건넨 겉옷을 걸치고 풀었던 허리띠를 그 위에 다시 둘렀다.

그사이 아름달은 다해의 머리를 장식하고 있던 온갖 종류의 장식들을 뽑아 바닥에 버리고 손가락으로 열심히 빗질을 해주었다. 이제 다해는 아름달처럼 긴 머리를 풀어 늘어뜨리고 아무 장식이 없는 머리 모양을 하게 되었다.

"어색하네요······."

다해는 마치 옷이라도 다 벗은 것처럼 낯을 붉혔다. 그냥 풀어헤친 머리라니······. 틀림없이 예의에 어긋나는 차림이었다. 아름달은 바쁜 손놀림으로 다해의 머리를 매만지며 말했다.

"황제의 명으로 행궁에 기거하시는 어르신께 선물로 가는 아이라 할 것입니다."

"선물······ 이라고요?"

다해는 얼굴을 찡그렸다. 려나라에서 제법 살게 되어 이제 그것이 무슨 의미인지 대번에 알 수 있었다. 다해의 머리를 요리조리 훑어본 아름달이 바닥에 떨어져 있던 장식 빗 중 하나를 집어 들고 얌전히 그녀의 머리에 꽂아 넣으며 말했다.

"회춘을 위해 어린 계집아이를 선물하는 것은 흔히 있는 일이지요. 특히나 한 번도 사내의 손을 탄 적 없는 처녀라면 더욱 높이 쳐 준답니다."

다해는 굳은 얼굴로 입을 다물었다. 잔뜩 굳은 얼굴이었다. 머리를 다 매만진 후 벗어놓은 겉옷과 장신구를 한데 뭉쳐 우물에 던져 넣은 아름달이 다해의 얼굴을 보더니 살짝 웃으며 다독였다.

"그리 어두운 표정 하지 마세요. 려나라에서 태어난 노비는 그만한 일에 그런 표정을 짓지 않는답니다."

다해가 쓰게 웃었다.

"그래서 그런 것이 아닙니다. 조선에서도 그와 비슷한 일이 종종 벌어졌다는 걸 기억해 냈습니다. 달빛을 넘어 무척이나 동떨어진 두 세상 모두 여인들에겐 가혹하기 짝이 없군요. 정녕 여인들이 행복한 나라가 이 세상에 존재하긴 할까요?"

아름달이 부드럽게 미소 지었다.

"그래서 우리가 지금 진나라로 가려 하는 게 아닙니까?"

"진나라가 그런 나라라는 겁니까?"

"소문이 사실이라면 맞을 겁니다. 그곳은 황제도 여자라고 하니까요."

"아, 그렇죠. 진나라는 황제가 여자라고……."

아름달이 힘차게 고개를 끄덕였다.

"예. 그러니 우리는 어서 나가봐야 합니다. 아무 말 마시고 그저 작게 미소 띤 얼굴로 제 뒤에 가만히 서 계시면 됩니다. 그럼 제가 다 알아서 하겠습니다. 그리고……."

아름달이 슬쩍 다해의 손목을 쳐다봤다. 그곳에는 뱀 문신이 었다가 다시 팔찌로 바뀐 별똥별 팔찌가 채워져 있었다. 끝끝내 문신이 마음에 걸렸던 다해의 요청이었다.

"절대로 팔찌를 차고 계신 채로 조선말을 하시면 안 됩니다."

신비술로 만든 별똥별 팔찌는 뇌리를 통해 화자의 의도를 해석해 줄 뿐 말소리 자체를 바꿔주는 건 아니었다. 때문에 뭔가 이상하다는 걸 알아채는 건 어린아이도 가능한 일이었다.

"예, 명심하겠습니다."

말을 마친 다해는 금세 다소곳해진 자세로 두 손을 모으고 살짝 눈을 내리깔며 작은 미소를 지었다. 다해의 모습에 만족한 아름달도 평소 그랬듯, 무표정한 얼굴로 길을 따라 쪽문으로 다가갔다.

"아름달? 이 시간에 어딜 가는 거지?"

아름달이 정중히 허리를 숙였다. 다해도 눈치껏 따라 예를 취했다.

"폐하의 명으로 행궁에 기거하시는 어르신께 선물을 전하러 가는 길입니다."

퉁퉁하게 살찐 병사가 다해를 흘깃 쳐다보더니 입술을 핥으며 클클 소리를 내며 웃었다.

"고년, 딱 어르신 취향이네. 폐하께서 바로 보내라 하실 만하겠어."

행궁에 기거하는 어르신은 하나뿐으로 선황제의 첫째 아들, 전 황태자였다.

그는 황태자로 태어났으나 그리매에게 밀려 황제가 되지 못한 터라 툭하면 시비를 걸었다. 그런데 공식적으론 황실의 가장 큰 어른이다 보니 그리매로선 상대하기가 여간 까다로운 게 아니었다. 어찌나 영악한지 제거할 만한 명분이 되어줄 사소한 꼬투리 하나 없었던 탓에 그리매가 선택할 수 있는 유일한 방법은 화친이었다. 하여 그에게 물심양면 지극정성을 다 하고 있었기에 선물을 보내는 것은 그리 드문 일이 아니었다. 때문에 아름달의 계획대로라면 아무 의심이 없어야 했다.

보초 하나가 히죽거리며 손을 내밀었다.

"통행증은?"

아름달은 잠시 당황했다. 그리매는 아름달에게 늘 통행증을 챙겨주는 사람이 아니었다. 더불어 황궁 내에 아름달이 누군지 모르는 사람은 없었다. 사람이 있거나 없거나 자기 내킬 때마다 그리 옷을 벗겨대는데 모르면 그게 더 이상한 일이었다. 그런 그녀가 황궁 밖으로 나갈 때는 황제의 명이 있을 때뿐. 보초는 이미 그녀에게 통행증이 없다는 사실을 알고 있었다.

"왜? 설마 통행증이 없는 거야? 그럼 다른 거라도 내놔야지?"

보초가 킬킬거리며 손가락으로 쿡쿡 아름달의 가슴을 찔러댔다. 아름달은 단박에 그가 원하는 게 뭔지 알았다.

아름달이 난처한 얼굴로 웃으며 말했다.

"저야 원하시는 것을 들어드리고 싶습니다만, 아시다시피 폐하께서는 폐하의 물건에 누가 손대는 것을 싫어하십니다."

목구멍까지 욕설이 치밀었다. 그러나 참아야 했다. 자유의 나라가 코앞인데 이깟 수치쯤, 마지막으로 한 번 더 참지 못할 이유가 없었다.

"그거야 여기 있는 너희 둘만 입 다물면 되는 거잖아? 안 그래?"

보초 둘이 서로를 쳐다보더니 히죽거렸다.

"천한 노비만 죙일 상대하려면 그 정도 재미쯤은 있어야지 않겠어?"

아름달은 속에서 일어나는 불길을 간신히 잠재우며 살갑게 미소 지었다.

"하면 잠시 저쪽으로……."

아름달이 미소 띤 얼굴로 보초 하나의 팔을 잡고 조심스레 풀숲을 가리켰다. 다해가 휘둥그레진 눈으로 두 사람을 바라보았다. 아무리 눈치가 없기로서니 지금 무슨 일이 벌어지는지 모를리 없었다. 순간 눈이 마주친 아름달이 아무렇지 않은 듯 미소를 지어주었지만 다해는 여전히 경악한 얼굴이었다.

"그럼 네년은 나랑 좀 놀자꾸나!"

아름달에게 팔을 잡힌 병사가 히죽거리며 걸음을 떼는 사이 다른 놈이 다해의 손목을 잡았다. 그것을 본 아름달이 다급하게 무어라 끼어들려는데 다해는 자신도 모르게 그 팔을 뿌리치며 소리쳤다.

"무, 무슨 짓이오!"

거의 동시에 다해는 자신이 무슨 짓을 저질렀는지를 깨닫고 사색이 되었다. 다급한 상황에 반사적으로 외친 것은 조선말이었다. 당연히 상황이 상황인 만큼 미리 팔찌를 뺐을 리도 없었다.

"뭐, 뭐야?"

보초가 뒷걸음쳤다. 뒤늦게 그의 얼굴이 사색이 됐다. 현재 황궁에 신비술로 의사소통을 하는 사람은 단 한 사람, 휘월당에 기거하는 천손이라 불리는 여인 다해뿐이었다. 절대로 허가 없이 황궁밖에 내보내지 말라는 지엄한 황명이 있었으니 비록 쪽문이지만 황궁문을 지키는 보초들이 그것을 모를 리 없었다.

"아름달! 이게 어찌된 거지? 설마 폐하께서 휘월당을 어르신께 보내신다는 거야?"

아름달은 침착했다. 지난 이틀간, 산만하고 엉망진창이었던 것이 모두 꿈처럼 여겨질 만큼 차분하고 침착한 태도였다.

"예. 어르신께서 조심스럽게 휘월당의 소문에 대해 언급하셨다

고 합니다. 황제폐하께서는 그분의 부탁을 거절하실 수 없다는
것, 잘 아시지 않습니까?"

보초 둘은 혼란스러워 보였다.

황궁 내 휘월당에 대한 황제의 집착은 이미 유명한 이야기였
다. 그런데 그런 휘월당을 어르신께 보낸다? 평소 황제의 어르신
에 대한 태도를 보자면 불가능한 이야기인 것은 아니지만 휘월당
을 대하던 태도에 대해 생각해 보면 또 말이 맞질 않았다.

두 남자는 혼란의 도가니에 빠진 채 심각한 표정을 주고받았
다.

다해는 자신이 모든 일을 망쳤단 생각에 자괴감에 빠져들었다.
아름달에게도 미안해졌다. 그간의 대우로 볼 때 자신은 큰 화를
입지 않을 것이다. 그러나 아름달은 달랐다. 아마도 아름달은 목
숨을 잃는 것에 준하는 어떤 혹독한 처벌을 받게 틀림없었다.

어쩌면 정말로 목숨을 잃을지도 몰랐다. 눈시울이 뜨거워졌다.
그대로 두었다간 당장 왈칵 눈물이 쏟아질 판이었다. 그래서 다
해는 피가 날 만큼 입술을 깨물었다. 주먹을 있는 힘껏 쥐어 손바
닥을 손톱으로 찍어 눌렀다. 속죄의 눈물을 흘려본들 그것이 사
죄가 될 수는 없었다. 눈물을 흘릴 시간에 빨리 방법을 생각해내
야 했다. 다해는 열심히 생각하고 생각하고 또 생각했다.

그러나 그것은 괜한 일이었다.

아름달이 소매 춤에서 뭔가를 꺼내더니 휙 허공에 집어 던지며
짧은 주문을 외웠다. 반짝, 햇빛을 머금은 날카로운 침 두 개가
허공을 유려하게 휘어져 날더니 그대로 보초병의 뒷목에 박혀들
었다. 워낙 갑작스레 벌어진 일인지라 보초들은 속수무책, 그대

로 석상이 되었다.

아름달은 조심스레 주위를 살피더니 얼른 쪽문을 밀곤 다해에게 손짓했다. 다해는 더는 아름달을 난처하게 하고 싶지 않아 얼른 문을 넘었다.

그런데 그곳에 더 큰 난관이 그들을 기다리고 있었다.

"어딜 가시나?"

칼바람이 버티고 있었다. 심지어 용영단 무사들을 다섯이나 거느린 상태였다. 아름달도 다해도 그 자리에서 옴짝달싹을 못했다.

"어르신께 휘월당을 바친다라, 좋은 방법이었어."

칼바람이 이죽거렸다. 아름달은 이번에도 놀랍도록 침착하게 소매 춤에서 침을 뽑아들었다. 그러나 그것은 허공을 제대로 날아보지도 못한 채 흙바닥에 떨어져야 했다. 눈 깜빡할 사이에 달려든 칼바람이 아름달의 뒤에서 커다란 손으로 입을 막아버린 탓이었다.

"신비술사라고 만능은 아니지. 어쨌든 신체능력은 그저 연약한 계집일 뿐이거든."

아름달의 눈에서 뜨거운 눈물이 주룩 흘러내렸다. 다해가 황급히 끼어들었다.

"제가 부탁한 것입니다! 아름달님은 제 명령을 거역할 수가 없다는 거 잘 아시지 않습니까!"

"폐하께선 분명 휘월당의 황궁 밖 출입을 철저히 통제하란 명령을 내리셨다. 설마 황명이 네 명령보다 더 아래에 있다고 말하고 싶은 건 아니겠지?"

다해가 얼굴을 찌푸렸다.

"대장, 이제 어찌할까요?"

칼바람을 따르던 무사 하나가 물었다. 칼바람은 잠시 아름달의 입을 막고 있는 채로 어깨를 으쓱하더니 중얼거렸다.

"그러게, 이제 어째야 할까?"

"예?"

질문을 던졌던 무사가 반문함과 동시에 바닥에 쓰러졌다. 어느덧 아름달은 자유로워져 있었다.

휙휙 날랜 그림자가 사방을 휘돌았다. 다섯의 용영단 무사들은 칼바람의 일격에 바닥으로 천천히 무너져 내렸다. 피는 한 방울도 없었다. 모두 기절한 것에 불과해 보였다.

호흡 하나 흐트러진 적 없어 보이는 칼바람이 상황을 파악하지 못해 멍하니 서 있는 아름달과 다해에게 고갯짓을 했다.

"뭐 해? 어서 와."

좀 더 빨리 정신을 차린 아름달이 다해의 손을 잡아끌었다. 다해도 뒤늦게 정신을 차리곤 허둥지둥 뛰기 시작했다. 두 여자가 움직이는 것을 확인한 칼바람이 앞서 달려 나갔다. 세 사람이 멀어지는 쪽문 앞 삼거리에 그제야 상황을 파악한 힘없는 백성 몇몇이 비명을 내질렀다.

마치 기다렸다는 듯 사방에서 추적자들이 따라붙었다. 그러나 칼바람은 만만한 상대가 아니었다. 그는 칼 한번 뽑지 않고 추적자들을 제압했다. 픽픽 흙바닥에 쓰러지는 추적자들을 보며 다해는 그가 적이 아닌 것에 안도했다.

가까스로 그들은 빈민촌의 허름한 오두막에 무사히 도착할 수 있었다. 그러고도 안심할 수 없었던 듯 주변을 한 바퀴 둘러보고 돌아온 칼바람이 오두막 한구석에 얌전히 놓여 있던 보따리 두 개를 각각의 앞에 던져 주었다.

"설마 그 복장을 하고 도망가려던 건 아니었겠지?"

칼바람이 던져 준 보따리 속에는 허름한 여자 옷이 들어 있었다. 보따리를 열어놓고 멍하니 앉아 있던 아름달이 벌떡 일어났다.

"용영대장이 이런 짓까지 하실 이유가 뭐가 있는지 모르겠군요. 대체 속셈이 무업니까?"

"이 지경이 됐으니 이제 용영대장이고 뭐고 한번 붙어보자 이건가?"

싸늘한 칼바람의 말에 아름달은 움찔 놀라며 침을 삼켰다. 태어나면서부터 새겨진 신분제도를 뛰어넘는 게 어느 한순간에 가능할 리가 없는 탓이었다. 그러나 늘 우위를 점해온 칼바람에게는 썩 어려운 일이 아니었던 듯 그는 크나큰 아량을 베풀었다.

"긴장 풀어라. 이런 상황에서까지 그런 걸 따질 만큼 난 생각 없는 놈이 아니니까."

아름달은 찡그린 얼굴로 칼바람을 살폈다. 그는 능글맞게 웃고 있었다. 아름달은 용기를 내보기로 했다.

"그래서 원하는 게 무엇이십니까? 이만한 일을 아무 대가 없이 하고자 하신 것은 아닐 거 아닙니까?"

칼바람이 어깨를 으쓱했다.

"나도 려나라 사내이다. 이런 내가 원하는 게 뭐겠어?"

"그러시다면……."

아름달이 무어라 대꾸하려는데 다해가 끼어들었다.

"참으로 뻔뻔하십니다! 어찌 그런 말을 그리 쉽게 하십니까! 아름달님도 존중받아 마땅한 사람이란 말입니다!"

도저히 참을 수가 없었다. 보초도 그렇고 이젠 칼바람까지……. 대체 자신이 보지 못한 곳에서 아름달이 그간 무슨 대접을 받아왔을지 다해는 상상조차 하기 싫었다. 그러나 칼바람은 눈 하나 깜짝하지 않았다. 그가 똑바로 다해를 쳐다보며 대꾸했다.

"뭔가 오해했군. 내가 원한 건 아름달이 아니라 넌데?"

다해는 한기를 느꼈다. 지금 무슨 소리를 들은 건지 도저히 이해할 수 없었다. 아름달이 대신 앞으로 나섰다.

"천손을 원하신단 말씀이십니까?"

"응. 그런데 황궁에서 어렵잖아. 폐하가 계시니까."

"고작 계집 때문에 용영대장께서 폐하를 배신했다고 말씀하고 계시는 겁니까?"

"이상한가? 나도 려나라 사내인데 왜?"

아름달이 눈살을 찌푸렸다. 용영단이 어떤 부대인가? 어렵사리 황위에 오른 그리매가 황권 강화를 위해 그리고 귀족 세력을 견제하기 위해 따로이 창설한 사설부대 아니던가? 그리하여 피나는 노력 끝에 려나라의 군권을 장악할 수 있게 해준 측근중의 측근이 아니던가?

그 용영단의 대장 칼바람이 단지 그만한 이유로 황제를 배신한다고? 아름달이 복잡한 생각에 빠져드는데 간신히 정신을 추스른 다해가 소리쳤다.

"싫습니다!"

"대뜸 거절하지 말고 내 말을 좀 끝까지 들어봐. 그러니까……."

칼바람은 그런 다해의 반응을 이미 예상한 듯 전혀 당황하지 않고 차분하게 대화를 시도했다. 그러나 다해는 단호했다.

"혼례 전엔 무연님이라 하더라도 허락지 않을 겁니다. 차라리 제 목숨을 취하시지요."

"그러니까 혼례를 치르면 될 거 아냐?"

"싫습…… 뭐라고요?"

다해는 또 당황해야했다. 칼바람은 피식 웃더니 말을 이었다.

"그러니까 너랑 혼례를 치러 한번 안아보겠다, 이 말이다."

"그, 그 말은 그러니까 한번 그, 그, 그것을 해보기 위해 혼인을 하겠다, 이런 말씀이신 겁니까?"

칼바람이 고개를 끄덕였다.

"응."

다해는 더 어이없는 표정을 짓더니 소리쳤다.

"좀 말이 되는 소리를 하십시오!"

"소리는 안 지르는 게 좋을걸? 이 오두막은 방음을 위한 신비술 주문 따위 들어본 적이 없거든."

칼바람은 팔짱을 낀 채 피식거렸다. 다해와 아름달은 황급히 사방을 둘러보더니 엉겁결에 몸을 움츠렸다. 그저 거적 하나가 가리고 있는 입구는 세찬 바람이 한번 불면 훤히 내부를 들여다보일 터였다. 칼바람은 그 모습이 우스운 듯 아닌 척, 킬킬거리기 바빴다. 놀림당한 것을 깨달은 다해가 다시 매서운 얼굴로 쏘아붙였다.

"어쨌든 전부 사절합니다."

"아니, 왜? 너 아직 혼전이잖아? 좀 이성적으로 생각해 보는 게 어때?"

"그게 어쨌다는 겁니까? 전 이미 무연님이 있습니다. 아버님께서 짝지어주신 지아비입니다."

"과연 위 장군도 그리 생각할까? 내가 아는 천룡의 후예들은 그리 쉽게 혼인을 약조하는 사람들이 아니거든."

다해의 입이 한 일 자로 다물어졌다. 눈빛은 더욱 매서워졌다. 칼바람이 킬킬거렸다. 그러나 다해가 그 웃음소리를 듣고 입술을 깨물자 얼른 얼굴을 가다듬으며 헛기침을 했다.

"뭐, 어쨌든, 사람 일은 모르는 법이지. 그리고 우리는 이제 이대로 진나라까지 대륙을 횡단해야 하고 그러자면 많은 시간이 걸릴 테고 그렇게 부대끼다 보면 나에 대한 생각도 바뀔 수 있지 않겠어?"

"제 마음은 하늘이 두 쪽이 난대도 변하지 않을 겁니다."

상황을 가만히 지켜보던 아름달이 다급히 끼어들더니 칼바람에게 등을 돌리곤 다해에게 속삭였다.

"그냥 그러겠다고 하세요."

"미쳤어요?"

다해가 반사적으로 소리치곤 이내 아름달에게 미안해했다. 칼바람이 또 큭, 웃음을 터뜨렸지만 다해와 눈이 마주치자 얼른 표정을 가다듬었다. 슬쩍 뒤를 쳐다본 아름달이 다시 다해를 설득했다.

"지금 상황을 생각해 보세요. 만약 여기서 완전히 거부당한다면 대장은 그대로 우리를 끌고 황궁으로 돌아갈 겁니다. 그걸 바라십니까?"

"그런 것은 아니지만……."

"그러니까 수락하세요. 지금 당장 안겠다는 게 아니지 않습니까? 대장은 지금 천손의 환심을 사보겠다고 말하고 있는 겁니다. 구애를 하고 있는 거라고요. 다만, 려나라 사내이다 보니 천손께서 이해 못할 방법으로 말하고 행동할 뿐인 겁니다."

"구애…… 라고요? 저게요?"

다해는 이해할 수 없었다. 이 나라 사람들은 뭐가 이리 엉망진창이란 말인가?

아름달이 고개를 끄덕였다.

"예. 어찌 보면 대장으로서는 엄청난 용기를 낸 것일 수 있습니다. 태어나면서 배우고 익혀온 모든 것을 뒤집어엎고 처음부터 시작하고 있는 거니까요. 그걸 봐서라도 그냥 수락하세요."

아름달의 눈빛은 간절했다. 목숨이 걸린 일이니 그럴 수밖에 없었다.

"하지만……."

다해는 난처하기 짝이 없었다. 슬쩍 아름달 너머로 칼바람을 보았다. 눈이 마주친 칼바람이 씩 웃었다. 곧 마흔이 될 터였지만 사내답게 각진 이목구비는 제법 봐줄 만했다. 하지만 아무리 그렇다 한들 이게 말이 되는 소리란 말인가?

"칼바람님의 말대로 사람 일은 모르는 겁니다. 정말로 천손의 마음이 바뀔 수도 있는 거 아니겠습니까?"

"저는 절대로 변하지 않을 겁니다."

다해는 대단히 불쾌한 얼굴이었다. 칼바람이 끼어들었다.

"그때 가서 변하지 않는다면 내가 얌전히 포기하는 걸로 하지. 그럼 어때?"

아름달이 홱 뒤를 돌아보며 물었다. 도저히 믿기지 않는단 얼굴이었다.

"그 말씀, 진심이신 겁니까?"

"그렇게까지 했는데도 넘어오지 않는다면 그건 내 매력이 부족한 탓이겠지. 자존심이 좀 상하겠지만 인정할 건 해야지."

려나라 귀족들에게 남녀상열지사란 승리와 패배로 나뉘는 대결 같은 거였다. 같은 귀족끼리는 상대와 잠자리를 갖기까지 들이는 심적, 물적 자원의 양이 어마어마했다. 그러다 보니 아무 노력 없이 욕구를 해소할 방법이 필요했고 그것이 신분제와 결탁해 밤동무라는 기묘한 개념까지 생겨난 이유였다.

지금 칼바람은 다해에게 대결을 제안하고 있었다. 심지어 그 방법 또한 획기적이었다. 칼바람은 다해의 방법을 선택하면서도 결과에 승복하는 것만큼은 려나라 방식을 따르겠다고 말하고 있었다. 어떻게 해서든 다해를 이 경기에 끌어들이고 말겠다는 강력한 의지였다. 아름달이 생각하기에 이것을 거절한다는 것은 바보임을 증명하는 것 이상도 이하도 아니었다.

"제발 허락하세요. 제발……."

덥석, 다해의 두 손을 잡은 아름달이 간절히 청했다. 곧 눈물이라도 떨굴 표정이었다. 다해의 마음이 약해졌다. 자신의 결정여하에 아름달의 목숨이 걸려 있었다. 목숨과 정절, 다해에게 그 둘의 무게는 결코 다르지 않았으나 타인의 생명과 자신의 정절이라면 이야기는 달랐다. 게다가 그 정절을 강제로 훼손하겠다는 것도 아니지 않은가? 다해만 꿋꿋하게 마음을 지켜내면 털끝 하나 건들지 않겠다고 말하고 있지 않은가? 그렇다면 답은 하나였다.

다해가 길게 한숨을 내쉬더니 드디어 입을 열었다.

"좋습니다. 하지만 분명히 말씀드립니다. 전 절대로 마음을 바꿀 생각이 없습니다."

"그건 그때 가봐야 아는 거고……."

내내 벽에 비스듬히 기대 서 있던 칼바람이 자세를 바로 하더니 짝, 손뼉을 치며 말했다.

"좋아! 그럼 어서 옷을 갈아입어. 추격자가 더 붙기 전에 서둘러 청진을 나가야 해."

아름달이 조심스레 끼어들었다.

"저…… 아까 미처 말씀을 못 드렸는데 저희는 대륙을 횡단하지 않을 겁니다."

"대륙을 횡단하지 않는다고? 그럼 대체 어떻게 진나라에 가겠다는 거지?"

칼바람은 정말 이해할 수 없다는 얼굴이었다. 아름달은 한껏 목소리를 낮추더니 답했다.

"저희는 관문을 열 생각입니다."

칼바람이 그대로 굳어버렸다. 잠시 후, 잔뜩 찡그린 얼굴로 그가 말했다.

"황명도 없이?"

"황명을 어긴 이 상황에 또 다른 황명이 무슨 상관이겠습니까?"

아름달이 쓰게 웃었다. 칼바람이 휘유, 휘파람을 불었다.

"너 정말 변했군."

"그저 사람답게 살고 싶었을 뿐입니다."

아름달이 살며시 고개를 숙였다. 그러나 칼바람은 흘깃 바라만 봤을 뿐, 이내 활기차게 말을 이어나갔다.

"그래. 관문정으로 가겠다는 생각이 참신하고 기발하다는 것, 인정하지. 그런데 그럴 거면 황궁은 왜 빠져나온 거지? 설마 눈속임?"

이번엔 다해가 끼어들었다.

"저희는 관문정으로 가지 않고 신비촌으로 갈 겁니다."

칼바람의 눈이 커졌다.

"허, 이거 뒤통수 제대로 얻어맞는군. 난 너희 두 사람을 무사히 진나라까지 데려가기 위한 방법을 밤새도록 고민했는데."

"설령 대륙을 횡단한다 한들 혼자서 고생하실 일은 없을 겁니다. 무연님도 오실 거거든요."

다해의 쌀쌀맞은 대꾸에도 칼바람은 그저 씩 웃을 뿐 별다른 타격을 받은 거 같지는 않았다.

"어쨌든, 신비촌까지 가려 해도 옷은 갈아입어야 할 거야. 너희가 걸친 것들, 일반 백성들은 평생 구경도 못할 만큼 비싸거든. 어서 갈아입어라."

말을 마친 칼바람은 거적을 들추고 휙 밖으로 나가 버렸다. 아름달은 멍한 얼굴로 입구를 바라보았다. 다해가 의아한 표정으로 물었다.

"왜 그러세요?"

"아, 그게, 지금 저희 옷 갈아입으라고 나가준 건가 해서요."

다해는 어리둥절한 얼굴이었다.

"당연히 그런 거 아닐까요?"

"아니, 그게 당연하긴 한데……."

아름달은 힘없이 미소 지었다. 차마 이런 대접을 난생처음 받아본단 말을 입 밖으로 꺼내고 싶지 않았다. 하여 다해는 영문을 모르겠는 얼굴로 아름달을 쳐다보았다. 아름달이 얼른 미소를 지었다.

"아니에요. 어서 옷 갈아입으세요. 등 돌려 드릴게요."

"아, 저도 저쪽에서……."

다해가 말끝을 흐리더니 냉큼 보따리를 들고 구석으로 도망갔다. 아름달은 그런 다해가 귀여워 쿡쿡 웃더니 자신의 보따리를 들고 반대편 구석으로 가서 등을 돌리고 옷을 벗었다.

두 사람이 옷을 다 갈아입자 칼바람이 다시 들어왔다. 어느덧 그도 옷을 갈아입은 후였다. 칼은 어디다 버렸는지 보이지 않았다. 무사로 보이지 않기 위함이긴 했지만 다해는 무기가 없어도 상관없어 보이는 그의 자신감이 놀라웠다.

"왜?"

빤히 쳐다보는 눈길을 느낀 칼바람이 물었다.

"아닙니다."

다해는 얼른 시치미를 뗐다. 칼바람이 씩 웃었다.

"내가 그렇게 잘생겼냐?"

"실없는 소리 하지 마세요."

다해는 철벽을 쳤다. 칼바람은 상관없는 듯 킬킬 거리더니 앞장섰다.

칼바람이 서라면 서고 따르라면 따랐다. 아름달과 다해는 칼바람이 움직이고 멈추는 기준을 끝까지 알 수 없었지만 그를 믿는 수밖엔 방법이 없었다. 그렇게 세 사람은 칼바람의 도움으로 무사히 신비촌에 도착할 수 있었다.

저 멀리 횃불 아래 아른거리는 신비촌 입구를 본 다해는 의아했다.

"촌마을일 거라고 생각했는데 저건……."

다해가 보기에 그곳은 마치 감옥이나 유배지 같았다.

다해가 제아무리 까치발을 해본들 내부를 들여다볼 수 없을 돌담이 마을을 감싸고 있었다. 그 마을로 통하는 입구엔 삼엄한 경비가 세워져 있었다. 낮처럼 환히 밝힌 횃불과 창검을 든 병사의 얼굴이 경비의 삼엄함을 말해주었다.

아름달이 슬픈 목소리로 답했다.

"신비술사는 나라의 통제를 받고 있답니다. 정식 신비술사가 되기 전엔 바깥으로 한 발자국도 나갈 수 없지요."

"통제하려 함이라면 호패를 이용하면 될 일이지 어찌 저리……."

다해는 여전히 아무것도 이해하지 못하고 있었다. 그러나 칼바람도 아름달도 한가하게 설명해 줄 여유가 없었다. 아름달이 소매 속에 손을 넣었다. 꼭두각시 침을 이용할 모양이었다. 그러나 칼바람이 제지했다.

"황궁에서 나올 때야 어차피 나올 거니 들켜도 상관없다만, 굳이 신비촌으로 들어간 것까지 알릴 참이야?"

아름달은 무슨 소리냐는 얼굴로 그를 쳐다보았다.

"그 시녀, 자신이 그날 무슨 짓을 했는지 기억하지 못해 무척

혼란스러워하더군. 저 경비들도 그럴 거 같단 생각은 혹시 안 드
나?"

"역시, 제가 한 짓임을 알아내신 거군요."

"그래."

말을 마치자마자 사방을 살핀 칼바람이 잽싸게 길 건너편으로
뛰어가더니 손짓했다. 아름달과 다해도 후다닥 그 뒤를 따랐다.
칼바람이 자세를 낮추었다. 횃불이 타오르고 있는 입구를 제외하
면 칠흑같이 어두웠던 터라 몸을 감추긴 수월했다. 순찰하는 사
람들이 등불을 들고 있다 보니 섣부르게 움직이면 자신들의 위치
를 알리는 셈이라 더더욱 그러했다. 쌍을 이루고 주기적으로 담장
을 순찰하는 두 명의 병사가 지나가자 풀숲에 몸을 감추고 있던
세 사람이 움직였다. 그 틈에 아름달이 물었다.

"그럼 그날 저를 내보내고 폐하와 그 이야기를 하신 겁니까?"

"그래."

칼바람은 짤막하게 대답하고 사방을 살피며 계속해서 앞장섰
다.

"폐하도 아신단 말입니까?"

자신도 모르게 다소 목소리를 높였던 아름달은 칼바람의 매서
운 눈빛에 어깨를 움츠렸다. 사방을 한번 둘러본 칼바람이 다시
움직이기 시작했다. 그제야 두 사람도 종종걸음으로 그 뒤를 따
랐다.

앞서가던 칼바람이 나지막하게 말했다.

"걱정 마라. 폐하께서는 네가 그럴 리 없다고 여기고 계셨으니."

그 말을 들은 아름달의 얼굴이 찌푸려졌다. 아무것도 모르는

다해가 덧붙였다.

"불행 중 다행이네요. 충신이라 믿고 있었다는 거잖아요."

칼바람이 쿡, 웃음을 터뜨렸다. 여전히 잔뜩 찌푸리고 있는 아름달이 낮은 목소리로 답했다.

"저를 충신으로 여겨서가 아닙니다. 제가 노비이기 때문에 그런 겁니다."

다해는 여전히 이해하지 못한 얼굴이었다.

"노비이든 아니든 주인에 대한 충정은 누구나 다 갖는 거 아닙니까?"

"노비가 그런 게 어딨어? 눈과 귀도 없는데."

칼바람이 툭 뱉어낸 말에 그제야 다해도 그들이 하는 말을 알아들었다.

"설마 노비는 애초에 그런 생각 자체를 가질 수 없다고 믿고 있단 말입니까?"

"집에서 기르는 개돼지가 그럴 수 없는 것과 같은 이치지."

칼바람의 말을 마지막으로 세 사람은 더는 입을 열지 않았다. 칼바람은 그럴 필요를 느끼지 못해서였고 아름달은 깊은 시름에 잠겨 있기 때문이었으며 다해는 황당하기 짝이 없어서였다.

"그런데 우리 지금 어디로 가는 겁니까?"

다시 현실부터 챙기기로 작정한 아름달이 조용히 물었다.

"개구멍을 찾는 거야."

"개구멍이요? 신비촌에 그런 게 있단 말입니까?"

"너희 신비술사들은 알아도 모른 척해야 하는 그런 개구멍이 있지."

가만히 듣고 있던 다해가 또 끼어들었다.

"알아도 모른 척해야 하는 개구멍이란 게 또 무슨 소립니까?"

"신비촌의 여자들이 몰래 밤 마실 다니라고 만든 개구멍이 아니란 소리다. 당연히 어린아이들한텐 알아도 알려주지 않다 보니 채 성인이 되기 전에 마을을 떠난 아름달은 모르는 게 당연하지. 그리고 개구멍 보자마자 또 질문할 거 같아서 미리 말하는데 예전엔 정말 개구멍이었지만 지금은 당당한 쪽문이야."

"대체 그 문의 쓰임이 무엇이기에 개구멍이 당당한 뒷문으로 바뀌었단 말입니까?"

다해는 자신이 몰래 드나들던 고향집의 개구멍을 떠올리며 물었다. 그 개구멍은 들키면 바로 막혔지 절대로 쪽문이 되는 일은 없었다.

"어쨌든 공식적으로는 여전히 개구멍이니까 개구멍이라고 부르는 거야."

"자꾸 빙빙 돌리지 말고 속 시원히 좀 해주시면 어디 덧납니까?"

다해의 호기심은 그칠 줄을 몰랐다. 칼바람은 다해에게 잘 보이기 위함인지 지치지도 않고 꼬박꼬박 답을 주었다.

"신비술사들을 유달리 좋아하는 사내들이 있다. 그들이 드나들기 위해 만든 문이라고 해두자."

드디어 세 사람 앞에 작은 문 하나가 모습을 드러냈다. 잔뜩 허리를 수그리고 들어가야 하지만 그것은 정말로 당당한 문이었다.

"어찌 보초도 없이……."

아름달도 어이없는 눈치였다. 문에는 그저 묵직한 자물쇠 하나가 달려 있는 게 전부였다. 칼바람이 품에서 가느다란 쇠침 두 개를 꺼내더니 자물쇠 구멍에 넣고 이리저리 돌렸다. 이내 찰칵, 자물쇠가 풀렸다.

칼바람이 한 번 더 사방을 살피더니 조심스레 문을 밀었다. 삐그덕, 하는 소리가 작게 났지만 다행히 주변엔 아무도 없었다. 아름달과 다해가 황급히 문을 넘었다. 칼바람은 문을 닫고 자물쇠를 다시 채운 후 훌쩍, 담장을 뛰어넘었다. 그가 땅에 착지하자마자 아름달이 물었다.

"때가 아닌데도 임신을 하는 여자들이 있었습니다. 설마 이 문이……."

"맞아. 이 문을 통해 들어온 거야. 여기 관리자는 그걸 무슨 부수입쯤으로 여기고 있지. 그자에게 돈만 주면 들여보내 주거든. 나라에선 너희가 낳은 아이에게 아비 운운하며 권리만 내세우지 않으면 상관없으니 알면서도 방치하고 있어. 도리어 그렇게 해서 붉은 머리칼의 계집아이가 태어나면 더 좋은 일이거든."

그 순간 다해는 무연과 나누었던 대화를 떠올렸다. 임신과 출산까지 통제당한다던 가엾은 여인들…….

"어찌 그리 잔인……!"

자신도 모르게 소리를 내지르던 다해는 황급히 입을 다물었다. 칼바람과 아름달 두 사람 모두 사색이 되어서는 입술에 손가락을 세워대고 있었다. 다해는 얼른 몸을 움츠리더니 두 사람을 따라 황급히 담장에서 멀어졌다.

한참을 걷던 다해가 다시 입을 열었다.

"어찌 그리 잔인무도할 수 있단 말입니까?"

"신비술사는 노비다. 마소랑 다를 바가 없어. 당연히 그 숫자를 늘리는 데 치중할 수밖에."

설명하는 칼바람의 말투는 담담했다. 다해는 려나라에 가지고 있던 마지막 정나미가 뚝 떨어지는 느낌이었다.

"저기가 촌장 집인가 보군. 미리 입을 맞춰놓은 건가? 어째 촌장 집만 불이 켜 있어?"

아름달은 답하지 않았다.

어차피 일정 나이 이상의 신비촌 여인들은 봄에 한번 가을에 한번 강제로 사내와 잠자리를 해야 했다. 선택권도 없었다. 나이가 되고 날짜가 되면 그날 밤, 사내가 집으로 찾아오는 식이었다. 하지만 그래도 그건 마음의 대비라도 할 수 있었다. 쪽문을 통해 불시에 찾아오는 건⋯⋯. 신비술사의 삶이 어디까지 더 추락할 수 있을지 아름달은 생각하고 싶지 않았다.

내내 몸을 잔뜩 수그린 채 걷던 세 사람의 자세가 꼿꼿해졌다. 발걸음에도 힘이 넘쳤다. 이제 촌장의 집에 들러 무연만 만나면 모든 게 해결되리라. 길어야 사흘이면 국경을 넘고 마음 편히 잘 수 있으리라.

어떻게 알았는지 어느덧 신비촌의 촌장이 마당에 나와 세 사람을 기다리고 있었다. 촌장의 붉은 머리는 절반이 넘도록 하얗게 변했지만 눈빛만큼은 여전히 타는 듯한 붉은빛을 발하고 있었다.

칼바람과 눈이 마주친 촌장이 정중히 허리 숙여 예를 취했다. 칼바람은 당연하다는 듯 촌장을 지나쳐 당당하게 문을 열었다.

"준비는 다 해두셨나요?"

모친인 촌장이 앉는 것을 보자마자 아름달이 물었다. 노파는 무표정하게 고개를 들어 눈을 맞췄다. 그리고 내일이면 발 뻗고 편히 잘 수 있으리라는 세 사람의 희망을 무참히 깨부쉈다.

"관문은 열어주마. 하지만 조건이 있다."

"조건이라니요? 저를 위해서 그냥 해주시는 거 아니었어요?"

아름달은 당황하는 기색이 역력했다. 그러나 촌장은 콧방귀를 뀌었다.

"난 네 어미이기도 하지만 신비촌의 촌장이기도 하다. 이 마을의 수많은 딸들을 책임져야 하는 몸이란 말이다."

아름달은 할 말이 없었다. 그녀가 조용해지자 촌장이 다해에게로 고개를 돌렸다.

"자네가 소문의 천손인가?"

"다들 그렇다고 합니다."

"그럼 자네가 내게 약조를 해줘야겠네."

"말씀해 보십시오."

"나의, 아니, 우리의 요구 조건은 간단하네."

노파는 잠시 뜸을 들였다. 몇 번 입을 달싹였으나 말이 되어 나오진 않았다. 세 사람 모두 대체 무슨 요구이기에 저리 뜸을 들이나 궁금했다. 잠시 후, 드디어 노파가 뱉어낸 말은 청천벽력과도 같았다.

"진나라로 하여금 려나라를 복속시키게 하겠다고 약조하게."

"어머니!"

아름달이 소리쳤다. 칼바람이 자리에서 벌떡 일어났다. 다해가 차분하게 대답했다.

"약조할 수 없습니다."

감정 변화 따위 전혀 찾아볼 수 없는 얼굴이었다. 아름달과 칼바람이 이번에는 다해를 쳐다보며 놀란 얼굴을 했다. 상황이 상황이니만치 거짓으로라도 약조를 해야만 하지 않던가? 당연히 수락할 줄 알았던 듯 노파가 표정을 굳혔다.

"생각도 해보지 않고 그리 단칼에 거절하는 겐가?"

"생각해 볼 필요도 없습니다. 제가 할 수 있는 일이 아닙니다."

"약조만 해준다면 관문을 열어줄 텐데?"

"그래도 약조해 드릴 수 없습니다."

"자네가 천손이라지 않았나?"

"맞습니다."

"한데 왜 못한다는 게지? 려나라가 망하기 전엔 저주를 풀어주지 않겠다고 협박이라도 하면 되는 문제가 아닌가?"

"전 협잡꾼이 될 생각은 추호도 없습니다."

똑 부러진 다해의 대꾸가 산전수전 다 겪은 노파의 입을 막았다. 다해와 노파의 시선이 맞부딪쳤다. 노파가 눈살을 찌푸렸다. 다해는 흔들림이 없어 보였다. 그러나 노파는 포기하지 않았다.

"약조하지 않으면 관문을 열어주지 않을 걸세."

"아무리 그렇다 한들 저는 약조해 드릴 수 없습니다."

노파가 긴 한숨을 내쉬다 말고 고개를 돌렸다. 문밖에서 인기척이 느껴졌다. 칼바람이 자리에서 일어나려다 이내 다시 앉았다. 노파가 신을 신고 느릿느릿 다가가 문을 열었다. 그곳에 무연이 있었다.

다해가 돌아간 후, 무연은 아무 내색 없이 하루 일과를 마쳤다. 그리고 밤이 되자 벽을 보고 모로 누워 잠든 척까지 했다. 홀로 탈출할 것이니 최대한 조용히 나가려는 생각에서였다.

깊은 밤이 되었다. 옥사의 죄인들도 모두 잠이 든 듯 이따금 뒤척이는 소리와 잠꼬대 이외엔 아무 소리도 들리지 않았다. 무연은 가만히 숨죽인 채 시간을 가늠하다 일어나 최대한 기척을 숨기고 한손에 하나씩 창살을 움켜쥐고 정신을 집중했다.

무언가가 이마의 피부 아래에서 불룩 솟아나왔다. 그것은 마치 뿔처럼 보였다. 이를 악물자 살짝 드러난 이가 뾰족했다. 무연이 번쩍 눈을 떴다. 놀랍게도 청록색 눈동자가 황금색으로 변해 있었다.

그그그극, 소리를 내며 창살이 천천히 벌어졌다. 더 빨리 할 수도 있었지만 아무도 깨우고 싶지 않았던 터라 최대한 천천히 움직였다. 이윽고 충분히 벌어진 틈으로 슬쩍 몸을 빼고는 창살을 원래대로 되돌렸다. 무연은 이번에도 최대한 천천히, 최대한 고요히 행동했다.

창살이 제자리를 찾자 소리 없이 타오르는 횃불에 비친 무연의 얼굴도 다시 원래대로 돌아왔다. 그는 횃불 그림자 속에 최대한 몸을 감추고 기척을 죽였다.

덜컹, 철문이 열리고 보초가 들어왔다. 다시 덜컹, 철문이 닫히고 뚜벅뚜벅 돌계단을 내려오는 소리가 들렸다. 그렇게 보초가 모퉁이를 도는 순간, 무연이 날쌔게 움직여 그를 제압했다. 억, 하는 소리 한번 내보지 못하고 그는 그렇게 이 세상을 하직했다.

무연은 가만히 선 채로 평소 보초가 옥사를 휘 둘러보고 나가던 시간을 가늠했다. 이윽고 무연이 보초의 시신을 들고 철문으로 다가갔다.

철문의 작은 창문 앞에 보초를 세워놓고 문을 두드렸다. 슬쩍 곁눈질로 창문을 확인한 문밖의 보초가 문을 열었다. 덜컹, 문이 열리자마자 무연은 시신을 내던졌다. 으헤엑, 소리가 들림과 동시에 무연은 문밖의 두 명을 그대로 제압하고 칼 하나를 챙겼다. 그리고 그대로 어둠 속으로 몸을 녹였다.

날이 풀리면서 옮기게 된 채석장의 경비는 삼엄했다. 그러나 무연은 아무 문제도 아니라는 듯 획획 허공을 날더니 통나무 끝을 뾰족하게 깎아 줄줄이 세워 만든 담벼락을 훌쩍 뛰어넘어 버렸다. 하도 높은 담이라 중간 즈음을 한번 툭, 발로 밟는 바람에 소리가 나서 근처에 있던 보초가 고개를 돌려 쳐다보긴 했으나 이미 무연은 담장을 넘어간 후였다.

지나치게 수월하게 홀로 빠져나온 무연은 천천히 달렸다. 채석장을 빠져나올 때의 날렵한 움직임이 아니었다. 툭툭툭 소리까지 날 만큼 무신경하게 바닥에 자국을 내며 달렸다. 청진으로 가는 길이 아닌 반대편 방향이었다. 혹시나 있을 추적에 혼란을 주기 위함이었다.

한참을 무심하게 툭툭 달리던 무연은 강을 만났다. 강물 속으로 거리낌 없이 걸어 들어간 무연은 갑자기 훌쩍 하늘로 날아올랐다. 허공에서 사라진 그는 강가의 높다란 나무 꼭대기에서 나타났다. 그가 또 하늘로 날아올랐다. 더 이상 무연은 보이지 않았다. 그저 환한 달빛 아래 출렁거리는 나뭇가지만이 줄줄이 이어질 따름이었다.

허공을 달리며 무연은 상쾌함을 느꼈다. 이 얼마 만에 느껴보는 자유로움이던가? 기분이 좋아진 탓인지 무연의 발걸음은 더욱 경쾌했다. 청진의 높은 성벽도 무용지물이었다. 휙휙 벽을 타고 오른 무연은 그대로 훌쩍 도성 안으로 뛰어들었다.

신비촌이 어디인지는 이미 알고 있었다. 천손을 찾으러 가기 전 무연이 맡은 임무는 정보수집이었다. 그중엔 각국의 수도 지리도 포함되어 있었다. 오래전 보았던 청진의 지도를 가만히 되새겨 본 무연은 가뿐하게 도성순찰대를 따돌리며 또다시 휙휙 허공을 날았다.

신비촌의 담을 훌쩍 뛰어넘은 무연은 저 멀리 딱 한곳에만 불이 켜 있는 것을 확인했다. 이미 언질을 받은 터라 그게 촌장의 집임을 알 수 있었다. 무연은 기쁜 마음으로 촌장의 집으로 향했다.

"저는 아무것도 약조해 드릴 수 없습니다."

다해의 목소리가 들렸다. 무연은 발을 멈추고 귀를 쫑긋거렸다. 그러나 이어지는 것은 긴 한숨소리였다. 뒤이어 벌컥 문이 열리고 허리가 구부정한 노파가 모습을 드러냈다. 마당에 서 있는 건장한 무연과 마주친 노인의 눈에서 당황하는 기색은 전혀 찾아볼 수 없었다.

"일행이 온 모양이구먼, 잘 상의해 보시게. 나는 간단한 요깃거리라도 준비할 테니."

노파는 그대로 바로 옆 부엌문을 밀고 사라져 버렸다. 무연은 성큼, 활짝 열려 있는 문으로 들었다.

세 사람이 앉아 있었다. 다해가 반가운 얼굴로 자리에서 일어난 순간, 그 너머에 있던 칼바람을 발견한 무연은 바로 보초에게서 빼앗아온 칼을 빼들었다.

"왜 이러실까? 살기가 없어서 여태 눈치도 못 채놓고는?"

칼바람이 느물거렸다. 무연이 눈살을 찌푸렸다. 다해가 얼른 다가왔다.

"저희를 도와주기로 하셨어요."

"용영대장이 말입니까?"

무연은 믿지 못하겠다는 얼굴이었다. 다해가 난처하게 웃었다.

"예. 그럴 만한 사정이 좀 있어서……."

"저자는 신비술사와는 다릅니다. 태어나길 귀족으로 태어나 탄탄대로만 걸어온 위인입니다. 뼛속까지 기득권인 그가 려나라를 포기한다는 건 있을 수 없는 일이지요."

"압니다. 하지만……."

다해는 진땀 나는 이마를 자신도 모르게 문질러 닦아냈다. 이도 저도 못하고 있는 다해를 슬쩍 바라본 칼바람이 폭탄을 터뜨렸다.

"천손인지 뭔지 하는 저 여자한테 흥미가 생겨서 따라온 거야. 잘 알고 있잖아? 려나라 사람이란 때로 마음에 드는 상대와의 하룻밤에 인생을 건다는 거."

무연이 매섭게 받아쳤다.

"아씨는 려나라 여인이 아니다. 려나라 사내의 수작에 넘어갈 리가 없지 않은가!"

"조선의 방식대로 해보기로 했거든. 내가 천손을 유혹해 보기로 한 거지. 천손은 그래봤자 소용없을 거라며 자신만만해했고 난 유혹할 자신이 있으니 이리 따라왔고. 이제 좀 이해가 되시나?"

무연의 시선이 다해에게 향했다.

"정말이십니까? 그에게 아씨를 한번 유혹해 보라고 허락하신 겁니까?"

"그게 그런 게 아닙니다. 저는 분명……."

다해가 다급하게 변명하려는데 칼바람이 또 끼어들었다.

"천손은 싫다 했는데 내가 어거지를 부렸어. 왜냐면 난 정말 자신 있거든."

말을 맺음과 동시에 칼바람이 다해를 향해 한쪽 눈을 찡긋했다. 다해가 사색이 됐다. 세상에, 과묵한 무사라고 여겼던 그에게 저런 면이 있을 거라곤 꿈속에서도 상상조차 해본 적이 없었다.

무연이 칼을 거두었다.

"그럼 어쩔 수 없지요."

어째선지 잔뜩 기가 죽은 무연이 홱 몸을 돌려 밖으로 나가 버렸다. 다해가 황급히 신발을 신다가 문득 칼바람을 향해 꾸벅 고개를 숙였다.

"무연님께 제대로 설명해 주셔서 감사합니다."

거짓을 고해 무연과 자신의 사이를 완전히 벌려놓을 수도 있었을 텐데 그러지 않은 것에 대한 감사였다. 칼바람이 어깨를 으쓱하더니 답했다.

"아니, 뭐, 나야 있는 그대로 말한 것뿐이고 또 그래야 네게 점수를 좀 따지 않을까 해서."

다해가 피식 웃었다.

"아무리 그러셔도 제 마음은 변치 않습니다."

"벌써 변했는데? 네가 언제 나한테 그리 조곤조곤 공손히 말한 적 있었나?"

다해가 쿡, 웃음을 터뜨렸다. 그러고 보니 틀린 말이 아니었다.

"어서 나가봐. 녀석, 은근 마음에 품고 있었나 본데?"

칼바람의 말에 다해의 얼굴이 새빨개졌다. 칼바람이 눈살을 찌푸렸다.

"그렇게 대놓고 좋아하진 말고. 나 상처받는다."

다해는 칼바람에게 가볍게 눈을 흘기곤 얼른 문을 밀었다. 삐그덕, 문이 닫히고 다해가 사라지기 무섭게 칼바람은 이내 자괴감에 빠진 듯 머리를 쥐어뜯으며 알아듣지 못할 소리를 중얼거렸다. 그것이 신비술 주문이 아닌 것은 분명했다. 아름달이 그런 칼바람을 멍한 얼굴로 바라보았다. 도저히 믿을 수 없다는 눈으로……

마당으로 나온 무연은 두 눈을 감은 채 선선한 밤바람을 느끼며 차분히 마음을 가라앉혔다.

왜 이리 불편한 감정이 자꾸 샘솟는지 알다가도 모를 일이었다. 삐그덕, 문이 열리는 소리가 들렸다. 뒤이어 들리는 작은 발소리는 틀림없는 다해의 것이었다. 그러나 무연은 무슨 표정을 해야 할지 몰라 몸을 돌릴 수 없었다.

"죄송합니다."

조용한 다해의 목소리였다.

"워낙 막무가내인 데다 상황이 급박하여 거절할 수 없었습니다. 그분께는 죄송하지만 한편으론 그를 이용해 조금 더 수월하게 도망쳐 보자는 계산도 있었습니다. 그러니 부디……."

노여움을 푸시라 말하려던 다해는 멈칫했다. 무연은 아직 다해의 마음을 모른다. 심지어 혼인을 약속한 것조차 모른다. 그런 상황에서 노여움을 푸시란 말이 과연 어떻게 다가올 것인가……. 다해는 고개를 숙였다. 어쩌면 이리 따라 나온 것 자체를 이상하게 볼지도 모른다는 걸 깨달았다.

무연이 뒤로 돌았다.

"너무 성급하셨습니다. 그는 려나라 사내가 아닙니까?"

다해가 영문을 몰라 고개를 들었다. 무연은 정말 심각한 표정을 하고 있었다.

"조심하셔야 합니다. 려나라의 남녀 관계는 대륙 전체를 통틀어도 유례를 찾아보기 어려울 만큼 자유분방합니다. 게다가 아씨께서는 려나라 귀족이 아니시니 그가 그걸 깨닫기라도 한다면 강제로……."

무연이 얼른 말을 끊었다. 자신이 지금 무슨 말을 꺼내려 했는지 깨달은 얼굴이었다. 당황하는 그를 보며 다해가 작게 웃음 지었다.

"려나라의 남녀 관계가 어떠한지는 아직 잘 모릅니다. 하지만 저분은 제가 려의 여인과 다른 것을 이미 알고 제 방식에 맞추어 보겠다고 하셨지요. 짧은 기간이었지만 지켜본 바 그도 뱉은 말을 어기는 사람은 아닌 듯 보였습니다. 그리고……."

다해가 한 발짝 성큼 다가가 자기보다 훨씬 더 큰 무연을 올려다보았다.

"제게는 무연님이 계신데 무엇이 걱정이란 말입니까?"

다해의 말끝에 환한 미소가 얹혀 있었다. 무연은 다해의 천하태평한 모습에 그만 실없이 웃음을 터뜨리고 말았다. 그 실소에 다해가 부러 눈을 크게 뜨고 물었다.

"설마 위기에 닥친 저를 모른 척하시진 않겠지요?"

무연이 얼른 웃음기를 거두고는 진지한 얼굴로 말했다.

"그럴 리가 있겠습니까? 아씨의 안전은 제가 목숨을 걸고 지킬 겁니다."

"그러면 되었습니다. 그러니 이제 더는 걱정하지 마세요."

물끄러미 다해를 바라보던 무연이 이내 웃음을 터뜨렸다.

"어찌 웃으십니까?"

다해는 정녕 이유를 모르겠는 눈치였다. 웃음을 그친 무연이 입을 열었다.

"참으로 태평하십니다."

"태평하지 않을 연유는 또 무엇입니까?"

"지금 적국에서 도망을 치는 중입니다. 하물며 적의 간자일지도 모르는 이를 무리에 끼워주었으니 당연한 일이지요."

"아무리 봐도 칼바람님이 간자일 거 같지는……."

무연이 또 큭큭 웃음을 터뜨렸다. 속 시원하게 웃고 싶었지만 상황이 상황이니만치 잔뜩 자제한 티가 나는 웃음이었다.

"그냥 말이 그렇다는 거였습니다. 심각하게 보자면 얼마든지 더욱 심각하게 볼 수 있는 이 상황에 어찌 그리 태평하실 수 있는지를 말입니다."

"무연님이 계시지 않습니까? 제가 더 무엇을 걱정해야 한단 말입니까?"

그리 말하는 다해의 표정이 참으로 해맑았다. 무연은 또 터져 나오려는 웃음을 꾹꾹 눌러 담아야 했다. 덕분에 다해는 걱정을 한시름 덜었다.

그러나 아직 해결되지 않은 문제가 남아 있었다. 그것을 떠올리자 다해의 미간에 다시 주름이 잡혔다.

"어째서 그러십니까?"

"다른 문제가 생각이 났습니다."

"그것이 무엇입니까?"

질문과 동시에 무연은 촌장의 집 마당에 들어서며 들었던 다해의 말을 기억해 냈다. 그래서 연이어 다른 질문을 던졌다.

"혹, 관문을 여는 것으로 촌장이 뭔가를 요구해 왔습니까?"

바로 그때 삐그덕, 부엌문이 열리고 노파가 모습을 드러냈다. 간단한 다과가 차려진 작은 소반을 든 노파가 입을 열었다.

"들어와서 다시 이야기 함세. 자네도 듣게."

다해와 무연은 꾸벅 고개 숙이곤 노파의 뒤를 따랐다.

무연까지 자리 잡아 비좁아진 곳에서 노파는 차분히 차를 따라 한잔씩 건넸다. 네 사람은 말없이 찻잔을 받았다.

"신비술사는 말일세. 특정 조건이 충족되기 전에는 혼인할 수 없네. 그 조건이 너무 까다로워 사실상 일평생 혼인 금지인 거나 마찬가지라고 할 수 있지."

노파는 마지막으로 남은 빈 찻잔을 채우곤 슬쩍 입술을 적셨다.

"황실은 신비술사의 숫자를 늘리기 위해 많은 법을 만들었네.

그중 하나가 신비술사의 혼인 금지, 둘이 출산의 의무이네. 신비술사로 태어난 여자는 신비술사인 여자아이를 두 명 낳을 때까지 강제로 임신을 해야 하지."

"태어난 모든 아이가 신비술사가 되는 게 아닙니까?"

다해의 질문에 노파가 고개를 끄덕였다.

"사내아이는 신비술사가 될 수 없지. 그리고 태어나는 여자아이도 모두 신비술사가 되는 건 아니야. 오직 붉은 머리에 붉은 눈동자를 가진 여자아이만이 신비술을 사용할 수 있네."

"그럼 신비술사가 아닌 채로 태어난 아이는 어찌되나요?"

다해가 물었지만 노파는 고개를 돌렸다. 고개를 갸웃한 다해가 아름달을 쳐다보았다. 아름달도 다해의 시선을 외면했다. 다해는 대체 두 사람이 왜 그러는지 영문을 몰라 이어 칼바람을 쳐다봤다. 칼바람조차 차마 다해와 눈을 맞추지 못했다.

"대체 어찌 하기에 다들 답을 안 해주십니까?"

다해가 묻자 곁에 앉아 있던 무연이 잔뜩 가라앉은 목소리로 답해주었다.

"공식적으로 아비가 누구냐에 따라 다릅니다. 보잘것없는 사내의 자식이면 그저 노예로 팔려 나가지만 만약 권세 있는 가문의 자식이라면 후계 문제를 복잡하게 할 수 없으니 제거합니다. 하지만 아비가 누구인지 모르는 경우가 태반이라……."

무연은 끝까지 말하지 않았으나 다해는 그가 차마 내뱉지 못한 내용을 알아들었다. 잔뜩 일그러진 다해의 눈에서 눈물이 흘러내렸다. 더는 추락할 일이 없을 거라 생각했던 려나라에 대한 다해의 감상은 이제 끝 모를 나락으로 훅 떨어져 내렸다.

다해의 눈물을 보게 된 노파가 말했다.

"그래서 약조해 달라고 하는 걸세. 만물을 평등하다 여기는 진나라 황제라면 우리를 이리 비참하게 살게 내버려 두지는 않을게 아닌가?"

다해는 눈물을 닦아내며 물었다.

"려나라의 신비술사는 몇 분이나 되나요?"

노파가 얼굴을 찡그렸다.

"설마 같이 가잔 말은 말게. 숫자는 얼마 되지 않으나 갓난쟁이부터 오늘내일하는 늙은이까지 모여 있다네. 그중엔 거동이 불가한 자들도 있어. 함께 가기 어려울 걸세."

"하지만 전쟁을 치르는 것보단 낫겠지요."

다해는 조금도 물러설 기미가 없었다. 노파가 긴 한숨을 내쉬었다.

"아직도 내 마음을 모르겠는가? 나는 그저 약조를 바랄 뿐이네. 조만간 우리도 자유로워질 수 있다는, 나는 아니더라도 다음 세대는 자유롭게 살 새 세상이 열릴 거라는 희망, 그걸 바란단 말일세."

노파는 간절했으나 다해는 요지부동이었다.

"약조란 지킬 수 있을 때만 하는 거라고 하였습니다. 전 지키지 못할 약속은 하지 않습니다. 왜냐하면 제게는 그럴 능력이 없기 때문입니다."

다해는 굳건했다. 노파의 눈동자가 촉촉하게 젖어들었다. 다해의 눈동자가 흔들렸다. 그러나 다해는 다시 마음을 단단히 다졌다. 노파가 슬쩍 고개를 돌렸다.

"위 장군이라고?"

무연은 정중히 고개를 숙였다.

"자네는 어떠한가? 진나라의 대장군인 자네는 틀림없이 황제를 설득할 수 있을 터."

무연이 무뚝뚝하게 대꾸했다.

"폐하께 제안은 드릴 수 있습니다. 하지만 전쟁의 승패는 함부로 예측할 수 있는 것이 아닌지라 제 제안이 받아들여질지 어떨지는 약조해 드릴 수가 없습니다."

노파가 쓰게 웃었다.

"그래서 자네도 안 되겠다고?"

"죄송합니다."

무연은 더욱 깊게 고개를 숙였다.

노파는 잔뜩 주름진 거친 손으로 눈가를 훔쳤다. 그것으로 모든 슬픔을 치워낸 듯 단호한 표정이 돼서는 다시 입을 열었다.

"그럼 나도 할 수 없지. 관문은 열어줄 수 없네."

"어머니! 저를 위해서라도 그냥 좀 열어주시면 안 되나요? 잡히면 저는 죽은 목숨입니다!"

아름달이 비통한 얼굴로 어미의 치맛자락을 잡았다.

"황명 없이 관문을 연 것이 밝혀지면 관여된 모두가 죽음을 면치 못한다는 건 너도 잘 알겠지."

아름달이 스르르 치맛자락을 놓았다. 죄책감을 느끼는 모양이었다. 차가운 눈으로 한 번 더 일행을 훑어본 노파는 휭 찬바람을 휘날리며 신을 신고 밖으로 나가 버렸다. 칼바람이 쯔쯔, 혀를 찼다.

"다들 융통성이라곤 눈곱만큼도 없네. 그깟 약조 그냥 해버리면 될 것을……."

칼바람의 말은 공허하게 허공으로 흩어졌다.

"밤이 깊었으니 우선 다들 눈부터 붙이세요."

아름달이 자리에서 일어나 건너편에 이부자리를 펴주었다. 당연하다는 듯 그 자리는 다해의 차지가 되었다. 다해는 포근한 그 이부자리가 가시방석이라도 된 듯 어쩔 줄 몰라 했다. 무연과 칼바람은 모른 척 벽에 등을 기댄 채 눈을 감아버렸다.

아름달은 눈길 한번 주지 않고 다과상을 치우곤 불을 꺼버렸다. 마음이 불편해 잠시 꼼지락거리던 다해는 그러나 이내 새근새근 고른 숨소리를 내며 깊은 잠에 빠져들었다.

관문을 열어주지 않겠다고 냉정하게 거절했던 것과 달리 노파는 이른 새벽, 부지런한 네 사람도 겨우 눈을 뜰까 말까 한 시각에 세숫물과 아침식사를 챙겨주었다.

집까지 내어준 노파에게 감사함을 표하고 빙 둘러 앉아 식사를 하는데 안절부절못하는 아름달을 보고 다해가 물었다.

"어디 불편하세요?"

아름달은 연신 칼바람의 눈치를 살피고 있었다. 아무래도 귀족인 칼바람과 겸상을 하는 것이 못내 불안한 모양이었다. 칼바람은 그것을 아는지 모르는지, 부실한 찬에도 불구하고 맛있게 식사를 하고 있었다. 다해보다 조금 더 이쪽 사정에 밝은 무연이 아름달의 심정을 눈치채고 슬며시 말을 건넸다.

"이제부터 동료이니 편히 대하십시오."

아름달은 난처하게 미소 지으며 답했다.

"그러고 싶은 마음이야 굴뚝이지요……."

아름달은 밥그릇을 두 손으로 쥔 채 고개를 숙였다. 흘깃 쳐다본 칼바람이 한마디 툭 뱉어냈다.

"당사자가 괜찮다는데 뭔 호들갑이야? 어서 먹어라."

웃전으로부터 내려온 그대로 먹으라는 명령. 그제야 아름달은 다소 편해진 얼굴로 수저를 들었다. 다해는 그런 아름달을 물끄러미 바라보다가 다시 수저를 들었다.

노파가 빈 그릇을 치우러 들어왔다. 아름달은 미련을 버리지 못한 듯 어미를 도우며 조심스럽게 물었다.

"어머니, 관문은……."

노파는 다해와 무연을 보았다.

"약조는 해준다더냐?"

불행하게도 다해나 무연은 아무 반응이 없었다.

"약조가 없다면 관문도 없다."

노파는 그대로 찬바람을 휘날리며 나가 버렸다. 아름달이 걱정스러운 얼굴로 자리에 앉았다.

"이제 어찌하면 좋습니까? 차라리 간밤에 서둘러 청진을 떠나야 했던 것은 아닌지 걱정스럽습니다."

그러나 아름달과 달리 세 사람은 딱히 걱정스러운 기색이 없었다. 한 명 한 명 살펴본 아름달이 물었다.

"세 분 모두 어찌 그리 태평하십니까?"

"신비촌은 안전하니까 굳이 사서 걱정할 필요 있나?"

칼바람의 대꾸에 아름달이 조심스레 반박했다.

"하지만 이제 봄입니다. 조만간 합일(合日)이 되면 사내들이 몰려들 것입니다."

"아직 날이 좀 남았지."

칼바람은 무심해 보였다. 아름달은 속이 터지다 못해 그가 귀족임을 잊기라도 한 듯 보였다.

"합일이 멀었다 해도 언제 쪽문으로 들이닥칠지 어찌 압니까?"

"합일이 얼마 안 남았는데 어떤 바보가 쪽문으로 돈을 내고 들어와? 그 문, 통행료가 은근 비싸."

칼바람은 여전히 한가해 보였다. 답답해진 아름달이 다해를 보았다. 다해의 얼굴이 살짝 구겨져 있었다. 아름달은 다해가 자신과 같은 생각을 하고 있다고 여겼다.

"어찌하면 좋습니까? 이미 추적자들이 온 청진에 깔려 있을 것인데요……."

그런데 다해는 동문서답을 했다.

"합일이 그거겠죠?"

칼바람이 고개를 끄덕였다. 다해의 얼굴에 수심이 드리워졌다.

"쪽문도 합일도 아무리 생각해도 익숙해지지가 않네요. 어찌 사람에게 그런……."

"천손!"

아름달이 소리쳤다. 뼛속까지 새겨진 노비근성을 답답함이 이겨냈다. 다해가 깜짝 놀라는 얼굴로 아름달을 보았다.

"어찌 그러십니까?"

정말로 영문을 모르겠다는 얼굴이었다. 아름달이 여전히 성난 얼굴을 하고 말했다.

"추적자를 이제 어찌하실 거냐고 묻고 있지 않습니까?"

"어찌하긴요, 그들이 다 사라질 때까지 기다려야지요."

"그들이 사라지길 기다려요?"

다해가 고개를 끄덕였다.

"예. 신비촌은 합일이 되기 전까진 쪽문이 열리지 않는 한 안전하다면서요. 그럼 걱정할 게 무에 있겠습니까? 느긋하게 기다렸다가 추적자들이 멀리 가버리면 그만인 것을요."

"그게 말이 되는……."

아름달이 눈살을 찌푸렸다. 무연이 조심스럽게 말을 덧붙였다.

"보통 탈주한 이는 서두르기 마련이지요. 추적자들은 필시 그리 생각할 것입니다."

"하지만 여기는 청진 한복판입니다."

아름달이 반박했다. 다해가 빙그레 웃었다.

"원래 등잔 밑이 어두운 법입니다."

아름달이 고개를 돌려 칼바람을 보고 물었다.

"직접 가르친 용영대원들이 설마 그 정도도 꿰뚫지 못할 거라 여기시는 겁니까?"

칼바람이 어깨를 으쓱했다.

"내가 끼어 있는걸 알 테니 더욱 서두를걸? 내가 제법 성질이 급한 것으로 알려져 있거든."

아름달은 어이없는 얼굴로 더는 할 말이 없는 듯 보였다. 다해가 다소 긴장한 목소리로 입을 열었다.

"하지만 너무 오래 머물 수는 없습니다. 진에도 분명 려의 간자가 있을 터, 우리가 도착하지 않았다는 것을 알면 그때는 추적이 아닌 수색이 시작될 테니까요."

칼바람과 무연이 고개를 끄덕였다. 아름달은 드디어 포기한 듯 힘없이 물었다.

"그럼 때가 되면 어찌 나가실 겁니까?"

다해가 활짝 웃었다.

"그건 이제부터 생각해 봐야죠."

아름달이 긴 한숨을 내쉬며 고개를 절레절레 흔들더니 마치 한탄하듯 말했다.

"어머니께서 통행증 정도는 빌려주실 겁니다."

"통행증이요?"

다해가 묻자 아름달이 힘없이 고개를 끄덕였다.

"예. 신비술사들이 나랏일을 하러 나갈 때 사용하는 통행증입니다."

"그렇다면 나라에서 금방 알지 않을까요?"

아름달이 칼바람을 흘깃거리며 머뭇거렸다. 칼바람이 콧방귀를 뀌더니 입을 열었다.

"나도 안다. 귀족들이 제멋대로라는 거."

그걸로 끝이었다. 아름달이 어색한 미소를 짓더니 다시 다해를 보았다.

"들으셨다시피 귀족들이 어찌나 신비술사들을 개인 비서처럼 이용하는지 매번 황명을 받으러 들락거리기 번거롭다고 항의하는 바람에 미리 만들어 신비촌의 촌장에게 건네준 것이 있습니다."

다해가 작게 한숨을 내쉬었다.

"그들답네요. 하지만 통행증이 있다 한들 어찌 네 사람이 모두 나간단 말입니까?"

"신비술사들은 필요에 따라 일행이 있기도 합니다."

"칼바람님과 무연님이야 칼잡이가 되면 됩니다만 저는 어찌합니까?"

아름달은 자신도 모르게 소맷자락을 움켜쥐었다.

"그것이…… 가끔 귀족들에게 귀한 대접을 받는 신비술사들은 종종 몸종을 데리고 다니기도……."

다해가 피식 웃었다.

"제가 몸종이 된다고 기분 나빠할 거라 여기시는 겁니까?"

아름달의 어깨가 축 처졌다.

"그럴 분이 아니시라는 건 잘 압니다만……."

다해가 부드럽게 아름달의 손을 잡았다.

"괜찮습니다. 태어나면서부터 몸으로 익힌 것을 버리는 건 쉽지 않겠지요. 하지만 이제 벗어나도록 노력해 보세요. 저희는 절대로 아름달님을 저희보다 낮은 자리의 사람이라 업신여기고 깔보지 않을 것입니다."

아름달의 눈동자가 촉촉해졌다.

"천손……."

그러나 그 감동은 오래가지 않았다. 칼바람이 무연을 턱으로 가리키며 끼어들었다.

"저 녀석 머리랑 눈은 어쩔 건데?"

시건방진 그 태도에 무연이 눈살을 찌푸렸다. 아름달이 작게 미소 지으며 말했다.

"신비술을 이용해 바꾸어 드릴 겁니다."

칼바람이 히죽거렸다.

"천손이 싫어할걸?"

다해가 고개를 갸웃했다.

"제가 왜 싫어할 거라고 생각하시는지 모르겠습니다."

"신비술사가 여자니까."

다해는 여전히 무슨 소린지 이해하지 못했다. 뒤늦게 아름달이 아, 하고 탄식하더니 더듬더듬 말했다.

"그, 그것이, 신비술을 담은 물로 목욕을 해야 합니다. 그러다 보니 시, 시, 신비술사와 함께, 함께, 함께⋯⋯."

다해가 정색했다.

"설마 함께 목욕을 해야 한다는 말을 하고 계시는 건 아니죠?"

칼바람이 쿡, 웃음을 터뜨렸다. 무연이 빙그레 웃더니 담담하게 말했다.

"고용된 가노들에게 어릴 때부터 목욕시중을 받아온 터라 전 상관없습니다."

그 말을 들은 칼바람은 아예 대놓고 크하하 웃음을 터뜨렸다. 다해가 매섭게 쏘아보았다. 칼바람은 얼른 입을 다물었다. 그러나 누가 툭 건들면 바로 터질 듯 연신 뺨이 실룩거렸다.

"두건이나 망토 같은 걸로 가릴 순 없겠습니까?"

다해의 목소리엔 찬바람이 가득했다.

"대놓고 '나 수상한 사람이요.' 아예 써 붙이지?"

여전히 킄킄거리는 칼바람이었다. 다해가 또 한 번 매섭게 그를 노려보았다. 칼바람은 얼른 딴청을 피웠다. 눈치 없는 무연은 한 번 더 그런 다해를 달래보았다.

"저는 정녕 아무렇지 않……."

"제가 아무렇지 않지가 않습니다."

다해의 쏘아붙임에 무연은 입을 다물었다. 정말로 다해가 왜 그러는지 모르는 표정이었다. 이리저리 눈치만 살피던 아름달이 조심스레 끼어들었다.

"청진의 성문을 나갈 때는 모두 모자와 두건 등을 벗도록 되어 있습니다."

"설마 귀족도 그러합니까?"

아닐 거라는 확신에 찬 목소리였다. 아름달이 난처한 얼굴을 했다.

"신비술사의 수행이 귀족이 될 수는 없으니……."

"그럼 다른 방법을 찾아봐야겠습니다."

다해는 요지부동이었다. 눈치 없는 무연이 다해를 조심스레 불러보았다. 그러나 다해는 찬바람을 휘날리며 그를 무시했다. 결국, 끝까지 참지 못한 칼바람이 크하하 또 웃음을 터뜨리고 말았다. 아름달이 깊은 한숨을 내쉬었다. 한참을 웃고 난 후 겨우 진정된 칼바람이 입을 열었다.

"그럼 해결책은 내가 찾아봐야겠군."

"좋은 방법이 있으십니까?"

다해는 여전히 찬바람이 날렸다.

"일단 저 녀석을 저대로 데려가려면 귀족이어야 하니 귀족의 도움이 필요하지 않겠어?"

"하지만 칼바람님이 우리와 합류하신 건 이미 모두가 다 알 텐데 소용이 없지 않겠습니까?"

"당연히 난 아니지. 내 친구한테 갈 거야."

"……위험한 생각 같아 보입니다."

다해가 눈살을 찌푸렸다. 칼바람이 쓰게 웃었다.

"부패한 려나라 귀족이라도 목숨을 믿고 맡길 만한 친구 하나쯤은 있는 법이지."

다해가 얼른 미안한 표정을 지었다.

"저는 그런 의미가 아니었습니다."

칼바람이 벌떡 일어났다.

"됐어. 내가 녀석을 만나볼 동안 다들 편히 쉬고나 있어."

무연이 무심하게 끼어들었다.

"날이 밝아 위험할 텐데."

무표정한 얼굴을 보니 딱히 그를 걱정한 게 아닌 듯 보였다. 칼바람은 씩 웃으며 신발을 신었다.

"여기는 려나라 청진이다. 큰길은 물론이고 샛길 골목길도 모두 다 내 손바닥이지."

무연은 그가 자신의 말을 듣지 않으려 하자 다해에게 넌지시 말을 건넸다.

"그가 잡히면 위험합니다. 저는 정말 괜찮으니……."

그러나 겨우 기분이 풀린 듯 보였던 다해가 다시 매서워진 얼굴로 무연을 쏘아보았다. 무연은 자신도 모르게 말끝을 흐리고 입을 다물었다. 칼바람이 큭큭 웃더니 냉큼 집밖으로 나가 버렸다. 찬바람이 감도는 다해와 무연 사이에서 버텨낼 수 없었던 아름달도 마치 몰래 도둑질이라도 하러 가듯 천천히 신발을 신고는 밖으로 나가 버렸다. 무연은 당최 이유도 모르면서 가시 돋친 다해에 어쩔 줄 몰라 했다.

아침을 먹고 신비촌을 떠났던 칼바람은 해가 지고 달이 머리꼭대기까지 떠오르고 나서야 돌아왔다. 살짝 술 냄새를 풍기고 있었다. 절친한 벗과 마지막 회포라도 푼 것인가 싶었다. 일행은 그의 무신경함에 혀를 내둘렀다. 그러나 그가 가져온 새로운 방법이 하도 기발하여 그 누구도 그것에 대해 불평할 수 없었다. 그 방법은 비로소 아름달에게도 평화를 가져다주었다.

덕분에 네 사람은 도망자 같지 않게 평화롭고 여유로웠다. 관문은 열어주지 않았으나 그래도 친딸의 목숨을 버릴 수는 없는지라 촌장은 아무 내색도 하지 않았다. 우습게도 귀족에 대한 공포가 뼛속 깊이 자리 잡은 또 다른 신비술사들은 칼바람에 대한 두려움 때문에 그들에 관해선 눈감고 귀 막고 입을 닫았다. 씁쓸한 일이 아닐 수 없었지만 한편으론 참으로 다행한 일이었다.

일행은 햇님이 채 뜨기도 전, 온 세상이 파란 새벽에 촌장의 집 앞에 모였다. 넷 모두 신비술사들이 붉은 머리를 감추기 위해 종종 애용하는, 그래서 흘깃 보기만 해도 신비술사라고 오해하기 딱 좋은 두건이 달린 망토를 걸쳤다.

"그럼 가보겠습니다."

아름달이 촌장에게 허리를 숙였다. 비록 매몰차게 굴었지만 그래도 모친이라고 아름달의 눈에 눈물이 맺혔다.

"몸조심하고. 가서 기회를 봐서 우리도 함께 살 수 있는 방법을 찾아 보거라."

촌장은 끝까지 촌장으로서의 의무를 저버리지 않았다. 아름달이 슬프게 미소 지었다. 그녀는 제 어머니에게 차마 아무 대답도 해줄 수가 없었다. 다해가 앞으로 나섰다.

"저도 아름달님과 더불어 노력을 해보겠습니다."

촌장이 눈을 빛냈다.

"그럼 약조해 주는 겐가?"

"아니, 그것이 아니오라……."

당황한 다해의 목소리가 잦아들었다. 노파가 피식 웃었다.

"참으로 대쪽 같은 분일세. 거짓 약속도 괜찮다는데 그게 그리 힘든가?"

"송구합니다."

다해가 정중히 허리를 숙였다.

"됐네. 이제 자네가 어떤 사람인지 충분히 알았으니 미안해할 필요도 없네. 무사히 진나라에 도착하길 바라네."

"예. 잡힌다 한들, 이곳에서 머문 것이 들키지는 않을 것입니다."

촌장이 빙그레 웃었다.

"살날도 얼마 남지 않았으니 그런 건 개의치 말게. 다만……."

촌장의 눈동자가 드디어 촉촉해졌다.

"내 딸이라도 그곳에서 편히 살 수 있도록만 해주게."

"어머니……."

아름달의 눈에서 눈물이 주룩 흘러내렸다.

"이미 벌어진 일이니 겁을 먹거나 포기할 생각은 말거라. 알겠지?"

"어머니……."

아름달과 촌장이 서로를 끌어안았다. 무연과 칼바람이 어색하게 몸을 돌렸다. 다해가 뜨거워진 눈가를 훔쳐 냈다.

"그럼 어서 가거라. 괜히 나 때문에 지체했구나."

"예. 그럼 안녕히 계세요."

"그간 감사했습니다."

칼바람을 제외한 일행은 모두 촌장에게 깊이 허리 숙여 인사를 했다. 모두의 인사가 끝난 것을 확인한 칼바람이 두건을 뒤집어쓰고 쌩하니 걷기 시작했다. 세 사람이 그 뒤를 따랐다. 아름달은 몇 번이고 뒤를 돌아보았다. 그녀는 이별에 대해선 한 번도 생각해 본 적이 없었다. 당장 엉망진창인 황궁생활에서 도망치고 싶다는 이유만으로 충동적으로 저지른 일인 탓에 갑자기 닥친 이별이 감당하기 어려운 모양이었다. 다해는 그런 아름달을 안쓰러운 눈으로 쳐다보았다.

청진의 모든 길을 훤히 꿰고 있다고 호언장담하던 칼바람의 말은 허세가 아닌 모양이었다. 신비술사로 위장한 망토가 무색하게도 그들은 단 한 사람. 그러니까 노예가 아닌 사람을 단 한 사람도 만나지 못했다. 게다가 놀랍게도 네 사람은 칼바람의 친우 너른나무의 집 대문을 너무나도 당당하게 넘었다. 문을 열어준 이가 노비였기에 가능한 일이었다.

"여전히 적응이 안 되네요."

"금방 적응하실 겁니다."

다해와 무연이 조그맣게 속삭였다. 앞에서 그들을 인도하는 이 집의 가노를 의식한 말이었다. 칼바람이 그런 그들을 흘깃 쳐다보며 피식 웃더니 이내 고개를 돌렸다.

"어서 오게. 이른 아침에 보자 해서 미안하네."

화려하게 치장한 칼바람 또래의 사내가 모습을 드러냈다. 영롱하게 반짝이는 커다란 귀걸이를 흔들며 나타난 그가 칼바람과 힘차게 서로를 끌어안았다.

"이 미친놈이 언젠간 사고를 칠 줄 내 알았지요."

너른나무라 불린 사내의 부드러운 시선은 다해에게 향해 있었다. 다해는 부담스러운 시선에 몸 둘 바를 몰라 얼른 고개를 숙였다.

"저희를 도와주시다 큰 봉변을 당하시진 않을까 걱정됩니다."

"아니, 그 정도야 뭐, 이 친구가 드디어 여인을 좇기로 했다는데 충분히 감당할 만하지요."

너른나무가 느끼한 눈으로 칼바람을 바라보았다. 칼바람이 흠흠, 헛기침을 하며 얼굴을 붉히는가 싶더니 너른나무의 시선을 외면했다.

"그럼 일단 안에서 이야기 합시다. 드시지요."

너른나무가 한쪽으로 비켜서며 팔을 들어 안을 가리켰다. 다해는 정중히 고개를 숙인 후 계단을 올랐다. 그 뒤를 무연과 칼바람이 따르자 아름달은 보이지도 않는다는 태도로 너른나무가 그 뒤를 따랐다. 아름달은 당연하다는 듯 묵묵히 기다리다가 조용히 너른나무의 뒤를 따랐다.

"앉으시지요."

무심결에 너른나무가 내어준 자리에 앉고 나서야 다해는 의자가 네 개뿐임을 알았다. 그러나 아름달은 당연하다는 듯 다소곳하게 한편으로 물러나 양손을 가지런히 모은 채 섰다.

"의자가 하나 더……."

다해는 아름달을 이제 동료라 여겼기에 그런 대접을 받게 내버려 둘 생각이 없었다. 그러나 다해가 꺼낸 말을 칼바람이 잽싸게 가로막았다.

"그래서 준비는 다 되었는가?"

분명 다해가 입을 연 것을 보고 들은 게 틀림없는데도 너른나무는 그녀를 외면한 채 칼바람의 말에 대꾸했다.

"운이 좋았네. 최근 고모님께서 새 밤 동무를 들이셔서 어찌나 정신이 없으신지, 덕분에 수월했네."

다해가 눈살을 찌푸렸다. 그러나 칼바람도 너른나무도 그것을 못 본 척했다. 아름달 또한 여전히 고개만 숙이고 있었다. 잔뜩 불쾌해 보이는 다해가 한 번 더 무어라 말하려 했다. 그것을 본 무연이 부드럽게 다해의 손을 잡았다. 깜짝 놀란 다해가 무연을 쳐다보자 그가 살짝 고개를 흔들었다. 그 행동이 무엇을 의미하는지 깨달은 다해는 슬픈 얼굴로 아름달을 한번 쳐다본 후에야 칼바람과 너른나무의 대화에 집중하기로 했다. 다해가 이해한 것을 알게 된 무연은 손을 거두었다.

너른나무가 무언가를 꺼내놓았다.

"자, 고모님이신 벌리부인의 호패이네."

"이걸 어찌 구했나? 아무리 막무가내인 귀족이라 해도 호패가 없으면 불편한 게 한두 가지가 아닐 텐데."

너른나무가 껄껄껄 웃으며 말했다.

"말했잖은가, 새 밤 동무가 생기셨다고. 그자하고 뜨거운 밤을 보내야겠는데 나이 많은 조카가 시치미를 뚝 떼고 계속 자리를 지키고 있으니 얼마나 속이 타셨겠는가?"

"별리부인 성정이 장난이 아니라 알고 있는데 어쩌려고?"

"설마 조카님을 죽이기야 하겠는가?"

너른나무는 참으로 태평했다. 탁자 위에 놓인 호패를 물끄러미 바라보며 두 사람의 대화를 경청하던 다해가 끼어들었다.

"너른나무님의 고모님이시라면 연세가 많으시겠지요? 그럼 저는 혹 신비술로 뭔가를 해야 하는 건가요?"

드디어 너른나무가 다시 다해에게로 관심을 돌렸다. 그는 려나라의 사내들이 흔히 그러하듯 낯선 여인인 다해를 그윽한 눈빛으로 보았다.

"고모님께선 저보다 어리십니다. 정력이 왕성하신 할아버님 덕분에 어찌어찌 그리 되었지요. 아마 휘월당과 비슷한 연배실 겁니다."

"아……."

다해의 얼굴이 빨개졌다. 이야기가 또 그런 쪽으로 흐를 거라곤 예상하지 못한 탓이었다. 그런 다해의 반응에 너른나무의 미소가 더욱 뜨거워졌다. 무연이 불쾌한 눈빛을 보내기 시작했다. 그것을 발견한 칼바람이 벌떡 자리에서 일어났다.

"그럼 어서 채비를 해볼까? 준비는 다 되었다고 했지?"

너른나무가 아쉬운 듯 고개를 돌리더니 자리에서 일어나서는 무연과 다해를 눈짓했다.

"두 분의 옷은 이곳에 있고 자네가 입을 마부 옷은 다른 곳에 있네."

"왜 내 옷만 다른 곳이야?"

"차마 그 험한 옷을 내 아름다운 응접실에 둘 수가 없었네."

"자네답군."

칼바람은 걸치고 있던 신비술사의 망토를 벗어 의자에 걸었다.

"이것들은 알아서 처리해 주게."

"염려 말게."

드디어 너른나무가 고개를 들고 아름달을 보았다.

"두 분의 시중을 네가 들어야겠구나."

아름달은 얌전히 머리를 숙여 답하곤 다해에게 다가왔다.

"이쪽으로 오세요. 치장을 하셔야 합니다."

다해가 한숨을 쉬었다.

"이제는 그 이상한 차림에서 벗어날 줄 알았는데 다시 해야 하는 거군요."

"이상하다니요! 얼마나 아름다운지 직접 보시면 감탄을 금치 못하실 겁니다!"

너른나무가 너스레를 떨었다. 다해는 생긋 웃으며 정중히 허리를 숙였다.

"크나큰 골칫거리가 될지도 모르는 저희를 위해 이리 애써주시니 감사할 따름입니다."

"그 감사함 고이 간직하셨다가 이 친구에게 보답하시는 건 어떻겠습니까?"

너른나무가 툭, 칼바람의 어깨를 쳤다. 칼바람은 민망한 얼굴로 먼 산만 바라보고 있었다. 다해가 다시 고개를 숙이며 말했다.

"그건 어려울 거 같습니다. 제게는 이미……."

다해가 황급히 입을 닫았다. 누차 떠벌려 온 사실이었으나 무연 앞에선 꺼낼 수가 없는 말이었다.

무연이 눈을 동그랗게 뜨고 물었다.

"이미…… 요? 벌써 마음에 두신 분이 있습니까? 설마 려나라 사내입니까?"

무연의 목소리는 살짝 떨리고 있었다. 다해가 점찍은 사내가 려나라 사내라 여기고 있기 때문인 건지 다른 이유 때문인 건지는 오직 천지신명만 알지 싶었다.

다해가 진땀을 흘리며 얼른 변명했다.

"아닙니다. 전 이미 마음을 굳힌 상태라고 말하려 했던 겁니다만, 혹여 칼바람님이 상처라도 받으시면 어쩌나 해서 그랬던 겁니다."

이 어이없는 변명에 칼바람이 잔뜩 얼굴을 찡그렸다.

"세상에! 천손께서는 마음이 참으로 고우십니다."

너른나무가 감탄을 터뜨렸지만, 그에게 관심을 갖는 이는 아무도 없었다. 칼바람은 당장에라도 모든 것을 폭로하고 싶은 얼굴이었다. 다해가 연신 눈빛으로 사죄를 해왔다. 칼바람은 칫, 하는 소리를 내더니 큰 소리로 너른나무에게 물었다.

"내 옷은 어디 있는가?"

잠시 상황을 파악하지 못해 어리둥절해하고 있던 너른나무가 얼른 팔을 뻗어 입구를 가리켰다.

"곁방에 있네. 따라오게."

칼바람은 너른나무가 앞서기도 전에 성큼 문을 열고 나가 버렸다. 무연이 눈살을 찌푸렸다.

"저자, 천손께 가진 마음이 단순한 호기심이 아닌 모양이군요. 조심하셔야겠습니다."

다해가 어색하게 하하하, 웃었다. 아름달이 때를 맞춰 방 한구석에 무겁게 드리워져 있던 휘장을 걷으며 말했다.

"천손 먼저 하시지요. 이쪽입니다."

슬쩍 걷힌 휘장 너머 선반위에 커다란 종이상자 두 개가 나란히 놓여 있었다. 다해는 아름달을 구세주라도 된 것처럼 바라보며 얼른 달려갔다. 그런데 무연이 그 뒤를 따라왔다.

"저, 오, 옷을 갈아입을 것인데……."

다해가 눈이 동그래져서는 말을 더듬었다. 무연이 빙그레 웃더니 대꾸했다.

"사지가 멀쩡한데 굳이 기다릴 필요는 없겠지요. 제 옷을 챙겨 가려고 온 것이니 안심하세요. 금방 나가겠습니다."

말을 마친 무연은 조심스럽게 상자를 하나 열어보더니 그 옆의 상자를 챙겨 들고 다시 돌아왔다. 가만히 기다리던 아름달은 무연이 지나가기 편하게 휘장을 들추어주었다. 무연은 감사하단 의미로 살짝 고개를 숙여 예를 취하고 지나갔다. 아름달은 당황한 듯 휘장을 계속 들고 있었다.

"아름달님?"

다해가 불렀다. 그제야 아름달은 휘장을 걷고 있던 손을 내렸다. 묵직한 휘장이 다시 드리워졌다. 사락사락, 휘장 너머에서 무연이 옷을 갈아입는 소리가 들려왔다. 다해는 얼굴을 붉혔다. 언젠가 어릴 적 아무 생각 없이 무연이 있는 방문을 벌컥 열었다가 마주쳤던 민망했던 순간이 떠올랐다. 막 옷을 갈아입는 중이었던 무연은 어린 다해를 보고 당황하는 기색이라곤 하나도 없이 생긋 웃어주더니 마저 옷을 입었더랬다. 그 꿈틀거리던 근육들은 이후로 뇌리에서 완전히 잊혀져 가는가 싶었거늘……. 놀랍게도 지금 이 순간 선명하게 되살아났다.

"천손?"

아름달이 다해를 일깨웠다.

"아, 아니에요!"

다해는 괜한 호들갑을 떨더니 훌훌 옷을 벗었다. 예전의 그 부끄러움은 다 어디로 도망갔는지……. 옷을 벗는다는 부끄러움을 무연의 벗은 몸을 상상했다는 부끄러움이 이겨 버렸다. 그런 다해의 행동에 깜짝 놀란 아름달이 눈을 크게 뜨더니 황급히 새 옷이 들어 있는 상자를 챙겨왔다. 겉옷을 다 벗은 다해는 어느새 속옷까지 벗어버릴 듯 매듭을 풀고 있었다.

"아, 아니, 천손! 굳이 속옷까지는……."

아름달이 황급히 입을 막았다. 휘장이 제아무리 두껍다고는 하나 소리까지 막을 수는 없을 터, 그 순간 다해의 얼굴이 더욱 붉게 타올랐다. 다해는 민망함을 감추기 위해 속옷까지 벗으려던 손길을 멈추고 냉큼 아름달이 들고 있던 옷을 빼앗아 걸쳤다. 연신 휘장 너머를 흘깃거리던 아름달이 서둘러 다해의 매무새를 가다듬고 허리띠를 둘러주었다.

휘장 너머에서 천천히 옷을 갈아입던 무연이 소리 없이 미소 지었다. 참으로 다해다운 반응이었다. 려나라에서의 고생으로 성정이 변하면 어쩌나, 걱정했거늘 그렇지 않은 것을 알고 보니 흐뭇했다. 옷을 다 입은 무연은 자신이 벗어둔 옷을 잘 개켜두었다.

조선에서부터 입고 있던 옷이라 벗어놓고 보니 옷이라기보다는 걸레에 가까웠지만 아무렇게나 팽개쳐 두는 것은 그의 성미에 맞지 않았다.

잘 개켜둔 옷을 탁자 위에 올려두고 무연은 의자에 앉아 가만히 기다렸다. 휘장 너머에선 두 여자의 속닥거리는 소리가 연신 들려왔다. 귀를 기울인다면 무슨 말을 하는지 들을 수도 있었겠지만 무연은 굳이 그러지 않았다. 그렇게 가만히 앉아 다해를 기다리고 있는데 다소 서두르는 듯한 발소리가 들려왔다. 무연은 조심스럽게 탁자 위에 올려두었던 칼을 뽑아들었다. 다행히 모습을 드러낸 자는 너른나무였다.

너른나무는 앉아 있는 무연을 보더니 화들짝 놀라며 호들갑을 떨었다.

"그냥 입으신 겁니까? 세상에! 어찌 그러실 수 있습니까? 절대 그럴 수는 없는 법입니다!"

그 와중에도 너른나무는 흘깃, 탁자 위의 더러운 옷가지를 보고 눈살을 찌푸리는 것도 잊지 않았다.

"제대로 입은 것이 아닙니까?"

무연은 의아했다. 분명 제대로 다 갖춰 입었다고 여겼건만 너른나무는 마치 못 볼 꼴이라도 보고 있는 것처럼 행동했다.

"안 됩니다. 어서 따르시지요. 그 머리, 그 거칠어진 손, 오랫동안 고생한 흔적이 역력한 피부, 게다가……."

너른나무가 킁킁거리더니 눈살을 찌푸렸다. 무연은 무안했다. 조선에서 넘어온 후로 계속 노역장에 있었다. 당연히 제대로 씻은 적이 언제인지 기억나지 않았다. 신비촌 또한 별반 다를 것은 없었다. 다른 이들이야 매일 목욕을 해왔으니 며칠쯤 안 한다 해도 아무 문제가 없을지 몰라도 무연은…… 달랐다.

너른나무는 마치 무연이 자신의 위신을 깎아먹기라도 한 것처럼 심각한 얼굴로 재촉했다.

"별리부인의 정인이랍시고 위장을 했는데 그런 몰골로 다니다 걸리기라도 하면 제가 고모님께 죽습니다."

"겨우 위장에 불과하지 않습니까? 호패도 내어주신 분이 어찌 그만한 일로……."

"아, 황제폐하와도 정을 통하는 별리부인께서 자신의 밤 동무를 방치하더란다고 잘못 소문이라도 나면 가문의 망신거리가 될 겁니다. 자, 어서 따르세요."

이제 너른나무는 아예 무연의 소매를 잡아끌고 있었다. 무연은 마지못해 그의 손에 이끌려 응접실을 나섰다. 갑작스러운 인기척에 휘장 너머에서 숨죽이고 있던 다해는 두 사람의 발자국이 저 멀리 사라지고 나서야 안도의 한숨을 내쉬었다. 혹시라도 휘장을 들추고 들어오면 어쩌나 아주 난감해하고 있던 차였다. 비록 옷은 다 차려 입었으나 머리칼을 풀어 빗질을 하고 있던 참이었다. 사대부의 아녀자로서 그런 모습을 사내에게 보일 수는 없었다.

아름달은 화장대에 앉은 다해의 머리를 곱게 빗질하고 솜씨 좋게 틀어 올렸다. 화장대 옆에 마련되어 있던 화려한 장신구들도 빠짐없이 일일이 찔러보고 가장 잘 어울리는 것으로 선택했다. 다해는 인형처럼 가만히 앉아 아름달이 하는 것을 지켜보았다.

이윽고 화장까지 마친 아름달이 활짝 웃었다.

"참으로 고우십니다."

다해가 발그레 얼굴을 붉혔다.

"아름달님도 고우십니다."

"그럴 리가요, 어찌 삼십 줄의 제가 꽃다운 열여덟을 이길 수 있겠습니까?"

마치 아름답게 치장한 딸을 대하듯 아름달은 흐뭇해하고 있었다. 민망하게 웃은 다해가 화장대에서 장식빗 하나를 들고 일어났다. 아름달은 머리를 길게 풀어 늘어뜨리고 있을 뿐 아무 장식도 하고 있지 않았다. 다해가 조심스럽게 아름달의 옆머리에 장식빗을 대보았다. 깜짝 놀란 아름달은 황급히 뒤로 물러나더니 창백한 얼굴로 말했다.

"귀한 물건에 제가 손댄 것을 아시면 노하실 겁니다."

누가 노할 것인지는 굳이 언급하지 않아도 충분했다.

"그냥 한번 해보기만 하세요."

"그럴 수는 없습니다. 용서하세요."

아름달이 한발 물러나 정중히 허리를 숙였다. 다해가 쓰게 웃었다. 그녀가 남의 물건으로 생색을 내려 한 것은 아니었다. 그저 아름달 또한 충분히 아름답다는 것을 그녀에게 일러주려 함이었거늘 아름달은 한사코 잠깐 해보는 것조차 거절했다.

다해는 무안한 얼굴로 장식빗을 다시 화장대에 올려두었다. 아름달은 어느새 휘장을 걷어들고 다해를 기다리고 있었다. 다해는 묵직해진 머리와 치맛자락 덕분에 잔뜩 신경을 곤두세우고 조심스레 의자에 앉았다.

탁자 위에 무연이 개켜놓은 옷이 있었다. 조선에서 입고 온 옷이었다. 문득 다해는 조선을 생각했다. 어머니와 아버지 오라버니들과 새언니들 그리고 아장아장 걸어 다니며 안아달라 팔을 뻗던 조카들까지……. 이제 이 너덜너덜한 무연의 옷과 헤어지면 조선에서 가져온 것은 실오라기 하나 남지 않게 된다는 것을 깨닫고 보니 울적해졌다.

다해는 문득 휘월당에 놓고 온 보따리가 생각났다. 꼭 그 옷을 입고 연지곤지 찍은 얼굴로 무연과 혼례를 치르고 싶었는데…….

"무슨 생각을 하십니까?"

아름달이 나지막하게 다해를 불러보았다. 다해는 얼른 고개를 들더니 활짝 웃었다.

"그냥 문득 고향 생각이 났습니다."

다해는 말을 하면서 무의식중에 무연의 옷을 쓸어보다가 이내 깨닫고 멋쩍게 손을 거두었다. 아름달이 부드럽게 미소 지었다.

"모든 일이 끝나 안정되면 고향으로 돌아가실 수 있습니다."

"아뇨. 저는 돌아가지 않을 겁니다."

"고향에 돌아가고 싶으셨던 게 아닙니까?"

다해가 빙그레 웃었다.

"그저 어린 시절을 그리워한 것과 비슷한 감상이었을 뿐입니다. 이미 모든 것이 크게 뒤바뀌었는데 조선으로 돌아간다 한들 더는 예전 같지 않겠지요. 그리고 저 또한 아름달님과 같은 이유에서 진으로 꼭 가야만 합니다."

"저와…… 같은 이유라니요?"

"제가 무연님을 따라 진나라로 가겠다고 결심한 것은 단지 아비와 오라비가 저 때문에 죽은 탓이 아닙니다."

아름달이 난처한 얼굴을 했다. 그녀가 직접 죽인 것은 아니지만 어쨌든 그녀도 그 당시 그들과 한패였다. 그러나 다해는 거기에 전혀 개의치 않는다는 얼굴로 말을 이어나갔다.

"계집아이가 쓸데없이 책이나 읽는다며 어머님께 혼이 난 날이었지요. 저는 제 처소에서 울고 있었습니다. 무연님이 저를 달래주려 애쓰시다가 이런 말씀을 하셨습니다. 진나라 황제가 여자라고요."

아름달은 조선에서 보았던 양반집 규수들을 가만히 떠올려 보았다. 담장 밖으로 나서려면 쓰개치마를 머리부터 뒤집어 써야 했다. 사내라고는 남녀칠세부동석이라 하여 어릴 때부터 근처도 가지 못하게 했다. 얼굴도 모르는 사내에게 시집가 평생 그 집 귀신이 되어야 한다고 교육을 받았다. 아비에게서 남편에게로 그리고 남편에게서 아들에게로 마치 노비처럼 그 소유가 이어지는 듯 보였다. 아름달이 보기에 다해는 그런 곳에선 절대 행복해질 수 없었다.

아름달이 빙그레 웃었다.

"천손께서는 분명 진나라에서 입신양명하실 겁니다."

다해도 빙그레 웃었다.

"입신양명은 바라지 않습니다. 그저 남 눈치 보지 않고 하고 싶은 일이나 마음껏 하고 살 수 있기를 바랄 뿐입니다."

아름달이 작게 소리 내어 웃었다.

"예. 위 장군이시라면 꼭 천손께서 그리 사실 수 있도록 해주실 것입니다."

다해가 얼굴을 붉혔다. 붉어진 다해의 얼굴을 보고 아름달이 또 소리 내어 웃었다.

문밖에서 인기척이 느껴졌다. 아름달은 황급히 웃음을 거두고 다소곳한 자세를 취했다. 그런 아름달의 행동이 안타까워 짧게 한숨을 내쉰 다해가 문밖을 내다보았다. 대문을 열어주었던 가노가 얼른 머리를 조아리며 아뢰었다.

"주인어르신께서 모시라 하였습니다."

다해가 자리에서 일어났다. 그리고 몸을 돌려 응접실을 떠나기 전, 탁자 위에 남아 있던 무연의 옷가지를 한 번 더 쓸어보았다. 이제 다시는 '조선'을 볼 수 없음이 못내 아쉬웠다. 그러나 더는 과거에 얽매일 수 없었다. 다해는 당당하게 앞으로 나아갔다. 그 뒤를 아름달이 조심스레 따랐다.

4.

여우에게도 송곳니가 있다

　다해는 먼저 도착해서 이런저런 이야기를 나누고 있던 칼바람
과 너른나무에게 다가가서 인사를 했다.

　"세상에! 그리 꾸미시니 하늘에서 강림한 천녀 같습니다!"

　너른나무가 호들갑을 떨었다. 다해도 정중히 감사 인사를 건네
곤 물었다.

　"무연님은 어디 계신가요?"

　"이런이런, 칼바람이 여기 있는데 다른 사내를 찾으시다니요?
칼바람의 가슴에 칼바람이 들겠습니다!"

　말을 마친 너른나무가 너털웃음을 터뜨렸다. 다해는 고개를 돌
리고 모른 척했다. 칼바람이 멋쩍은 듯 헛기침을 하며 다해의 물
음에 대신 답을 했다.

　"노역장에서 묵은 때 벗기고 치장까지 마치고 올 거다. 귀부인의
정인이 그리 까칠한 얼굴에 냄새를 풍기며 있을 수는 없으니까."

그제야 다해는 앞에 서 있는 커다랗고 튼튼해 보이는 마차에 관심을 보였다. 분주히 준비 중인 가노 하나가 묵직한 이부자리를 들고 와서는 마차 문을 열더니 안에 들어가 깔기 시작했다. 놀랍게도 마차 안에는 의자가 없었고 마치 작은 방처럼 보이는 구조를 하고 있었다.

다해의 눈이 휘둥그레졌다.

"세상에…… 려나라 귀족들은 참으로 대단합니다. 마차 안에서까지……."

얼굴을 붉히며 한탄 비슷하게 뇌까리는 다해를 보곤 칼바람이 배를 잡고 웃음을 터뜨렸다.

"이…… 큭, 이봐! 제 아무리 려, 려, 려나라…… 큭, 려나라 귀족이라도 마차…… 큭큭, 마차 안에서까지 그런 짓은 안 해!"

말소리가 절반, 웃음소리가 절반이었다. 다해가 민망함으로 얼굴을 붉혔다. 점잖게 부채로 입을 가리며 미소 짓고 있던 너른나무가 끼어들었다.

"저 마차는 환자를 위한 마차입니다. 우리의 계획은 별리부인익 새 정인이 병이 나 치성을 드리러 가는 것입니다만……."

너른나무가 허리를 숙이더니 다해의 귓가에 속삭였다.

"제 고모님께서는 저 환자용 마차를 천손께서 상상하시는 그런 목적으로 사용하고 계시니 틀렸다고 무안해하지 않으셔도 된답니다."

다해가 경악했다. 칼바람의 웃음이 뚝 그쳤다. 그 또한 완전히 경악하고 있었다. 너른나무가 천천히 자세를 바로 하더니 칼바람을 보고 빙그레 웃었다.

"무얼 그리 놀라는가?"

"자네 그 말 정말인가?"

"뭐, 폐하께서 괜히 고모님을 흡족해하셨겠는가? 폐하의 취향이 좀……."

너른나무의 눈길이 슬쩍 아름달을 향했다가 돌아왔다. 아름달은 미동도 하지 않았지만 만약 체온의 변화를 감지할 수 있는 신비술이 존재했더라면 수치심으로 살짝 달아오른 것을 확인할 수 있을 터였다. 그것을 알아챈 것은 오직 칼바람뿐이었다. 아름달과 그리매가 무슨 관계인지 전혀 알지 못하는 다해는 잠시 어리둥절한 얼굴을 하고 있다가 화제를 돌렸다.

"청진은 려나라의 수도가 아닙니까? 뛰어난 의원이라면 전부 청진에 있지 않겠습니까?"

다해의 물음에 너른나무의 입술이 크게 호를 그렸다.

"제 고모님께서는 의원을 그다지 신뢰하지 않으시는 걸로 유명하시니 안심하세요."

다해는 입을 다물어 버렸다. 그 별리부인이란 여자가 참으로 궁금해지는 순간이었다. 순간 민망한 상황이 상상되었다. 마차 안에서 스스럼없이 옷을 벗기 시작하는 또래의 낯모르는 여인……. 다해는 그만 얼굴을 붉히고 말았다. 다행히 그런 다해를 또 다른 가노가 구해주었다. 작은 인기척에 모두가 일제히 고개를 돌렸다. 가노가 크게 허리를 굽히며 위 장군을 모셔왔노라 아뢰었다. 그 뒤에 선 무연을 본 다해는 그대로 얼어버렸다.

무연의 청록색 머리카락이 바람에 나부꼈다. 어찌나 빗질을 열심히 했는지 반질반질 윤이 났다. 출렁이는 머리칼 군데군데 반짝이는 작은 보석들이 별처럼 매달려 있었다. 얼굴에선 광채가 흘렀다. 입술은 세상 모든 여인들이 부러워할 만큼 붉고 매끄러웠다. 무엇보다도 매력적인 것은 눈 밑의 문신이었다. 눈 밑에는 오색영롱한 염료로 작은 꽃 한 송이가 그려져 있었는데 마치 떨잠처럼 꽃잎이 이따금 파르르 떨고 있었다.

너른나무가 입고 있는 것처럼 화려한 자수가 놓인 매끄러운 비단옷을 걸치고 깃털부채까지 들고 있는 무연은 마침내 제 옷을 찾아 입은 듯 여유로워 보였다. 다해는 벌어진 입을 다물지 못했다. 살면서 이토록 아름다운 남자는 본 적이 없었다. 아름달의 도움으로 한껏 치장한 자신이 부끄러울 지경이었다.

"어찌…… 그러십니까?"

다해의 시선에 부담을 느낀 무연이 물었다. 다해는 얼른 정신을 차리곤 하하, 어색하게 미소 지었다.

"환자인 척해야 한다고 했는데 너무 생, 생기가 넘쳐서요. 하하하."

말미에 덧붙인 웃음은 그 누가 들어보아도 참으로 작위적이었다.

너른나무가 얼른 둘 사이에 끼어들었다. 대놓고 다해의 시선에서 무연을 차단하는 자리였다. 다해의 관심을 끌기 위해서인지 호들갑을 떨며 너른나무가 입을 열었다.

"려나라에는 신비술이 있지 않습니까? 제아무리 환자라 한들, 병색을 그대로 드러내 놓고 다닐 수는 없는 법이지요. 그렇지 않은가, 칼바람?"

과장되게 팔을 움직여 모두의 관심을 칼바람에게로 돌리려는 행동거지가 딱 벗을 위함이었건만 정작 칼바람은 전혀 아무렇지 않아 보였다. 너른나무가 다해와 무연의 눈치를 살살 보다가 냉큼 칼바람에게 다가가 귓속말을 했다.

"자네, 아무렇지 않은 겐가?"

"뭐가?"

칼바람이 정녕 아무것도 모르겠다는 얼굴로 물었다. 너른나무가 눈을 크게 뜨고 말했다.

"천손께서 위 장군에게 홀랑 빠져 계시지 않은가? 근데 아무렇지 않다고?"

그제야 칼바람이 뭔가 아차 싶은 얼굴을 하는가 싶더니 이내 다해를 향해 버럭 소리를 질렀다.

"준비 다 됐으면 그만 마차에 타라! 거기서 그렇게 침 흘리고 있지 말고!"

벼락처럼 들려온 칼바람의 목소리에 깜짝 놀란 다해는 그제야 자신이 멍한 얼굴로 계속 무연을 보고 있단 사실을 깨닫곤 얼굴을 붉히며 홱 마차에 올라탔다. 다해의 눈빛에 어쩔 줄을 몰라 하고 있던 무연도 그제야 안도의 한숨을 내쉬었다. 그런데 다해의 뒤를 따라 마차에 오르려던 무연은 또 한 번 당황해야 했다.

"이게……."

얌전히 앉아 있던 다해는 무연의 눈길이 이부자리로 향한 것을 알고 얼굴을 붉히더니 얼른 변명했다.

"화, 환자를 위한 마차래요. 무연님이 별리부인의 새 정인인데 병에 걸려 치성을 드리러 가는 거로 했다고……."

"아……."

그 말을 듣고도 무연은 다소 어색한 얼굴이었다. 그러나 마차에 타지 않을 수는 없었다. 무연은 쭈뼛거리며 마차에 오르더니 문을 닫곤 어색하게 다해의 곁에 앉았다. 다해가 얼른 이불을 들췄다.

"누, 누우셔야지요. 환자잖아요."

"누군가 마차 내부까지 보려 한다면 그때 눕겠습니다."

무연의 목소리는 살짝 경직되어 있었다. 도로 이불을 내려놓은 다해는 굳이 강권하지 않았다. 둘 사이에 어색한 침묵이 감돌았다. 마차 밖에서 두 사람의 기묘한 분위기를 감지한 칼바람은 큭큭 소리 죽여 웃더니 마부석으로 향했다. 그런 그의 소매를 너른나무가 덥석 붙들었다.

"자네 아까⋯⋯."

심각한 얼굴이었다. 그러나 칼바람은 아무렇지 않게 너른나무를 뿌리치며 대꾸했다.

"잠시 딴생각을 하고 있었을 뿐이야."

"어떻게 자네로 하여금 주군도 버리게 한 여인을 앞에 두고 딴생각을 할 수 있단 말인가?"

칼바람이 불쾌한 듯 눈살을 찌푸리며 고개를 돌렸다. 아름달과 눈이 마주쳤다. 아름달은 무표정하게 그를 바라보고 있다가 눈이 마주치기 무섭게 화들짝 놀라며 얼른 고개를 숙였다. 기이한 것은 칼바람도 살짝 놀란 눈치였다. 꼭 뭐라도 들킨 얼굴이었다. 마치 그것을 감추기라도 하려는 듯 칼바람이 퉁명스럽게 대꾸했다.

"살아 있어야 정도 통할 게 아닌가. 당장 무사히 빠져나갈 궁리를 하느라 그랬지."

그것은 너른나무에게 충분치 않은 대답이었다. 칼바람은 그런 벗을 무시한 채 훌쩍, 마부석에 올라앉았다.

"안 타냐?"

칼바람이 홱 아름달을 향해 소리쳤다. 아름달은 쭈뼛거리며 조심스레 마부석에 올랐다. 그러나 칼바람과 최대한 거리를 두려함인지 가장자리에 위태하게 앉아 있었다. 칼바람이 쏘아붙였다.

"그렇게 안절부절못하는 너 때문에 발각이라도 되면 당장에 목을 칠 터이니 그리 알아라."

"송…… 구합니다."

머리를 조아리며 사죄하는 아름달을 보며 칼바람이 긴 한숨을 내쉬었다.

"그러니까 그런 것 좀 이제 그만하라고. 너 때문에 들키게 생겼잖아. 난 이제 마부야."

"송…….."

아름달이 또 머리를 조아리며 사죄를 하려다가 얼른 입을 막았다. 칼바람이 고개를 절레절레 흔들었다. 아름달은 민망한 얼굴로 여전히 쭈뼛거리며 간신히 제대로 자리를 잡았다.

"그럼 가보겠네."

아름달이 제대로 앉은 것을 확인한 칼바람이 너른나무에게 고개를 돌리고 말했다. 너른나무가 걱정스러운 얼굴로 입을 뗐다.

"자네 설마……."

칼바람은 그 말을 듣지도 않고 요란하게 채찍을 휘둘러 마차를 출발시켰다. 히히힝, 채찍에 얻어맞은 말들이 앞다리를 번쩍 들며 크게 울더니 앞으로 달려 나갔다. 거친 출발에 마차 안에 탄 두 사람은 황급히 붙잡을 것을 찾아야 했다. 마차는 삽시간에 멀어졌다. 마차가 완전히 보이지 않게 될 때까지 그들을 배웅하던 너른나무가 나지막하게 중얼거렸다.

"칼바람 이 사람아 대체 무슨 속셈이란 말인가?"

그 말은 공허하게 허공으로 흩어져 버렸다.

칼바람은 너른나무의 걱정을 뒤로한 채 마차를 북문으로 몰아 갔다. 당연히 서문으로 향할 거라 생각했던 아름달이 넌지시 물었다.

"서문으로 가는 게 낫지 않겠습니까?"

진나라는 려나라의 서쪽 방향에 있었으니 당연히 최단 거리는 서쪽이었다.

칼바람이 무심하게 대꾸했다.

"서쪽엔 이미 추적자들이 앞서가고 있을 테니 북문으로 나갈 것이다."

"려소산맥을 돌아갈 생각이십니까?"

대륙의 동쪽은 기다란 려소산맥이 길게 동에서 서로 이어져 있었다. 북문으로 나간다는 것은 곧, 한참을 돌아간단 소리였다. 칼바람은 대꾸 없이 고개만 끄덕였다. 아름달은 여전히 걱정스러운 얼굴이었다.

"하지만 그렇다 한들 암읍에서 만날 것인데……."

"우리가 암읍에 도착할 때쯤이면 용영대원들은 그제야 우리가 다른 길로 간 것을 깨닫겠지. 그때는 이미 우리가 어디로 갔는지 알 수 없으니 처음부터 다시 수색할 테고. 괜찮을 거다."

"……확실하십니까?"

아름달은 정녕 걱정스러운 얼굴이었다. 칼바람이 자신만만한
태도로 쐐기를 박았다.

"푸른새는 멀리 내다볼 수 있는 위인이 못 된다."

그럼에도 아름달은 끝끝내 불안함을 떨치지 못했다. 칼바람은
그런 그녀를 본체만체 당당히 북문으로 향했다.

청진은 평화로웠다. 네 사람이 탄 마차가 지나가는 길을 감히
막는 자가 없었다. 비록 환자용 마차였으나 귀족의 것임을 드러내
는 뱀 장식 하나가 마차의 지붕에서 당당히 똬리를 틀고 있었다.
그 뱀을 보고도 길을 비키지 않는다는 것은 청진의 그 어느 백성
도 상상조차 못할 일이었다.

어느덧 저 멀리 웅장한 성문이 보였다. 아름달이 마부석에 나
있는 작은 창을 열었다. 그때까지도 다해와 무연은 어색하게 앉은
채 서로를 쳐다보지도 못하고 있었다. 그 모습을 본 아름달은 자
신도 모르게 살짝 웃고 말았다. 작은 웃음소리를 들은 다해가 고
개를 들었다. 눈이 마주치자 무섭게 아름달은 얼른 웃지 않은 척,
정색하며 입을 열었다.

"곧 북문에 도착합니다. 설마 마차 안까지 살피겠다고는 하지
않겠지만 혹시 모르니 마음의 준비를 단단히 해두세요."

다해와 무연이 굳은 얼굴로 고개를 끄덕였다. 마차의 작은 창
문이 닫혔다. 이제 곧 위기가 닥칠지도 모른다 생각하고 보니 둘
다 더는 다른 것에 신경을 쓸 수가 없었다.

"어서 누우세요."

다해가 얼른 이불을 들췄다. 무연은 당연하다는 듯 이부자리에 드러누웠다. 다해는 손수 무연의 머리칼이며 이불 등을 정돈해 주고는 잠시 뭔가 생각하는 듯하더니 냉큼 다가가 그의 베개를 붙들고 말했다.

"정말로 아끼는 정인이라면 이리 하는 게 나을 거 같습니다."

다해는 조심스럽게 베개를 빼내 옆으로 치우곤 무연의 머리를 들어 자신의 무릎에 얹었다. 뒤늦게 다해가 무엇을 하려는지 깨달은 무연이 몸을 일으키려 했다. 그러나 다해는 단호하게 그의 어깨를 붙잡고 놔주지 않았다. 힘으로 이기려 한다면야 벗어나지 못할 리 없건만, 무연은 살짝 붉어진 얼굴로 순순히 다해의 다리에 머리를 얹었다.

다해는 다시 이불을 바로 하고 무연의 뺨에 흩어진 머리칼까지 정돈하고는 조심스레 그 뺨에 제 손을 얹은 채 크게 심호흡을 했다. 물끄러미 다해를 보고 있던 무연은 그녀가 자신이 맡은 귀부인 역에 몰입하기 위해 노력하는 중임을 알고는 자신도 민망함을 지우고자 노력했다.

성문이 가까워지자 아름달이 점점 안절부절못하기 시작했다. 칼바람은 매서운 눈으로 아름달을 노려보며 나지막하게 읊조렸다.

"들키면 당장 네년부터 폐하께 잡아다 바칠 것이다."

그 말은 효과가 있었다. 칼바람의 말에 이를 악문 아름달이 두 눈을 감았다. 이내 파르르 몸을 떨었다. 아름달이 다시 눈을 떴을 때 그녀에게선 당황한 기색 같은 것은 전혀 찾아볼 수 없었다. 아름달이 안정된 것을 확인한 칼바람이 마차의 속도를 높였다.

이미 줄을 서서 차례를 기다리는 사람들이 많았다. 그러나 칼바람은 개의치 않았다. 마치 당연하다는 듯 줄을 지나쳐 성문을 빠져나가려 했다.

"멈춰라!"

마차가 마차인지라 가로막은 자는 화려한 견장이 돋보이는 상급자였다. 이미 며칠이 지났으니 다소 해이해질 법하건만 어지간히 고지식한 모양이었다. 칼바람이 얼른 고삐를 잡아 마차를 세우곤 굽실거렸다.

"별리부인의 마차입니다요."

아무리 상급자라 한들 겨우 북문대장일 뿐이라 용영대장의 자리에서 보자면 까마득한 아랫사람이 분명하거늘, 칼바람의 말과 행동에선 전혀 어색함을 찾아볼 수 없었다. 아름달은 그런 칼바람에 대한 놀라움을 내색하지 않기 위해 무던히도 애를 써야 했다.

가로막은 병사는 별리부인이라는 말에 흠칫 놀라는 기색을 보였다. 그 또한 나름 귀족 나부랭이이니 별리부인이 누구인지 모를 리가 없었다. 한때 온 청진이 시끌벅적해질 정도로 황제가 총애했던 정인이 아니던가?

북문대장은 잠시 고민했다. 그러나 이내 허리춤의 칼을 바투 쥐며 어깨를 당당히 펴고 외쳤다.

"물 샐 틈 없이 지키라는 황명이 있어 어쩔 수 없다!"

목소리가 큰 것이 안에 타고 있는 사람을 향한 말임이 틀림없었다. 다해와 무연은 마차 안에서 귀를 쫑긋거렸다. 무연이 다해의 다리를 베고 있는 다소 민망한 상황 같은 것은 잊은 지 오래였다. 칼바람이 또 한 번 굽실거리며 입을 열었다.

"별리부인께서 심기가 많이 불편하십니다요. 최근 아끼는 밤 동무를 얻으셨사온데 병이 든 터라……."

참으로 실감나는 난처한 표정이었다. 그러나 북문대장은 물러서지 않았다.

"사내 둘, 계집 하나 그리고……."

북문대장의 눈이 슬쩍 아름달을 훑었다.

"신비술사 하나, 총 네 명의 일행을 찾고 있는데 네 말에 따르면 마차 안에는 현재 남녀 한 쌍이……."

그때, 마차의 옆쪽 창문이 요란하게 열렸다.

"대체 무얼 하고 있는 게야! 이러다 별빛나래가 죽으면 너희들이 목숨이라도 바칠 셈이냐!"

호랑이의 포효와도 같은 다해의 목소리였다. 슬그머니 빼버린 별똥별 팔찌는 치맛자락에 감춘 뒤였다. 다해의 노성에 칼바람과 아름달이 깜짝 놀랐다. 설마 저렇게 대놓고 모습을 드러내리라곤 예상하지 못한 일이었다. 다행히 북문대장은 그 행동을, 모시는 주인의 노성에 놀란 것으로 이해한 듯 보였다.

북문대장이 황급히 창문으로 다가가 머리를 조아렸다.

"소인, 북문을 지키는 북문대장 큰바위라 하옵니다. 지엄하신 황명이 있어……."

마차 안에 앉아 있는 다해가 매서운 눈으로 자신을 큰바위라 밝힌 북문대장의 말을 끊고 쏘아붙였다.

"그래, 북문대장 큰바위, 내 기억해 두지."

잠시 뜸을 들인 다해가 표독스러운 표정을 짓더니 목소리를 높였다.

"잘 기억해 두었다가 어여쁜 별빛나래가 잘못된다면 내 기필코 자네를 찾아 그의 저승 길동무로 삼을 것이야!"

그 목소리가 얼마나 서슬 퍼런지 북문대장은 말투가 상당히 어색한 것도 알지 못하는 얼굴로 황급히 고개를 숙였다.

"소, 송구합니다! 그리 위독한 줄은 미처 몰랐습니다!"

다해는 북문대장을 무시한 채 칼바람을 향해 외쳤다.

"무엇 하느냐! 당장 마차를 출발시켜라!"

칼바람은 예이~ 하고 큰 소리로 대답하더니 힘차게 채찍을 휘둘렀다. 날카로운 파열음과 함께 말 두 마리가 요란하게 히힝, 울며 다급하게 출발했다. 동시에 다해는 마차가 부서져라 창문을 닫아버렸다. 목숨이 하나뿐인 북문대장 큰바위는 멀어지는 마차를 멀거니 바라보는 것밖에 할 수 있는 게 없었다.

성문을 통과하고도 마차에 탄 일행 중 입을 여는 사람은 아무도 없었다. 이제 막 청진에서 나와 뿔뿔이 흩어지는 사람들이 많았다. 그들은 세차게 달려오는 마차를 피해 길 옆으로 피한 후에야 귀족의 것임을 알고 깜짝 놀라며 얼른 머리를 숙였다. 그렇게 한참을 달려 숲길에 진입하자 어느덧 일어나 앉아 있던 무연이 피식 웃음을 터뜨렸다.

"그간 어찌 감추고 사셨습니까?"

성문을 나간 후로 자신이 실수를 한 거면 어쩌나 조마조마하고 있던 다해가 움찔 놀라는 얼굴로 물었다.

"무, 무엇을 말입니까?"

서슬 퍼런 귀부인은 어디 가고 다시 다소곳한 양가의 규수가 상기된 얼굴로 무연을 쳐다봤다. 무연이 살짝 장난꾸러기 같은 표정을 지었다.

"그리 앙칼진 모습을 갖고 계실 거라곤 생각도 해본 적이 없었습니다. 아까 제가 얼마나 놀랐는지 아십니까?"

다해의 얼굴이 화르륵 불타올랐다.

"아, 아니, 그냥 무사히 지나가자면 그러는 게 제일 낫겠다 싶어⋯⋯."

"사람이 그런 면도 있어야 이 험한 세상을 살아가지!"

내내 열려 있던 마부석의 창문 너머에서 칼바람의 목소리가 넘어왔다.

"정말 별리부인 같던데? 네가 나타난 후론 폐하께서 찬밥 취급해서 본 적도 없을 텐데 어찌 그리 잘 알지?"

"그런 것이 아니라⋯⋯."

"안하무인이기로 유명한 별리부인을 그대로 재현하다니! 혹시 그게 본성인 건 아냐?"

칼바람이 신나게 떠들어댔다. 무연이 작게 웃음을 터뜨렸다. 심지어 아름달도 손으로 입을 가리고 웃음 지었다. 민망해 어쩔 줄 몰라 하던 다해는 얼굴에 손부채질을 하다가 이내 창문을 활짝 열고는 바깥을 구경하는 척했다. 세 사람은 그런 다해를 보며 또 웃음 지었다.

날씨는 무척 화창했다. 모두의 예상이 적중했는지 따르는 추격자도 없었다. 이따금 오가는 사람들이 있었지만 감히 귀족의 마차를 향해 눈길조차 던지는 이가 없었다. 가끔 또 다른 마차가 스쳐 지나가기도 했지만 활짝 열린 창문으로 보이는 모르는 사람을 보고 아는 척하는 이 역시 없었다. 그저 눈이 마주치면 살짝 고갯짓이나 하는 정도였다.

다그닥, 다그닥, 규칙적으로 들려오는 말발굽 소리를 들으며 한가로이 스쳐 가는 바깥 풍경을 턱까지 괴고 구경하던 다해가 중얼거렸다.

"추적자가 적을 거란 예상은 했어도 이렇게 아예 없을 줄은 몰랐네요."

"그래서 걱정입니다."

무연의 근심 어린 목소리에 다해가 고개를 돌렸다. 무연은 슬쩍 마부석 쪽으로 향해 있는 창문을 보았다. 작은 창문은 여전히 열려 있었다. 무연이 잔뜩 목소리를 낮추었다.

"제아무리 유능한 상급자라 해도 아랫사람들의 모든 움직임을 정확히 예측할 수는……."

"그건 너나 그렇지. 난 다르거든?"

역시나, 다 들린 듯 칼바람이 핀잔을 줬다. 무연이 눈살을 찌푸렸다. 그러나 무연은 무어라 반박하지 못했다. 작게 미소 지은 다해가 부드럽게 그의 손을 감싸 쥔 탓이었다.

"이제 일행이 되었으니 섣부른 의심은 좋지 않습니다."

연륜이 있으니 보다 더 많은 이유들을 대며 자신의 주장을 펼법도 하건만, 무연은 황당하게도 무언가를 깨달은 탓에 아무 말도 할 수 없었다. 고개 숙인 무연은 자신의 손을 잡은 다해의 손을 뚫어져라 바라보고 있었다.

조선에서 긴 세월을 함께 지냈지만 다해는 단 한 번도 삼강오륜이 정해놓은 선을 넘은 적이 없었다. 그런데 언제부터일까? 다해의 반응이 조금 변한 것을 바로 지금 깨닫고 말았다.

그러고 보니 자신을 대할 때의 말투나 농담을 건넬 때의 반응 그리고 어쩐지 좀 더 반짝이는 것처럼 보이는 눈동자까지 전부, 달빛을 넘기 전후가 조금 달랐다. 대체 왜일까? 정신을 차려보니 어느 순간 아침 이슬에 푹 젖은 신발을 발견한 기분이었다.

다해는 여전히 부드럽게 미소만 짓고 있었다. 언제나 보아온 같은 미소이건만 무연은 도무지 그 얼굴을 똑바로 바라볼 수가 없었다.

단지 달빛을 넘어 고생을 하다 보니 다해가 변해 그런 것이라면 어째서 자신은 다해를 똑바로 바라볼 수 없게 되었단 말인가? 답답했다. 속 시원하게 이유를 알고 싶었다. 무연은 점점 더 깊은 고민에 빠져들었다. 덕분에 칼바람에 대한 문제는 자연스럽게 무연의 뇌리 밖으로 밀려나 버렸다.

마치 소풍과도 같은 도망이었다. 기분 좋은 봄바람을 맞으며 창밖을 구경하던 다해는 어느덧 창틀에 머리를 얹고 잠이 들고 말았다. 가만히 흔들리는 마차에 몸을 맡긴 채 명상에라도 잠긴 듯 보였던 무연이 눈을 떴다. 잠든 다해를 발견한 그의 입가에 작은 미소가 피어났다.

덜컹, 마차가 뭔가를 밟은 듯 크게 흔들렸다. 깜짝 놀란 다해가 반짝 눈을 떴다. 눈이 마주친 무연이 손으로 입을 가리고 큭큭, 소리를 내어 웃었다.

"잔 거 아닙니다."

다해는 다소곳이 자세를 바로 하면서 정색했다. 그러나 그녀의 뺨엔 창틀의 반듯한 자국이 고스란히 남아 있었다. 큭큭큭, 무연의 웃음소리가 커졌다. 그의 시선이 닿은 뺨을 만져 본 다해의 얼굴이 홍당무가 됐다. 마치 다해의 민망함을 감춰주기라도 하려는 듯 붉은 노을이 천천히 퍼져 나갔다. 그 아래 지평선을 벗 삼은 청진의 북쪽 도시 토란이 모습을 드러냈다.

도시는 꾸준히 가까워졌다. 청진과 달리 성벽은 없었다. 드넓은 평야 한복판에 자리 잡은 거대한 도시에 마차가 입성했다.

멀리서 보기에 키 작은 줄 알았던 도시의 건물들은 하나같이 삼 층짜리였다. 비바람에 풍화되어 온통 회색빛 일색이었지만 도시 전체가 같은 빛깔을 띤 탓에 그것은 독특한 분위기가 되어 제법 볼만했다. 하지만 다해는 창문을 닫아버렸다. 청진에 비해 훨씬 길이 좁은 탓에 마차를 피해 옆으로 비켜선 사람들이 창문 바로 옆을 계속해서 지나갔다. 그들은 하나같이 두려움에 떨고 있었다. 두려움의 대상은 바로 마차의 주인인 다해였다. 다해는 그들의 두려움이 껄끄러워 창문을 닫지 않을 수가 없었다.

드디어 마차가 멈췄다. 조심스럽게 마차의 뒤쪽에 달린 문이 열렸다. 모습을 드러낸 칼바람이 머리를 조아렸다.

"오늘은 이곳에서 머물 겁니다요."

칼바람의 등 뒤로 고개 숙인 채 두려움에 떨고 있는 사람들이 있던 터라 다해는 짐짓 진짜 무서운 귀부인이라도 된 것처럼 근엄한 얼굴로 고개를 끄덕였다. 다해와 무연이 마차에서 내리자 칼바람은 낯선 사내에게 마차를 넘겼다. 그는 칼바람으로부터 동전 몇 닢을 받고 건물 옆 골목으로 마차를 끌어갔다.

"토란에서 가장 큰 여곽입니다."

칼바람은 연신 굽실거리고 있었다. 다해는 그의 능청스러운 행동들이 참으로 적응하기 어려웠다. 그러나 칼바람 너머, 두려움에 떨고 있는 백성들이 그것을 가능하게 해주었다.

다해는 마치 부축하듯 무연의 팔짱을 끼고 천천히 나무 계단을 올랐다.

도시 속 다른 건물들과 마찬가지로 온통 회색빛인 3층짜리 건물이었다. 하지만 활짝 열려 있는 대문 안은 달랐다.

대문이 열린 순간 꽃향기가 밀려들었다. 아름다운 나무와 돌로 장식된 정원 바닥은 온통 동글동글한 하얀 자갈이 깔려 있었다. 덕분에 정원은 순백의 도화지 위에 그려진 산수화 같았다. 정원 너머에서 새하얀 돌계단을 밟으며 주인으로 추정되는 이가 헐레벌떡 달려 나왔다. 일꾼들의 허름한 복색과 달리 화려하게 치장한 사내였다.

"아이고! 어서 오십시오."

신비술사를 대동할 수 있는 이는 청진의 고위귀족뿐이다. 때문에 아름달의 존재는 여곽주인을 기쁘게 했다. 그러나 역으로 다해의 심기를 불편하게 했다.

"정원이 더 넓었다면 좋을 뻔했군."

다해가 심드렁하니 주위를 둘러보며 차갑게 말했다. 여곽주인은 땅이라도 파고들듯 깊이 머리를 조아렸다.

"송구합니다. 귀한 분을 대접하기엔 모자란 점이 많습니다만 토란에선 최고라고 자부하고 있습니다요."

슬그머니 눈을 들어 씩 웃는 주인의 눈빛이 간사해 보였다. 때마침 계단 복도를 지나가는 일꾼 아낙이 다해의 눈에 들어왔다.

허름한 행색은 둘째치고 피골이 상접한 몰골이 피둥피둥 살찐 여곽주인과 너무나도 대비되었다. 다해가 더욱 심하게 눈살을 찌푸렸다.

"쯧, 정원이 너무 좁아. 마음에 들지 않아."

마지막으로 흥, 콧방귀까지 뀐 다해는 여곽주인을 무시한 채 무연의 팔을 부축하듯 잡고 돌계단을 밟았다.

다해는 널따란 방으로 안내를 받았다. 황궁에는 당연히 비할 바가 못 되지만 제법 화려한 방이었다. 거만한 태도로 방 안을 훑어보던 다해의 얼굴이 순간 붉어졌다. 너른 침상이 하나였다. 심지어 베개는 기다란 부부용이었다. 침상을 휘감은 휘장은 하늘하늘한 하얀 천이 한 겹 두툼한 자줏빛이 한 겹 총 두 겹이었다. 여기까진 문제없었다. 문제는 욕조였다. 방 한쪽에는 커다란 욕조도 마찬가지로 야한 휘장에 둘러싸여 있었다. 침대와 욕조가 한 곳에 있다니? 다해는 민망한 것을 상상하고 말았다. 울긋불긋 화려한 치장, 나란히 자리 잡은 침상과 욕조. 다해는 눈 둘 곳을 찾지 못해 바닥만 쳐다보아야 했다.

여곽주인이 기묘한 표정으로 다해를 흘깃거렸다. 아까부터 저녁식사를 어찌 하시겠느냐 물었으나 다해는 미동도 하지 않고 있었다. 무연이 얼른 나서 방에서 먹겠노라고 대신 답했다. 여곽주인은 알겠다고 허리를 굽실거리더니 조용히 문을 닫고 나갔다.

능숙하게 여곽주인을 내보내긴 했으나 난감하기는 무연도 매한가지였다. 평소대로 그저 조용히 맨바닥에 정좌하고 앉아 잠들면 그만이건만 사람은 분위기에 휩쓸리는 동물이라던가? 방 안의 분위기가 하도 묘한 탓에 도저히 침상을 제대로 쳐다볼 수가 없었다.

우르르 하인들이 몰려 들어와 상을 차렸다. 맛깔나고 정갈해 보이는 음식이었지만 자꾸만 침상과 욕조가 한눈에 보이니 밥이 코로 들어가는지 입으로 들어가는지 알 수 없었다.

식사를 마치자 이번엔 목욕 준비를 하겠다며 여자들이 몰려왔다. 잔뜩 당황한 다해가 황급히 그들을 물리치려 했다. 다해의 이해할 수 없는 행동에 여자들이 자기들끼리 속닥거리자 무연이 나섰다.

"부인께서는 이런 누추한 곳에서 목욕을 하느니 차라리 씻지 않겠다 하시네."

그들은 무연의 말을 그대로 믿고 물러났다.

밤은 깊어갔다. 조용히 아뢴 노파가 불을 켜주었다. 그러나 그때까지도 다해와 무연은 여전히 탁자에 앉아 있었다. 시간은 자꾸만 흘렀다. 먼 곳에서 들려오던 시끄러운 주정꾼들의 소리도 슬그머니 사라져 갈 때쯤 내내 안절부절못하던 무연이 자리에서 일어났다.

"주무셔야지요."

다해는 아무 말도 못하고 눈만 동그랗게 뜨더니 자신도 모르게 침을 삼켰다. 무연이 빙그레 웃었다.

"전 다른 방으로 가겠습니다. 혹시 모르니 아름달님을 보내도록 하지요."

"아! 네!"

다해는 무연이 뭐라 했는지 알아듣지 못해놓고도 알아들은 척, 활짝 웃으며 답하더니 침상으로 걸어갔다. 어색하기 짝이 없는 걸음이었다. 무연은 애써 그런 다해를 못 본 척 몸을 돌리고 조심스레 문을 열었다.

어쨌든 무연은 당장 귀부인과 그녀의 정인, 아니, 밤 동무였다. 려나라 풍습에 따르면 그 둘이 서로 다른 방에서 잔다는 건 있을 수 없는 일이었다. 무연은 사방을 살폈다. 다행히 귀한 분을 위한 방인 탓인지 인기척이 없었다. 무연은 조심스레 기척을 감추고 칼바람과 아름달이 머무는 방으로 찾아들었다.

"뭐냐?"

반쯤 잠들어 있던 두 사람이 무연의 기척에 잠에서 깨어났다. 그저 일꾼에 불과한 두 사람의 방엔 낡은 침상 하나와 간이 침상 하나 그리고 이인용 탁자와 의자가 가구의 전부였다.

"나는 려나라 사내가 아니다. 혼례도 올리지 않은 여인과 한방에서 단둘이 있을 수는 없지 않은가?"

무연은 최대한 태연한 태도로 말했다. 칼바람이 어이없다는 얼굴로 실소를 지었다.

"지금 이 상황에서 여인으로 보이더란 말이냐? 지켜야 할 대상을 눈앞에 두는 것은 기본 중의 기본 아닌가?"

무연이 눈살을 찌푸렸다. 그러나 칼바람의 말이 옳았다. 그래서 마치 아무것도 듣지 못한 듯 휙 아름달을 보았다.

"사내는 사내끼리 여인은 여인끼리 있는 게 나을 성싶습니다."

아름달은 천천히 자리에서 일어나 무연에게 허리를 굽혔다. 비록 려나라의 귀족은 아니나 진나라의 지체 높은 장군임을 알고 있는 터라 그녀로선 무연의 말 또한 거절하기 어려웠다. 조심스레 문을 열고 나가는 아름달을 보며 칼바람이 또 핀잔을 줬다.

"아직 려나라거든? 정인과 함께 밤을 지새지 않는 귀부인인 것이 알려지면 들키는 건 시간문제다."

그러나 무연은 딴청만 피워댔다. 칼바람이 혀를 찼다.

"하여튼 진나라 놈들이란, 살을 섞을 것도 아니고……."

무연이 큰 헛기침을 하며 칼바람의 말을 끊었다. 살을 섞는다니……. 진나라에선 함부로 입에 담지 않을 말이었다. 칼바람이 피식 웃었다.

"하여튼 성인군자 나셨네. 침상은 양보할 생각 없다."

"하루 종일 마차를 모느라 힘들었을 사람이 이용하는 게 맞다고 본다."

칼바람은 콧방귀를 뀌며 벌렁 드러누웠다.

무연은 아름달이 누워 있던 간이침상에 드러누웠다. 말이 간이침상이지 그저 바닥에 이부자리를 깔아둔 것에 불과했다. 가만히 누워 있던 칼바람은 잠이 오지 않는 듯 이리저리 뒤척이다가 갑자기 씩 크게 미소 짓더니 벌떡 몸을 일으켰다. 무연이 무슨 일인가 싶어 고개를 돌렸다.

눈이 마주치자 칼바람이 의미심장한 표정을 짓고 말했다.

"난 남색을 즐기는 바 없으니 올라올 생각은 마라."

무연의 얼굴이 하얗게 변했다.

"나, 나 또한 남색은 즐기는 바가 없으니 걱정 마라!"

핵 몸을 돌려 버린 무연은 이불을 단단히 추슬렀다. 털썩 도로 자리에 누운 칼바람은 뭐가 그리 재미난지 낄낄낄 소리 죽여 웃었다.

같은 시각, 홀로 침상에 누워 이리저리 뒤척이던 다해는 문밖의 인기척을 느꼈다.

"누구십니까?"

"아름달이옵니다."

"들어오세요."

조심스레 문이 열리고 아름달이 들었다.

"어쩐 일이십니까?"

"위 장군께옵서 여인은 여인끼리 사내는 사내끼리 밤을 지새는 것이 바르다 하셨습니다."

아름달이 정중히 허리를 숙였다. 그제야 다해의 얼굴에 미소가 피어났다. 갑자기 무연이 나간 것에 안도하는 한편, 자신이 무슨 실수를 한 것은 아닌가 싶어 걱정도 되던 참이었다. 무연이 뭔가 말을 하고 나간 것을 기억은 하는데 무슨 말을 했는지가 기억이 나지 않으니 당연한 일이었다. 이제야 다해는 무연이 남긴 말이 무엇이었는지 알았다.

다해가 미소 지었다.

"잘 오셨어요. 올라오세요."

다해는 옆으로 자리를 이동하고는 이불을 들어 올리며 아름달에게 손짓했다. 침상이 하나뿐이었으니 다해로선 당연한 일이었다. 그런데 아름달은 당황한 얼굴로 굳어 있었다. 다해는 아름달이 이런 대접을 처음 받아 그런가 보다 싶었다. 그래서 활짝 웃으며 재차 청했다.

"괜찮으니 어서 오세요. 침상이 무척 넓습니다."

한참을 고민하던 아름달이 답했다.

"송구합니다, 천손. 제가 비록 노비이나 여색은 즐겨본 적이 없습니다."

깊이 허리 숙인 아름달의 사죄에 다해가 눈을 크게 떴다.

"여색이요? 여인이 여색을 왜 즐긴단 말입니까?"

아무것도 모르는 천진한 눈망울이었다. 잠시 멀뚱히 서 있던 아름달은 그제야 상대가 천손임을 되새겼다. 아름달이 작게 소리 내어 웃었다. 다해는 여전히 영문을 모르겠는 얼굴이었다.

"어째서 웃으십니까?"

"저는 어쩔 수 없는 려나라 사람인 모양입니다."

"그야 려나라에서 나고 자라셨으니 그러시겠죠."

"그러게나 말입니다."

다해는 여전히 이 대화의 맥락을 이해하지 못하고 있었다. 아름달은 굳이 설명하려 하지 않고 다해가 청한 자리에 앉았다.

"불은 제가 끄겠습니다."

"네? 아, 네."

아름달이 후, 입 바람을 불자 은은한 방울 소리 같은 것이 허공을 가로질렀다. 방 한가운데 탁자 위에 놓여 있던 등잔의 불이 훅, 하고 꺼져 버렸다. 짙은 어둠이 내려앉았다. 잠시 후 새근새근 다해의 고른 숨소리만이 방 안을 차분하게 채워 나갔다.

푸른 새싹 가득한 풍경이 이어졌다. 저 멀리 줄지은 산을 배경으로 봄 농사가 한창인 농부들도 바빠 보였다. 덜컹거리는 마차의 흔들림에 몸을 맡긴 채 조용히 바깥 구경만 하던 다해가 드디어 입을 열었다.

"신기합니다. 저 풍경은 얼핏 보면 조선 같습니다. 산천이야 려나라도 비슷했으니 그렇다 쳐도 농사짓는 농부의 모습이 어찌 이리 비슷할 수 있단 말입니까?"

내내 명상에 잠겨 있던 무연이 천천히 눈을 뜨고 빙그레 미소지었다.

"아마도 계나라가 가까워진 모양입니다."

다해가 몸을 돌렸다.

"계나라요?"

무연이 고개를 끄덕였다.

"예. 이쪽 세상에서 가장 조선과 풍습이 비슷한 나라이지요. 산천의 모습은 동으로 갈수록 조선과 비슷하고 서로 갈수록 달라집니다. 보통 풍습도 그러한데 특이하게도 계나라는 대륙의 중심에 있으면서도 그 풍습이 유독 조선과 많이 비슷하지요."

"그럼 진나라의 풍습에도 조선과 비슷한 면이 있을까요?"

무연이 물끄러미 다해를 보았다. 다해의 눈동자엔 호기심이 가득했다. 반짝반짝 빛나는 눈을 쳐다보던 무연은 자신도 모르게 고개를 돌렸다. 뭔가 설명할 수 없는 이유로 그 눈을 똑바로 바라볼 수가 없었다. 뒤늦게 자신의 반응이 이상한 것을 깨달은 무연은 당황한 얼굴을 했다.

"어찌 그러십니까?"

비스듬하게 비껴간 무연의 시선에 다해가 의문을 품었다. 무연은 얼른 웃었다. 어쩐지, 지금의 이 기분을 들키면 안 된다는 생각이 들었다.

"잠시 생각을 정리하는 중이었습니다."

무연은 가까스로 다해와 눈을 다시 맞췄으나 지속하기가 어려웠다. 다해는 여전히 눈을 빛내고 있었다. 천성이 호기심이 가득한 탓이었다. 무연은 짐짓 깊은 생각에 빠진 척 또 시선을 돌리곤 말을 이어나갔다.

"그저 계나라만 유독 조선과 많이 비슷할 뿐입니다. 대륙 대부분의 나라들이 그러하듯 진나라 또한 조선과 비슷하다고도 그렇지 않다고도 말하기 애매합니다."

그렇구나, 라고 작게 혼잣말을 하며 고개를 끄덕인 다해가 다시 고개를 반짝, 들더니 질문을 했다.

"그럼 려나라와 진나라는 어째서 사이가 좋지 못하게 된 겁니까?"

"그건 좀 복잡하군요. 현재 대륙에는 진, 서, 계, 토, 려, 마, 해 총 일곱 국가가 남아 있습니다. 그중 마와 해는 섬나라인 탓에 대륙의 정세에 아무런 영향을 받지 않으나 대륙은 다르지요. 진나라와 려나라는 까마득한 옛날부터 대륙의 패권을 두고 다퉈왔습니다."

무연이 잠시 말을 멈추고 생각을 하는가 싶더니 다시 입을 열었다.

"정정해야겠네요. 다퉜다는 건 좀 어폐가 있군요. 려나라에서 진나라를 질투했다고 보는 게 맞겠습니다."

마차 밖에서 흥, 콧방귀를 뀌는 소리가 들려왔다. 칼바람이었다. 다행히 그뿐 두 사람의 대화에 끼어들지 않았다. 무연은 그를 무시하고 계속 말을 이었다.

"최초에 열두 국가가 있었다고 전해집니다만, 사실 제가 태어날 즈음엔 수없이 많은 나라들이 난립하고 있었지요. 그때는 려나라가 가장 큰 국가였습니다. 진나라는 그저 작은 도시 규모에 불과했지요. 하지만 많은 군주들이 진에 나라를 바쳤습니다."

"자신의 나라를 바치기가 쉬운 일이 아닐 텐데요?"

다해가 눈을 동그랗게 뜨고 물었다. 무연이 민망한 듯 작게 기침을 몇 번 하더니 다시 말을 이었다.

"제 입으로 이런 말을 한다는 게 민망합니다만, 천룡을 신의 후예나 뭐 그런 것쯤으로 생각하는 경향이 오래전부터 있어왔습니다."

"그런 걸 믿는 사람들이 있단 말인가요?"

다해는 믿을 수 없었다. 평생 동안 자신이 보아온 무연은 그저 인간일 뿐이었다.

무연이 미소 지으며 답했다.

"아마도 눈에 딱 보이는 신기한 증거가 있기 때문일 겁니다."

"증거요? 그게 뭔가요?"

"진의 수도 가람입니다."

"수도가 왜요? 특이한가요?"

"직접 보시면 아실 겁니다."

다해가 뾰로통한 표정을 지었다. 다해의 표정에 무연은 만족스러운 미소를 지었다. 어째선지 살짝 화가 난 듯도 보이는 저 표정이 옛날부터 마냥 좋았다. 순간 자신의 감정에 민망함을 느낀 무연이 얼른 화제를 돌렸다.

"그래서 려나라에선 예부터 진나라를 질투해 왔다고 하지요. 그것이 현 황제 때부터 가시화됐다고 합니다. 대놓고 서, 계, 토에 영향력을 행사하기 시작한 거죠."

어느덧 다해는 다시 이야기에 집중하고 있었다.

"저도 지도를 본 적이 있습니다. 서, 계, 토는 진과 려라는 커다란 두 나라 사이에 끼어 있는 형국이더군요."

"맞습니다. 현재 대륙의 판도는 진과 려가 힘겨루기를 하는 형상이지요. 다행히 서나라 같은 경우는 서쪽으로 치우친 터라 려나라의 손길이 미치기 어려운 데다가 사실, 진나라는 타국에 크게 관심이 없기 때문에 다른 두 나라에 비하면 수월하게 독립국의 형태를 유지하고 있지요."

"그럼 계나라와 토나라는 그렇지 않다는 말인가요?"

"해나라에서 갈라져 나온 것으로 추정되는 토나라는 친진파와 친려파가 갈려 다투고 있지요. 현재는 어떤지 모르겠으나 제가 있을 때만 하더라도 친려파가 득세하는 터라 려나라에 속해 있다고 생각해야 했지요."

"계나라는요?"

무연이 작게 한숨을 쉬었다.

"마 혹은 서의 후손이라 일컬어지는 계나라는 좀 불행하지요. 거의 항상 려나라에 사대를 하고 있는 형국입니다. 계나라의 임금은 대대로 황제국이 되겠다는 원대한 포부를 지녀왔습니다. 덕분에 진나라 이외의 또 다른 황제국이 득세하는 걸 좌시할 수 없는 려나라의 견제를 받다 보니 어쩔 수 없지요."

"불행하다고 표현하신 걸 보니 아마도 계나라의 국력이 많이 모자란 모양입니다."

"예, 맞습니다. 계의 왕은 툭하면 조정에서 스스로를 황제라 칭하곤 하지요. 그때마다 그 사실이 려나라에 알려져 곤욕을 치르곤 하는데도 계속 같은 일을 반복하고 있답니다. 아마도 의도했다기보다는 스스로를 황제라 여기다 보니 벌어지는 상황이 아닌가 싶습니다만……."

다해가 고개를 돌리더니 천천히 지나가는 창밖 풍경을 보며 한숨을 내쉬었다.

"하필이면 그런 것까지 조선과 닮다니요. 참 얄궂습니다……."

대화는 그것으로 끊어졌다. 무연은 차마 다해에게 말을 걸 수 없었다. 바깥 풍경을 바라보는 다해의 표정은 참으로 슬퍼 보였다. 눈빛이 아련한 것이 고향이라도 생각하는 모양이었다.

자꾸만 이어지는 침묵 속으로 칼바람이 툭 끼어들었다. 창문이란 창문은 모두 열려 있었고 길 위에는 그들뿐인지라 칼바람의 말소리가 마차 안으로 전해지기는 어렵지 않았다.

"오늘 밤은 령화의 제대로 된 여곽에서 잘 수 있을 거다. 거기서 한 이틀 쉬었다 가는 걸로 하자."

토란에서 령화까지 이어지는 이 도망이 비록 한가한 소풍처럼 평화로웠지만 마냥 편하지만은 않았다. 도시와 도시 사이를 이동하는 데 하루 이상 걸리는 일도 종종 있었다. 그때마다 다해와 아름달은 마차 안에서, 두 남자는 밖에서 한뎃잠을 자야 했으니 신비술의 도움을 다소 받는다 한들 편안함엔 한계가 있을 수밖에 없었다. 때문에 반가운 소식이어야 하건만, 무연은 차가웠다.

"하루빨리 국경을 넘어도 모자랄 상황에 쉬다 가다니?"

칼바람이 콧방귀를 뀌며 대꾸했다.

"추적자들의 예상대로라면 우리는 지금쯤 국경을 넘었어야 한다. 하지만 간자들이 그렇지 않음을 이미 알렸겠지. 자, 그럼 려나라는 그 추적자들을 굳이 청진까지 불러들여 처음부터 다시 수색을 할까? 아니면 그 상태 그대로 그들의 임무를 추적에서 수색으로 바꿀까? 나라면 후자를 선택할 거다. 청진 쪽에선 새로운 수색대를 또 만들면 그만이니까."

"지난번과 말이 다르군. 그땐 분명 청진에서부터 다시 수색을 할 거라고 말했던 거 같은데?"

싸늘한 무연의 대답에도 아랑곳하지 않고 칼바람은 태연하게 답했다.

"생각해 보니까 내가 틀린 거 같더라고. 뭐, 어쨌든 지금은 령화에 숨어서 그들이 지나가길 기다리는 게 좋을 거 같단 생각이 드네."

"생각을 모두 읽을 수 있을 만큼 각별한 수하와 혹시 우리 모르게 그간 연락이라도 하고 있었던 것은 아니고?"

워워, 칼바람이 마차를 세우더니 마부석의 작은 창문으로 성난 얼굴을 들이밀었다.

"지금 내가 첩자라도 된다 이거냐?"

당장에 그 좁은 창을 부수고 안으로 뛰어들기라도 할 듯한 표정이었다.

"그리 말한 적은 없는데?"

칼바람을 외면한 무연의 목소리는 싸늘했다.

"두 분 또 왜 이러십니까? 진정하세요."

다해가 얼른 중재에 나섰다. 다해와 눈이 마주친 무연은 그냥 또 넘어가야 하는가, 하는 생각을 잠깐 했다. 그러나 그러기엔 너무 위험 부담이 컸다.

"말의 앞뒤가 맞지 않는 것도 지금껏 추격자 한번 만나지 못한 것도 생각할수록 이상한 일 투성이잖습니까?"

덜컹, 칼바람이 마부석에서 뛰어내리는 소리가 났다. 마차의 출입구가 벌컥 열리더니 칼바람의 성난 목소리가 들려왔다.

"앞뒤가 안 맞긴 뭐가 안 맞는단 거지? 추적자가 서쪽으로 갈 것임은 모두가 동의했던 일 아니던가? 내가 한 말은……."

핏대를 세워가며 떠들던 칼바람이 뚝, 말을 멈추더니 어이없다는 듯 허공을 보고 허탈하게 웃었다.

"내가 왜 이런 이야기를 해야 하는지 모르겠군. 자, 그럼 네가 말하는 대로 내가 뭔가 계획이 있다 치자. 그래서 내가 얻는 게 뭐지?"

"네가 얻는 게 아니라 네 황제가 얻을 게 있겠지."

속 터지는 얼굴로 칼바람이 무어라 크게 반박하려는데 다해가 끼어들었다.

"두 분 그리 계속 다투시면 전 아름달님과 단둘이 따로 가겠습니다."

무연은 다해가 한다면 하는 성격인 것을 잘 알고 있었다. 덕분에 다툼은 그렇게 삽시간에 끝나 버렸다. 칼바람은 고맙다는 듯 슬쩍 다해에게 눈인사를 하곤 다시 마부석에 올랐다.

무연이 긴 한숨을 내뱉었다. 다해가 부드러운 얼굴로 입을 열었다.

"전 모르겠습니다."

무연이 다소 퉁명스럽게 대꾸했다.

"무엇을 말입니까?"

다해는 여전히 부드러운 목소리로 답했다.

"저를 진나라로 돌려보냈다가 다시 데려갈 때 려나라 황제가 얻을 이익이요."

상황이 이쯤 되고 보니 무연은 어렴풋이 그 이익에 대해 짐작가는 바가 있었지만 그 사실을 다해에게 말해줄 수가 없었다. 긴 세월 함께하면서 단 한 번도 다해와 다해의 가족들에게 그녀가 가짜 천손일 수도 있다는 사실을 말해준 적이 없었다. 진짜임을 확신했기 때문이었으나 이제와 생각해 보면 그것은 실수였다.

달빛을 넘어 닥쳐 올 모든 변수에 대해 말해주었어야 했다. 그러나 무연은 그만 그러지 못했고 이후로 계속 그 이야기는 꺼낼 수 없는 비밀이 되고 말았다. 만약 자신이 그런 중대한 사실을 감춘 것을 알게 된다면…….

순간 등골이 오싹했다.

거짓말쟁이라 오해받을 게 두려운 것이 아니었다. 무연은 그 순간 소름끼치는 사실 하나를 깨달았다. 만약 다해가 가짜라면, 그러니까 진짜 천손이 아니라면 다해는…….

무연은 괴로워 보였다. 그 표정을 엉뚱하게 오해한 다해가 다시 입을 열었다.

"이유 없이 누군가를 불신하는 건 바르지 못한 일입니다. 그렇지 않습니까?"

다해의 부드러운 목소리에 무연이 고개를 들었다. 눈이 마주치자 다해는 생긋 미소를 지었다. 이리 고운 분인데……. 무연은 혼란스러운 마음을 다잡았다. 걱정할 필요가 없는 일이었다. 어쨌든 그녀는 진짜가 확실하리라. 그리 마음을 먹자 평안이 찾아왔다. 무연의 표정이 부드러워졌다. 드디어 원한 것을 얻어낸 다해가 만족스러운 미소를 지었다.

다시 평화를 되찾은 마차가 드디어 령화에 진입했다. 그간 모든 도시에서 그랬듯 일행의 마차가 진입하자 잔물결이라도 일어난 것처럼 술렁임이 온 도시로 퍼져 나갔다. 마차에서 내려 잠시 주위를 둘러본 다해는 모든 도시에서 그랬듯 이번에도 역시나 두려움에 떨고 있는 사람들을 발견하곤 한숨 쉬었다.

호들갑을 떠는 여곽주인에게 방을 안내받았다. 아니, 이번은 방이라기보다는 아예 외따로 마련된 전각이었다. 전각을 대충 훑어본 다해는 주변에 아무도 얼씬하지 않게 하라는 엄명을 내림으로써 칼바람과 아름달을 배려했다.

식사를 마치고 다들 소소하게 이것저것 하고 있는데 홀로 한참을 고민하던 다해가 입을 열었다.

"아무래도 마차를 버리는 게 낫지 않을까 합니다."

세 사람이 동시에 다해를 보았다. 다해가 말을 이어나갔다.

"너무 시선을 끕니다. 아마 지금쯤 별리부인이 령화에 도착했다고 온 사방에 소문이 나지 않았을까요? 만약 그 소문이 청진에 있는 별리부인의 귀에까지 들어간다면 필시 가짜가 저인 것을 짐작하기는 어렵지 않을 겁니다."

무연이 흘깃, 칼바람을 살폈지만 소득은 없었다. 칼바람은 조용히 침묵하고 있었다. 도저히 표정만으로는 무슨 생각을 하고 있는지 알 수 없었다.

아름달이 조심스럽게 끼어들었다.

"하오나 화정까지 아직 많이 남았습니다. 앞으로의 여행길이 천손께 지나치게 험난하진 않을까 걱정이 됩니다."

진심으로 다해를 걱정하는 얼굴이었다. 다해는 빙그레 미소 지었다.

"괜찮습니다. 조선을 떠나기로 작정한 그날부터 어차피 고생은 각오했습니다."

다해의 표정은 단호했다. 그러나 무연은 양심의 가책을 느껴야만 했다. 자신만 나타나지 않았다면 다해의 아비와 오라비들이 죽임당하는 일도 다해가 이리 달빛을 넘어 생소한 세상에서 고생할 일도 없었다.

그때 밖에서 인기척이 느껴졌다. 네 사람은 황급히 자신들이 맡은 역할에 따라 움직였다.

아름달과 칼바람은 곁방으로 달려갔다. 무연과 다해는 잽싸게 나란히 침상에 앉았다. 무연이 덥석 다해의 손을 잡았다. 다해의 심장이 철렁 내려앉았다. 벌써 숱하게 해온 일이건만 정말로 적응하기 어려웠다.

다행히 문밖에서 누군가가 자신을 알린 순간, 다해의 마음은 본능처럼 자연스럽게 가라앉았다.

"잠시 아뢰겠나이다."

목소리를 들어보니 늙은 여곽 주인이었다.

"무슨 일이냐!"

다해가 마치 뭔가를 방해받아 화가 난 것처럼 소리쳤다. 서슬 퍼런 목소리에 놀란 듯 답하는 문밖의 목소리에 떨림이 느껴졌다.

"별리부인을 뵙고자 하는 분이 계시어 찾았나이다."

무연이 바깥에 들리지 않을 작은 소리로 속삭였다.

"만나시면 안 됩니다. 혹여 진짜 별리부인의 지인이기라도 하다면 곤란해질 겁니다."

곁방의 살짝 열린 문틈으로 칼바람과 아름달도 고개를 내밀고 사태를 주시했다. 다해가 무연의 말에 고개를 끄덕이더니 다시 외쳤다.

"피곤하구나. 내일 밝을 때 다시 오라 하거라."

그러나 여곽주인은 물러갈 기미가 보이지 않았다.

"하오나⋯⋯."

여곽주인의 목소리를 뚫고 중후한 사내의 음성이 들려왔다.

"저는 계나라에서 온 나잔이라고 합니다. 그간 서신으로만 교류하던 별리부인께서 왕림하셨다기에 직접 만나고자 찾았습니다."

다해가 작은 목소리로 무연에게 물었다.

"아직 려나라 국경을 넘지 못한 것이 아니었습니까?"

"형식상은 독립국가이나 백성들의 삶은 이미 계와 려의 구분이 없다 보니 왕래가 자유롭습니다."

무연의 답을 듣고 한참 고심하던 다해가 고개를 들었다.

"만나봐야겠습니다."

"안 됩니다. 혹시라도 별리부인의 얼굴을 아는 사람이면 어쩌려고 그러십니까?"

어느덧 곁으로 다가와 있던 아름달이 다급하게 만류하자 칼바람이 팔짱을 낀 채 심각한 얼굴로 동의했다.

"별리부인 성정에 불편하기 짝이 없는 장기 여행을 했을 리 만

무하다만, 반대로 계나라에서 청진을 방문했을 수도 있으니 추천하고 싶지 않군."

하지만 다해는 꿋꿋하게 자신의 의견을 피력했다.

"스스로 서신으로만 교류했다고 말하지 않았습니까? 사람은 무의식중에 진심을 말하기 마련입니다. 아마 정말로 서신밖에 교류해 본 적이 없을 겁니다."

"주고받은 서신의 내용도 모르는데 어쩌려고? 그냥 제거해 버리자."

"그렇게 쉽게 사람을 해칠 수는 없습니다."

다해의 단호한 대답에 눈살을 찌푸린 칼바람이 도움을 청하듯 무연을 보았다. 그러나 무연은 그저 묵묵히 다해의 곁을 지킬 뿐이었다.

기다림에 지쳤는지 문밖에서 다시 큰 소리가 들려왔다.

"별리부인께서 근방으로 행차 중이란 소문을 듣고 닷새 전부터 기다렸습니다. 부디 저의 기다림을 헛되게 하지 않으시면 좋겠습니다."

니진이리 밝힌 지의 목소리는 어찌나 자신감이 넘치는지 그 말이 꼭 협박처럼 들렸다. 다해가 눈살을 찌푸렸다.

"만나주지 않아도 귀찮아질 것 같군요."

모두가 동의한 듯 아무 대꾸가 없었다.

물끄러미 바라보는 다해의 시선에 결국 칼바람과 아름달이 항복했다. 다해가 기쁜 듯 생긋 웃자 아름달은 작게 한숨을 쉬더니 조용히 걸어가 문을 열었다. 삐그덕, 문이 열렸다. 환한 달빛을 배경 삼아 풍채 좋은 사내가 모습을 드러냈다. 목소리에 실린 기운은 성난 장수 같았거늘, 문이 열리고 보니 두둑한 배가 가장 먼저 눈에 띄는 다소 심술궂은 인상의 사내였다.

"너는 가서 다과를 가져오거라."

사내는 마치 자신이 이곳의 주인이라도 되는 듯 여곽주인에게 명하고는 자신만만하게 다가왔다.

"드디어 얼굴을 뵙는군요. 계나라의 나잔 데 수탄입니다."

나잔은 꼿꼿하게 선채로 고개만 까딱했다. 나잔의 태도가 그러했으니 당연히 받아치는 다해의 목소리가 고울 리 없었다. 다해가 불쾌한 얼굴을 했다.

"계나라 사람들은 예의라는 것을 모르는 모양입니다."

나잔은 들은 척도 않고 방 안의 네 사람을 하나하나 천천히 살펴본 후 기묘한 미소를 지었다.

"청진의 별리부인이라 들었습니다만……."

나지막하게 중얼거린 나잔의 목소리에 별리부인에 대한 존경, 예의, 그런 것은 찾아볼 수 없었다. 이상한 낌새를 챈 아름달이 정중히 소리를 높였다.

"청진의 별리부인임을 아신다면서 어찌 예를 취하지 않으시는지요?"

나잔이 가느다란 시선을 아름달에게 보냈다. 피식, 그가 실소를 터뜨렸다.

"신비술사를 대동한……."

나잔의 시선이 다시 다해에게 향했다.

"귀부인인 것은 분명해 보이나……."

휙 칼바람을 스치듯 바라본 그가 뒤이어 무연을 뚫어져라 바라보다 차갑게 미소 지었다.

"누군지 모르겠군요."

마치 뭔가를 아는 듯한 눈치였다. 순간 심장이 철렁한 다해는 얼른 마음을 추스르고 짐짓 불쾌한 표정을 꾸며냈다.

"나에 대한 소문을 들었다면서 동행하는 별빛나래에 대한 소문은 듣지 못하다니 기이한 일입니다. 이 여행의 목적이 별빛나래의 병구완을 위한 치성임을 모르는 이가 없을 텐데 말입니다."

다해의 냉랭한 목소리에도 나잔은 흔들림이 없었다.

"그래서 기이하다는 것입니다."

크게 미소 지은 나잔이 말을 이었다.

"별빛나래는 제가 별리부인께 선물 드린 밤 동무거든요."

일순 정적이 사방을 휘감았다. 그 정적에서 자유로운 것은 오직 나잔뿐이었다. 다행히 잠시 후, 다해가 정신을 차리고 희미한 미소를 머금더니 받아쳤다.

"아직 소식이 전해지지 않은 모양입니다. 보내주신 별빛나래는 이미 내친 지 오래입니다. 이자는 그 후에 새로 얻은 밤 동무이지요."

"조금 전에 그자의 이름이 별빛나래라 하지 않으셨던가요?"

나잔은 여전히 능글거렸다. 다해도 만만치 않았다.

"별빛나래라는 이름이 마음에 든 터라 제가 이자에게 새로 내려주었지요."

말을 마친 다해가 무연을 바라보고 생긋 미소 지었다. 사랑이 가득한 눈빛이었다. 무연은 순간 또 기묘한 느낌을 받아야 했다. 반짝거리는 다해의 눈을 똑바로 바라볼 수가 없었다. 그러나 이내 날카롭게 쏘아지는 나잔의 시선을 느끼곤 얼른 마음을 가다듬었다. 어느덧 두 사람은 서로를 사랑하는 정인이라 하기에 모자람이 없는 분위기를 연출했다. 완벽한 연기였다. 그러나 나잔은 크게 웃음을 터뜨릴 뿐이었다.

다해가 입술을 깨물고 신명 나게 웃고 있는 나잔을 노려보았다. 아무래도 이런 식으론 해결이 날 것 같지 않았다.

"계나라는 좀 불행하지요. 거의 항상 려나라에 사대를 하고 있는 형국입니다."

문득 마차에서 주고받은 무연과의 대화가 떠올랐다. 려나라에 사대하고 있는 계나라. 계나라의 고위귀족과 려나라의 고위귀족. 다해는 다른 방법이 필요한 것을 깨달았다.

다해가 차가운 눈빛으로 나잔을 쳐다보며 나긋나긋하게 누군가를 불렀다.

"푸른새야."

칼바람과 아름달은 둘 중 누구를 부른 건지 몰라 아닌 척, 서로 눈치만 보고 있는데 다해가 시린 얼음보다 더욱 차가운 목소리로 말했다.

"당장 저자의 목을 베어라."

신명 나게 웃고 있던 나잔이 뚝, 웃음을 그쳤다. 그제야 상황을 파악한 칼바람은 잠시 주위를 두리번거리다 침상 옆 협탁 위에 놓여 있던 무연의 치장용 칼을 집어 들었다.

성큼 칼을 빼 든 칼바람이 다해에게 물었다.

"정말로 베올깝쇼?"

다해가 매섭게 칼바람을 쏘아보았다.

"내 언제 허튼 명을 내리더냐?"

다해의 매서운 기세에 깜짝 놀라기라도 한 것처럼 연기한 칼바람은 이내 칼을 높이 쳐들었다.

"내 목을 베면 제아무리 별리부인이라 한들 살아남기 어려울 것입니다!"

칼바람의 기세가 어찌나 진짜 같은지 나잔이 다급하게 소리쳤다. 다해는 한쪽 손을 들어 칼바람에게 멈추라 신호를 하고는 생글생글 웃는 얼굴로 대꾸했다.

"설마, 내가 계나라 귀족나부랭이 하나 죽인다고 무슨 탈이 날 거라 여긴다 이건가?"

나잔의 얼굴이 심하게 구겨졌다. 당장 목숨 줄이 오가는 것보다도 자존심이 상한 모양이었다. 다해는 이 정도면 충분하다 여겼다. 이제 칼자루는 자신 쪽으로 돌아섰다고 확신했다. 그러나 그것은 큰 오산이었다. 한참을 다해만 바라보던 나잔은 큭, 참았던 웃음을 터뜨리는 듯 보이더니 급기야 박장대소를 하기 시작했다. 이제는 숫제 미친놈처럼 보일 지경이었다.

다해는 대체 이 상황을 어찌 해석해야 할지 알 수 없었다. 한참을 눈물까지 찔끔 흘려가며 웃던 나잔이 가까스로 웃음을 다스리고는 다해를 똑바로 보았다.

"별빛나래는 애초에 제 사람이었지요."

그 누구도 그것이 무슨 의미인지 깨닫지 못한 얼굴이었다. 나잔은 괜한 뜸 같은 건들이지 않았다.

"바로 오늘 아침에도 그자가 보낸 소식을 받았지요. 부인께서는 여전히 자신에게 빠져 정신을 차리지 못하고 계신다고 하더군요. 바로 청진에서 말입니다."

이제야 상황을 깨달은 무연이 옷 속에 감춰두었던 자신의 진짜 칼을 꺼내들며 앞으로 뛰쳐나왔다. 칼바람도 다해의 명에 따라 칼집에 찔러 넣었던 그 칼을 다시 꺼내 나잔을 겨누었다. 아름달도 얼른 다해에게 달려가 나잔의 시선으로부터 그녀를 가렸다. 품에 손을 넣고 있는 것을 보니 싸움이라도 벌어지면 뭔가를 날려 도울 심산인 모양이었다.

"다과를……."

하필이면 그 순간, 여곽주인의 명을 받고 다과상을 들고 온 여인이 모든 것을 목격했다. 여인은 잠시 멈칫했지만 이내 비명을 지르며 들고 있던 것을 팽개치고 도망가 버렸다. 멀어지는 여인의 발소리를 듣고 가까스로 정신을 일깨운 다해는 얼른 마음을 가다듬었다. 다해가 아름달의 등 뒤에서 모습을 드러냈다. 그 잠깐 사이에 그녀의 얼굴에서 불안함은 사라지고 없었다.

다해가 미소 지었다.

"분명히 오늘도 그자가 보내온 소식을 전해들으셨다, 고 하셨지요?"

다해는 어린아이처럼 순진한 얼굴로 생긋 미소 짓더니 한 번 더 말했다.

"오늘도…… 라고 하였는데……."

다해는 '도'에 특히나 힘을 주었다. 나잔의 얼굴이 싸늘하게 굳어졌다. 다해는 계속해서 말을 이어나갔다.

"려나라의 소식을 수시로 전하는, 귀부인께 선물한 밤 동무. 그자를 스스럼없이 내 사람이라 칭하는 계나라의 귀족. 려나라와 계나라의 관계를 생각해 보니 뭔가 큰 그림이 그려지는군요. 혹시……."

다해가 살짝 눈웃음쳤다. 다해답지 않은 상당히 애교스러운 웃음이건만 나잔은 아예 숨을 멈춘 것처럼 보였다. 나잔의 표정에서 확신한 다해가 말을 이었다.

"황제폐하께서 이 사실을 알게 되신다면 계나라가 어찌 될지 무척 궁금해지는군요."

나잔은 석상처럼 굳은 채 다해를 노려보기만 했다. 다해는 자신의 승리를 확신했다. 그러나 나잔은 만만치 않았다. 가까스로 평온함을 되찾은 그가 미소를 짓더니 입을 열었다.

"도망 중인 천손께서 그 사실을 전하러 돌아가실 것 같지는 않군요."

아예 '천손'이라며 쐐기를 박아버린 나잔의 행동에 다해를 제외한 세 사람의 낯빛이 더욱 차갑게 굳어버렸다. 그러나 다해는 굴복하지 않았다.

"려나라의 황제가 도망간 천손을 먼저 죽일지 려나라를 호시탐탐 염탐한 계나라를 먼저 칠지 저와 내기라도 해볼 참이십니까?"

과연 려나라 황제가 누굴 먼저 칠지, 다해는 자신이 없었다. 그러나 그것을 겉으로 드러낼 수 없었다. 어쨌든 지금 중요한 것은 상대에게 이쪽이 유리하다는 생각을 심는 거였다. 나잔이 입술을 깨물었다. 점점 더 심하게 일그러지는 나잔의 얼굴을 보며 다해는 승리를 확신하고 말을 이어나갔다.

"자, 그래서 원하는 게 무엇입니까?"

나잔이 다해를 보았다. 얼굴은 여전히 일그러진 채였으나 눈빛은 흔들림이 가득했다. 전혀 예상치 못한 모양이었다. 다해가 그를 일깨워 주었다.

"이미 모든 것을 알고 있으면서 굳이 직접 만나러 온 데에는 뭔가 특별한 목적이 있을 것 같다는 생각이 드는군요. 우리, 거래를 한번 해보지 않겠습니까?"

"난 원하는 것이 없다."

나잔은 잡아뗐다. 다해가 미소 띤 얼굴로 경쾌하게 말했다.

"그냥 쉽게 가는 게 어떨까요? 피차 서로 청진으로 달려가 알게 된 것을 고할 처지는 아니지 않습니까?"

말을 마친 다해는 나잔을 에워싼 세 사람을 향해 가볍게 고개를 끄덕였다. 그들이 경계를 풀자 나잔이 무거운 한숨을 내쉬었다.

"황제를 상대로 거래를 제안한 대범한 여인이라더니, 소문이 사실이었군요."

"과찬이십니다."

아무렇지 않게 정중히 화답했으나 다해는 민망했다. 상대가 황제임을 미리 알았더라면 과연 그리할 수 있었을지, 솔직히 자신이 없었다.

"자, 그럼 앉으세요."

다해는 처소의 주인답게 나잔을 자리로 안내했다. 그러나 나잔은 고개를 흔들었다.

"아닙니다. 야심한 시각, 기습 방문한 주제에 대접을 받을 순

없지요."

나잔의 태도는 이제 제법 정중해졌다. 다해는 만족스러운 얼굴로 대꾸했다.

"이야기를 하고 싶어 오신 것이 아닙니까?"

"그랬지요. 하지만 정중히 예를 갖춰 다시 모시겠습니다. 거래는 그 이후에 하는 걸로 하지요."

"예를…… 갖춰서 모시다니요?"

나잔이 빙그레 미소 지었다. 그러나 눈까지 웃고 있는 것은 아니었다. 잠시 무언가를 생각한 다해가 다시 물었다.

"어디로 가게 되는지 미리 여쭈어도 되겠습니까?"

"계나라의 수도인 암읍의 왕궁으로 가게 될 것입니다."

나잔은 다해가 놀라길 기대한 눈치였다. 그러나 다해는 평온해 보였다. 잠시 그녀를 바라본 나잔이 다시 작게 한숨 쉬었다.

"이런, 이미 짐작하신 모양이군요."

"아무래도 그렇지요. 타국에 간자를 보내는 일에 왕실이 개입되었을 것은 당연지사이니까요."

나잔이 껄껄 크게 웃으며 말했다.

"소문이 사실이었군요. 모름지기 한 나라의 황후라면 그 정도 기량은 갖고 있어야 되는 법. 혹 황후가 되어볼 생각은 없으십니까? 계나라의 황후 자리가 지금 비어 있습니다만……."

무연이 얼굴을 구기며 무심코 칼에 손을 댔다. 눈치 빠른 칼바람이 그런 무연을 막았다. 무연과 눈이 마주치자 칼바람이 작게 고개를 흔들었다. 무연은 눈살을 찌푸리더니 홱 고개를 돌려 버렸다.

다해가 허리를 숙였다.

"정중히 사양하겠습니다."

나잔은 아쉬운 얼굴로 입술을 핥더니 따라 예를 취하며 말을 이었다.

"하면, 내일 아침 일찍 사람을 보내겠습니다. 오늘은 부디 편히 쉬십시오."

예를 차린 인사말이 몇 번인가 더 오간 후 나잔이 물러갔다. 일행은 나잔은 물론이거니와 다른 사람들의 기척조차 들리지 않게 된 후, 머리를 맞댔다.

아름달이 가장 먼저 입을 열었다.

"정말로 따르실 건 아니지요?"

잠시 생각한 다해가 물었다.

"암읍은 여기서 얼마나 걸립니까?"

"령화에서 암읍까지는 꼬박 하루가 걸립니다. 정식으로 예를 갖춰 모신다는 것을 보면 제법 거대한 행렬일 것이니 아마 그보다 더 걸리겠지요."

무연의 답에 다해가 미소 지었다.

"그렇다면 우선 오늘 밤은 쉬어도 되겠군요."

칼바람이 씩 미소 지었다.

"너답지 않구나? 약조를 어길 셈이냐?"

"굳이 이런 약조까지 지킬 필요는 없겠지요. 먼저 무례하게 기습한 것은 그쪽이었으니까요."

"허, 참, 너란 녀석은 어떤 녀석인지 도저히 감을 못 잡겠구나."

"칭찬으로 듣겠습니다."

다해가 과장되게 고개 숙여 예를 취하자 아름달이 자신도 모르게 웃음을 터뜨렸다. 칼바람도 무연도 피식 웃음을 터뜨렸다.

모처럼 제대로 된 침상에서 푹 자고 일어난 다해 일행이 식사도 거르고 분주히 떠날 준비를 하고 있는데 필요한 물건을 구입하러 밖에 나갔던 칼바람이 다급한 얼굴로 돌아왔다.

"계나라에서 사람이 도착했단다."

모두가 당황했다.

"만 하루가 걸리는 거리라 하지 않았습니까? 왕복이라면 적어도 이틀은 걸려야 할 것인데……."

아름달이 사색이 된 얼굴로 중얼거렸다.

"아무래도 처음부터 이런 계획이었나 보군요."

다해가 눈살을 찌푸렸다. 보기 좋게 상대를 제압했다 여겼거늘, 알고 보니 상대의 손바닥 위에서 놀아난 꼴이었다.

"어쩌실 겁니까?"

무연이 조심스럽게 물었다. 다해가 깊은 고민에 빠져들었다. 그런데 그 고민이 끝나기도 전에 나잔이 들이닥쳤다. 호위무사 다수를 대동한 채였다.

다해가 불쾌한 얼굴로 말했다.

"미리 준비되어 있었던 겁니까?"

"귀한 분이 오신다는데 기다릴 수가 있어야지요. 제가 좀 성미가 급하답니다."

나잔은 빙그레 웃기만 했다. 그리매만큼이나 느물거리는 태도가 역겹기 짝이 없었다.

"가실까요?"

다해는 태연한 척 나잔의 인도를 따를 수밖에 없었다. 불길함이 스멀스멀 피어올랐지만 피바람을 불러오는 것은 다해가 원하는 바가 아니었다.

나잔의 인도에 따라 도착한 여곽 밖 인근의 대로에는 크고 화려한 행렬이 일행을 기다리고 있었다. 행렬을 마주한 다해는 우뚝 멈추어 섰다. 옅게 피어올랐던 불길함이 더욱 짙어졌다.

"무슨 문제가 있으십니까?"

아름달이 조심스레 물어왔다. 말과 가마를 한참이나 뚫어져라 바라보던 다해가 툭 말을 뱉어냈다.

"이것은 마치 친영례 행렬 같군요."

"친영례라면……."

아름달의 물음에 무연이 잔뜩 경직된 얼굴로 대꾸했다.

"혼례를 위해 신랑이 신부와 동행하여 본가로 향하는 행렬이지요."

장거리 이동에 편한 마차를 두고 선두의 흰 말은 어찌 된 연유이며, 그 뒤를 따르는 가마 또한 한 사람 밖에 탈 수 없음에도 지나치게 거대하고 화려할 이유는 또 무엇이며 따르는 이들의 복장과 꾸밈이 온통 형식적이기 짝이 없을 것은 또 무어란 말인가?

"소문이 사실이었군요. 모름지기 한나라의 황후라면 그 정도 기량은 갖고 있어야 되는 법. 혹 황후가 되어볼 생각은 없으십니까? 계나라의 황후 자리가 지금 비어 있습니다만……."

조선의 친영례 행렬과 완전히 같은 것이 아님에도 전날 들은 말 때문인지 자꾸만 혼례식 행렬이 연상되는 것을 막을 수 없었다. 나잔이 다소 당황한 듯 크게 웃더니 끼어들었다.

"나라가 다르면 문화도 다르기 마련이지요. 뭔가 오해가 있으신가 봅니다."

말을 마친 나잔이 곁에 서 있던 수하에게 눈짓을 했다. 가마 뒤에 도열해 있던 자들과 같은 옷을 입은, 보다 더 나이 많은 사내가 살살 미소 지으며 냉큼 끼어들었다.

"지체할 시간이 없습니다. 암읍은 멀답니다. 잔치를 벌이자면 준비할 것도 많으니 서두르셔야 합니다."

"잔치요?"

다해가 되물었다. 나잔이 수하에게 눈살을 찌푸리더니 얼른 너스레를 떨었다.

"귀한 손이 오셨는데 잔치를 베풀지 않는다면 그것은 예의가 아니지요."

다해는 못내 미심쩍은 눈치였다. 나잔의 수하 하나가 다해를 향해 웃는 낯으로 아뢰었다.

"어서 가마에 오르시지요."

다해는 불쾌함을 최대한 갈무리하며 나잔에게 말했다.

"일행은 네 명입니다."

일행과 한 마차, 혹은 가마를 타고 가겠단 의지였다. 나잔이 수하에게 엄하게 눈짓했다. 늙은 사내가 얼른 웃으며 다해를 향해 굽실거렸다.

"천손을 위한 가마입니다. 다른 일행은 마차가 준비되어 있습지요."

늙은 사내가 가리킨 저 멀리, 다해의 일행이 청진에서부터 타고 온 마차가 기다리고 있었다. 그것을 빤히 보고도 다해가 움직일 기미가 보이지 않자 나잔이 느끼한 미소를 던지며 변명했다.

"공식적으로 계나라의 왕실에서 별리부인을 초청하는 행렬입니다. 그저 부인의 수하에 불과한 노비 셋을 위한 자리를 마련하면 이상해 보일 것입니다."

틀린 말은 아니었다. 그러나 칼바람이 끼어들었다.

"려나라의 귀족들이 아끼는 밤 동무와는 어지간해서 떨어져 있지 않는다는 것을 모르지는 않을 텐데?"

마부 노릇을 할 필요가 없었던 탓에 칼바람의 말투는 원래대로 다소 거만했다. 그것이 마음에 들지 않았는지 나잔이 불쾌한 얼굴로 차갑게 대꾸했다.

"계나라에서는 남녀가 유별하지요. 공인된 관계가 아니면 한자리에 앉을 수조차 없…… 습니다."

잠깐 머뭇거리는 나잔의 태도를 보아하니 반말을 할까 존댓말을 할까 고민 좀 한 듯했다. 계나라에서 본인의 위신을 생각하자니 말을 낮춰야겠는데 칼바람의 정체를 알고 있다 보니 할 수 없었던 모양이다. 나잔의 태도를 눈치챈 칼바람이 그를 향해 피식, 냉소를 날려주었다.

다해는 여전히 고민하고 있었다. 가마를 탄다는 건 어쩌면 최악의 경우 정체불명인 누군가와의 혼인을 의미할 것이다. 운이 좋다면 정말로 착각에 불과할 수도 있다.

그러나 타지 않으면 틀림없이 피바람이 불 터.

고민을 마친 다해가 가마를 향해 걷기 시작했다.

"아씨."

무연이 다해를 불러 세웠다. 걸음을 멈춘 다해가 무연을 보았다. 무연이 다시 입을 열었다.

"어쩌려고 그러십니까? 이것은 단지 문화 차이가 아닙니다. 진나라 사람인 제가 보기에도 이것은 얼핏 혼례 행렬처럼 여겨집니다. 아마 려나라 사람인 칼바람과 아름달도 마찬가지일 겁니다."

"피바람을 일으키는 것보단 낫습니다."

무연이 신음했다.

"하오나 혼례입니다."

생긋 웃은 다해가 무연에게 다가가더니 귓가에 속삭였다.

"설령 그렇다 한들 혼례를 올리는 것은 조선의 민다해가 아닌 려나라의 별리부인이 될 것입니다."

훅 끼쳐 오는 다해의 향기에 무연이 잠시 숨을 멈췄다. 아무것도 모르는 다해는 다시 한 발 물러나서 미소 지으며 물었다.

"아니 그렇습니까?"

반짝이는 미소에 가까스로 정신을 수습한 무연이 얼른 따라 미소 지었다. 그의 미소를 확인한 다해가 다시 몸을 돌려 가마에 올랐다.

"어이."

칼바람이 무연의 어깨를 툭 쳤다. 멍하니 있던 무연이 화들짝 놀라 뒤를 돌아보았다.

"정신 챙겨라. 계나라 왕실이 만만치 않은 거 진나라에서도 잘 알 텐데?"

말하는 내용과 달리 칼바람은 실소를 머금고 있었다. 무연은 눈살을 찌푸린 채 칼바람을 외면하곤, 가마 가장 가까이에서 말을 탄 채 대기 중이던 무사 하나에게 성큼성큼 다가갔다.

"진나라 서방칠사 주우의 대장군 홍연천랑 위무연이다. 내릴 것이냐, 나랑 맞붙을 것이냐?"

무사는 잠시 혼란스러운 얼굴이었다. 분명 위 장군에 대한 소문을 들어 알고 있는 눈치였다. 청록색 머리칼과 눈동자를 한참이나 살피던 그는 저 멀리 나잔의 눈치를 살폈다. 나잔은 무연의 행동에 눈살을 찌푸리고 있었다. 무사는 어찌할 바를 몰라 했다. 나잔이 잔뜩 불쾌한 얼굴로 곁의 늙은 수하에게 무어라 중얼거렸다. 명을 받은 수하가 헐레벌떡 달려와서는 머리를 조아렸다.

"위 장군께서는 뒤의 마차를⋯⋯."

무연은 들은 척도 하지 않더니 여전히 안장에 앉아 이러지도 저러지도 못하고 있던 무사의 멱살을 잡아 강제로 끌어내리고 말에 올랐다.

"위 장군⋯⋯."

늙은 수하와 내동댕이쳐진 무사가 연신 무연과 나잔의 눈치를 살피며 어찌할 바를 몰라 했다.

"별리부인께서는 제게 한시도 곁에서 떨어지지 말라 하셨지요. 전 그 명령을 수행할 따름입니다."

편의에 따라 위 장군도 되었다가 별빛나래도 되었다가 변화무쌍한 무연의 태도에 나잔이 혀를 내둘렀다.

"되었다. 그만 가자. 그 녀석은 뒤의 마차나 몰게 해라."

나잔이 크게 외쳤다. 늙은 수하는 다시 헐레벌떡 나잔에게 달려갔다. 말을 뺏긴 무사는 황급히 행렬의 맨 뒤에 서 있는 마차로 달려갔다. 무연은 말을 몰아 가마의 바로 곁으로 다가갔다. 무연의 하는 양을 내내 지켜보고 있던 칼바람이 흥, 짧게 콧방귀를 뀌더니 성큼성큼 마차로 향했다. 다해와 눈을 맞추고 짧게 목례한 아름달도 얼른 그 뒤를 따랐다.

가마꾼들은 하루가 꼬박 걸린 여정을 통해 다해가 그다지 까다로운 상전이 아닌 것을 알게 되었다. 그래서인지 암읍이 가까워지자 모두 기쁜 내색을 감추지 못했다. 그들의 표정 덕분에 다해 또한 드디어 암읍에 도착한 것을 알게 되었다.

드넓은 평야가 펼쳐졌다. 군데군데 옹기종기 모인 작은 마을들이 있었다. 기껏해야 집이 십여 채 정도가 최대인 작은 마을들이었다.

"수도라기보다는 한적한 시골 마을 같군요."

무연을 향한 말이었거늘, 가마꾼 중 하나가 활짝 웃으며 답변했다.

"진짜 암읍은 좀 더 가야 한다니요."

"진짜 암읍이라니요? 그럼 여기는 암읍이 아닌 겁니까?"

가마꾼이 그제야 자신이 주제넘게 나선 것을 깨달은 것인지 민망한 얼굴로 어찌할 바를 몰라 했다. 빙그레 웃은 무연이 끼어들었다.

"이곳도 서류상 지명은 암읍입니다. 하지만 이들이 진짜 암읍이라고 부르는 것은 따로 있지요. 아마도 저것일 겁니다."

무연이 팔을 뻗어 어딘가를 가리켰다.

그곳에 거대한 바위산이 있었다. 그 바위산 중턱에 투박한 손길로 깎아 새겨놓은 웅장한 조각이 있었다. 문의 형태를 하고 있는 거대한 부조였다. 신기하게도 그로부터 이어진 기다란 길이 절벽을 구불구불 굽이쳐 땅바닥까지 이어져 있어 그 부조는 마치 진짜 문처럼 보였다.

"저게 뭔가요?"

"천혜의 요새라 불리는 암읍의 왕궁이지요. 보이는 것은 아마 왕궁의 정문일 겁니다."

"세상에……."

다해는 더 말을 잇지 못했다. 웅장한 문이 다해를 맞이했다. 웅장하고 웅장하고 또 웅장하다는 말밖에는 어울리지 않는, 고개를 쳐들고 보아도 그 꼭대기가 보이지 않을 거대한 문이었다. 그런데 그 아래 진짜 문이 따로 있었다. 가짜 문의 장식인 것처럼 교묘하게 가려진 문이었다.

"주인의 허영심이 대단한가 봅니다. 입구에서부터 기가 죽겠네요."

다해의 혼잣말에 가마꾼들이 반사적으로 피식 웃었다가 얼른 표정을 가다듬었다.

아주 천천히 열리기 시작한 문이 드디어 완전히 개방되었다. 문 너머에 커다란 동굴의 내부가 모습을 드러냈다. 다해는 자신도 모르게 감탄사를 내뱉었다.

정문의 맞은편에 거대한 계단 모양의 왕궁이 벽을 가득 채웠다. 층층이 지붕마다 자리잡은 푸른 정원이 윗층의 앞마당이었다. 그 아래 일정한 간격으로 줄 맞춘 반원형의 거리들이 왕궁을 감쌌다. 거대한 대로 하나가 그 거리를 반으로 갈라 정문과 왕궁을 이어주었다. 계획되어 지어진 것이 분명한 도시는 틀림없이 실내임에도 대체 어디서 빛이 비쳐 드는지 어두침침한 구석이 전혀 없는 쾌적한 도시였다.

"이곳이…… 진정한 수도 암읍이군요."

"단지 그뿐만이 아닙니다. 이곳이 진정한 계나라라고 봐도 무방하실 겁니다."

무연은 슬픈 눈으로 도시 사람들을 하나하나 훑고 있었다.

"그 말은 무슨 의미입니까? 또 어찌 저들을 그리 보십니까?"

"계의 왕은 바위산 바깥의 백성들에게 그다지 신경 쓰지 않는 사람이라 합니다."

무연의 시름 어린 표정 속에서 다해는 단박에 그의 말이 무슨 의미인지 확실히 알 수 있었다. 려나라에서도 그랬지만 동굴 밖 계나라의 백성들도 헐벗고 굶주린 티가 역력했다. 한데 기이하게도 이 도시의 사람들은 그런 기색이 전혀 없었다. 도리어 모두가 얼굴에서 윤이 났다. 그것을 깨닫고 보니 이젠 동굴 속 도시의 신기함과 아름다움이 눈에 들어오지 않았다. 다해는 허리를 꼿꼿이 세운 채 앞만 바라보았다.

이 도시에서 유일한 것이 분명해 보이는 대로를 가마에 몸을 맡긴 채 한참을 이동하다 보니 드디어 입구의 반대편, 동굴 벽을 통째로 파내어 만든 거대한 계단 모양의 왕궁 입구에 도착했다.

나잔이 바로 곁에서 수행하던 수하를 보고 명했다.

"저들이 눈치챈 듯하니 계획을 변경해야겠구나."

가마꾼들은 물론이거니와 나잔도 내내 려나라 말을 사용하고 있었거늘, 일행을 의식한 듯 난생처음 듣는 말을 사용한 명이었다. 아마도 계나라 말인 듯했다. 다해가 그런 나잔을 주시하고 있었다. 별똥별 팔찌를 하고 있음에도 거리가 좀 있던지라 들을 수 있었던 것은 눈치, 변경 등의 극히 일부일 뿐이었다. 다해의 시선을 느낀 듯 뒤를 힐끔거린 나잔이 말에서 내리더니 이제는 아예 수하에게 귀엣말을 건넸다.

수하는 잔뜩 수그린 자세로 나잔의 말을 경청했다. 다해의 불길함은 이제 극에 달했다. 그러나 이미 상황을 뒤집기엔 너무 늦어버린 것도 잘 알고 있었다. 할 말을 마친 나잔은 한 번 더 다해를 흘낏거리며 기묘한 미소를 던지더니 홱 몸을 돌려 왕궁 안으로 사라져 버렸다. 다해는 그가 사라진 곳을 쳐다보면서 앞으로 닥쳐올 일이 어떤 것이든 단호하게 대처하겠노라 다짐을 했다.

저 멀리 마차에서 내린 일행이 다가왔다.

"참으로 신기한 도시입니다."

아름달이 사방을 둘러보며 한 말에 무연이 슬픈 얼굴로 대꾸했다.

"왕궁은 동굴 벽을 파내어 만든 것으로 보이는군요. 굳이 왜 그랬는지……. 얼마나 많은 사람들이 고생했을까요? 생각만 해도 마음이 아픕니다."

"성인군자 나셨네."

칼바람이 콧방귀를 뀌었다. 무연이 쏘아보았다. 칼바람은 뭐 어쩔 거냐는 시선으로 맞받아쳤다. 두 사람을 바라본 다해는 한숨을 내쉬며 고개를 흔들더니 살포시 치맛자락을 잡고 계단에 발을 올렸다. 문을 넘자마자 너른 회당이 일행을 맞이했다. 바닥은 마치 거울이라도 된 것처럼 반질반질 윤이 났다. 대체 무엇으로 만든 것인지 궁금할 지경이었다.

시녀들이 다가왔다. 그중 가장 나이 많은 중년여자가 다해에게 예를 취했다.

"목욕 준비를 해두었습니다."

일행은 목욕이란 말에 반색하는 기미를 감추지 못했다. 긴 여행 중에 제대로 된 목욕을 하기란 어려운 일이었다. 때문에 다해는 활짝 웃으며 흔쾌히 그녀를 따랐다. 나머지 세 사람도 다해의 뒤를 따르려 했다. 그러나 다른 시녀 하나가 끼어들어 막았다. 나이는 비록 어렸으나 노련해 보이는 눈빛의 시녀가 생글거리는 낯으로 정중히 말을 올렸다.

"계나라에선 남녀가 유별하답니다."

은근슬쩍 려나라를 깎아내리는 시녀의 발언에 칼바람이 흠흠, 불쾌한 기색을 내비쳤으나 그녀는 아랑곳하지 않았다.

"세 분을 위한 개인 욕실도 따로 마련되어 있으니 따르시지요."

"남녀가 유별하다면 우리야 사내이니 그렇다 쳐도 아름달은 왜 안 되는 거지?"

칼바람이 차갑게 대꾸했다. 그의 시선은 다해가 사라져 버린 모퉁이 쪽을 향해 있었다. 시녀는 다시금 정중히 머리를 조아리며 아뢰었다.

"귀한 분이시니 따로 모신 것이지요. 별리부인께서 긴 여행기간 동안 제대로 된 욕실이 아니면 차라리 목욕을 하지 않겠다 하시었다고 들었다시며 웃전으로부터 제대로 된 준비를 하라는 명을 받았습니다."

무연이 불쾌한 표정을 지었다.

"계나라의 정보력이 보통이 아니군."

칼바람이 힐난하듯 합류했다.

"그러게, 마치 우리를 계속 추적이라도 하고 있었던 것처럼 말이지."

여행 이후 난생처음 두 사람의 의견이 일치하는 순간이었다. 시녀는 몸 둘 바를 모르겠다는 듯 명받았을 뿐이라는 말만 앵무새처럼 반복했다. 무연은 그 자리에 뿌리라도 내리겠다는 듯 미동도 하지 않았다. 당장 다해에게 안내하라는 무언의 압박이었다. 그러나 시녀 또한 만만치 않았다. 어쩔 줄 모르겠다는 듯 아랫것으로서 충실한 행동거지를 보였지만 절대로 물러서지 않겠다는 의지 또한 내비치고 있었다.

결국 칼바람이 먼저 항복을 선언했다.

"그냥 가자. 어차피 찾으려고 작정하면 바로 찾을 수 있으니까."

무연이 어쩌려는 거냐는 의미를 담아 쳐다보자 칼바람이 아름달을 흘깃거렸다.

"우리에겐 신비술사가 있잖아. 아무런 대처도 안 해놨을 거 같진 않은데?"

아름달이 의미심장한 미소를 짓더니 정중히 무연에게 예를 취했다. 드디어 무연의 표정이 풀어졌다.

"그렇다면 마음이 놓이는군. 어디로 가면 되는가?"

무연이 시녀에게 엄히 물었다. 시녀는 얼른 한발 앞서 걷기 시작했다. 무연이 그 뒤를 따랐다. 칼바람도 자신을 인도하는 또 다른 시녀의 뒤를 따랐다.

앳된 시녀가 아름달에게 다가와 예를 취했다.

"저를 따르시지요."

아름달이 놀란 얼굴로 반문했다.

"저도요?"

시녀는 뭐 그런 걸 다 묻느냐는 태도로 몸을 돌리더니 걷기 시작했다. 아름달은 황망해하는 얼굴로 그 뒤를 따랐다.

목욕을 마치고 새 옷을 받은 무연은 눈살을 찌푸렸다. 새 옷을 준비해 둔 것이야 그렇다 쳐도 장신구는 다 남겨놓았으나 날붙이는 싹 사라지고 없었다. 식당으로 안내해 드리겠다고 나타난 어린 시녀에게 묻자 그녀는 사색이 된 얼굴로 횡설수설할 뿐이었다.

식당에서 만난 아름달과 칼바람도 잔뜩 불퉁한 얼굴인 것을 보니 마찬가지인 듯 보였다.

"내 무기가 사라졌다."

무연이 말을 걸자 칼바람이 팔짱을 끼고 불쾌하게 말했다.

"나도 마찬가지야. 아름달도 신비술 도구들이 다 사라졌다더군."

세 사람이 한껏 불평을 터뜨릴 듯 보이자 시녀들은 식사를 곧 들여보내겠다며 황급히 사라져 버렸다. 어째서인지 내내 시녀들의 눈치를 살피고 있던 아름달이 그들이 물러난 직후, 의자를 바짝 당겨 앉으며 낮은 목소리로 말했다.

"누군가 제게 쪽지를 주었습니다."

"쪽지를? 누가?"

칼바람이 묻자 아름달이 얼른 소맷단에서 쪽지 하나를 꺼냈다.

"옷을 입는데 신비술 도구들은 다 사라지고 쪽지 하나만 남아 있더군요. 한데……."

아름달이 어색하게 웃으며 쪽지를 내밀었다.

"토나라 글자입니다. 전 진과 려의 글자밖에 알지 못하여……."

무연이 옅게 미소를 띠며 손을 내밀었다.

"주십시오. 제가 읽어드리지요."

아름달이 무연에게 작게 접힌 쪽지를 건넸다. 무연이 그것을 펴는 사이 칼바람이 농을 걸었다.

"말은 다 알아듣게 해주면서 글자를 이해하게 해주는 그런 신비술을 만들 생각은 없냐?"

"그것이 그리 쉬운 일이 아닙니다."

칼바람은 여전히 능글맞은 얼굴로 농을 이어나가려 했다. 그러나 무연의 얼굴이 창백해진 것을 발견하곤 심각한 얼굴로 물었다.

"뭔데?"

무연은 말없이 쪽지를 내밀었다. 손끝이 파르르 떨리고 있었다. 칼바람이 쪽지를 받아들었다. 내용을 읽은 그도 순식간에 무연과 같은 표정이 되었다.

"무슨…… 내용이기에……."

아름달이 조심스럽게 물어보았다. 칼바람이 잔뜩 찌푸린 얼굴로 입술을 깨물며 답했다.

"오늘 밤, 계나라의 왕이 천손을 취할 거라는군."

"어차피 혼례는 이미 예상했던……."

아무 생각 없이 입을 열었던 아름달도 뒤늦게 사색이 되었다.

"설마…… 아니겠지요?"

다해는 아름달을 천한 신비술사가 아닌 아름달로서 대해준 첫 사람이었다. 아름달은 그런 다해가 불행해지길 결코 원치 않았다.

"당장 제 도구들을 찾아야 합니다."

아름달의 목소리는 다급했다.

"천손을 찾는 게 빠르지 않을까?"

"이 왕궁 안에서 무슨 수로 찾는단 말입니까?"

다해에 대한 걱정에 아름달은 칼바람과의 신분 차이 따위, 망각한 상태였다.

무연이 낮은 목소리로 끼어들었다.

"난 당장 아씨를 찾겠다."

"무슨 수로?"

무연은 답하지 않았다. 칼바람은 더 캐물어봐야 소용이 없음을 알았다.

"그럼 나는 아름달과 함께 신비술 도구를 먼저 찾은 후에 천손을 찾아보도록 하지. 네 녀석의 감이 얼마나 정확한지 알 수가 없으니."

칼바람의 말이 끝나자마자 무연은 그대로 문을 박차고 나갔다. 역시나, 식당 밖에는 병사 둘이 대기하고 있었다. 그들의 임무가 일행의 호위일 리는 만무했다.

문을 열고 나오는 무연을 발견한 병사들이 바로 칼을 빼들었다. 무연은 순식간에 그들을 제압하곤 칼을 빼앗았다. 뒤늦게 합류한 칼바람도 또 다른 칼을 빼앗아 들었다.

"그럼 우리는……."

칼바람이 입을 뗐을 때 이미 무연은 오른쪽 복도 끝으로 내달린 후였다. 칼바람은 피식 웃더니 쓰러져 있는 병사를 내려다보았다.

"우리는 저 자식처럼 무식하게 하지 말고 영리하게 가자고."

칼바람의 성격을 잘 아는 아름달은 바닥에 쓰러져 있는 두 남자를 불쌍한 눈으로 쳐다보았다. 칼바람은 즐거운 얼굴로 바닥에 쓰러져 있던 병사 하나의 멱살을 잡고 흔들어 깨웠다.

"이봐. 우리 물건 어딨어?"

깨어난 병사는 정신을 추스르기 무섭게 사색이 되었다.

"모, 모릅니다."

칼바람이 칼을 들이밀었다. 병사의 목에 가늘게 생채기가 생겼다.

"이래도 몰라?"

병사가 두 눈을 질끈 감았다. 입도 굳게 다문 상태였다.

"목숨이 아깝지 않은 모양이네."

병사의 멱살을 놓은 칼바람이 일어났다.

"어차피 우리는 한 명 더 있거든."

칼바람이 말을 마치고 칼을 높이 쳐들었다.

"그럼 잘 가라."

그 순간 병사가 버럭 소리쳤다.

"무, 무기는 모르지만 이상한 물건들을 따로 모아둔 곳이 어딘지는 잘 압니다!"

병사의 바지춤이 젖어 있는 것을 본 아름달은 안쓰러운 얼굴로 고개를 돌렸다.

"그래? 그게 어딘데?"

칼바람이 비릿하게 웃었다. 병사는 눈물 콧물을 흘려가며 더듬 더듬 위치를 설명했다.

"십, 십이 층에 신당이 있습니다. 찾, 찾기는 어렵지 않을 겁니다. 특, 특이하게 생, 생, 생겼으니까요. 우리 전하께서는 그곳에서……."

병사가 뭔가 말을 더 이었지만 이미 원하는 정보를 얻어낸 칼바람은 칼자루로 그자를 내려쳐 다시 혼절시켰다.

"조금 살살 하셔도……."

"많이 컸다?"

아름달은 황급히 입을 다물었다. 씩 웃은 칼바람이 고갯짓으로 복도의 한쪽 끝을 가리켰다.

"일단 가자."

칼바람이 앞서자 아름달이 잔뜩 굳은 얼굴로 그 뒤를 따랐다.

현재 복도가 몇 층인지 확인하기는 어렵지 않았다. 왕궁은 밖에서 확인했던 구조가 전부였다. 모든 층이 전부 다 그러했다. 바위벽의 표면에만 건물이 늘어서 있는 형국이었다. 그것을 이해하고 보니 왕궁의 구조를 헤아리기란 어렵지 않았다.

복도 끝에 도착하고 보니 그곳엔 현재 이곳이 몇 층인지를 표시하는 계나라 글자가 새겨져 있었다. 려나라와 크게 다르지 않은 모양을 한 탓에 칼바람이 알려주지 않아도 아름달 또한 어림짐작하기 어렵지 않았다. 현재 이곳은 8층이었다. 아름달과 칼바람은 번개처럼 계단을 밟았다.

세 사람의 탈출이 아직 상부에 전해지지 않은 것인지 아름달과 칼바람을 막는 자는 없었다. 상당히 자주 마주치는 왕궁의 일꾼들은 딱히 무력을 사용하지 않아도 비명을 지르며 왔던 길을 되돌아간다거나 황급히 가장 가까운 방에 뛰어들어 굳게 문을 닫아버렸다. 덕분에 신당을 찾기란 무척 쉬운 일이었다.

12층에 도착한 두 사람은, 병사가 왜 찾기 어렵지 않을 거라 했는지 단번에 이해했다. 지금껏 본 복도들보다 천장이 훨씬 더 높은 층이었다. 복도의 좌우 끝에는 작은 방이 몇 개 있었고 그 가운데, 문도 없이 뻥 뚫린 너른 회당이 있었다. 울긋불긋 화려한 천으로 치장된 회당 한복판에 신기하게도 나무가 한 그루 서 있었다. 비록 그 키는 별반 크지 않았지만 천장을 타고 사방으로 뻗어나간 잎사귀가 무성하여 사람을 압도하는 무언가가 있었는데 그것으로 모자랐는지 가지가지마다 기다란 하얀 천을 매달고 그 끝에 묵직한 추를 달아둔 터라 음산함이 더해졌다.

다른 곳들과 달리 어두침침한 그곳에 약한 등불 몇 개만이 꺼질 듯 말 듯 켜져 있었다. 그곳에서 다 늙은 여자 셋이 색색깔의 물감으로 얼굴에 온통 칠을 한 채로 무언가를 들고 서로 주거니 받거니 하고 있었다.

"이것이 무엇에 쓰는 물건일까요?"

"글쎄요, 뭔가 알 수 없는 힘이 느껴지긴 합니다만……."

노파의 손에 들린 구슬의 표면에 새겨진 문양을 알아본 아름달이 칼바람에게 소곤거리며 말을 걸었다.

"저것은 전서옥(傳書玉)이 아닙니까? 저는 그것을 챙긴 적이 없……."

아름달은 얼른 입을 다물었다.

전서옥은 일반적인 전서구를 대신하는 구슬로 신비술을 이용해 만들어낸 물건이다. 전서옥을 손에 쥔 두 사람은 거리가 제아무리 멀다 해도 자유로이 대화를 나누는 게 가능했다. 때문에 보통 쌍을 이루고 있었는데 노파들이 앞에 펼쳐 놓은 신비술이 부여된 물품들 중에서 또 다른 전서옥은 찾아볼 수 없었다.

아름달은 차마 칼바람을 쳐다보지 못하고 있었다.

아름달을 힐끔거린 칼바람은 잠시 뭔가 머뭇거리는 듯 보였지만 이내 아무 일 없었던 듯 냉큼 안으로 뛰쳐 들어가 노파 셋을 한순간에 쓰러뜨렸다. 뒤늦게 달려온 아름달이 자신의 물건들을 챙겨 들었다. 가장 먼저 전서옥부터 챙긴 칼바람이 차갑게 말했다.

"그래서 천손은?"

아름달은 주섬주섬 챙기던 물건들 속에서 팔찌 하나를 꺼내 자신의 팔에 끼웠다.

"천손의 별똥별 팔찌와 공명하게 해둔 것입니다. 신비술 주문을 외우면 어디에 있는지 알 수 있지요."

"그럼 어서 해. 꾸물거리지 말고."

아름달은 바로 주문을 외우지 않고 물끄러미 칼바람을 보며 용기 내어 물었다.

"나머지 하나의 전서옥은 누가 갖고 있습니까?"

칼바람이 확 인상을 구겼다.

"많이 컸구나. 어서 천손이나 찾아라."

이번엔 아까와 달리 농담조가 아니었다. 잔뜩 힘이 들어간 칼바람의 말투에 움찔거린 아름달은 얼른 복종의 예를 취하곤 눈을 감았다. 중얼중얼 신비술 주문이 아름달의 입에서 흘러나왔다. 칼바람은 품속의 전서구를 잘 갈무리했다.

'빌어먹을······.'

칼바람은 속으로 나지막하게 욕설을 씹어뱉었다. 전서옥을 목격한 상대가 려나라에서 나고 자란 덕분에 고위귀족인 자신에게 본능적으로 복종할 수밖에 없는 아름달인 것이 천만다행이었다.

아름달이 다시 눈을 떴다.

"찾았습니다."

"그래서 어딨어?"

"정확한 층수는 알 수 없으나 제법 높은 곳에 있으시더군요."

"그럼 얼른 가자."

칼바람이 다시 뛰쳐나갔다. 아름달은 칼바람의 뒷모습을 미심쩍은 눈으로 쳐다보았다. 그러나 따르지 않을 도리가 없었다.

세 사람이 다해를 애타게 찾고 있는 그 시각, 다해 또한 자신이 가정했던 최악의 상황보다 더 나쁜 경우가 있을 수도 있음을 깨달았다.

오랜만에 느긋한 목욕을 즐긴 것은 좋았다. 밤 동무를 동행한 귀부인이란 사정 때문인지 거쳐 온 모든 여곽은 하나같이 침실과 욕조가 같은 공간에 있었다. 다해는 어떠한 경우에라도 그런 음전치 못한 곳에서 목욕을 할 생각이 없었다. 때문에 정말로 오랜만에 하는 목욕이었고 덕분에 내내 콧노래가 절로 나올 정도였다.

그러나 시녀들의 도움을 받아 옷을 입으면서 다해는 불안감이 엄습하는 것을 느꼈다. 한눈에 봐도 식사를 하러 갈 때 입을 만한 옷이 아니었다. 겹겹이 껴입을 붉은 옷들은 하나같이 얇아서 속이 비쳤다.

과거 청진에서 그리매와 함께 노예 경매를 구경하고 돌아온 날, 그날도 비슷한 옷을 입었던 것이 기억났다. 그러고 보니 오늘 목욕물에도 온갖 꽃들이 가득했다. 공식적으로 별리부인으로 되어 있으니 귀부인에 대한 마땅한 대접이라 여겼던 다해는 자신의 생각이 틀린 것을 알았다.

조선과 비슷하다고 했다. 그렇다면 려나라처럼 귀한 손에 대한 대접으로 밤 동무를 들이기 위함은 아닐 터, 그렇다면……. 다해는 차마 생각조차 하고 싶지 않았다. 그러나 그대로 당할 수만도 없었다. 누군가 도와주기만을 하염없이 기다릴 수도 없었다. 당연히 모두 함께 안내받으리라 여기고 따랐건만 한참 가다 보니 일행은 보이지 않았다. 뒤늦은 후회였다.

다해는 아무렇지 않은 척 얌전히 시중을 받았다. 눈치챈 것을 들키면 곤란했다. 시중을 들다가도 종종 다해를 살피는 기색을 보아하니 무슨 명이라도 받은 모양이었다. 한참을 인형처럼 얌전히 있던 다해는 시녀들이 치장해 주는 장신구가 계나라 것임을 알았다. 다해는 려나라에서부터 소중히 간직해 온 은장도를 떠올렸다. 관문정에서 스스로 은장도를 빼들어 목에 겨눈 이야기를 듣지 못한 사람들은 그 누구도 그것을 칼이라고 여기지 못했었다. 계나라도 비슷할 터…….

다해는 청진의 성문을 통과할 때 그랬던 것처럼 까칠한 귀부인에 빙의했다.

장신구 하나를 들어 이리저리 살핀 다해가 매서운 얼굴로 소리 쳤다.

"내 장신구들은 어쩌고 이런 싸구려들을 걸치게 한단 말이냐!"

다해의 호통에 시중들던 시녀 셋이 한꺼번에 바닥에 넙죽 엎드 렸다. 그중 하나가 슬쩍 고개를 들더니 아뢰었다.

"계나라 최고의 장인들이 만든 장신구이옵니다. 결단코 원래 부인의 것보다 못한 것이……."

"지금 청진에서 가장 비싼 내 장신구들을 폄하하는 게냐! 머리 꽂이 하나로 계나라 왕궁도 살 수 있음을 정녕 모르는 게야?"

순간 다해는 자기가 너무 크게 지른 것이 아닌가 싶었다.

"소, 송구합니다!"

다행히 시녀는 정말인 줄 안 모양이었다. 다해는 더욱 기세가 등등해져서는 소리쳤다.

"당장 내 장신구들을 몽땅 가져와!"

시녀들은 벌떡 일어나서는 머리를 조아리더니 냉큼 달려 나갔 다. 잠시 후, 다해의 모든 장신구들이 울긋불긋한 화려한 보석으 로 치장된 붉은 함에 담겨 모습을 드러냈다. 다해의 의도대로 그 곳엔 조선에서부터 가져온 은장도가 달린 노리개도 담겨 있었다.

"계나라의 싸구려들은 모두 빼고 저것들로 새로이 치장해라."

다해는 목에 힘을 주었다. 다해의 서슬에 놀란 것인지 시녀들 은 더 이상 다해의 의중을 살피려 하지 않았다. 그것은 의외의 소 득이었다.

셋 중 가장 어린 시녀가 다해의 노리개를 들고 머뭇거렸다. 나 이 많은 시녀가 어린 시녀를 조용히 나무라더니 노리개를 빼앗아

들었다. 그러나 그녀 또한 어디에 어떻게 매다는 것인지 알 리 없었다. 다해는 한껏 콧대를 세우며 그들을 비웃었다.

"청진의 귀한 장신구를 본 적이 없으니 알 리 없겠지. 이리 내어라."

다해가 손을 내밀었다. 시녀는 조심스럽게 다해에게 노리개를 건넸다. 다해는 홱 낚아채듯 은장도를 빼앗곤 떨리는 손을 억누르며 가슴을 꽉 조여 맨 붉은 띠에 노리개를 달았다. 시녀들은 유행의 선두를 달리는 청진에서 온 새로운 장신구를 홀린 듯 바라보았다.

치장을 마치고 인도된 방은 침실이었다. 붉은 휘장으로 치장한 커다란 침상이 한눈에 들어왔다. 방 한쪽엔 변명이라도 하는 것처럼 커다란 탁자 위에 식사가 차려져 있긴 했지만 그마저도 수저가 두 벌이었고 술잔까지 있었다. 곧 누군가 들어올 것임을 에둘러 증명하고 있는 것이 아닌가? 다해는 어이가 없었다. 이제 계나라의 수가 무엇인지 단박에 이해가 되었다.

쭈뼛거리며 들어온 어린 시녀가 다해의 눈치를 살살 살피더니 향을 피워주었다. 지독하게도 진한 달큰한 향을 맡자 머리가 지끈거렸다.

다해가 눈살을 찌푸리며 물었다.

"무슨 향이지?"

시녀가 화들짝 놀래더니 얼른 머리를 조아리며 아뢰었다.

"수…… 숙면을 돕는 향이옵니다."

답을 마친 시녀는 쪼르르 도망치듯 사라져 버렸다. 다해는 의아했다. 청진에서도 밤마다 향을 피워주었다. 청량한 향기가 마음에 들어 물어보니 숙면을 위한 향이라고 웃으며 알려주던 시녀가 기억났다.

'똑같은 숙면을 위하는 향인데 어찌 이리 향기가 다를꼬…….'

그러나 다해는 계나라와 려나라 사이의 차이일 뿐이라고 생각했다. 어쨌든 지금은 더욱 중요한 것이 있었다. 곧 방문할 사람이, 사내임이 분명할 그 사람이 누구인지는 중요하지 않았다. 별리부인이라 알고 그런 것인지 아니면 그리매가 눈에 불을 켜고 찾는 여자라는 사실을 알고 려나라와의 외교에 우위를 점해보려는 의도인지는 알 수 없으나 어쨌든 비록 잘못된 방법이나마 그리매처럼 단계를 밟을 생각이 없는 위인인 것은 틀림없었다.

다해는 의자에 앉아 정갈한 음식을 내려다보며 조심스럽게 은장도를 쓸어보았다. 손안에 쏙 들어오는 작디작은 그 칼로 대체 무얼 할 수 있겠느냐만, 당장 다해가 믿을 것은 그뿐이었다. 쿵쿵, 심장 뛰는 소리가 들릴 만큼 시간은 조용하게 흘러갔다. 이윽고 문밖에서 작은 소란이 벌어지는가 싶더니 이내 풍채 좋은 사내가 모습을 드러냈다. 나잔이었다.

"왜 당신이……."

나잔은 어찌 보면 자신만만해 보이고 어찌 보면 거만해 보이는 미소를 지었다.

"다시 소개하지. 나는 수탄쟈 자난, 계의 황제이다."

나잔, 아니, 자난은 당당히 자신을 황제라 소개했다. 그리매가 알면 천인공노할 일이었다.

"황제께서 친히 납셔주신 줄은 몰랐군요."

이미 무연에게 계나라에 대해 들어 잘 알고 있는 다해가 비아

냥거렸다.

"왜? 황공하신가?"

클클거리며 대꾸하는 자난 또한 만만치는 않았다.

다해는 자난이 반말을 하는 것이 신경에 거슬렸다. 그리고 보니 여곽에서도 자신이 약점을 잡기 전까지는 거만하기 짝이 없는 태도였음을 기억해 냈다. 그 약점이 이젠 다 소용이 없어졌다 여긴 것인지 마치 모든 것이 확정됐다는 듯한 그 태도가 참으로 마음에 들지 않았다.

"자, 들지. 식으면 맛이 없거든."

자난은 자신이 방의 주인임을 강조하듯 다해에게 음식을 권했다. 정갈하고 맛깔스럽게 차려진 음식이었으나 다해는 껄끄러웠다.

"건넛마을 과부가 목을 맸다네?"

"설마?"

"그 설마가 맞다네."

"아이고, 아까운 목숨 줄이 또 끊어졌네. 하늘도 무심하시지. 어떤 못된 놈이 밤에 담이라도 넘은 겐가?"

"그런 거면 차라리 낫지. 그 집 시동생이란 양반이 글쎄! 마님 찻잔에 약을 탔다네!"

지금 이 순간 조선 집 머슴들의 심심풀이 수다에 불과했던 이야기가 왜 자꾸 되새겨지는지…….

뭔가를 기다리듯 다해를 바라보던 자난은 이내 커다란 젓가락을 들어 큰 대접에 담긴 음식을 각자의 그릇에 덜어 담았다.

"려나라나 달빛 너머 그곳에선 어떤지 몰라도 이곳에선 여인이 사내를 위해 이런 일을 하는 법이지. 기억해 두는 게 좋을 거야."

다해는 불쾌하기 짝이 없는 표정이었다. 생각 같아서는 대체 왜 자신이 그런 것을 기억해야 하느냐고 반말로 받아치고 싶었지만 철저하게 자난의 손아귀에 떨어진 이상 괜히 그의 심기를 거슬러서 좋을 것이 없기에 꾹 참았다.

다해는 자신이 한심스러웠다. 세상을 너무 쉽게 보았다는 자책이 들었다. 그러지 않고서야 이리 순순히 이곳까지 왔을 리가 없을 텐데……. 약을 탔을지도 모른다는 다해의 걱정이 무색하게도 자난은 정말로 식사에 열중했다.

커다란 그릇에 수북이 쌓인 음식을 각자의 접시에 덜어 먹게 되어 있는 식탁이었다. 만약 음식에 약을 탔다면 자난 또한 함께 먹을 수밖에 없었다. 다해는 자신이 지나치게 예민했던 것인가 싶어 슬그머니 젓가락을 들었다. 어쨌든 최대한 시간을 끌며 뾰족한 수를 찾아야만 했다.

"한잔할 텐가?"

자난이 다해에게 술을 권했다. 다해는 고개를 젓다가 이내 활짝 웃으며 먼저 술병을 잡았다.

"제가 먼저 한잔 올리지요."

어머니께서 보셨다면 기절초풍할 일이 벌어졌다. 그러나 자리에서 일어난 다해는 자난이 술에 취해 잠들길 강력히 소원하며 다소곳이 그의 잔을 채워주었다. 구역질이 날 것만 같았다.

"배움이 빠르군."

자난이 만족스러운 얼굴로 씩 웃더니 단숨에 잔을 비웠다. 다해는 그가 술을 권하면 은근슬쩍 티 나지 않게 비울 묘수를 생각하고 있었다. 그런데 자난은 자신이 비운 잔을 내려놓고는 다해를 뚫어져라 바라보며 능글맞게 웃었다.

"이제 슬슬 효과가 나타날 때가 되었는데?"

다해는 대체 무슨 소리인지 몰라 무표정하게 그를 바라보기만 했다. 자난은 능글거리며 한마디 더 보탰다.

"머리가 아프다거나 어지럽다거나 뭐 그렇지 않은가?"

그 말을 듣기 무섭게 다해는 속이 역한 것을 깨달았다. 동시에 세상이 핑 돌았다.

'같이 먹었는데 대체 왜?'

음식으로 향하는 다해의 시선을 확인한 자난이 클클거렸다.

"예상은 하고 있었던 모양이군. 그런데 이를 어쩌나? 범인은 그게 아닌데?"

자난이 슬쩍 침상 옆의 향로를 쳐다봤다.

"계집에게만 듣는다더군."

등 뒤의 침상을, 더 정확히는 그 옆 향로를 보기 위해 휙 몸을 돌린 다해는 어지럼증 때문에 우당탕 의자에서 떨어졌다.

"이런이런, 조심해야지. 계집이 조신치 못하게 쯧."

다해는 자신을 일으켜 세우려는 자난의 손을 뿌리치고 비척대며 일어났다. 자난은 귀엽다는 듯 한걸음 물러서서 그런 다해를 지켜보았다.

믿을 수가 없었다. 자난이 일깨워주기 전만 하더라도 다해는 전혀 아무것도 자각하지 못하고 있었다. 이렇게 당할 수만은 없었다. 다해는 비틀거리며 은장도를 빼냈다.

"손가락…… 하나라도 대면…… 가만있지 않을 것이다!"

향 기운에 취해 제대로 서 있을 수도 없었지만 다해는 이를 악물고 버텨냈다. 자난은 짐짓 놀란 듯 한발 물러서며 양팔을 들었다.

"어이구, 무서워라."

낄낄거리는 웃음소리가 다해의 심경을 사정없이 긁어댔다.

"내게 손을 대면…… 려나라의 황제도 가만히 있지 않을 것이다!"

"너만 가지면 진나라를 업게 될 테니 그래도 함부로 건들지 못할 것이다."

다해가 또 비틀거렸다. 점점 정신이 몽롱해졌다. 그래도 쓰러질 수는 없었다. 바위보다 무거운 눈꺼풀을 간신히 든 채로 다해는 은장도를 사방팔방 휘둘렀다. 자난은 피식 웃으며 피하더니 다해를 번쩍 들어 침상에 던졌다. 은장도는 저만큼 날아가 버렸다.

다해는 비명을 지를 정신도 없었다. 침상 위에서 힘없이 몸을 일으키는 다해를 보며 자난은 흡족한 미소를 지었다. 다해는 정신이 혼미한 와중에도 포기하지 않았다.

"진…… 나라가 네 뜻…… 대로 움직일 거라고 믿…… 고 있다니……. 안타깝구나."

"아직 어린 네가 뭘 알겠느냐? 가뜩이나 달빛 너머 이계 출생이라 이쪽에 대해 잘 알지도 못할 텐데 말이다."

자난이 킬킬거리며 겹겹이 입고 있던 자신의 화려한 겉옷을 벗더니 훌쩍 다해를 깔아뭉갰다.

"이토록 어리고 낭창한 계집이라니, 국익을 차치하더라도 하룻밤 정도는 충분히 즐겁겠구나."

자난이 입술을 핥으며 다해의 둔부를 쓸어 올렸다. 다해는 예상치 못한 기습에 크게 숨을 들이켜곤 숨을 멈췄다.

그것은 글자 그대로 기습이었다. 기묘한 찌릿함이 머리부터 발끝까지 관통했다. 그저 정신을 흐리게 하거나 몸에 힘만 빼는 향이 아니라는 걸 소름이 끼칠 만큼 명백하게 깨닫게 된 다해는 온힘을 다해 발버둥 쳤다.

자난이 느끼한 미소를 흘렸다.

"걱정 마라. 너 또한 제법 즐거울 것이니……."

어느새 숨결이 거칠어진 자난이 다해의 옷자락을 헤쳤다. 맨살에 닿은 자난의 손길에 번쩍 정신이 든 다해가 필사의 의지로 머리꽂이 하나를 뽑아 들고는 그를 향해 휘둘렀다.

비명을 내지른 자난이 황급히 떨어졌다. 그의 뺨에 기다란 상처가 나 있었다. 자칫했다면 실명을 했을지도 모를 위기였다. 붉은 핏물이 자난의 뺨을 흠뻑 적셨다. 다해는 최대한 몸을 끌어 침상 아래로 떨어져 몸을 감췄다. 얼굴을 더듬어본 자나우 피투성이가 된 손바닥을 확인하곤 얼굴을 구겼다.

"예뻐해 주려 했더니 네 무덤을 파는구나!"

자난이 다시 다해에게 달려들었다. 한껏 거칠어진 그의 손길에 다해의 옷가지가 처참하게 찢겨 나갔다. 다해는 미친 듯이 머리꽂이를 휘두르며 한껏 저항해 보았지만 두 번 이상 먹힐 공격이 아니었다. 자난은 귀찮다는 듯 다해의 머리꽂이를 빼앗아 팽개쳤다. 다해는 포기를 몰랐다. 끝까지 발버둥 치며 몸부림쳤다. 그러나 그것이 자난의 화를 더욱 돋웠다. 자난이 다해를 번쩍 들어 바닥에 패대기쳤다.

숨이 멎을 듯한 통증을 느낀 다해는 끙끙거리는 것 말고 할 수 있는 일이 없었다. 흐려지는 시야로 태산만큼이나 거대해 보이는 자난이 들어오자 다해는 도망치고자 했다. 그러나 그것은 그저 꿈틀거림에 불과할 뿐이었다. 찢겨진 붉은 옷자락들이 핏물처럼 너풀거렸다. 자난이 눈을 빛내며 달려들었다. 그 순간 요란한 소리를 내며 문이 부서지고 무연이 모습을 드러냈다.

무연은 엉망진창인 다해를 발견하곤 분노했다. 무연의 눈동자에서 누런 안광이 번뜩였다. 무연은 바람처럼 침상으로 다가가 휘장을 뜯어내곤 다시 다해에게 달려가 온몸을 감싸주었다.

"무연…… 님……."

무연의 얼굴을 확인한 다해는 가까스로 붙들고 있던 마지막 끈을 놓고 말았다.

무연의 분노가 더욱 뜨겁게 불타올랐다. 그러나 그가 홱 몸을 돌렸을 때 자난은 이미 그 자리에 없었다. 자난은 눈치가 빨랐다. 그는 문이 부서진 그 순간, 뭔가 크게 잘못된 것을 이미 짐작하고 그대로 도망쳐 버렸다. 멀어지는 발소리가 들렸다. 무연은 정신을 잃은 다해를 홀로 내버려 두고 그를 쫓을 생각은 없었다. 가뿐하게 다해를 들어 품에 안은 무연이 복도로 뛰쳐나갔다. 칼바람과 아름달이 복도 끝에서 모습을 드러냈다.

"저희보다 먼저 찾으셨군요!"

반갑게 외치는 아름달과 달리 칼바람은 도저히 믿을 수 없는 눈치였다. 그러나 이내 두 사람은 정신을 잃은 채 안겨 있는 다해의 상태를 확인하곤 몸을 떨었다.

"다행히 늦지 않게 구했으니 걱정하지 않아도 됩니다."

"다행…… 다행입니다."

아름달은 금방 눈물이라도 흘릴 것 같은 표정이 되었다.

"지금 그럴 때가 아닐 텐데? 저 발소리들 안 들려?"

어디선가 우르르 몰려오는 소리가 들렸다. 순식간에 복도 저 끝에서 한 무리의 병사들이 모습을 드러냈다. 칼바람은 순식간에 칼을 뽑아 들고 앞으로 내달렸다. 무연은 혼절한 다해를 아름달에게 조심스럽게 넘기고 그 뒤를 따랐다. 두 남자가 난간과 복도 벽을 바닥 삼아 한바탕 칼춤을 추고 나니 병사들은 모두 바닥에 쓰러져 있었다.

"정문까지 소식이 전해지는 데 얼마나 걸릴까?"

칼바람의 물음에 무연은 답도 않고 다해를 빼앗듯 안아 들더니 훌쩍 난간 너머 정원으로 몸을 날려 아래층으로 휙 사라져 버렸다. 혼절한 다해를 품에 안고 있는데도 참으로 날렵한 움직임이었다.

"저 녀석이 할 수 있는 걸 내가 못한다는 건 용납할 수 없지."

칼바람의 혼잣말에 아름달이 사색이 되어서는 한발 뒤로 물러났다.

"저도 호, 혼자 할 수 있습니다."

"퍽이나 재빠르시겠다?"

칼바람은 아름달의 저항에도 아랑곳하지 않고 번쩍 그녀를 안아 올렸다.

"그럼 간다!"

칼바람이 훌쩍 난간을 넘었다. 아름달은 두 손으로 얼굴을 가려 버렸다.

두 남자는 계단처럼 생긴 왕궁을 정말 계단처럼 훌쩍훌쩍 가볍게 뛰어내렸다. 이따금 병사들이 그들을 발견했지만 칼이라도 한번 휘둘러볼라치면 두 사람은 이미 훌쩍 아래층으로 뛰어내리고 없었다. 그중에 두 사람처럼 한 층을 가뿐하게 뛰어내릴 수 있는 사람은 별로 없었다. 그나마 가능한 몇몇이 뒤를 따랐지만 따라잡기는 요원했다. 시간이 흐르자 난간과 덩굴줄기를 타고 엉거주춤 내려오는 병사들도 속속 나타났다. 그 모양이 참으로 우스꽝스러웠다.

드디어 두 남자가 1층에 도착했다.

"이, 이제부터는 저도 혼자 뛸 수 있습니다!"

아름달이 버럭 소리를 내질렀다.

"그럼 계속 안겨 가려 했냐?"

칼바람이 거의 집어 던지다시피 아름달을 패대기쳤다. 가까스로 균형을 잡은 아름달은 칼바람을 쳐다보지도 못한 채 앞서 달리는 무연을 쫓았다. 칼바람도 씩 웃고는 뒤를 따랐다.

올 때는 그리도 사람들이 많았던 도시에 지금은 개미 새끼 한 마리 찾아볼 수가 없었다. 깊은 밤이어서라기에는 뭔가 지독한 고요였다. 아름달이 휙 고개를 돌려보니 더는 쫓는 자들도 없었다.

세 사람은 뭔가 이상하다는 생각을 하지 않을 수 없었다. 그러나 그렇다고 달리기를 멈출 수도 없었다. 도시 정문의 경비가 강화된다면 꼼짝없이 갇히게 된다는 생각을 차마 떨칠 수 없었던 탓이었다. 그러나 열심히 달리던 세 사람은 의지와 달리 우뚝, 멈추어 서야 했다.

"젠장."

칼바람이 욕설을 뱉어냈다. 바로 앞에 수많은 병사가 진을 치고 있었다. 물끄러미 병사들을 바라보던 무연이 입을 열었다.

"숫자가 얼마 안 되는군."

칼바람이 콧방귀를 뀌었다.

"참으로 대단한 천룡의 후예 나셨네. 그런데 이를 어쩌나? 네가 제아무리 날고 기는 천룡의 후예라 한들 저건 막기 어려울걸?"

"천룡의 후예를 무시하는 거냐?"

칼바람은 어깨를 으쓱했다.

"대단한 거 나도 잘 알지. 근데 저기 저거 보여?"

슬쩍 칼바람이 눈짓하는 것은 도열한 병사들 사이에 자리 잡은 바퀴가 달린 커다란 상자였다. 네모반듯한 기다란 직육면체 모양을 한 상자엔 수레처럼 바퀴가 달려 있었다. 크기 또한 보통 수레 정도였는데 그 앞면에 어린아이 주먹만 한 구멍이 열과 행을 맞춰 빼곡하게 나 있었다.

"저게 대체 뭐기에?"

무연은 난생처음 보는 물건이었다. 지피지기면 백전백승, 일단 그게 무언지 알아야 승산 또한 점칠 수 있기에 그는 지체 없이 물었다. 칼바람이 잔뜩 찌푸린 얼굴로 대꾸했다.

"얼마 전 계에 주둔해 있는 려나라 장군이 비밀리에 입수한 도면을 본 적이 있다. 저 기이한 마차의 도면이었는데……."

"뜸 들이지 말고 빨리 말해. 한시가 급해."

무연의 말대로 병사들 틈에서 바쁜 움직임이 포착됐다. 마찬가지로 그것을 발견한 칼바람이 빠르게 뱉어냈다.

"화차라고 한 번에 백여 개의 화살을 쏘아대는 물건이다. 정확히 상자 앞면에 뚫린 구멍 숫자만큼의 화살이지."

"그게 사실이라면 더더욱 쏘지 않겠군. 계의 왕은 아씨를 갖고자 했다. 하지만 화차를 쏘면 아씨도 죽을 텐데 과연 쏠까?"

"네가 조선에 있는 사이 새로 즉위한 왕이라 잘 모르는가 본데 현재 계의 왕은 자신이 갖지 못하면 그냥 죽여 버리고 말 위인이다."

무연이 신음했다. 마지막 희망이 날아가 버린 것이다. 그러나 포기할 수는 없었다. 화차의 생김새를 유심히 살핀 무연이 입을 열었다.

"저렇게 큰 덩치를 날렵하게 움직일 수는 없겠지?"

"아무래도 그렇긴 하다만……. 너 대체 무슨 생각을 하는 거냐?"

"일단 내가 화차를 부수겠다."

"쏟아지는 화살을 무슨 수로 막겠다는 거야!"

답답해진 칼바람이 버럭 소리를 내질렀다. 그러나 무연은 태연했다.

"저기 뚫려 있는 구멍으로만 쏟아지는 거라면서?"

"네 녀석이 제아무리 천룡의 후예라도 백 개가 넘는 화살을 몽땅 다 막을 수는 없어."

"화살이라는 건 일단 쏘아지면 정해진 궤도로만 간다. 그리고 저 수레는 정면으로만 쏘게 되어 있군. 그렇다면 그 길을 예측하기란 그리 어려운 일이 아니다."

칼바람과 아름달은 입을 쩍 벌리고 말았다. 그게 가능한 인간이 정녕 존재하긴 한단 말인가? 이내 칼바람이 심각한 얼굴로 물었다.

"정말 믿어도 되는 거냐?"

무연은 걱정스러운 얼굴로 다해를 물끄러미 바라볼 따름이었다. 대체 뭐에 어찌 취한 것인지 다해는 아직도 정신을 차리지 못하고 있었다. 질끈 입술을 깨문 무연이 다해를 칼바람에게 넘겼다.

"……잘 부탁한다."

내내 어이없는 얼굴로 무연을 보고 있던 칼바람이 살짝 얼굴을 찡그렸다.

"걱정 마라. 나도 이 여자 때문에 황제를 배신한 몸이다."

그 순간 아름달의 눈동자가 살짝 흔들렸다. 다행히 무연은 아무것도 모르는 눈치였다.

"그럼 어서 숨어."

칼바람과 아름달은 무연이 시키는 대로 길 옆, 건물 사이로 몸을 감췄다. 그들이 안전한 곳에 숨은 것을 확인한 무연의 눈이 번쩍, 황금빛을 발했다. 동시에 그가 앞으로 튀어나갔다. 설마 그럴 거라고 전혀 예상하지 못했던 병사들이 우왕좌왕하더니 화차를 조작했다.

펑, 하는 소리가 들리고 화살들이 허공으로 쏘아졌다. 지켜보던 아름달과 칼바람이 숨을 멈췄다. 슝, 허공으로 날아오르던 화살들이 일제히 정점에 다다른 후 방향을 틀어 아래로 쏟아지기 시작했다. 그러나 무연은 이미 그 자리에 없었다.

칼바람은 입술을 깨물었다.

두 사람은 그간 천룡의 후예에 대한 소문에 거품이 많다고 여기고 있었다. 천룡의 후예들이 본격적으로 전쟁에 참여했던 대전쟁의 시기는 백여 년 전, 직접 목격한 자들이 다 죽고 없어진 지금 그들에 대한 말들은 그저 옛이야기처럼 구전될 뿐이었다. 그런데 눈앞에 벌어진 상황은 그것이 단순 옛이야기가 아님을 보여주고 있었다.

무연은 화살이 어디로 떨어질지를 정확히 예측했다. 가만히 지켜보던 칼바람도 화살의 궤도는 수월하게 예측할 수 있었다. 그러나 그것을 발사와 동시에 예측하고 또 그와 동시에 몸을 옮기는 것은 전혀 다른 이야기였다. 심지어 거리가 점점 가까워지면서 화살의 비거리 또한 짧아졌다. 그럼에도 무연은 한 치의 흐트러짐이 없었다.

칼바람은 질끈 입술을 깨물었다. 그는 세상 그 누구와 견주어도 지지 않을 거란 자신감에 가득 차 있었다. 설령 그것이 대단하다는 천룡의 후예일지라도 단칼에 베어주겠다고 생각해 왔었다. 그러나 실제로 만난 천룡의 후예는 자신의 예상을 훨씬 뛰어넘고 있었다. 태어나 처음, 과연 이길 수 있을지 의심스러운 존재를 만나고 보니 칼바람은 괜히 화가 났다.

당황한 것은 칼바람뿐이 아니었다. 모여 있던 병사들도 당황하기는 매한가지였다. 화차를 철석같이 믿고 있었는데 제대로 모습을 확인할 수도 없을 만큼 재빨리 이쪽저쪽 움직이며 화차가 쏘아낸 화살을 피하는 인간이라니! 그들을 향해 달려드는 무연의 모습은 성난 짐승 같았다. 노란 안광이 번뜩이고 있었다. 이마 위에 늘어진 청록색 머리칼 사이로 삐쭉 뿔 같은 것이 드러난 듯도 보였다. 이따금 크앙, 포효하는 것처럼 느껴지기도 했다. 그때마다 송곳니가 보이는 듯도 했다. 전체적인 얼굴 형태도 살짝 길어져 있었다. 그러나 하도 움직임이 빨라 변화를 정확히 확인할 수 있는 자는 아무도 없었다.

그렇게 병사들은 속수무책 무연을 맞이했다. 도착하자마자 무연이 가장 먼저 한 것은 화차를 부수는 일이었다. 화차가 부서지기 무섭게 칼바람도 다해를 두고 튀어나갔다. 아름달이 얼른 다해를 추슬러 벽에 기대 앉혔다. 무연의 놀라운 면을 본 탓인지 칼바람은 혼신의 힘을 다해 병사들을 쓰러뜨렸다. 덕분에 길바닥엔 삽시간에 시신이 즐비하게 깔렸다. 살아남은 자들은 슬금슬금 겁을 집어먹고는 사방으로 흩어져 버렸다. 두 남자는 굳이 그들을 뒤쫓지 않았다.

번개처럼 아름달에게로 달려온 무연이 다해를 번쩍 들어 안더니 말 한마디 없이 몸을 돌려 다시 달리기 시작했다. 그 뒤를 쫓아와 아름달의 손을 잡아 훅 끌어 일으켜 세운 칼바람도 휙 몸을 돌려 무연을 따랐다.

아름달은 헐레벌떡 뒤를 따랐다.

두 사람은 나름 아름달의 속도를 배려하고 있었다. 하지만 정작 아름달은 전혀 느낄 수 없었다. 입술이 바짝바짝 타들어갔다. 숨을 쉴 때마다 목구멍에서 불길이 일었다. 목을 축일 물 한 모금이 절실하다고 여긴 순간 기이한 소리가 들렸다. 불길함을 느낀 아름달이 슬쩍 뒤를 돌아보았다. 그리곤 사색이 되어 소리쳤다.

"화차입니다!"

미친 듯이 앞으로 달려 나가던 무연과 칼바람이 발을 멈췄다. 아름달의 뒤로 또다시 화차가 모습을 드러냈다. 하늘이 무심하게도 한 대가 아니었다. 무려 십여 대가 넘었다. 무연은 지체 없이 다시 다해를 칼바람에게 넘겼다.

"가라."

"야!"

"어서 가. 아까 봤잖아. 금방 따를 것이다."

칼바람은 입술을 깨물었다. 그 말을 믿지 않을 도리가 없었다. 결심을 마친 칼바람은 여전히 머뭇거리는 아름달을 재촉했다.

"가자."

"하지만……."

무연이 그녀를 안심시키려는 듯 빙그레 웃었다.

"괜찮습니다. 어서 가십시오."

"그래도……."

"야! 저거 안 보여?"

다해를 어깨에 들쳐 멘 칼바람이 버럭 소리쳤다. 화차를 끌고 나타난 병사들은 지체하지 않고 바로 발사 준비를 시작했다. 아름달은 입술을 질끈 깨물고 칼바람의 뒤를 따랐다.

무연이 몸을 돌렸다. 후, 길게 숨을 내쉬며 마음을 가다듬은 후 그는 다시금 천룡의 기운을 끌어 모았다.

퍼버벙, 연달아 화차가 발사되는 소리가 들렸다. 칼바람과 아름달은 등골이 오싹했지만 차마 쳐다볼 수 없었다. 최대한 길 가장 자리에 붙어 달리며 화차의 사정거리 밖으로 나가야 했기에 두 사람은 무연을 확인할 수 없었다.

숨이 턱에 차도록 달리다 보니 드디어 정문이 모습을 드러냈다. 지키는 이 하나 없는 상태였다.

"잠시만요!"

그러나 그럴 필요가 없을지도 몰랐다. 칼바람은 아름달의 외침을 듣기 전부터 속도를 늦춘 참이었다.

"아무리 천혜의 요새라 한들, 지키는 이가 하나도 없다는 것은 좀 이상하지 않습니까?"

"그러게."

"만약 함정이라면……."

두 사람이 고민하고 있는데 삐그덕 문이 열리더니 한 무리의 사람들이 모습을 드러냈다. 그들은 뚜벅뚜벅 두 사람에게 다가왔다. 모두가 토나라의 복장을 하고 있었다. 일견 안심할 법도 하건만, 두 사람은 긴장을 풀지 않았다. 그러나 그들이 가까워지면서 얼굴을 확인할 수 있을 만한 거리가 되자 아름달이 눈을 크게 떴다.

야란이 활짝 웃으며 인사를 건넸다.

"오랜만입니다. 아름다운 달님."

답한 것은 칼바람이었다.

"뭐지? 야란 네가 왜……."

야란이 씩 웃었다.

"다시 소개하지요. 토나라의 막내 왕자 야흐로나 란베르입니다. 상단에서는 야란이란 이름을 사용하고 있지요."

칼바람이 눈살을 찌푸렸다.

"설마 네 상단을 이용해 노예로 위장해 잠입했던 것이냐?"

"정세를 파악하려면 황궁에 들어가는 게 가장 쉬운 일이니까요. 자세한 이야기는 나중에 하시죠. 우선 근방을 정리해 두긴 했습니다만 언제 또 몰려올지는……."

야란이 잠시 말을 멈췄다.

"위 장군은 어디 계십니까?"

아름달이 슬픈 얼굴로 답했다.

"아직 뒤에 계십니다."

야란이 신음했다.

"기다릴 수는 없는데……."

"일단 가자. 녀석은 이 녀석이 안전하기를 원할 테니."

칼바람이 어깨를 으쓱했다. 그의 어깨에 짐짝처럼 들려 있던 다해가 들썩였다.

"그럼 저희 쪽 사람을 한 명 남겨두고 가겠습니다. 두 분은 어서 가시지요."

야란이 몸을 돌리자 뒤따르던 자들이 양쪽으로 갈라지며 길을 텄다. 확실히 왕자는 왕자인 모양이었다. 야란을 따라 두 사람은 황급히 발을 놀렸다.

"대체 어떻게 연 거지?"

"설마 저 문을 밖에서 열었겠습니까?"

"암읍은 워낙 사람들이 폐쇄적이라 간자를 심기가 쉽지 않을 텐데?"

"국적을 불문하고 돈 싫어하는 사람은 없습니다."

"토나라 막내 왕자의 상단이 그렇게 부자였나?"

야란은 씩 웃기만 할 뿐 답해주지 않았다.

"확실히 바깥 공기가 시원하죠?"

정문까지 완전히 빠져나오자 야란이 너스레를 떨었다. 놀랍게도 바깥에는 말 여러 마리가 대기하고 있었다.

"대단하군. 천혜의 요새라고 그렇게 노래노래를 불렀는데 이리 쉽게 깨져?"

"대규모 군사는 당연히 못 뚫습니다. 미리 대비를 할 테니까요. 하지만 소수라면 뭐……."

야란은 자신만만한 듯 어깨를 으쓱하더니 아름달이 말에 타는 것을 도왔다. 고개를 절레절레 흔든 칼바람도 다해를 말 잔등에 얹더니 훌쩍 올라탔다.

"정말 그냥 가도 되는 걸까요?"

아름달이 연신 바위 도시를 쳐다보았다. 칼바람도 한번 흘끗 돌아보았다. 그러나 곧 아무 말 없이 이랴, 말을 몰았다.

"가시지요. 천룡의 후예가 아닙니까."

어느새 곁으로 다가온 야라이 살뜰하게 말을 건넸다. 아름달은 쓰게 웃으며 고개를 끄덕이더니 말을 몰았다.

✖

흑흑흑 흐느끼는 울음소리에 다해는 자꾸만 꺼져 가던 정신을 억지로 끌어 올렸다. 느릿느릿 눈꺼풀을 들어 올리자 흐릿하기 짝이 없는 가느다란 시야 사이로 아름다운 그녀의 모습이 들어왔다.

놀랍도록 아름다운 여인이었다. 그리고 다해가 사랑하는 여인이었다. 윤기 나는 기다란 은발을 흩날리며 은하수로 장식된 짙푸른 물을 입고 있는 그녀는 놀랍게도 다해와 똑같은 얼굴을 하고 있었다.

신기하게도 다해는 그 점을 기이하게 여기지 않고 있었다. 대신에 다해는 도저히 근원을 알 수 없는 슬픈 감정에 휩싸여 있었다.

그녀는 울고 있었다. 마음이 너무 아팠다. 그녀의 눈에서 눈물이 흘러내릴 때마다 다해는 팔을 뻗어 닦아주고 싶었다. 그러나 기이하게도 움직일 수가 없었다. 눈을 뜨고 있는 것조차 너무 힘겨웠다.

한참이나 서럽게 울던 그녀가 힘없이 중얼거리기 시작했다.

"그의 피와 살로 너희는 힘을 얻으리라……."

여자가 눈으로 다해를 훑었다. 그 눈빛이 어찌나 처연한지 도저히 그냥 내버려 둘 수가 없었다. 하여 다해가 더욱 크게 눈을 떠 그녀와 맞추고자 했으나 성공하지 못했다.

"허나, 영생은 얻지 못하리니! 산 채로 고통스러운 죽음을 맞게 되리라!"

온 힘을 다하여 저주를 끝마친 그녀는 고통을 이겨내지 못하고 처절한 비명을 내질렀다. 아아아아, 끝 모르는 처연한 외침이 천지사방으로 흩어졌다. 영혼까지 뽐어낼 기세였다. 그러다 끝끝내 허공으로 산산이 부서져 흩어져 버렸다. 남은 것은 반짝이는 그녀의 눈물뿐이었다.

다해는 슬펐다. 절로 눈물이 났다. 사랑하는 그녀가 슬픔에 빠져 버린 것이 너무나 슬펐다. 슬픈 것은 또 있었다. 아아, 사랑하는 나의 백성들이여……. 그들이 려사의 유혹에 넘어간 것은 그저 나약하기 때문이었다. 조만간 왕을 잃어야 하는 그들은 그저 심약해져 있었을 뿐이었다. 제 몸을 지킬 두꺼운 가죽도 날카로운 발톱도 뾰족한 송곳니도 없는 그들이 이 척박한 땅에서 살아가려면 뭔가가 필요했다. 려사는 단지 그 점을 파고들었을 뿐이거늘…….

으으, 하는 신음이 들려왔다. 잠시 후, 경악에 물든 목소리가 이어졌다.

"이게 어찌……."

붉은 피 칠갑을 한 제사장이 비틀비틀 다해에게 다가왔다. 다해는 슬펐다. 려사의 지배를 받는 동안 벌어졌던 모든 일을 기억하리라……. 제사장은 착한 사내였다. 오늘 벌어진 일로 말미암아 영원히 죄책감에 고통을 받으리라……. 그러나 그것은 그저 시작에 불과할 터.

그녀의 저주가 내려진 이상 죄책감에 휩싸여 고통받는 것보다 그것이 더욱 고통스러우리라. 가엾은 나의 백성들이여……. 절로 눈물이 났다. 어찌할 바를 몰라 하며 다해를 살피는 나이 든 제사장의 얼굴 위로 앞으로 태어날 수많은 그의 후손들이 떠올랐다. 방긋방긋 웃는 갓난아이부터 백발이 성성하여 곧 내일 죽는다 해도 전혀 이상할 것이 없을 노인까지 인간의 형상들이 그의 얼굴 위로 수없이 스쳐 지나갔다.

슬픔이 밀려들었다. 어리석은 나의 백성들……. 그녀의 저주로 말미암아 영원히 저주받을 사랑하는 나의 백성들…….

다해는 마지막 남은 힘을 쥐어 짜냈다.

다해의 입술이 움찔, 움직이기 시작하자 제사장이 눈을 크게 뜨고 냉큼 달려와 귀를 기울였다. 다해는 눈을 감고 힘없이 주문을 이어갔다.

"용서를…… 구하라, 그리하면…… 얻으리니. 진심을…… 다…… 하…… 라……."

"깨어나셨군요!"

갑자기 다해의 시야 속으로 붉은 머리칼이 뛰어들었다. 놀랍게도 그 순간 눈꺼풀이 가벼워졌다. 여전히 힘은 없었지만 아까처럼 무겁지는 않았다. 깜빡깜빡 다해가 눈을 떴다. 아름달이 울먹이며 다해의 손을 잡았다.

"하도 깨어나지 않아 얼마나 걱정했는지 아십니까?"

"제가…… 그리 오래 혼절해 있었습니까?"

비척거리며 일어나려는 다해를 아름달이 도왔다. 힘겹게 일어나자 아름달이 얼른 베개를 괴어주었다. 다해는 그녀 덕분에 편안하게 앉을 수 있었다.

"용서를 구하라, 그리하면 얻으리니, 진심을 다하라."

전혀 눈치채지 못한 또 다른 누군가의 목소리에 고개 돌린 다해가 사색이 되었다.

"다, 당신은……."

야란이 활짝 웃었다.

"걱정하지 마십시오. 생각하시는 그런 일 때문에 와 있는 것이 아닙니다."

아름달이 조심스럽게 다해에게 일러주었다.

"토나라의 막내 왕자님이십니다. 그간 정탐을 위해 려나라 황궁에 잠입해 있으셨다더군요."

"왕자가 그런 일을 하면서……."

다해는 도저히 이해할 수 없었다. 야란은 어깨를 으쓱했다.

"다른 면엔 대단히 엄격하면서도 유달리 그쪽에만 유한 게 려나라 귀족들이니까요. 가장 손쉬운 방법이었죠. 그나저나 무슨 꿈을 꾸신 겁니까?"

야란의 질문에 다해는 잠시 멈칫했다. 무슨 꿈을 꾸었더라……. 기억하려 애써보았으나 모든 것이 흐릿할 뿐이었다. 그저 확실한 것은 단 하나.

"그냥…… 늘 꾸던 꿈이었습니다만, 제가 그리 잠꼬대를 했습니까?"

그러고 보니 어릴 적 무연을 만난 후 잊을 만하면 한 번씩 꾸던 꿈이었다. 어느 정도 자란 후 더는 꾸지 않았었는데 왜 다시 시작된 것일까?

아름달이 걱정스럽게 물어왔다.

"혹 기억이 나지 않으십니까? 깨어나시기 직전에 그런 말을 하셨었는데……."

말끝을 흐리는 아름달의 뒤로 야란이 말을 이었다.

"용서를 구하라, 그리하면 얻으리니, 진심을 다하라, 라는 말이 실제로 존재하는 걸 아십니까?"

다해가 고개를 들었다. 눈이 마주친 야란이 살짝 눈웃음을 쳤다. 민망해진 다해가 슬쩍 눈을 피하며 물었다.

"이곳 어디에 그런 말이 존재한단 말입니까?"

"진나라의 수도 가람에 가면 신령스럽게 여겨지는 바위거인이 있습니다."

아름달이 끼어들었다.

"저도 들어본 적이 있는 것 같습니다. 과거 신을 추앙하고자 만 백성이 모여 만들었다던……."

야란이 고개를 흔들었다.

"처음엔 모두가 신을 추앙하는 석상인 줄 알았죠. 하지만 알고 보니 달랐습니다. 석상은 신에게 속죄하기 위한 것이었다더군요. 그제야 그들은 의문 하나를 풀었죠."

잠시 말을 멈춘 야란은 부드럽게 보였던 표정을 단호하게 굳히 며 말을 이어나갔다.

"바위석상의 표면에 빼곡하게 새겨져 있던 문구 말입니다. 신 을 추앙한다고 보기엔 뭔가 좀 이상하다 여겨지고 있었는데 이제 속이 시원해진 겁니다."

다해가 물었다.

"설마 '용서를 구하라, 그리하면 얻으리니, 진심을 다하라'라는 말이 새겨져 있는 건가요?"

"그렇습니다. 머리부터 발끝까지 빈틈 하나 없이 빼곡하게 그 글귀가 새겨져 있죠. 바로 그 문구 때문에 천손 찾기가 시작되었 습니다. '진심을 다해 신께 용서를 구하라, 그리하면 신의 저주가 풀릴 것이다.' 신관들의 해석이 그러했으니까요."

다해가 멍한 얼굴로 야란을 보았다. 저주라는 말을 들어오긴 했지만 실감이 나지 않았거늘, 그간 늘 꾸어오던 꿈속에서 들어 온 그 말이 바로 저주와 관련이 있었다니…….

"뭐, 이후 연이은 신탁들에 따르면 하늘이 점지한 천손을 찾아

내어야 한다고 했답니다."

다해가 중얼거렸다.

"황제를…… 간택해야 하기 때문에……."

야란이 힘차게 고개를 끄덕였다.

"예. 자신들이 죽여 버림으로써 환생의 굴레에 끼여 버리게 된 신의 환생을 찾아 다시금 위대하고도 위대한 자리에 앉혀 진심을 보이면 저주가 풀릴 것이라 믿고 있는 거죠."

"그녀가 그리 쉽게 용서 할 거 같지는 않습니다만……."

무심코 중얼거린 다해의 말에 야란이 미소를 거두었다.

"혹 다른 해석을 갖고 계십니까?"

"예?"

"방금 그러셨잖습니까? 그녀가 그리 쉽게 용서할 것 같지 않다고."

"그녀요? 신이 여자인가요?"

아름달이 걱정스러운 얼굴로 다해의 손을 어루만졌다.

"아무래도 아직 정신이 완전히 돌아오신 거 같지 않습니다. 좀 더 쉬세요."

힘없이 말하는 눈동자에 살짝 물기가 묻어 있었다. 신나서 떠들던 야란도 길게 한숨을 내쉬었다.

"미향을 제대로 풀지 않았으니 아마 해독까지는 오래 걸릴 겁니다."

"제대로 푸는 방법이 따로 있습니까?"

아름달의 도움을 받아 천천히 자리에 도로 누우며 다해가 묻자 야란은 성실하게 대답했다.

"미향의 목적이 무엇입니까? 목적을 잃어버렸으니 당연히 향의 기운이 이리저리 날뛸 밖에요."

자리에 누워 있던 다해가 멍한 얼굴로 한참을 있다가 뒤늦게 얼굴을 붉혔다.

"혹…… 그러지 않으면 풀리지 않는다던가 하는…… 겁니까?"

"걱정은 하지 않으셔도 됩니다. 다소 늦을 뿐, 시간이 지나면 절로 풀리니까요. 다만……."

내내 미소 짓고 있던 야란의 얼굴에 살짝 먹구름이 끼었다.

"아직 계나라인지라 어서 떠나야 하는 것이 걱정이지요."

"그거라면 걱정하지 않아도 됩니다. 머리가 맑지는 않으나 당장 떠날 수 있습니다."

다해는 금방이라도 자리에서 일어날 것처럼 몸을 움직였다. 하지만 아름달도 야란도 그런 다해를 도우려 하지 않았다. 두 사람의 얼굴에 아까보다 더 큰 시름이 끼어들었다. 그제야 다해는 무언가 커다란 문제가 생긴 것을 눈치챘다. 주위를 둘러보았다. 그러고 보니 아까부터 보이지 않는 사람들이 있었다.

"두 분은 어디 가셨나요?"

다해가 묻자 아름달은 아예 몸을 돌려 버렸다. 불안감에 휩싸인 다해가 야란을 쳐다보았다. 야란이 무표정하게 대꾸했다.

"용영대장님께선 밖에 나가셨습니다."

"무슨 일이 있는 겁니까?"

야란도 차마 말을 꺼낼 수가 없는 듯 그 질문엔 굳게 입을 다물어 버렸다. 다해가 힘겹게 몸을 일으키려 했다. 아름달이 황급히 만류했지만 다해는 고집을 부렸다. 가까스로 다시 아름달의 도움을 얻어 일어난 다해가 창백해진 얼굴로 야란을 쏘아보았다.

"무연님께 무슨 일이 생긴 겁니까? 말씀해 주세요."

한참을 머뭇거리던 야란이 드디어 입을 열었다.

"위 장군께서…… 사망하신 것 같습니다."

다해는 그대로 혼절했다.

5.

너무나도 쉽기에
너무나도 어려운 (1)

암읍은 조용했다. 그럴 수밖에 없었다. 하늘이 도왔는지 때를 맞춰 려나라의 주둔군이 방문한 것이다. 제 발 저린 자난은 요란한 수색대를 동원할 수 없었다.

"오늘, 계나라 왕은 속이 좀 쓰리겠습니다."

먼발치에 숨어서 암읍의 동태를 살피던 토나라의 정탐꾼이 입을 열었다. 널따란 절벽길이 온통 병사들로 가득했다. 절벽 아래로 떨어지지 않는 것이 용할 지경이었다. 병사들은 한 치의 흐트러짐도 없이 발을 맞춰 차례차례 도시 안으로 들어가고 있었다. 아무리 생각해도 도시 안에 그 많은 병사를 수용할 공간이 없건만 굳이 저 많은 병사들을 다 데리고 들어가는 목적이 과시가 아니라면 대체 무엇이겠는가?

계나라에 원한이 있는 자라면 충분히 좋아할 만한 일이었다. 하지만 함께 지켜보고 있는 칼바람의 얼굴엔 먹구름이 끼어 있었다.

아웅다웅 서로 못 잡아먹어 안달이었건만. 무연이 죽었다는 사실을 칼바람은 도저히 받아들일 수가 없었다. 그리고 그것은 다해도 마찬가지였다.

"정말로 죽은 것입니까?"

정신을 차릴 때마다 다해는 몇 번이나 되물었다. 모두가 아무리 열심히 그리고 성실히 답을 해주어도 다해는 돌아서면 잊는 듯 같은 질문을 반복했다. 그러다 급기야 무연의 마지막을 목격했다는 야란의 수하를 직접 찾아가야겠다고까지 했다.

여곽 1층의 너른 식당 여기저기에서 삼삼오오 모여 앉아 수다를 떨던 야란의 수하들이 일시에 자리에서 일어났다. 다해를 선두로 야란과 아름달이 2층으로 이어진 계단에서 모습을 드러냈기 때문이었다.

야란이 팔을 들어 누군가를 가리켰다.

"저자입니다."

다해는 고개를 끄덕이더니 아름달의 부축을 받으며 그자에게 다가가 다짜고짜 질문을 던졌다.

"그날 일을 말해주세요."

사내는 다해가 무엇을 묻는지 단박에 이해했다. 그러나 그는 이러지도 저러지도 못한 채 야란의 눈치만 보았다. 야란이 조용히 고개를 끄덕였다. 사내는 그제야 이야기를 시작했다.

"한참 기다리다 보니 살짝 열어두었던 정문이 활짝 열렸습니다. 깜짝 놀랐습니다. 그 거대한 문을 그리 가뿐하게 여는 사람이 있을 줄은 몰랐습죠. 위 장군이셨습니다. 밖으로 달려 나오는데 그 뒤를 화살비가 새카맣게 덮쳐 왔습니다. 위 장군께서는 가뿐하게 전부 피하시더군요. 하지만 세상에, 암읍의 절벽에 그런 기능이 있을 거라곤 꿈에도 상상조차 하지 못했습니다."

차분하게 말을 이어가던 야란의 수하가 차츰 흥분하기 시작했다.

"화차에서 쏟아진 것으로 추정되는 화살을 다 피하고 이제 안전해졌다 여겼는데 절벽에서 일제히 화살이 쏟아졌습니다. 평소엔 보이지 않아 몰랐던 화살구멍이 빼곡하더군요."

야란이 신음했다.

"자난 그 인간 언제 그런 것까지……."

"그래서요! 그래서 무연님은 어찌 되신 겁니까!"

수하가 다시 다 죽어가는 목소리로 다해의 눈치를 살폈다.

"위 장군께서도 그것까지는 예측하지 못하신 모양이었습니다. 살짝 당황하시는 듯하더군요. 하지만 그래도 다 피하셨습니다. 다만……."

다해가 숨을 멈췄다. 수하가 푹 고개를 떨궜다.

"화살을 피하느라 그만 절벽길을 벗어나고 말았습니다. 위 장군께서는 그대로 추락을……."

다해가 얼굴을 감쌌다. 작은 흐느낌이 느껴졌다. 이내 고개를 든 다해가 몇 번이나 입술을 깨물더니 힘겹게 입을 열었다.

"시…… 신은요?"

"그것이……."

다해가 소리쳤다.

"절벽 아래에 시신이라도 있었을 것이 아닙니까!"

사내는 대답하지 않았다. 다해는 이미 천룡의 후예가 시신을 남기지 않는단 이야기를 들어 알고 있었다. 그 방에 있던 모두가 다해를 외면했다. 다해가 털썩 주저앉았다. 그녀의 눈에서 주룩 눈물이 쏟아져 내렸다.

"아무것도 없는 죽음이라니요! 어찌 이런 일이……."

그대로 크게 소리 내어 울던 다해는 또 혼절하고 말았다. 아름달이 눈물지으며 다해를 일으켰다. 야란이 그런 아름달을 도왔다. 안절부절못하던 사내가 냉큼 등을 내밀었다. 야란과 아름달은 다해를 사내의 등에 업혀주었다. 그 순간 여곽의 문이 열리고 칼바람과 동행했던 야란의 수하와 칼바람이 모습을 드러냈다.

사내의 등에 업힌 다해를 보고 칼바람이 눈살을 찌푸렸다.

"뭐야? 몸도 성치 않은 애를 왜 데리고 나온 건데?"

성큼성큼 다가온 칼바람이 냉큼 다해를 빼앗아 안더니 2층 다해의 처소로 향했다. 다해를 조심스럽게 침상에 눕히는 것을 지켜보며 야란이 물었다.

"어떻던가요?"

"수색대는 이제 없을 거다."

"당연히 없겠죠. 주둔군이 바위 도시에 머무는 동안엔 려나라 눈치 보기 바쁠 테니까요."

"다 알면서 뭐 하러 물어?"

"전 위 장군의 행방을 물은 겁니다. 혹시 뭔가 찾으신 것은 없는지……."

모두의 시선이 일시에 혼절한 다해에게 향했다. 칼바람이 잔뜩 얼굴을 구겼다.

"천룡의 후예는 정말로 시신을 남기지 않는가?"

"예. 진나라에 갔을 때 천룡의 후예가 사망하는 순간을 목격한 적이 있습니다. 갈구병에 걸린 환자를 데리고 나온 가족이 있었는데 꼭 세상에서 지워지는 것처럼 사라지더군요."

아름달이 울먹거렸다.

"시신도 남기지 않는 죽음이라니……. 그 죽음을 어찌 받아들여야 한단 말입니까? 참으로 잔인한 일입니다."

마치 아름달의 말을 듣기라도 한 것처럼 다해가 무어라 중얼거렸다. 다해가 깨어난 줄 알고 다가갔던 아름달이 가만히 귀를 기울이다 왈칵 눈물을 흘렸다. 눈물을 흘리며 두어 번 무연의 이름을 입에 담은 다해가 다시 조용해졌다. 그녀의 눈에서 흘러내린 눈물이 베개를 진하게 물들였다.

"우리 천손, 가여워서 어찌합니까? 마음 한번 제대로 표현도 못 해봤는데……."

아름달이 다해의 뺨을 어루만지며 소리 없이 눈물 흘렸다. 지켜보던 야란과 칼바람은 차마 두 여자를 쳐다보지 못해 몸을 돌려 버렸다.

방 밖에서 누군가의 인기척이 느껴졌다. 칼바람이 왈칵 방문을 열자 그곳에 야란의 수하 하나가 서 있었다.

"무슨 일이지?"

싸늘하게 묻는 칼바람의 질문을 무시하고 야란의 수하는 천천히 다가오는 자신의 주인에게 정중히 머리 숙여 보고를 올렸다.

"비둘기가 돌아왔습니다."

"화정에 다녀온 비둘기인가?"

"예."

"뭐라던가?"

"최근 천손의 탈주 때문인지 려나라에서 국경을 넘기만 해보라고 엄포를 놓았답니다. 게다가 려나라의 주둔군이 대거 암읍에 몰려들기까지 해서 마중을 나오긴 무리랍니다."

"당장 계나라의 수색은 피할 수 있게 되었지만 진나라의 도움을 받기는 어려워졌단 소리군."

말을 마친 야란은 수하에게 물러가라 손짓했다. 다시 문이 닫히자 칼바람이 물었다.

"그래서 어찌할 텐가?"

"빠른 시일 내로 계나라를 벗어나야 합니다. 려나라의 주둔군 덕분에 당장 계나라의 수색이 멈춘 것은 다행한 일이나 솔직히 범이 나타나서 여우가 꼬리를 만 꼴이 아닙니까?"

너무나도 정확한 시기에 주둔군이 암읍에 나타난 것은 우연일까? 다해의 이마에 맺힌 땀을 닦아주던 아름달의 손길이 어느덧 멈춰 있었다. 칼바람은 그것을 봐놓고도 못 본 척 고개를 돌리더니 아무렇지 않게 대화를 이어나갔다.

"하지만 저 녀석은 어쩌고? 절대로 가지 않으려 할 텐데."

"어차피 저 상태로는 반대한다 한들, 뭘 어찌할 수 있겠습니까?"

두 사람의 시선은 다해에게로 향했다. 깨어 있는 시간보다 혼절해 있는 시간이 더 많은 다해. 야란의 말은 그 누구도 반박할 수 없었다.

"하면, 어떤 식으로 국경을 넘을 생각이지?"

"상단이라 함은 본디 국경 넘기를 내 집 대문 넘듯 하는 법이지요. 상단의 일행으로 꾸미시면 됩니다."

"국경을 넘는 게 그리 호락호락하단 말인가?"

"상단의 인원이 어디 한두 명이어야 말이죠."

"천손 문제도 있고 화정에 주둔한 진나라의 군대 때문에 경비가 강화되었다고 하지 않았나?"

야란이 빙그레 미소 지었다.

"세상에는 말입니다⋯⋯."

칼바람이 냅다 끼어들었다.

"돈 싫어하는 사람은 없다고?"

야란은 말꼬리를 뺏긴 것에 살짝 불쾌한 티를 냈지만 이내 특유의 미소 지은 얼굴로 돌아와서는 고개를 끄덕였다.

"그럼 언제 출발할 건데?"

"빠를수록 좋겠지요. 내일 새벽, 어떻습니까?"

칼바람이 어깨를 으쓱했다.

"그럼 난 가서 쉬어야겠다. 준비는 네가 알아서 해라."

야란은 정중히 고개를 숙이는 것으로 답을 대신했다. 칼바람이 벌컥 문을 열었다. 그러나 문을 넘기 직전 뒤를 돌아보았다.

"아름달 넌 안 쉬냐?"

아름달은 고개조차 돌리지 않고 답했다.

"저는 천손의 곁을 지킬 것입니다."

살짝 눈살을 찌푸린 칼바람이 몇 마디 더 하려는 듯 입을 벌렸다가 그냥 닫았다. 그러곤 요란하게 문을 닫고 나가 버렸다. 마치 배웅하듯 칼바람을 보고 있던 야란이 그제야 아름달에게 다가왔다.

"쉬시지요. 천손의 곁에는 제가 남겠습니다."

이름달은 여전히 디해만을 쳐다보며 말했다.

"아닙니다. 천손께서는 남녀가 유별하다 믿고 계시는 분입니다. 낯선 남자분께 맡겨진 것을 나중에라도 아시게 되면 민망해하실 겁니다."

"천손께서 꺼려하시는 것은 정을 통하는 것이지 간병은 아니지 않습니까? 나중에 정신을 차리시면 상황이 이러했으니 다 이해해 주실 겁니다."

아름달은 아무런 대꾸도 하지 않았다. 그제야 야란은 아름달이 단지 그 이유 때문에 남아 있는 게 아님을 알았다. 야란은 아름달이 안쓰러웠다. 드디어 자신의 행복을 찾아 움직이기 시작하려는 것을 눈치챘을 때, 몰래 응원까지 했던 차였다. 그래서 야란은 아름달을 내버려 둘 수 없었다.

"천손께서 깨어나시어 자신의 간병 때문에 아름달님이 쇠약해지시거나 몸져누운 것을 알면 과연 어떤 기분이 되실지 생각해 보셨습니까?"

무슨 꿈을 꾼 것인지 이리저리 몸을 뒤척이느라 헝클어진 다해의 머리칼을 정돈하던 아름달의 손이 움직임을 멈추었다.

"어서 가서 쉬세요. 벌써 며칠째 제대로 주무시지도 않았잖습니까?"

아름달은 꿈쩍도 하지 않았다. 여전히 다해의 머리칼을 만지다 행동을 멈춘 그대로 아마 고민에 빠진 모양이었다. 가만히 지켜보던 야란은 좀 더 적극적으로 밀어붙이기로 했다.

야란이 부드럽게 아름달의 팔에 손을 얹었다. 흠칫 놀란 아름달이 고개를 돌렸다. 눈이 마주친 야란은 잔잔한 미소를 지으며 조심스레 그녀를 일으켜 세웠다. 아름달은 그 손길에 거부할 수 없게 하는 어떤 마법이라도 걸린 것처럼 천천히 자리에서 일어났다. 아름달은 사내의 손길이란 마치 뱀처럼 차갑고 잔인한 것이라 여겨왔다. 한데 야란은 달랐다. 섬세했다. 또 부드러우며 따스했다.

아름달은 홀린 듯 야란의 손길에 따랐다. 이유는 모르나 어쨌든 자신의 의도대로 된 것을 알게 된 야란은 그대로 아름달을 그녀의 처소까지 바래다주는 것으로 모자라 침상에 눕히고 이불까지 덮어주었다.

"그럼 푹 쉬십시오."

야란은 정중히 예를 취하곤 굳게 처소의 문을 닫아주었다. 아름달은 한참을 멍하니 누워 있었다. 자신도 모르게 야란의 손길이 닿았던 팔을 자꾸만 더듬었다. 그 사실을 깨닫지도 못한 채 자꾸만 부드러운 손길을 떠올리던 아름달은 어느 순간 깊은 잠에 빠져들었다.

시원한 바람이 불어왔다. 다해는 두 눈을 감고 가만히 바람을 즐겼다. 길게 늘어진 은빛 머리칼이 부드럽게 바람을 타는 것이 느껴졌다.

"대체 언제 오십니까? 그리움에 애간장이 다 녹겠나이다."

뱉은 말과 달리 다해는 빙그레 미소 짓고 있었다. 그녀만 생각하면 자꾸 웃음이 났다.

등 뒤에서 인기척이 느껴졌다. 어린 꼬마가 바닥에 엎드려 있었다.

"무슨 일이지?"

"제사장께서 준비를 하셔야 하니 모셔오라 했습니다."

다해가 자신의 존재를 눈치챘음을 확인한 꼬마 아이가 정중히 용건을 말했다. 새집이라고 해도 좋을 만큼 거칠고 푸석한 머리칼이 삐쭉삐쭉 사방으로 뻗어 나간, 몰골이 더러운 사내아이였다.

아이의 말을 들은 다해가 빙그레 미소 지었다. 아이는 쭈뼛거리며 따라 웃더니 천천히 일어나서는 몸을 돌려 걷기 시작했다.

한참 따르던 다해는 아이의 발걸음이 묘한 것을 느꼈다. 연신 뒤를 쳐다보는 것은 다해가 따르는지 그렇지 않은지를 확인하기 위함이라 여길 수 있었다. 하지만 어째서 자꾸 눈치를 살피는 것일까?

다해는 아이를 따라 마을에 들었다. 나뭇가지와 나뭇잎으로 얼기설기 엮어 만든 오두막들이 옹기종기 모여 있는 익숙한 마을. 선택을 마치고도 미련을 완전히 떨치지 못하게 한 바로 그 백성들이 사는 마을이었다.

익숙한 길을 따라 아이의 뒤에서 한참을 걷다 보니 거대하게 타오르는 화톳불 너머, 검은 제단이 눈에 들어왔다.

다해는 자신도 모르게 미소를 머금었다.

'그래, 과거 아무것도 몰랐을 때는 저 제단이 그녀와 대화할 수 있는 유일한 통로였었지.'

행복감이 더 크게 차올랐다. 때문에 다해는 새의 깃털로 요란하게 머리칼을 장식한 제사장이 다가오는 것을 눈치채지 못했다.

제사장과 눈이 마주친 다해는 고개를 갸웃했다.

몸은 제사장이었으나 영은 그가 아니었다.

"위대하신 왕을 위해 술 한 잔 바치나이다."

제사장이 정중히 허리 숙이며 커다란 나무 잔 하나를 바쳐 올렸다. 엉겁결에 잔을 내려다본 다해는 그대로 정신을 잃었다.

나무 잔 속에 비친 것은 기다란 은발을 흩날리는 무연이었다.

다해가 번쩍 눈을 떴다. 곧바로 꿈인 것을 깨달았다. 자리에 누운 채로 가만히 되새겨 보았다. 대체 무슨 내용인지 또렷하게 기억나는 것은 없었지만 무연의 얼굴만큼은 확실하게 떠올랐다.

분명 은발이었다. 무연의 구불거리는 청록색 머리칼은 온데간데없이 곧고 부드러운 은발을 늘어뜨리고 있었다. 이게 무슨 의미일까?

가만히 눈을 깜빡이던 다해는 문득 눈에 보이는 풍경이 뭔가 다른 것을 깨닫고는 벌떡 몸을 일으켰다. 그동안 많이 회복되었는지 그 누구의 도움이 없어도 가뿐했다. 일어나 앉아 주위를 둘러보니 다해가 누워 있는 곳은 침상이 아닌 바닥에 넓게 깔린 깔개 위의 두툼한 이부자리로 제법 널찍한 천막 안이었다.

입구를 가린 휘장을 펄럭이며 들어온 아름달은 다해가 앉아 있는 것을 보고 눈시울을 붉혔다.

"몸은 좀 어떠십니까?"

다해는 부드러운 미소로 아름달을 안심시켰다. 아름달은 성큼 다가와 곁에 앉았다.

"안색이 많이 좋아지셨습니다."

"몸도 한결 가벼워졌습니다. 한데 여기가 어딥니까?"

한참을 머뭇거리던 아름달이 고개 숙인 채 대답했다.

"려나라의 대규모 군대가 암읍에 나타난 탓에 서둘러 대피하지 않을 수가 없었습니다."

대답을 듣기 무섭게 뭔가 말을 꺼내려던 다해가 울컥, 치미는 것을 막기 위해 입을 앙다물었다. 당장에라도 눈물을 떨굴 듯 눈시울이 붉어졌지만 다해는 꾹 눌러 참았다. 그렇게 가까스로 감정을 추스른 다해가 다시 입을 열었다.

"무연님의……."

차마 유품이라는 말까지는 입에 담을 수 없었던 다해가 두 눈을 질끈 감고 말을 이었다.

"찾았답니까?"

아름달이 다해의 시선을 외면했다. 다해는 그것이 무슨 의미인지 알고는 벌떡 자리에서 일어나려다가 비틀거렸다. 아름달이 다급하게 다해를 부축했다.

"식사부터 하셔야 합니다. 미향은 해독되었다 한들, 며칠간 끼니를 거르셨어요. 건강이 많이 상하셨을 겁니다."

다해는 얌전히 그 말을 들어줄 생각이 없었다.

"돌아가야 합니다."

"천손!"

"돌아가야 합니다! 돌아가서 저는 기필코 제 두 눈으로 무연님이……."

기세 좋게 외치던 다해가 또 입을 다물더니 두 눈을 감았다. 미처 막지 못한 눈물이 데구르르 굴러 떨어졌다. 여전히 눈을 감은 채 다해가 말을 이었다.

"······증거를 찾을 것입니다."

"이미 늦었습니다."

다해가 번쩍 눈을 뜨고 아름달을 노려보았다.

"찾기 전까지는 언제가 되었든 늦은 것이 아닙니다!"

아름달이 슬프게 고개를 흔들었다.

"아뇨, 늦었습니다. 이미 화정입니다."

"그럴 리가 없습니다. 암읍에서 화정까지는 거리가······."

다해가 말을 맺기도 전에 아름달이 일어서 손을 내밀었다. 다해는 그 손을 잡고 자리에서 일어나서는 천천히 천막을 나왔다. 다해의 눈앞에 똑같이 생긴 천막들이 수도 없이 자리 잡은 군영이 모습을 드러냈다. 밖에서 보초를 서고 있던 병사 둘이 다해를 향해 정중히 머리를 숙였지만 그녀는 보지 못한 듯 더듬더듬 입을 열었다.

"어찌······ 어찌 이럴 수가······ 있단 말입니까? 어찌······ 제게 말도 없이······."

"여쭈어볼 만한 상태가 아니셨습니다."

"제가 그리 오래도록 혼절해 있었다는 말입니까?"

답하는 이는 아무도 없었다. 다해는 힘없이 몸을 돌려 다시 천막 안으로 들어왔다. 터덜터덜 걸은 그녀는 천막 한가운데에 있는 의자에 털썩 주저앉았다. 다해가 언제 넘어질지 몰라 조마조마해하며 따라온 아름달도 맞은편에 조용히 앉았다.

"위 장군은 가셨지만 그 뜻은 이어야 하지 않겠습니까?"

'갔다'는 말에 다해가 소리 없이 왈칵 눈물을 쏟아냈다. 그 모습이 안쓰러워 절로 울음이 터질 지경이었지만 아름달은 탁자 아래에서 주먹을 꼭 움켜쥐고는 단호하게 말을 이었다.

"위 장군께서 왜 그렇게까지 천손을 지키려 하셨을까요?"

답을 하지 않았지만 다해 또한 너무나 잘 알고 있는 문제였다. 갑자기 설움이 북받쳤다. 사랑하는 여인을 지키기 위해서라고, 그 여인이 바로 나라고 당당히 말할 만한 상황이 아닌 것이 분하고 억울했다. 이럴 줄 알았더라면 차라리 아비와의 약조가 무엇을 의미하는지 밝혔어야 했다. 속 시원히 사랑한다고, 연모한다고, 말이라도 해봤으면 이리 억울하진 않을 것을…….

대답을 기다리던 아름달이 긴 한숨을 내쉬었다. 다해는 화난 얼굴을 하고 뚝뚝 눈물만 흘리고 있었다. 아무래도 한참을 더 기다려야 할 모양이었다.

야란과 칼바람이 천막으로 들어왔다. 아름달이 천천히 일어나 정중히 예를 취했다.

"일어나 있었냐?"

아름달의 인사에 눈짓으로 화답한 칼바람이 다해에게 말을 건넸다. 다해는 미동도 하지 않았다. 두 주먹을 꼭 움켜쥔 채 여전히 화난 얼굴을 하고 있을 뿐이었다.

"그래도 제가 떠나기 전에 깨어나신 것을 보게 되어 다행입니다."

야란이었다. 다해를 향한 말이었거늘, 정작 반응을 보인 것은 아름달이었다.

"떠나십니까?"

눈을 동그랗게 뜬 채였다. 야란이 미소 지었다.

"예. 전 고국으로 돌아가 친려파를 설득할 셈입니다."

"설득한다고?"

칼바람이 끼어들었다.

"예. 려나라에 머물며 결론을 내렸거든요."

"무슨 결론을 내렸는지 궁금하군."

팔짱을 끼고 묻는 칼바람은 그래, 어디 한번 들어는 주지, 라는 태도였다. 야란이 칼바람을 똑바로 바라보더니 미소를 지우고 단호한 얼굴로 말했다.

"려나라는 틀렸습니다."

칼바람의 눈썹이 꿈틀거렸다.

"그저 다를 뿐인 것을 착각한 거 아닐까?"

야란은 매서운 칼바람의 눈빛을 똑바로 쳐다보며 또박또박 말했다.

"용영대장께서도 이미 알고 계신 것으로 압니다. 그렇지 않습니까?"

"대체 내가 무엇을 알고 있다는 건지 모르겠군."

바로 맞받아쳤지만 칼바람의 눈빛이 혼란스러워진 것을 놓치지 않은 야란은 굳이 대답해야 할 필요를 느끼지 못한 듯 아름달을 보았다. 어째선지 아름달은 여전히 놀란 눈을 하고 있었다. 눈이 마주친 아름달이 입을 열었다.

"함께 가람까지 가실 거라 생각했습니다만……."

"여정의 마지막까지 돕고 싶은 마음이야 굴뚝입니다만 토나라도 친려파와 친진파의 갈등으로 엉망이랍니다."

"하면…… 어쩔 수 없겠군요."

아름달의 말끝에 묘한 미련이 매달려 있었다.

야란이 다해를 향해 깊이 허리를 숙였다.

"부디 얼른 쾌차하시길 바랍니다."

다해는 아무 반응이 없었다. 다해에게 작별을 마친 야란은 뒤이어 칼바람에게도 말없이 예를 취하더니 다시 아름달에게로 몸을 돌렸다.

"아름다운 달님의 앞길이 더더욱 찬란하기를……."

아름달에게도 깊이 허리 숙여 예를 취한 야란은 그대로 미련 없이 몸을 돌려 천막을 빠져나갔다. 황망한 얼굴로 앉아 있던 아름달이 뒤늦게 벌떡 일어나 다급하게 야란의 뒤를 쫓았다.

"하실 말씀이라도 있으십니까?"

뒤쫓아 나온 아름달을 보며 야란이 고개를 갸웃했다. 아름달은 얼굴을 붉히며 간신히 입을 열었다.

"배웅…… 하러 나왔습니다."

"참으로 다정하십니다."

야란이 크게 미소 지었다. 아름달은 뒤통수라도 얻어맞은 기분이 되었다.

"어찌 그런 표정을 지으십니까?"

야란의 물음에 아름달은 황급히 밝은 미소를 지어 보였다.

"아무것도 아닙니다. 상단은 어디에 있습니까?"

"진영 내 동쪽 입구에서 대기 중입니다."

"모두가 기다리겠군요. 어서 가요."

아름달은 어쩐지 평소의 그녀답지 않게 호들갑을 떨었다. 잠시 뭔가를 생각하던 야란이 곤란한 얼굴을 했다. 그의 표정이 변할 때마다 아름달의 기분 또한 따라 널을 뛰었다. 이윽고 야란이 조심스럽게 입을 열었다.

"달님의 그 마음, 아닙니다."

아름달은 번개라도 맞은 것 같은 얼굴을 했다.

"그, 그게 무슨 말씀이십니까?"

"지금 달님의 마음속에 자리 잡은 그것은 그저 낯설음에 불과합니다."

아름달은 멍한 얼굴을 할 뿐, 아무 말도 하지 않았다. 야란이 짧게 한숨을 쉬었다.

"일평생 난폭한 사내들에게 둘러싸여 계셨지요. 그러다 난생처음 다정한 남자를 보신 겁니다. 그로 인해 낯설음을 느끼셨는데 평생 사랑 또한 해본 적이 없으시니 오해하신 겁니다."

"하지만……."

아름달은 부인하려 했다. 그런데 야란이 생긋 웃으며 한쪽 눈을 찡긋했다.

"나중에 진짜 사랑을 찾으시면 그때는 저따위 까맣게 잊으실 겁니다. 그리고……."

야란이 고개를 돌렸다. 두 사람이 함께 있다가 빠져나온 천막 쪽을 쳐다보는 중이었다.

"아무래도 가까운 곳에 그 사랑이 있을 것 같군요."

야란이 다시 아름달을 보았다.

"그때가 기대됩니다. 사랑받아 활짝 피어난 달님을 보는 것 말입니다."

야란의 미소가 어찌나 아름다운지 아름달은 부인하려는 마음을 잊어버렸다.

"그럼 정말로 가보겠습니다. 부디 무사평안하시길⋯⋯."

정중히 허리 숙여 작별을 남긴 야란이 사부작사부작, 아름달로부터 멀어졌다. 아름달은 멍하니 그가 떠나는 것을 지켜보았다. 그녀는 여전히 야란이 남긴 말을 이해하지 못하고 있었다.

바로 그 순간, 천막 안에 남아 있던 칼바람은 매서운 눈으로 두 사람이 나가 버린 입구를 보고 있었다.

처음엔 야란이었다. 려나라는 틀렸다는 발언이 자꾸만 되새겨져 불쾌한 탓이었다. 한데 어째선지 아름달이 황급히 따라 나간 후론 야란에 대한 화는 사라지고 대신 아름달에 대한 화가 치솟았다. 칼바람은 성난 얼굴로 털썩 의자에 주저앉아서는 팔짱을 낀 채 고민에 빠져들었다.

다해는 사방이 활짝 열린 마차에서 멀거니 바깥을 향해 시선을 던져두었다.

진나라에 도착한 이상 더는 누군가로부터 위협받을 일이 없기에, 있다 한들 수만의 군사들이 지켜줄 것이기에 칼바람과 아름달 또한 다해와 같은 마차에 탄 채 멍하니 각자의 생각에 빠져 있었다.

그저 국경 하나를 넘었을 뿐이건만 려나라나 계나라와는 놀랍도록 다른 모습이 펼쳐졌다. 피폐하고 가슴 아픈 삶은 사라지고 행복하고 여유가 넘치는 삶이 펼쳐졌다. 평소대로였다면 다해로

하여금 많은 생각을 하게 했을 모습이었다. 하지만 다해의 머리는 텅 비어 있었다. 시선은 그저 바깥에 툭, 던져둔 것에 불과했다.

다해는 그렇게 멍한 얼굴로 가람에 도착했다.

활기가 넘치는 도시였다. 몇 만의 군사가 행진하는 소리가 묻힐 만큼 소란스럽기도 했다. 청진과 비슷했지만 백성들의 활기가 넘쳐 나는 도시. 그러나 그 도시도 다해의 관심을 끌지 못했다. 여행하는 내내 다해를 지켜본 두 사람은 저러다 그녀가 영영 원래의 모습을 되찾지 못하는 건 아닐까, 하는 걱정을 할 정도였다.

도시 안에 자리 잡은 군영에 잠시 들른 진나라의 장군은 태반의 병사들을 남겨둔 채 말 탄 군사 십여 명만 동행하게 한 후 다시 전진했다.

한참을 가다 보니 갑자기 숲이 나타났다. 뜬금없다 표현해도 좋을 만큼 갑작스러운 출현이었다. 울창한 활엽수가 빼곡한 가운데, 긴 세월 오가는 사람들의 발길에 다져진 넓은 길이 하나 있었다. 숲은 길지 않았다. 햇빛이 가려져 서늘하단 느낌이 들 정도로 빽빽했던 숲은 나타날 때처럼 갑자기 사라지고 이내 드넓은 바다가 펼쳐졌다.

"가람은 바닷가에 있는 도시가 아닌 것으로 아는데……."

"호수야."

아름달이 기이하다는 듯 중얼거리자 칼바람이 무심한 투로 대답했다. 아름달은 여전히 믿을 수 없었다.

"하지만 끝이 보이지 않습니다."

"커다란 호수니까 그렇지. 방금 지나쳐 온 숲과 도시는 저 호수를 둘러싼 성벽이나 마찬가지다. 황궁은 바로 그 호수의 중심에 있지."

"대체 가람은 얼마나 큰 도시인 겁니까?"

"단순히 넓이만 따지면 청진보다 크지만 호수가 태반이니 작다고도 할 수 있지."

아름달의 질문에 성실히 대답하던 칼바람이 다해를 흘깃거렸다. 그러나 다해는 여전히 그 무엇에도 관심이 없는 얼굴이었다. 어떻게든 그런 다해의 관심을 한번 끌어보려 작정했는지 칼바람은 누가 묻지도 않았는데 다시 입을 열었다.

"저기 보여?"

눈은 다해에게 향해 있으나 대화의 상대는 아름달이었다. 아름달의 시선이 칼바람의 손끝을 따라 멀리 나아갔다. 아름달의 얼굴에 놀라움이 서서히 번져 나갔다.

"정말로 하늘에 있었군요……."

아름달의 시선이 닿은 곳, 저 먼 하늘 위에 거대한 바위가 떠 있었다. 바위 표면에 뾰족뾰족한 첨탑들이 햇살에 가려 흐릿했다. 거리가 멀고 햇살이 눈부셔 자세히 보이지는 않았으나 구름도 아닌 것이 떠 있다는 그 자체만으로도 분명 놀라운 일이었다.

칼바람의 바람은 이루어졌다. 슬쩍 다해의 시선이 움직였다. 그러나 그게 다였다. 칼바람은 포기하지 않았다.

"그리고 그 옆에 또 보이지?"

높은 하늘에 떠 있는 하늘도시 옆에 마치 도시를 내려다보듯 거대한 바위 하나가 호수에서부터 우뚝 솟아 있었다.

"저게 바위거인…… 인가요?"

이제는 아름달도 다해를 보고 있었다. 두 사람은 제발 다해가 반응을 보여주길 원했다. 그러나 이번에도 역시나, 슬쩍 시선을 옮기는 게 다였다.

"나루터에 도착했습니다. 곧 배로 옮겨야 하니 준비해 주십시오."

머리부터 발끝까지 어디 하나 흐트러짐이라곤 찾아볼 수 없는 진나라의 장군이 나타나 알리곤 가버렸다.

칼바람이 마차에서 내려서는 길게 기지개를 켰다. 아름달은 다해를 부축하며 조심스럽게 마차에서 내렸다. 마치 기다렸다는 듯 명령을 받은 병사 하나가 다가와 세 사람을 나루터로 안내했다.

얼핏 다 썩어가는 것처럼 보이는 부두 하나가 덜렁 놓인 호숫가에 나룻배가 정박해 있었다. 습기 머금은 나무로 이루어진 유선형의 본체에 기름 먹인 종이로 만든 직사각형의 돛 하나가 달려 있는 평범한 나룻배였다.

하늘 위에 떠 있는 도시, 그 옆에 우뚝 솟아 있는 바위거인, 그러나 너무나도 평범한 나룻배.

한 나라의 수도까지 그 여정을 책임질 배이니 다소 화려해도 좋으련만, 뱃전에 걸터앉은 채 뻐끔뻐끔 연신 연기만 뱉어내는 한가한 뱃사공까지도 시골 어디에서나 볼 수 있을 만큼 평범했다. 지나치게 평범해서 정말로 황궁으로 가고 있는 게 맞는가, 하는 생각이 들 만큼. 아름달은 그것이 진이라는 나라를 대변해 주는 것처럼 여겨져 잠시 다해에 대한 걱정을 잊고 자신도 모르게 살짝 미소를 지었다.

마차와 말을 돌려보내야 하는 덕분에 또 몇 명의 병사들이 빠지자 나룻배에 타게 된 것은 뱃사공을 제외하고 모두 열 명이었다. 그 열 명이 모두 자리를 잡자 그제야 뱃사공이 느긋하게 곰방대를 뱃전에 탕탕탕 털어 끄고 일어났다. 그는 능숙하게 닻줄을 풀고 제자리를 찾더니 노를 잡고 힘차게 저었다. 그러자 스르르 배가 움직이기 시작했다. 아름달은 자신도 모르게 뱃전을 움켜쥐었다.

"날아가야…… 겠죠?"

"그럼 기어가겠냐?"

칼바람이 퉁명스럽게 대꾸했다. 지척에 있다가 그 말을 들어버린 병사 몇이 큭 웃음을 터뜨렸다. 정작 의도했던 다해는 조용했다.

기우뚱, 배가 살짝 앞머리를 들었다. 아름달은 순간 배가 뒤집히려는 줄 알았다. 하지만 기우였다. 앞머리를 든 나룻배는 그대로 비스듬하게 앞으로 전진했다. 조금씩, 조금씩, 수면에서 멀어지는 것을 확인하며 아름달은 몸을 떨었다.

배가 하늘을 날기 시작하자 그제야 다해의 얼굴에도 변화가 찾아왔다. 천성이 호기심 많은 인간이었다. 살면서 자신이 하늘을 날 수 있으리라고 생각해 본 인간이 몇이나 있을까?

다해의 변화를 눈치챈 아름달이 칼바람을 보았다. 칼바람 또한 마찬가지로 다해의 변화를 확인한 듯 아름달과 눈이 마주치자 살짝 고개를 끄덕여 보였다. 그러나 아무것도 알아채지 못한 진나라의 장군이 찬물을 끼얹었다.

"저기 바위거인 보이십니까?"

조금씩 반짝이는 빛을 보이기 시작한 다해의 시선이 장군의 손끝을 따라갔다.

"우리는 모두 위 장군께서 황제로 간택되리라 믿었답니다. 대장군이나 되신 분이 직접 천손 찾기에 나선 것은 그 일이 그만큼 중요하기도 했지만 일찌감치 천손으로 하여금 간택할 수 있게 하기위함이기도 했지요. 보십시오. 바위거인의 얼굴이 위 장군을 닮은 것 같지 않습니까? 신에게 속죄하기 위해 깎아 만든 바위거인의 얼굴이 위 장군과 같다는 게 과연 우연일까요? 한데 어찌 그리 허무하게 가셨는지……. 도저히 믿어지지가 않습니다."

다해의 눈에서 다시 총기가 사라지기 시작했다.

"저리 되는 대로 깎아 만든 얼굴을 보고 누굴 닮았네 말았네할 수 있을 만큼 진나라 사람들은 눈깔이 썩었나 봐?"

다시 원래대로 돌아가 버린 다해를 보고 불쾌해진 칼바람이 시비를 걸었다. 몇몇 병사들이 불끈 주먹을 쥐고 자리에서 일어났다.

"아— 그러다 떨어져서 누구 꿈자리를 뒤숭숭하게 하려고! 어서앉지 못해?"

뱃사공이 버럭 소리를 질렀다. 분명 백발이 성성하고 빼빼 마른 체구를 가졌건만 목소리가 어찌나 우렁차고 위협적인지 일어났던 자들이 슬그머니 다시 자리에 앉았다. 소란이 가라앉자 장군이 다시 입을 열었다.

"위 장군을 처음 본 사람들은 누구나 바위거인을 떠올리지요. 그만하면 충분한 것 아니겠습니까?"

"충분한지 아닌지는 모르겠고 네놈이 눈치라곤 약에 쓰려 해도 찾을 수가 없는 놈인 것은 알겠다."

"지금 그거 제게 하시는 말씀이십니까?"

위신을 생각하여 꾹 참고 있던 장군이 드디어 인상을 구겼다.

"그럼 지금 나랑 대화하는 사람이 너 말고 또 있냐?"

"려나라에서 얼마나 위세 있는 분이셨는지는 모르나 진나라에선 신분고하 상관없이 서로에게 예의를 차리는 게 법도입니다. 예를 갖춰주시지요!"

장군이 소리를 높였다. 칼바람은 콧방귀를 뀌었다.

"내가 그렇게 예의 없는 놈은 아니다만 타인의 감정 따위 생각 않고 씨부렁거리는 녀석한테는 그럴 생각이 없다."

대체 그게 무슨 소리냐고 한 번 더 맞받아치려던 장군의 팔에 아름달이 가만히 손을 얹었다. 장군의 관심을 끌어낸 아름달은 슬쩍 다해를 눈짓했다. 눈썹을 잔뜩 치켜세운 채 무슨 꿍꿍이인가 하는 눈으로 다해와 아름달을 번갈아 쳐다보던 장군은 아름달이 한 번 더 눈치를 준 후에야 흠칫 놀라는 얼굴을 했다.

장군이 민망한 얼굴로 흠흠 헛기침을 했다.

"제가 그만 방정을 떨고 말았군요. 용서하십시오."

장군은 다해를 향해 정중히 허리 숙여 사죄했다. 그러나 이미 엎질러진 물, 다해의 눈은 흐리멍덩할 뿐이었다. 장군은 멀뚱히 선 채로 이러지도 저러지도 못했다.

"알았으면 꺼져."

칼바람이 매섭게 쏘아붙이자 장군은 반사적으로 불쾌한 얼굴을 했지만 지은 죄가 있는지라 군말 않고 다시 원래의 자리로 돌아갔다. 소란 따위에 전혀 관심을 보여주지 않은 다해는 흐리멍덩한 눈으로 하늘도시를 보았다.

"천룡의 후예를 신의 후예나 뭐 그런 것쯤으로 생각하는 경향이 오래전부터 있어 왔습니다."

다해의 눈에 눈물이 차올랐다.

"그런 걸 믿는 사람들이 있단 말인가요?"
"아마도 눈에 딱 보이는 신기한 증거가 있기 때문일 겁니다."
"증거요? 그게 뭔가요?"
"진의 수도 가람입니다."
"수도가 왜요? 특이한가요?"
"직접 보시면 아실 겁니다."

아마 무연은 하늘에 떠 있는 황궁을 보여주면 다해가 얼마나 깜짝 놀랄지 궁금했을 것이다. 결국, 차오르던 눈물이 넘쳐흘렀다. 무연만 살아 있었다면, 그래서 함께 이 배를 타고 있었다면, 다해는 까무러칠 정도로 놀랐으리라, 놀라움에 가득 차서 할 말을 잃었으리라.

다해가 두 손으로 얼굴을 가렸다. 가녀린 어깨가 소리 없이 흔들렸다. 아름달이 다해의 어깨를 감싸 안았다. 칼바람은 칫, 하는 소리를 내더니 팔짱을 끼고 고개를 돌려 버렸다. 나룻배를 탄 모든 사람들이 다해를 외면했다. 오직 뱃사공만이 임무에 충실할 뿐이었다.

드디어 하늘도시 내(內)가람의 허공 나루터에 나룻배가 닿았다. 부두와 배 사이의 공간 아래엔 아무것도 없었다. 물 위에 배가 떠 있을 때 그러하듯 한 명이 일어나 움직여 부두로 옮겨갈 때마다 나룻배가 출렁거렸다.

진나라의 병사들과 장군이 먼저 내렸다. 익숙한 듯 허공에 배가 떠 있다는 것을 전혀 개의치 않는 움직임이었다. 뒤이어 칼바람이 훌쩍 부두 위에 올랐다. 아무렇지 않은 척했지만 슬쩍 아래를 쳐다본 것을 보면 아무래도 신경 쓰인 모양이었다. 다해가 일어섰다. 칼바람이 팔을 내밀었다. 다해가 머뭇거리자 그는 아무것도 없는 허공 바닥을 슬쩍 눈짓했다. 칼바람의 시선을 따라 바닥을 살핀 다해는 어쩔 수 없다는 듯 그의 손을 잡고 조심스럽게 부두에 발을 올렸다. 아름달이 뒤에서 조마조마한 얼굴로 지켜보았다. 정작 건너가는 다해보다 더 긴장한 눈치였다.

다해가 지나가고 아름달의 차례가 돌아왔다. 그런데 칼바람이 또 손을 내밀었다. 아름달이 놀란 토끼눈을 했다.

"그렇게 소원하던 진나라에 왔는데 여전히 려나라의 사고에서 벗어나지 못한 거냐?"

칼바람이 핀잔을 줬다. 아름달은 살짝 입술을 깨물고 눈살을 찌푸리더니 팔을 뻗어 칼바람의 손을 잡았다. 머뭇거렸던 것이 마음에 들지 않았던 것일까? 칼바람은 다해를 돕던 때와 달리 홱 아름달을 끌어당겼다. 아름달이 휘청거리며 칼바람의 품으로 빨려들었다.

아름달은 그대로 숨을 멈추고 굳어버렸다. 그녀의 얼굴은 잔뜩 경직되어 있었다. 스치듯 그 표정을 확인한 칼바람의 얼굴에서 미묘하게 어려 있던 감정이란 녀석이 사라져 버렸다.

칼바람은 언제 그랬냐는 듯 아름달을 놔주고는 몸을 돌려 뚜벅뚜벅 앞으로 나아갔다. 한참을 더 굳어 있던 아름달은 가까스로 정신을 수습하곤 서둘러 발을 놀렸다.

부두 끝에는 사람들에게 둘러싸인 중후한 여인이 인자한 미소를 머금고 있었다. 다해는 그녀가 황제라는 것을 단박에 알 수 있었다. 려나라의 황제와 계나라의 왕 같은 화려한 치장은 없었지만 그녀에게선 그 누구라도 몰라볼 수 없을 위엄이 뿜어져 나오고 있었다.

"어서 와요."

마치 오랜만에 방문한 가족을 맞이하는 것처럼 진나라의 황제는 다해를 향해 두 팔을 벌렸다. 다해는 정중히 예의를 갖추어 허리를 숙였다.

"환대해 주셔서 감사합니다."

황제는 그대로 다해를 품에 안았다. 다해의 동그란 눈이 크게 떠졌다. 한참이나 말없이 따스하게 다해를 품고 있던 황제가 다해를 놓아주었다.

황제가 슬프게 웃었다.

"너무 많은 고생을 했다고 들었습니다. 진나라의 만백성을 대신하여 사과를 드립니다."

황제가 깊이 허리를 숙였다. 크게 당황한 다해가 얼른 따라 허리를 숙였다. 지켜보던 칼바람은 충격을 받은 얼굴이었다. 그리매였다면 있을 수도 없는 일이었다.

황제의 시선이 아름달과 칼바람에게로 향했다.

"나고 자란 고국을 등지기가 쉬운 일이 아닐 텐데 감사를 드립니다."

황제가 또 한 번 허리를 숙였다. 당황한 아름달은 얼른 바닥에 넙죽 엎드렸다. 칼바람조차도 당황을 감추지 못한 채 얼른 허리를 숙였다.

"마음 같아서는 당장 축하 연회라도 베풀고 싶으나 긴 여행 피곤할 터이니 며칠 마음 편히 쉴 수 있는 게 낫겠다 여겨지는군요. 어떠한가요?"

그냥 그렇게 하라고 하면 그만일 것을 그녀는 한 사람 한 사람 쳐다보며 의견을 묻고 있었다. 주변의 만류에 가까스로 일어서 있게 된 아름달은 차마 황제와 눈조차 마주치지 못하고 있었다. 칼바람 또한 이 상황이 어색하긴 매한가지라 계속 고개를 숙인 채였다. 때문에 답한 것은 다해였다.

"배려 감사합니다."

"그럼 거처는……."

황제가 뒤를 돌아보더니 누군가를 향해 손짓했다. 백발이 성성한 노파 하나가 천천히 걸어 나오더니 다해에게 크게 허리를 숙이며 자기 소개를 했다.

"저는 사국어율 위천경이라고 합니다."

순간 다해의 눈에 묘한 빛이 스쳤다. 스스로를 위천경이라 밝힌 노파는 슬픈 미소를 짓고 있었다. 그 얼굴에서 묘하게 무연의 기운이 느껴졌다. 왜일까? 기이하게 오가는 감정의 기류 사이로 황제의 목소리가 끼어들었다.

"천경은 위 장군의 조카입니다."

"아……."

다해는 자신도 모르게 탄식했다. 또 왈칵 울음이 터질 뻔했다.

하지만 꾹 눌러 참았다. 제아무리 자신의 슬픔이 크다 한들 가족을 잃은 저 노파만 할까?

황제는 부드러운 손길로 다해를 다독이며 말을 이어나갔다.

"원래 천손의 거처는 위 장군의 집이 될 예정이었습니다. 먼 길, 낯선 곳에서 그나마 알고 지내던 이가 함께한다면 좀 나을 거란 판단에서였죠. 하지만 위 장군이 잘못되어 고민을 많이 했습니다."

황제가 잠시 눈을 감았다. 그녀 또한 위 장군을 잃은 것이 안타까운 모양이었다.

"어린 시절부터 함께해 온 위 장군을 잃은 천손의 슬픔이 얼마나 클지 잘은 몰라도 짐작은 할 수 있었지요. 그래서 고민하고 있는데 천경이 계획했던 대로 하라더군요."

"어째…… 서죠? 가족을 잃은 슬픔이 만만치 않을 텐데요……. 저를 볼 때마다 무…… 연님이 떠오르실 텐데요……."

다해는 차마 천경과 눈을 마주치지 못했다. 황제는 빙그레 웃으며 천경만 쳐다보았다. 천경이 정중히 입을 열었다.

"외삼촌께서는…… 아, 이리 말하려니 민망하군요."

천경은 살짝 얼굴을 붉히며 미소 짓고는 다시 말을 이어나갔다.

"제집에 가보시면 아실 것입니다."

말을 마친 천경이 정중히 허리를 숙였다. 다해도 따라 정중히 허리를 숙였다. 이것으로 다해의 거처는 결정되었다.

황제가 다시 입을 열었다.

"자, 그럼 천경의 뒤를 따르세요. 성대한 연회는 뒤로 미루도록 하지요. 두 분은 저와 함께 황궁으로 가십시다."

칼바람과 아름달은 감히 황제의 명에 불복할 용기가 없었다.

무연의 집으로 간다는 생각에 다해의 마음이 요동쳤다. 노파가 다해의 손을 부드럽게 잡았다. 거칠고 메마른 손이었지만 따스했다. 눈이 마주친 천경은 다해가 마치 제 친손주라도 되는 것처럼 환하게 미소 짓더니 천천히 걷기 시작했다.

내가람은 호수 밖의 시끄러웠던 외가람과는 완전히 달랐다. 갑자기 딴 세상에 오기라도 한 것처럼 건물부터 확연히 달랐다. 온통 새하얀 돌로 이루어진 도시였다. 길을 포장한 돌은 조금 거칠게 마감된 반면 건물을 이룬 하얀 돌은 반질반질 매끄럽게 다듬어져 있었다. 아름답게 세공된 나무로 만든 문과 창문은 모두 활짝 열려 있었다. 하나같이 길쭉길쭉하고 상단이 뾰족한 형태였다. 난생처음 보는 이름을 알 수 없는 꽃나무가 하얀 도시를 아름답게 수놓았다. 그 도시를 이리저리 엮어낸 것은 수로였다.

말을 타고 훌쩍 뛰어넘을 수 있을 만한 넓이의 수로엔 주인 없는 배들이 둥실둥실 떠 있었다. 신기하게도 물엔 아무 흐름이 없었다. 그저 거울처럼 고요했다. 수로 너머로 가길 원한다면 무지개처럼 둥글게 휘어진 다리를 건너면 되었다.

다해는 천경과 단둘이 주인 없는 배에 올라탔다. 두 사람이 올라타고 천경이 '가자'라고 말하자 놀랍게도 배는 스르륵, 혼자 움직이기 시작했다.

멋스럽게 이어진 다리를 몇 지나 이리저리 구불구불 꺾어 들어간 끝에 물속에 반쯤 잠긴 계단이 나타났다. 배는 계단 앞에서 멈추었다. 다해는 천경이 하는 대로 조심스럽게 배에서 계단으로 옮겨갔다. 높이 솟아오른 새하얀 계단 끝에 문이 있었다. 마찬가지로 뾰족한 모양이었고 나무로 된 문짝은 아름다운 세공이 되어 있었다. 계속 보아온 대로 이 문 또한 활짝 열려 있었다. 다해는 마음의 준비를 단단히 했다.

집에 들자마자 다해의 예상은 적중했다. 참으로 무연다운 집이었다. 하얀 돌로 마감된 벽은 차가운 느낌을 주었다. 그러나 투박하게 깎아 만든 가구와 부드럽게 드리워진 두툼한 휘장들은 따스했다. 얼핏 차가운 듯 보이지만 자세히 보면 따스한, 딱 무연 같은 집이라는 생각을 다해는 떨칠 수가 없었다.

"우선 가주님께 인사부터 드립시다."

천경은 다해를 어딘가로 인도하더니 문을 열었다. 넓은 서재가 모습을 드러냈다. 서재의 가운데 너른 공간엔 붉은빛을 띠는 평상 하나가 있었다. 그 평상 중심엔 서안이 놓여 있었는데 그 앞에 한 남자가 앉아 있었다. 다해는 입술을 깨물어야 했다.

무연과 똑같이 생긴 반백의 남자였다. 다해는, 무연이 생존해 있었다면, 쭉 살아 그렇게 나이가 든다면 딱 저 모습일 거라는 생각을 떨칠 수가 없었다. 남자는 병에 걸린 것을 믿을 수 없을 만큼 생기 넘치고 꼿꼿한 자세로 눈을 감은 채 앉아 있었다. 청록색이 아직 드문드문 남아 있는 긴 머리칼은 목 뒤에 단정하게 묶여 평상 위까지 늘어져 있었다.

"위 장군의 아버님이시고 제 이모부님이시지요. 위가의 가주님이십니다."

다해는 정중히 허리를 숙였다.

"민가 다해라 하옵니다."

아무렇지 않은 척 예의를 차리긴 했으나 무연에 대한 그리움과 더불어 어색함이 치밀어 오르는 건 어쩔 수 없었다. 상대는 살짝 미소 지은 얼굴을 하고 있긴 했지만 미동도 하지 않았다. 갈구병이 어떤 것인지 들어 알고는 있었으나 과연 이 인사를 상대가 받아주었을지 의문이었다. 다해의 감정을 아는지 모르는지 천경도 따라 허리를 숙였다.

"보셨지요? 장군께서는 임무를 완수하셨습니다. 참으로 자랑스럽지 않습니까?"

늙은 천경의 얼굴엔 환한 미소가 어려 있었다. 어찌나 자연스러운지 다해는 마치 무연의 부친이 고개를 끄덕끄덕하며 기뻐하는 것 같은 착각이 들었다.

"자, 그럼 이제 다른 서재를 보여드리지요."

"다른…… 서재요?"

"예. 장군께서 천손께 드리는 선물입니다."

다해는 숨을 멈췄다. 선물이라니……. 조선에서부터 한시도 떨어져 있어본 적이 없었는데 언제 어디서 어떻게 준비했단 말인가? 다해는 떨리는 심장을 부여잡고 천경의 뒤를 따랐다.

가주의 서재에서 나온 천경은 이번엔 또 다른 문을 열었다. 다해는 쿵쿵 널뛰는 심장을 다독이며 조심스레 발을 들였다.

먼저 본 서재와 겉보기엔 크게 다를 바가 없었다. 하지만 뭔가 익숙한 냄새에 한발 다가가 책을 살핀 다해는 깜짝 놀라며 뻗었던 손을 거둬들였다. 놀랍게도 너무나 그리운 조선의 글자였다.

"책을 무척이나 좋아하심에도 풍습 때문에 마음껏 읽을 수가 없다시며 장군께서는 무척이나 안타까워하셨습니다. 하여 돌아오는 수하들 손에 늘 책 한 보따리를 챙겨 보내셨지요. 언젠가 천손께서 진나라에 오시게 되었을 때, 그간 읽지 못하셨던 책 마음껏읽을 수 있도록 할 거라는 서신과 함께 말입니다."

다해는 입술을 꼭 깨물고 있었다. 눈물을 흘리고 싶지 않았다.눈물이 흐르면 눈앞이 흐려질 터, 무연의 정성이 가득한 이 서재의 책 한 권 한 권을 허투루 보고 싶지 않았다.

천경은 눈물이 그렁그렁한 다해의 눈을 보고 따스하게 미소 지었다.

"선물은 또 있습니다."

다해는 말없이 고개만 돌렸다. 천경이 다정하게 다해의 손을잡고 이끌었다.

두 사람은 서재에서 나와 다시 계단으로 올랐다. 계단의 끝에서 은은한 나무향을 풍기는 문 하나가 다해를 기다리고 있었다.

"열어보시겠습니까?"

다해는 문고리를 잡고 머뭇거렸다. 도저히 용기 내어 열 수가없었다. 대체 또 무엇을 준비해 두었을까? 그걸 보고 울지 않을수 있을까? 천경은 다해가 스스로 열 수 있을 때까지 조용히 기다렸다.

드디어 용기를 낸 다해가 문을 열었다. 소리 없이 열린 문 너머로 푸른 하늘 아래 맑고 깨끗한 공기가 왈칵 밀려들었다.

들이치는 햇살에 눈이 부셨다. 눈을 감았다가 빛에 익숙해져다시 떴을 때 다해는 그 자리에 석상처럼 굳어버렸다.

무심하게 심어진 연산홍과 그 주변에 아무렇게나 놓여 있는 커다란 암석들, 한여름 가만히 앉아 있으면 시원하기 짝이 없던 너른 대청마루와 그 앞의 활짝 열린 장지문, 두 칸짜리 방을 얌전히 감싼 툇마루와 하늘을 향해 부드럽게 솟아오르는 처마 끝에 매달린 풍경까지. 놀랍게도 다해의 별당이 고스란히 이곳에 재현되어 있었다.

"장군께서 서찰과 함께 그림을 보내셨지요. 가구 하나, 정원의 모습, 집의 형태까지 세세하게 그려 설명도 달아주셨습니다. 하지만 아무리 그러한들 직접 보고 만든 게 아니라서 어떨지 모르겠군요. 조선에 다녀온 무사들은 비슷하다 했습니다만, 어떻습니까? 많이 비슷한가요?"

다해가 천천히 주위를 둘러보았다. 천경은 시험 결과를 목전에 둔 어린아이처럼 눈을 빛내고 있었다.

차근차근 훑어보니 분명 뭔가 다른 것을 알 수 있었다. 연산홍은 연산홍이 아니었다. 그저 닮은 꽃일 뿐이었다. 무심하게 흩어진 암석의 모양도 세세하게 뜯어보자면 고향의 것과는 그 재질부터가 달랐다. 하나하나 뜯어보면 분명 다른데 어째선지 다해는 자꾸만 눈물이 흐르려 했다.

다해가 미소 지었다.

"똑…… 같습니다. 고생이 많으셨겠습니다."

드디어 점수를 받아든 천경은 하나 더 확인할 게 있다며 다해의 손을 잡아끌어 대청마루에 올랐다.

"방 안은 어떠합니까? 완성되기 전에 연락이 끊기는 바람에 무사들을 닦달해 최대한 어울리는 것으로 골랐습니다. 제대로 잘 골랐습니까?"

다해는 빙그레 웃으며 고개를 끄덕였다. 샛노란 원색의 가구는 전혀 조선의 것과 닮지 않았건만 어째선지 주룩 눈물이 흘러내리고 말았다. 천경은 드디어 안도의 한숨을 내쉬었다.

"다행입니다. 장군께서 얼마나 많이 신경 쓰셨는지 모릅니다. 생전 그런 적 없는 분인데 엄포까지 놓으셨지요. 가서 봤는데 엉망이면 각오하라고. 이 늙은이가 얼마나 마음 졸였는지 모릅니다. 때문에 이게 아까워서라도 천손을 제집으로 모셔야 한다고 우길 수밖에 없었답니다."

다해가 활짝 웃으며 흘러내린 눈물을 차분하게 닦아냈다. 한층 더 무연이 그리워졌다. 늘 묵묵히 자리를 지키는 것만 할 줄 안다고 여겼거늘, 이렇게 세심하기까지 할 줄이야……. 살아 있었다면, 그래서 부부지연을 맺었다면 분명 행복했을 거라는 확신이 들었다. 더욱 원통한 일이었다.

그러나 다해는 입술을 꼭 깨물었다. 이제 더는 울고 싶지 않았다. 무연의 이 사소한 마음 씀씀이 하나까지 모두 낭비하고 싶지 않았다. 무연이 이렇게까지 한 까닭은 자신이 행복해지길 원했기 때문일 터. 그렇다면 더는 울고만 있을 수는 없었다.

"서재로…… 다시 가봐도 될까요?"

"목욕도 하시고 식사도 하시고 편안히 쉬는 게 더 낫지 않겠습니까? 청진에서 가람까지의 여정이 보통이 아니었을 텐데요."

다해는 가만히 고개를 흔들었다. 여전히 눈물 자국이 남아 있었지만 은은하게 미소 지은 얼굴이었다.

"아닙니다. 몸보다 마음부터 추스르는 게 먼저일 거 같습니다."

잠시 멍한 얼굴로 다해를 바라보던 천경이 빙그레 웃었다.

"서신에 적힌 대로군요. 책을 읽으며 마음을 다스리는 분이라더니……."

"이상…… 한가요?"

천경이 고개를 저었다.

"아닙니다. 사람마다 다 다른 법이지요. 제가 보여드린 그 서재는 오롯이 천손만을 위한 서재입니다. 이곳엔 조선 글을 읽을 줄 아는 이가 없으니까요. 하니 마음껏 이용하세요. 그리고……."

천경이 잠시 말을 멈췄다. 그녀는 다해를 물끄러미 바라보았다. 한참을 뚫어져라 바라보는 것을 보니 뭔가 살피는 눈치였다. 다해는 끈기 있게 기다렸다. 드디어 천경이 다시 입을 열었다.

"일을 마치고 조선으로 돌아가길 원치 않으신다면 제 딸로서 위가의 가족이 되실 수도 있습니다."

가족……. 기껏 눌러놓았던 뜨거운 감정이 울컥 치솟았다. 삽시간에 다해의 눈시울이 붉어지는 것을 본 천경이 다급하게 말을 이었다.

"제가 선심 쓰듯 말씀드렸으나 사실은 부탁드리고 싶은 겁니다. 천룡의 후예를 배출한 가문은 손이 귀해지다 결국 멸족하고 맙니다. 그 또한 저주의 일부라더군요. 이 늙은이는 위가문이 그대로 사라져 버리길 원치 않습니다."

"싫습니다."

단호한 대답에 천경은 당황스러운 듯했으나 포기하지 않았다.

"이 늙은이를 봐서라도……."

"싫습니다!"

다해가 잔뜩 일그러진 얼굴로 소리쳤다. 누가 툭 건들기라도 하면 당장에 울음과 분노를 한꺼번에 터뜨릴 것 같은 모습이었다.

천경은 도무지 다해를 이해할 수 없는 눈치였다. 노파의 놀란 얼굴을 본 다해는 갑자기 찾아온 미안함에 변명을 덧붙였다.

"저는…… 무…… 연님의 조카딸이 되고 싶지…… 않…… 않습니다!"

꾹꾹 밟아 다져 놓았던 감정 위로 스스로 뱉어낸 말이 파문을 일으켰다. 다해의 눈에서 뜨거운 눈물이 흘러넘쳤다. 그것을 보게 된 천경은 뒤늦게 모든 것을 이해했다.

"연모…… 하셨습니까?"

연모. 단지 단어에 불과하건만 그 말을 들은 다해는 두 손으로 얼굴을 가리고 서럽게 울기 시작했다.

천경이 부드럽게 다해를 안아주었다. 천경은 자신의 품 안에서 서럽고도 서럽게 울부짖는 다해의 등을 토닥토닥 다독여 주었다.

따뜻한 천경의 품 안에서 다해는 밑바닥 깊은 곳에 남아 있던 감정을 토해냈다.

※

진나라 황실은 칼바람과 아름달에게 작은 집 하나를 하사했다. 스스로 일어설 수 있을 때까지 머물 수 있는 임시 거처였다. 한집에서 살아야 한다는 말에 아름달이 당황하는 것을 보고 칼바람이 따로 줄 수는 없느냐 물었으나 진나라 사람들은 대체 왜 그래야 하는지 이해하지 못했다. 아무리 애를 써도 그들을 이해시킬 수 없었던 칼바람과 아름달은 현실을 받아들이기로 했다.

하사된 집을 찾은 첫날, 집이 어찌나 작은지 아름달은 칼바람의 눈치부터 살펴야 했다. 다행히 칼바람은 콧방귀를 뀌었다.

황실의 배려로 배정받은 임시 처소의 바로 그 공중누각에 칼바람이 서 있었다.

사방을 둘러보는 칼바람의 심정은 복잡하기 짝이 없었다. 그간 심어두었던 간자들을 관리하면서 진나라에 대해 제법 잘 알게 되었다고 여기고 있었으나 직접 목도한 도시는 하루하루가 놀라움의 연속이었다. 달빛을 넘어 조선에 도착했던 첫날의 당황스러움도 진나라 하늘도시 내가람의 구석구석을 돌아보며 경험한 당황스러움에 비할 바가 못 되었다.

내가람은 청진보다 깨끗하고 아름다웠으며 평화로웠다. 기거하는 백성들도 청진보다 훨씬 더 행복해 보였다.

모두가 활짝 문을 열어놓고 생활하는 탓에 의도하지 않아도 볼 수밖에 없는 각 가정의 모습에선 걱정거리라고는 전혀 찾아볼 수가 없었다. 갈구병 때문에 침울할 거란 예상을 한참이나 빗나간 도시의 모습에 평생을 려나라를 최고라 여기며 살아온 용영대장 칼바람은 자꾸만 입맛이 썼다.

보면 볼수록 착잡해지는 마음을 다스리기 위해 칼바람은 더는 도시 구경을 다니지 않았다. 그러나 좁디좁은 집 안에만 갇혀 있기엔 너무 답답했다. 그렇게 옥상에 올라와 보니 걸어서 돌아다닐 때는 보지 못했던 색다른 경관이 눈앞에 펼쳐졌는데 불행히도 그 모습 또한 칼바람의 속을 쓰리게 했다.

새하얀 돌로 이루어진 높다란 첨탑들이 새파란 하늘과 흰 구름을 배경으로 여기저기 솟아 있었다. 첨탑의 형태를 하고 있었으나 실상은 누각이었다. 현재 칼바람이 서 있는 곳도 그렇게 뾰족

뾰족 솟아오른 공중누각 중의 하나였다.

저 멀리 어느 누각에서 한가하게 차를 마시는 부부가 보였다. 그 옆 다른 누각에서는 한 늙은이가 평화로운 얼굴로 책을 읽고 있었다. 한가하게 드러누워 낮잠을 자는 사람도 보였다.

공중에서 보는 내가람의 모습 또한 참으로 한가롭고 평화로웠다. 호수 밖 외가람의 활기도 매력적이었지만 내가람의 평화는 그보다 더 매력적이었다. 그래서 칼바람은 더욱 속이 쓰렸다.

저 멀리 좁은 수로의 모서리에서 배 한 척이 모습을 드러냈다. 아름달이 타고 있었다. 그녀는 천천히 흐르는 배를 뭐가 그리 신기한지 연신 쓸어보고 있었다.

아름달이 탄 배가 저절로 멈추었다. 물속에 반쯤 잠긴 계단형 부두에 조심스럽게 내려선 아름달이 자리를 떠나자 아무도 없는 텅 빈 배는 스르륵, 홀로 멀어졌다.

칼바람은 흥, 콧방귀를 뀌더니 도시 구경을 멈추고 누각의 중심에 있는 자리 위에 벌렁 드러누워 버렸다. 살랑살랑 기분 좋은 바람이 불어왔다.

진나라를 무슨 종교라도 되는 양 숭상한다는 무리들이 있었다. 기가 막히고 코가 막힐 노릇이라 여겨왔건만 이제 조금은 그들이 이해가 될 거 같단 생각이 들었다. 순간 칼바람은 크게 욕설을 뱉곤 자리에서 일어났다. 자신이 잔뜩 흥분한 것을 깨달은 그는 정좌를 하고 눈을 감으며 마음을 다스리기 위해 노력했다.

바람소리 사이로 달그락달그락 기묘한 소리가 들렸다. 칼바람은 가만히 귀를 기울였다. 무슨 소린지 깨달은 그가 얼굴을 구기더니 벌떡 일어나서는 아래층으로 내려갔다.

아름달이 소매까지 걷고 분주하게 청소를 하고 있었다. 이제 막 창문 앞 화분을 치우고 창틀을 닦고 있던 그녀가 칼바람을 보고 정중히 머리를 숙였다.

"왜 네가 청소를 하고 있냐?"

"제가 하지 않으면 누가 합니까?"

"넌 이제 노비가 아니지 않은가?"

"노비여서 한 것이 아닙니다. 정말로 제가 하지 않으면 할 사람이 없어서 한 것뿐입니다."

칼바람은 말문이 막혔다. 그러고 보니 이 작은 집에 고용인 같은 건 없었다.

지난 며칠 사이 칼바람은 한 번도 청소도 뭣도 해본 적이 없었다. 식사도 늘 아름달이 가져다준 것을 먹을 뿐이었다. 아무 생각 없이 했던 일이건만, 이제야 그는 그간 쭉 아름달의 시중을 받고 있었음을 깨달았다.

칼바람이 아무 말도 못하고 멀거니 서 있자 아름달은 작게 미소를 지었다.

"청소를 마치고 식사를 준비하겠습니다. 조금만 기다려 주세요."

칼바람은 괜히 화가 났다.

"됐어. 그런 거 하기 싫어서 진나라에 온 거잖아. 근데 왜 자처하고 있는 거지?"

"그야……."

뭔가를 답하려던 아름달이 이내 입을 다물고 칼바람의 눈치를 살폈다. 칼바람이 매섭게 쏘아붙였다.

"뭐야? 왜 말을 하다 마냐?"

아름달이 황급히 눈을 내리깔더니 말을 이었다.

"이 집에 사는 사람은 저와 대장뿐이잖습니까?"

그 답이 '대장이 집안일을 하실 것은 아니잖습니까?'로 들린 통에 칼바람이 얼굴을 붉혔다. 그러다 문득 뭔가를 깨달았다.

내가람에서 살게 된 후로 아름달은 꼬박꼬박 황궁 내 신당에 들러 신관들과 교류를 해왔다. 그런데 신기하게도 꼭 중간에 한 번 다시 집으로 돌아왔다. 그리고 그때가 꼭 칼바람이 점심을 먹는 시간이었다.

"너 설마, 나 때문에 끼니때마다 그 먼 황궁에서 여기까지 꼬박꼬박 들렀던 거냐?"

"당연한 일이 아닙니까? 어찌 그런 것을 물으십니까?"

이제 칼바람의 얼굴은 누가 봐도 알아챌 만큼 붉어져 있었다.

한 번도 그런 것에 대해 생각해 본 적이 없었다. 어딘가에 임무를 나갈 때도 항상 동행하던 수하들이 있었다. 칼바람은 임무에 대한 것만 생각하면 그뿐, 나머지 사소한 문제들은 수하들이 챙겨온 덕분에 홀로 진나라에 오게 된 지금도 아예 그런 일은 염두에 둬본 적이 없었다.

한데 그게 이렇게까지 민망하게 여겨질 줄은 꿈에도 몰랐다.

"내 일은 내가 알아서 할 테니까 그만해!"

괜히 무안해진 칼바람은 아름달의 손에서 걸레를 빼앗아 들었다. 그러나 아름달은 정녕 영문을 모르겠는 얼굴이었다.

"평생 청소 같은 건 해본 적도 없는 분이 어찌하시겠다고 그러십니까?"

"내가 그깟 청소 따위 못할 성싶으냐?"

칼바람은 그것을 증명해 보이겠다는 듯 벅벅 탁자 위를 닦기 시작했다. 아름달의 시선을 느낀 칼바람은 의자도 닦고 화분도 닦고 창틀도 한 번 더 닦았다.

"그럼 전 식사를 준비하러 가겠습니다."

계단의 난간을 닦고 있던 칼바람이 휙 몸을 돌리더니 버럭 소리 질렀다.

"됐어! 내 식사도 이제 내가 준비할 테니 손 떼!"

"요리…… 할 줄 아십니까?"

"그야……!"

칼바람은 입을 다물었다. 부엌은 근처도 가본 적이 없었다. 또 얼굴이 붉어졌다. 가만히 보던 아름달이 작게 소리 내어 웃었다.

"왜 웃어?"

칼바람이 냉큼 쏘아붙였다. 아름달이 얼른 웃음을 지워냈다. 여전히 려나라의 풍습에서 완전히 벗어나지 못한 듯 보이는 그 모습이 칼바람은 썩 마음에 들지 않았다.

"다른 집들 보니까 대신 일해주는 사람이 있는 거 같던데 그런 사람 하나 보내달라고 청해볼 테니 너도 너 하고 싶은 거나 해."

"돈…… 있으십니까?"

"뭐?"

"그 사람들은 노비가 아닙니다. 계약관계라고 하더군요. 일정 금액을 받고 집안일을 대신해 주는 거라 합니다."

"지금 내가 그깟 돈이 없을 거라고……."

칼바람은 또 민망함에 얼굴을 붉히며 입을 다물었다.

칼바람은 맨몸으로 덜렁 탈출했다. 청진의 본가에 방문하여 금 붙이라도 들고 올 게 아닌 이상 사람을 고용한단 건 불가능했다.

칼바람은 갑자기 스스로가 바보 같았다. 려나라에선 말 한마 디로 모든 것이 가능한 용영대장이었거늘 진나라에서 자꾸만 초 라해지는 자신이 너무 싫었다.

멀거니 칼바람의 변화무쌍한 표정을 지켜보던 아름달이 조심 스럽게 말문을 열었다.

"황제폐하께서 대장께 일자리를 주시지 않았습니까? 여기저기 알아보니 제법 괜찮은 일이라 하였습니다."

"지금 한나라의 대장이었던 나더러 일개 병졸이 되라는 말이 냐?"

진나라는 철저하게 실력제였다. 그 때문에 제아무리 황제라 한 들 대뜸 칼바람을 어딘가에 꽂아줄 수는 없는 모양이었는지 황군 의 말단 병졸로 만들어주는 게 고작이었다.

"그뿐입니까?"

아름달이 심각한 얼굴로 반문했다.

"뭐냐, 그 눈빛은?"

칼바람 또한 아름달의 눈빛이 심상치 않게 변한 것을 깨닫고는 매서운 표정을 지었다. 그녀의 입을 막아볼 심산이었다. 그러나 며칠 진나라에 머물면서 어느 정도 노예근성을 버린 아름달은 용 기를 냈다.

"정말로 단지 일개 병졸이라 거부하신 겁니까? 아니면 두 하늘 을 섬길 수 없기 때문입니까?"

칼바람이 성난 표정으로 쏘아붙였다.

"너무 나가는 것 같구나, 아름달."

이번에도 아름달은 칼바람의 협박에 굴복하지 않았다.

"전서옥의 나머지 하나는 누가 가지고 있습니까?"

칼바람은 자신도 모르게 입술을 깨물었다. 아름달은 당당한 자세로 칼바람의 눈을 뚫어져라 바라보았다. 칼바람은 꿋꿋하게 아름달의 시선을 고스란히 받아내며 답했다.

"그게 왜 궁금한지 모르겠군."

칼바람의 눈빛도 예사롭지 않았다. 그러나 아름달은 절대로 물러설 생각이 없어 보였다.

"솔직하게 말씀해 주시지 않으면 의심스러운 점이 있음을 폐하께 고할 생각입니다."

"폐하라……."

칼바람이 피식 웃었다. 어째선지 이번에도 참으로 입이 썼다.

"그 폐하란 려나라가 아닌 진나라의 황제를 말하는 거겠지?"

아름달이 살짝 눈살을 찌푸렸다.

"여전히 려나라의 황제를 주군으로……."

칼바람이 아름달의 말을 잘랐다.

"푸른새와 내통한 것은 사실이다. 그러나 네가 생각하는 그런 게 아니다. 푸른새는 내내 나를 돕고 있었다. 내가 천손에게 마음을 갖게 된 것을 알게 된 그가 나를 돕겠다고 자청했다. 그는 나를 위해 용영단의 추적대를 우리와 만나지 않게 해주었지."

"사실이십니까?"

칼바람이 어이없다는 듯 들고 있던 걸레를 바닥에 패대기쳤다.

"빌어먹을, 내가 왜 노예에 불과한 네년에게 이따위 변명을 해야 하는 거지?"

아름달의 얼굴이 볼썽사납게 구겨졌다.

"……이곳은 진나라입니다. 신분제 따위 존재하지 않습니다."

"그래봤자 내게 네년은 영원한 노예일 뿐이다."

아름달이 사납게 구겨진 얼굴로 품속에서 거칠게 주머니 하나를 꺼내어 내밀었다.

"보십시오! 진나라 백성에게만 내려지는 호패입니다! 전 이제 진나라 백성이니 노예니 뭐니 하는 말은 삼가주시지요!"

칼바람이 콧방귀를 뀌었다.

"소용없어. 난 아직 호패가 없거든. 하니 여전히 려나라의 용영 대장이지. 그런 내게 너는 영원히 노비일 뿐이야."

아름달의 눈에서 주룩, 눈물이 흘러내렸다. 순간 칼바람은 심장을 뭔가로 찔린 느낌을 받았다. 하지만 그게 다였다. 그는 꼿꼿하게 차가운 표정을 한 채로 아름달을 노려보았다. 똑같이 노려보던 아름달이 슬쩍 고개를 돌렸다.

"대신관께서 신전 가까운 곳에 거처를 하나 마련해 준다 하셨습니다. 신비술에 대해 더 많이 알아보고 싶으시다더군요. 앞으로…… 그곳에서 머물겠습니다. 그러니……."

뭔가를 더 말하려던 아름달은 결국 이야기를 끝맺지 못한 채 휙 계단 아래로 사라져 버렸다. 칼바람은 벌레 씹은 얼굴을 하고 있었다.

한여름 햇살이 눈부셨다. 맴맴 매미 소리가 시끄럽게 울려 퍼지는 별당에서 어린 다해는 물끄러미 그림 하나를 보고 있었다.

"무엇을 그리 열심히 보십니까?"

툇마루에 앉은 무연이 물었다. 무연을 보고 활짝 웃어준 다해가 벌떡 일어나더니 주섬주섬 벽에 걸린 그림을 걷어서는 대청마루로 나갔다. 모친 덕분에 방 안으로는 한 발도 들어올 수 없는 무연을 위해서였다.

다해가 마루 위에 그림을 펼쳤다. 다가온 무연이 입을 열었다.

"호랑이 그림이 아닙니까?"

"예. 제가 호랑이가 어찌 생겼는지 보고 싶다 하였더니 아버지께서 구해다 주셨습니다."

"그래서 보고 나니 기분이 어떠십니까?"

다해가 귀여운 아미를 찡그렸다.

"호랑이를 마주 보면 오금이 저릴 만큼 무섭고 두려워 숨도 쉬지 못할 정도라 들었습니다만……."

"아무리 그림을 봐도 그리 느껴지지 않아 속상하십니까?"

다해가 힘차게 고개를 끄덕였다.

"예. 대체 어떤 두려움이기에 숨 쉬는 것도 잊을 수 있단 말입니까? 숨이라는 것은 잠을 잘 때도 멍하니 앉아 있을 때도 뭔가에 깊이 골몰해 있을 때도 자연스럽게 그냥 되는 것이 아닙니까? 억지로 참아보려 했으나 잠깐에 불과할 뿐, 아무리 발을 동동 굴러보아도 끝내는 숨을 쉴 수밖에 없었습니다."

말을 마치고 고개를 든 다해의 눈망울이 초롱초롱 빛났다.

"진짜 호랑이가 보고 싶습니다."

무연이 인자한 미소를 머금었다.

"혼이 나실 겁니다."

"상관없습니다. 그깟 회초리 몇 대쯤 아무렇지 않습니다."

"하오나 호랑이를 앞에 두고 너무 무서워 갓난아이처럼 울기라도 하면 창피하실 텐데요?"

다해의 눈이 동그래졌다. 거기까지는 미처 생각해 보지 못한 눈치였다. 그러나 이내 크게 미소 지었다.

"어차피 무연님밖에 볼 사람이 없지 않습니까? 그럼 상관없습니다."

무연은 잠시 고민했다. 호랑이를 만나서 살아 돌아올 수 있을지 계산해 보는 게 아니었다.

아무리 생각해도 회초리 몇 번으로 끝날 일이 아니었다. 더불어 무연이 다해의 모친에게 크게 점수를 잃을 것은 불 보듯 뻔했다. 다해의 부친이 아무리 무연의 편이라고는 하나 그래서 득 될 것은 아무것도 없었다.

무연을 물끄러미 지켜보던 다해는 그의 결심이 점점 가지 않는 쪽으로 기울기 시작하자 필사의 일격을 날리기로 작정했다.

"무연니임~"

다해는 그대로 대청마루에 걸터앉아 있던 무연의 등에 업히다시피 달라붙어 그의 어깨에 머리를 얹고 애교를 떨었다.

"제바알요오~ 네? 네? 네?"

아비나 큰오라비한테도 종종 시연하는 다해 최고의 기술로 결과는 늘 성공이었다. 물론, 무연도 예외는 아니었다. 아비와 큰오라비가 늘 그렇듯 무연 또한 그대로 녹아내렸다.

"지필묵 좀 가져다주시겠습니까?"

다해가 발딱 일어나 방으로 쪼르르 뛰어갔다. 그대로 돌아와 철퍼덕 마루에 주저앉은 다해는 열심히 먹을 갈아 정성스럽게 붓에 적셔서 무연에게 건네주었다. 무연이 붓을 받아 들고는 호랑이 그림 옆에 한 줄을 적어 넣었다.

─아씨와 함께 잠시 마실을 다녀올까 합니다. 걱정하지 마십시오.

글쓰기를 마친 무연이 벌떡 일어났다.

댓돌 위로 성큼 뛰어내려 비단꽃신을 신은 다해가 양팔을 들고 폴짝폴짝 뛰었다. 빙그레 웃은 무연이 다해를 번쩍 들어 품에 안았다. 다해는 뭐가 그리 좋은지 꺅꺅 난리법석을 떨었다.

지붕을 타고 달리는 것은 언제나 즐거웠다. 마치 하늘이라도 나는 듯한 느낌도 좋았다. 속도가 어찌나 빠른지 대체 어디를 어떻게 지나가고 있는지도 모르게 어느덧 깊은 숲에 도착했다.

"지금부터 절대로 조용히 하셔야 합니다."

무연이 경고했다. 다해는 크게 고개를 끄덕이더니 두 손으로 입을 막았다. 그 모습이 귀여워 무연은 큭, 웃음을 터뜨렸다. 그래도 다해는 여전히 입을 막은 채 눈만 동그랗게 뜨고 있었다. 호랑이의 실물을 봐야 한다는 굳은 의지였다.

무연은 조심스럽게 사방을 둘러보았다. 코를 킁킁거리기도 하고 눈을 감고 가만히 귀를 기울이기도 했다. 대체 뭘 하는 건지 궁금했지만 다해는 절대로 소리를 내지 않았다.

휙, 무연이 움직였다. 다해는 비명을 지를 뻔했지만 입을 막고 있던 것이 신의 한수였다. 무연은 날렵하게 움직이면서도 바스락 소리 한번 내지 않았다. 사위가 고요한 것이, 다해는 제 심장소리도 들을 수도 있을 정도였다.

한참을 이리저리 돌아다니던 무연이 우뚝 멈추어 서더니 다해의 귓가에 속삭였다.

"근처에 호랑이가 있습니다. 절대로 기척을 내시면 아니 됩니다."

다해는 입을 막고 있던 손에 꽉 힘을 주더니 열심히 고개를 끄덕였다. 어찌나 열정적으로 흔들었는지 댕기 머리가 팔락거렸다.

부드럽게 미소 지은 무연이 다해의 댕기 머리를 정돈해 주고는 다시 훌쩍 날았다.

잠시 후, 무연이 소리 없이 팔을 들어 어딘가를 가리켰다. 다해가 냉큼 고개를 돌렸다. 순간 댕기 머리가 홱 따라 움직이며 무연의 옷자락에 부딪쳐 소리를 냈다. 그 바람에 호랑이도 고개를 돌렸다. 다해의 빛나는 눈동자에 호랑이의 누런 안광이 맺혔다.

다해는 그대로 석상이 되었다. 어느 순간 숨 쉬는 것조차 잊어버리고 말았다.

산중대왕의 기세는 감히 나이 어린 아이가 감당하기엔 무리였다. 그러나 다해는 움직일 수가 없었다. 눈을 피하는 순간 호랑이가 달려올까 무서웠다. 밀리면 안 된다는 생각에 다해는 눈을 깜빡이는 것도 잊고 호랑이와 눈싸움을 했다.

무연은 짐짓 놀란 눈치였다. 채 열 살이 안 된 아이가 호랑이와 기 싸움을 벌이고 있었다. 어지간한 어른도 감히 흉내조차 내지 못할 일이었다. 하지만 아무리 대단한 일이라 해도 그대로 내버려 둘 수는 없었다. 품 안의 다해는 미묘하게 떨고 있었다. 평범한 사람이라면 눈치채지 못할 만큼 작은 떨림이었다.

무연은 순간 아차 싶었다. 그저 다해를 기쁘게 해줄 생각에 어린아이란 사실을 미처 되새기지 못한 것이 불찰이었다. 호랑이에 홀린다라는 말이 공공연하게 퍼진 데는 다 이유가 있을 것을…….

무연이 훌쩍 뛰어올랐다. 강제로 끝나 버린 눈싸움에 호랑이 또한 포효하며 훌쩍 뛰어올랐다.

그제야 다해는 두 눈을 꼭 감고 무연의 품에 머리를 묻었다. 차마 소리를 내지를 수는 없었다. 어린 마음이나마 그리하면 무연에게 해가 될 것임을 어렴풋이 알고 있었다.

다해는 그렇게 무연에게 모든 것을 맡겼다. 멀미가 날 만큼 심하게 이리저리 흔들렸지만 절대로 눈을 뜨지 않았다. 아니, 못 떴다.

얼마나 흔들렸을까? 무연의 부드러운 목소리가 들려왔다.

"눈을 떠보십시오."

다해는 세차게 고개를 흔들었다. 무연이 더욱 고개를 숙이며 한 번 더 나지막하게 속삭였다.

"괜찮습니다. 호랑이는 이제 움직이지 못합니다."

다해가 천천히 고개를 들었다. 살짝 실눈을 뜬 상태였다. 짙은 속눈썹 속 보일 듯 말 듯 감추어진 눈동자와 마주한 무연이 환하게 웃었다. 무연의 표정엔 한 점의 불안도 두려움도 보이지 않았다. 덕분에 다해는 용기를 얻었다. 천천히 고개를 돌린 다해는 뒤이어 감탄을 터뜨렸다.

두 사람은 호랑이의 등에 올라타 있었다. 무연은 왼손으로 다해를 품에 안고 오른손으로 호랑이의 목덜미를 있는 힘껏 움켜쥐고 있었다. 그곳이 무슨 약점이라도 되는 듯 호랑이는 으르렁거리기만 할 뿐 꼼짝도 못 하고 있었다. 다해는 팔을 뻗어 호랑이의 등을 쓸어보았다. 사라락, 다해의 작은 손이 호랑이의 털 속으로 파고들었다.

"너무 부드러워요!"

자신도 모르게 크게 외쳤던 다해가 움찔 놀랐다. 호랑이가 무연의 손아귀에서 벗어나려 몸을 흔들었다. 무연은 놓치지 않았다. 오른손에 한 번 더 강하게 힘을 주자 호랑이보다 더욱 신기한 것이 다해의 눈을 사로잡았다.

무연의 손등에 푸른 비늘 같은 것이 돋아났다. 분명 푸른색인데 붉은빛이 감도는 기이한 비늘이었다.

"이것은……."

비늘을 가리키며 이게 무엇이냐 묻기 위해 고개를 돌리려는데 무연이 만류했다.

"저를 보지 마십시오."

마치 주술처럼 다해의 고개가 멈추어졌다. 궁금해 죽겠는 표정이었지만 다해는 차마 고개를 들지 못하고 있었다. 자신의 말 한마디에 석상이라도 된 것처럼 굳어버린 어린 소녀를 보며 무연이 다시 부드럽게 말했다.

"호랑이는 어찌할까요? 놔줄까요?"

다해는 마치 그제야 호랑이의 존재를 깨달았다는 듯 다시 호랑이의 등을 쓸어보았다.

"아버지의 방에 걸어두면 좋을 거 같아요……."

"가죽을 벗겨갈까요?"

그 말을 듣기라도 한 것처럼 호랑이가 몸부림쳤다. 다해가 꺅, 소리를 내며 무연의 품으로 파고들었다. 무연이 다시금 부드럽게 말했다.

"제가 있습니다. 절대로 아씨를 다치게 하지 않을 겁니다. 그럼 잠시 내려 계시겠습니까?"

다해가 또 고개를 흔들었다. 무연의 품 안에 있을 때에만 안전하다고 여기는 눈치였다.

"저를 믿지 못하십니까?"

다해가 번쩍 고개를 들려 했다. 그보다 무연의 말이 더 빨랐다.

"보시면 안 됩니다. 지금 전 평소의 모습이 아니라 충격을 받으실 겁니다."

잠시 머뭇거린 다해는 그대로 무연의 가슴팍에 시선을 고정하고 물었다.

"어째서 내리라 하십니까?"

"가죽을 벗기자면 선혈이 낭자하게 될 것입니다."

"하지만……."

이유를 들었음에도 다해는 차마 무연의 품에서 떨어질 수 없었다. 깊은 숲 한복판이었다. 무연의 품 말곤 그 어디에도 의지할 곳이 없었다. 그런 아이의 심정을 이해한 듯 무연이 다시금 조용히 입을 열었다.

"아씨의 오른쪽, 커다란 나무가 보이십니까? 그곳에서 술래가 된 것처럼 눈을 가리고 천자문을 한번 외워보십시오. 천자를 다

외기 전에 일을 마칠 것입니다."

"하지만……."

다해는 갈팡질팡했다. 차라리 그냥 돌아가자고 할까 싶었다. 오락가락하는 아이의 표정을 살핀 무연이 슬픈 목소리로 말했다.

"저를 믿지 못하시는군요."

그 말에 다해가 화들짝 놀란 얼굴이 되었다. 하마터면 무연의 경고를 무시하고 번쩍 고개를 들 뻔했으나 다행히 가까스로 자제하고는 소리쳤다.

"아닙니다. 저는 무연님을 믿습니다!"

"그럼 되었습니다. 지금 내려 드리겠습니다. 높으니 조심하세요."

다해가 고개를 끄덕였다. 무연은 조심스럽게 다해를 땅바닥에 내려주었다. 커다란 호랑이였으나 무연에게 제압당해 엎드린 상태였기에 다해는 무연의 팔에 매달려 간신히 내려올 수 있었다.

다해는 무연에게 요만큼의 시선도 던지지 않고 휙 몸을 돌려 그가 말한 나무로 다가갔다.

"천자를 다 외면 돌아볼 것입니다!"

"예. 틀림없이 그전에 마칠 것입니다."

다해는 두 눈을 꼭 감고 천자문을 외우기 시작했다.

천지현황, 낭랑한 목소리를 들은 무연은 두 팔로 호랑이의 목을 졸랐다. 걸터앉은 다리에도 힘을 주어 단단하게 결박한 상태였다. 호랑이는 옴짝달싹도 못 하고 답답한 몸부림을 몇 번 치다가 그대로 목이 부러져 죽어버렸다.

무연은 단도를 꺼내 날렵하게 가죽을 벗기기 시작했다. 진숙열장을 크게 외던 다해는 비릿한 피 냄새를 맡고 움찔 몸을 떨었다. 흘깃 다해를 살핀 무연이 한마디 던졌다.

"호랑이의 피이니 안심하세요."

그제야 안심한 다해는 한래서왕이라고 크게 외쳤다. 빙그레 미소 지은 무연은 능숙한 손길로 쓱쓱 호랑이의 가죽을 벗겨 나갔다.

한참을 쭉쭉 외던 다해가 영수길소를 읊고는 말을 걸었다.

"천자가 거의 다 끝나갑니다!"

"이미 다 끝이 났지요."

다해가 꺅 비명을 질렀다. 무연의 목소리는 바로 다해의 귓가에서 들려왔다.

"아직입니다. 그대로 앞으로 쭉 걸으세요. 호랑이의 사체가 썩 볼만한 꼴이 아니랍니다."

순간 가죽이 벗겨진 피투성이 몰골을 상상한 다해가 몸을 떨었다.

"괜히 가죽을 탐낸 것은 아닌지 모르겠습니다."

"어찌 그리 생각하십니까?"

가볍게 등을 떠다미는 무연의 손길에 커다란 나무를 슬쩍 돌아 전진하면서 다해가 답했다.

"호랑이가 갑자기 불쌍해졌습니다. 호랑이의 입장에서는 갑자기 우리를 만나 죽은 것 아닙니까?"

"생명을 가진 것은 언젠가 모두 죽기 마련입니다. 그저 조금 일찍 죽느냐 나중에 죽느냐의 차이가 있을 뿐이지요."

"그런…… 건가요?"

"예. 그리고 제법 나이가 많은 호랑이였으니 미련 같은 것도 없었을 겁니다."

"정말 나이가 많은 호랑이였습니까?"

괜히 그 말이 반가워 획 뒤를 돌아본 다해는 무연과 눈이 마주치곤 움찔 어깨를 떨었다. 무연이 물었다.

"어찌 놀라십니까?"

"아니, 아까…… 얼굴을 보면 안 된다고……."

푹 고개 숙인 다해가 무연의 얼굴을 힐끔거리며 말했다. 무연이 큭큭거렸다.

"그야 그때는 천룡의 힘을 제법 많이 끌어낸 통에 모습이 변해서 그랬지요. 지금 제 얼굴이 어떠합니까? 이상한 구석이 있습니까?"

"그렇진 않습니다만……."

답하는 다해는 여전히 무연의 얼굴을 곁눈질하고 있었다. 무연이 번쩍 다해를 들어 안았다. 꺅, 소리 지른 다해가 무연의 목을 끌어안았다. 반대편 옆구리엔 호랑이 가죽이 들려 있었다. 위풍당당하던 모습은 어디 가고 축 늘어진 가죽은 무연이 움직일 때마다 힘없이 덜렁거렸다.

"벌써 달이 떴네요."

다해도 하늘을 올려다보았다. 그러고 보니 어느새 깜깜해진 후였다.

"큰일입니다. 무연님이 또 어머니께 호되게 야단을 맞으실 겁니다."

무연이 크게 웃음을 터뜨렸다. 경쾌하게 한참을 웃은 그가 밝은 얼굴로 말했다.

"지금 그게 걱정이십니까? 전 아씨께서 맞으실 회초리가 더 걱정됩니다."

"회초리 그깟 것쯤이야 뭐, 별거 아닙니다. 제가 어디 한두 번 맞아보나요?"

"아씨의 그 작은 종아리에 상처가 날 때마다 어머니, 아버지는 물론이거니와 제 가슴에도 피멍이 듭니다."

"피이, 거짓말. 그랬으면 데리고 나오지 말았어야죠."

다해가 작게 눈을 흘겼다. 무연이 또 크게 웃음을 터뜨렸다.

"그러게나 말입니다. 애초에 데리고 나오지 말걸 그랬습니다."

다해도 무연을 따라 깔깔깔 경쾌하게 웃었다. 환하게 웃는 아이를 흐뭇하게 한참이나 바라본 무연은 다해를 놀려줄 양, 기습처럼 훌쩍 하늘로 솟아올랐다. 깊고 깊은 숲에 길게 다해의 비명이 메아리쳤다.

집으로 돌아가는 길은 제법 멀었다. 호랑이를 찾으러 갈 때만 하더라도 바로 지척 같더니 어느덧 하현달은 하늘 높이 떠올라 있었다. 무연은 획, 가뿐하게 담장을 넘었다. 밤이 깊었음에도 집은 난리가 난 듯 온 사방에 환하게 불이 켜져 있었다.

"아이고, 아씨!"

가장 먼저 다해를 발견한 머슴 하나가 소리쳤다. 그 소리를 들었는지 여기저기 사방에서 사람들이 몰려들었다.

"다해야!"

그중엔 다해의 모친도 있었다. 다해는 슬그머니 무연의 품에서 내려와서는 매무새를 가다듬고 다소곳이 머리를 숙였다.

"대체 어디를⋯⋯."

다해를 다그치던 부인이 말을 멈추었다. 마님의 시선은 무연의 팔에 들린 호랑이 가죽에 닿아 있었다. 어미의 시선을 따라가 본 다해가 환하게 웃으며 말했다.

"호랑이를 만져 보니 털이 너무 부드러웠습니다. 사랑채에 깔면 좋을 듯하여 제가 가져가자 하였습니다."

다해의 말이 끝나기 무섭게 마님은 그대로 혼절했다.

"당장 마님을 안채로 모셔라."

다해의 부친이 나타나서 근엄한 얼굴로 명하자 아랫것들이 호들갑을 떨고 몰려와 마님을 업어갔다.

"너는 다해의 잘 준비를 돕도록 하거라."

주인의 명에 나이 지긋한 중년 부인이 다가와 다해의 손목을 잡았다.

"저랑 같이 가셔요."

말하는 내용은 권유이나 다해의 모습은 끌려가는 죄인이었다. 연거푸 걱정스러운 얼굴로 무연을 돌아보았지만 다해로서는 덩치 큰 부인의 힘을 이겨낼 재간이 없었다. 무연 또한 그저 살짝 웃어주는 게 전부였다.

무연의 피투성이 소맷단과 바짓단을 찡그린 얼굴로 살피던 다해의 부친이 입을 열었다.

"자네는 나 좀 보세."

무연은 무표정한 얼굴로 꾸벅 고개를 숙이곤 앞서가는 다해의 부친을 따랐다. 그것이 모퉁이를 돌기 직전, 다해가 본 무연의 마지막 모습이었다.

이미 한참 깊은 밤, 그러나 하인들은 다해를 뽀드득 소리가 나도록 씻겨서는 뜨신 아랫목으로 밀어 넣었다. 저녁 대신으로 메밀국수 한 그릇을 먹은 덕분에 배까지 불렀던 다해는 아랫목의 온기를 느낀 순간 가물가물 정신이 흐려졌다.

"오실 때까지 기다려야 하는데……. 많이 혼나실 텐데……."

다해는 자꾸만 감기려는 눈을 억지로 부릅뜨며 몇 번이고 기다려야 한다고 중얼거렸다. 하지만 모험의 피로와 아랫목의 열기 때문에 녹록지가 않았다.

"위로해 드려야…… 흐아암, 하는데……."

크게 하품을 한 다해의 눈에서 세상은 비몽사몽간에 가물가물 사라져 가기 시작했다. 그때 지붕 위에서 이상한 소리가 들려왔다. 달그닥, 기왓장이 움직이는 소리였다. 그 소리를 듣기 무섭게 다해는 배시시 웃으며 꿈속으로 빨려들었다.

〈2권으로 계속〉